L'OFFRANDE DU CŒUR

Jocelyne Godard est née au Mans, et partage son temps entre Paris et le Val de Loire. Elle a été journaliste d'entreprise et photographe, puis a créé et dirigé *Sépia*, une revue d'art et de poésie. Outre ses romans, elle a également publié une anthologie biographique de femmes écrivains.

Paru dans Le Livre de Poche :

DHUODA LA CAROLINGIENNE

LYS EN VAL DE LOIRE

1. La Nuit des démons
2. La Trahison des anges
3. La Revanche des dieux
4. L'Offrande du cœur

LES THÉBAINES

1. La Couronne insolente
2. De roche et d'argile
3. Vents et parfums
4. L'Ombre du prince
5. La Seconde Épouse
6. Les Dieux indélicats
7. Le Chant de la Terre
8. La Vallée des artisans
9. À l'est, le port

JOCELYNE GODARD

L'Offrande du cœur

Les Millefleurs

ROMAN

STOCK

ISBN : 978-2-253-11126-9 – 1re publication LGF

À Berthe, ma mère.

GÉNÉALOGIE DES PERSONNAGES HISTORIQUES

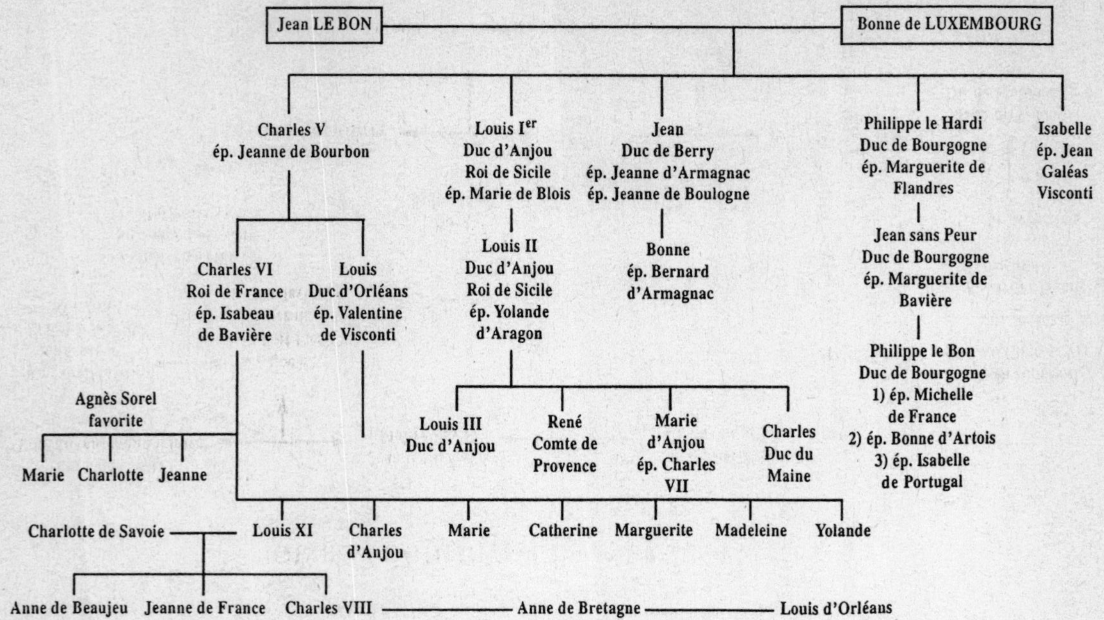

GÉNÉALOGIE DES PERSONNAGES FICTIFS

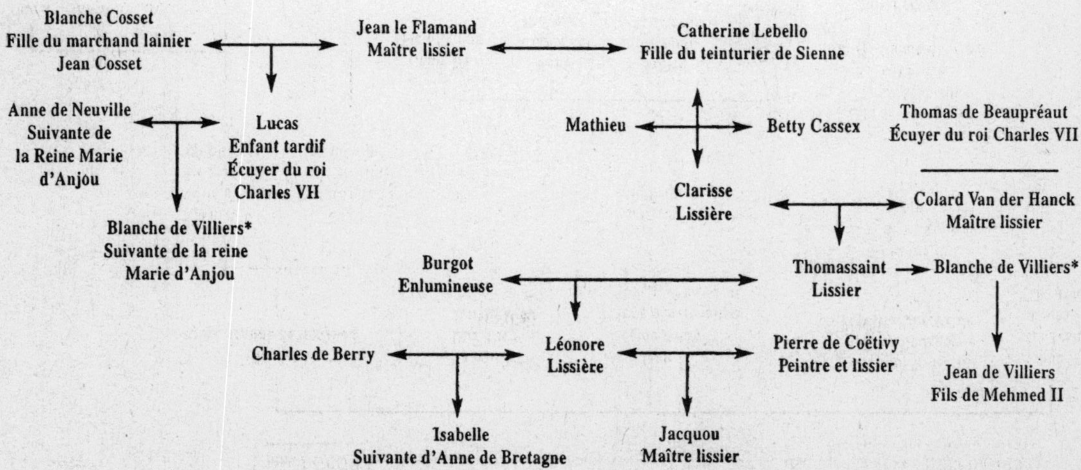

I

La Loire déroulait son fil argenté entre les grands ormes et les hauts peupliers. Au centre, des bancs de sable doré émergeaient çà et là, abritant des perdrix et des poules d'eau dans les minces feuillages qui en parsemaient l'ensemble.

Thomassaint longea quelque temps les berges en scrutant l'horizon qui lui renvoyait la silhouette lointaine, et pour l'instant imprécise, du château de Saumur. Tant de souvenirs refluaient en lui ! Tant d'années aussi ! Le visage de sa mère lui revint avec une étonnante précision et il sentit un picotement agacer ses paupières.

Clarisse avait disparu depuis si longtemps ! Son époux, Michel de Lallier, le prévôt de Paris, s'était embarqué pour des terres lointaines afin de négocier du blé et des céréales dont manquaient les Parisiens affamés. Ne le voyant pas revenir, inquiète et lasse d'attendre, Clarisse avait décidé de partir à sa recherche dans les mers orientales. Ni l'un ni l'autre n'en avait réchappé.

Thomassaint n'osait compter les années où Colard Van der Hanck, qu'il avait toujours considéré comme son père bien que le doute subsistât en lui à ce sujet, l'avait privé de sa mère. Mais si Clarisse l'avait laissé partir loin d'elle c'était pour permettre à Colard de faire de lui l'un des meilleurs lissiers des Flandres. Quand Colard avait réclamé Thomassaint, l'adolescent disposait d'un tempérament vif, alerte et assez adroit pour devenir très vite un bon apprenti. Bruges l'avait formé, éduqué, endurci.

Le jeune homme n'oubliait pas Saumur où sa mère l'avait élevé seule avec Betty, sa grand-mère, jusqu'au jour où Colard avait réclamé l'adolescent. Pendant plus de dix années, toutes deux avaient fait fonctionner l'atelier tout en enseignant à Thomassaint les rudiments du métier.

Colard Van der Hanck, qui avait formé Clarisse dans sa jeunesse, s'était épris de la jeune fille qu'il ne pouvait, hélas, épouser, puisqu'il avait déjà une femme, dame Griète. Colard avait été un bon père, Thomassaint ne pouvait le nier, et sa carrière promettait d'être brillante et plus encore parce que toutes les grandes tentures commandées par le haut clergé et les princes du royaume sortaient des ateliers du Nord. Il existait pourtant à Paris, à Tours et dans tout le Val de Loire, à proximité des châteaux, quelques ateliers d'envergure qui travaillaient en étroite collaboration avec ceux de Lille, Roubaix, Tournai et Bruxelles. Mais Clarisse n'ignorait pas que, la maison de Bourgogne étant maîtresse des Flandres jusqu'à Bruges – y ayant vécu deux années elle était bien placée pour le savoir –, Thomassaint y avait toutes ses chances.

Tout en revivant ces souvenirs, Thomassaint avançait à grandes enjambées. Les remparts du château lui apparurent dans le soleil matinal. Saumur, citadelle blanche, étendait au-dessus de sa colline de verdure ses remparts flanqués de ses quatre tours d'angle.

Enfin, il distinguait les voûtes de la chapelle Saint-Jean où il se rendait régulièrement avec Clarisse pour y admirer les œuvres lissières accrochées sur les murs de pierre blanche dans la grande nef. Ah ! comme il s'en souvenait de la superbe chapelle Saint-Jean avec ses six baies en lancettes et la voûte surplombant le grand carré du chœur. Un ensemble si particulier à l'architecture angevine !

Pourtant, plus Thomassaint approchait, plus il lui semblait ne rien reconnaître. Tous ces clochetons ciselés, ces toitures de plomb, ces girouettes dorées, ces fleurs de lys ! Sa bonne ville de Saumur n'était certes plus ce qu'elle avait été. Le roi René, fils de la duchesse d'Anjou, qui autrefois en avait fait l'âme de la résistance contre la maison de Bourgogne, avait-il accompli à ce point toutes ces métamorphoses ?

Thomassaint abaissa sa main qu'il portait en visière depuis quelques instants et reporta les yeux sur le fleuve. Que la Loire était belle à cet endroit précis et que de réminiscences affluaient à son esprit ! L'été, alors que le soleil en chauffait la surface et que, dans les grands ormes et les bouleaux argentés, les chardonnerets lançaient leurs piaillements à tue-tête, combien de fois s'y était-il baigné, goûtant son plaisir dès que la caresse de l'eau venait effleurer sa peau ?

Les remparts passés, il pénétra dans la ville. Des charrois grimpaient les ruelles, leurs roues crissant sur les pavés. Les sabots des chevaux en rythmaient la cadence plutôt cahotante. Les échoppes étaient ouvertes, offrant leurs marchandises.

Tout lui revenait en tête. Les bruits, les odeurs, les couleurs. Ses pas le menèrent tout droit vers les endroits qu'il reconnaissait si bien.

Thomassaint poussa le portail en bois de la cour et, sur l'un des côtés toujours bordé par les deux gros arbres familiers jusqu'au bout des feuillages, aperçut la maisonnette et l'atelier attenant. La porte n'étant pas verrouillée, il entra. Tout était vide. Les lisses n'y étaient plus. Après la mort de Betty, Clarisse n'étant pas revenue de Constantinople, maison et atelier avaient été vendus.

Amer et impuissant, il soupira. D'autres souvenirs resurgirent du temps où, rentrée à Saumur après l'avoir laissé à Bruges, Clarisse s'était mariée au prévôt des marchands de Paris. Avec son aide et surtout ses finances, elle avait ouvert un grand atelier de haute lisse à Tours, laissant celui de Saumur à Betty.

— Que voulez-vous ? entendit-il dans son dos.

— Oh ! fit Thomassaint en se retournant, je fais la quête de vieux souvenirs.

— Il n'y a plus personne ici. Le lissier qui a pris la relève après la vieille dame Cassex n'avait plus de commande. C'est à Tours et à Blois qu'on travaille maintenant.

— Je sais.

Le vieil homme qui lui parlait était encore droit et trapu. Un air goguenard flottait sur son visage et il balançait ses deux bras le long de son corps.

— Vous cherchez du travail ? s'enquit-il dans une grimace qui retroussa comiquement sa lèvre supérieure.

Thomassaint lui rendit son sourire. Non ! Il ne cherchait pas de travail. Le grand atelier de Katherine Hasselet lui assurait une bonne existence. À nouveau, il plongea quelques années en arrière dans le tourbillon de sa mémoire. La première image qui surgissait était celle de sa mère qui l'avait aimé tendrement. Mais il en était allé autrement avec l'épouse de Colard, dame Griète, qui elle-même n'avait jamais fait d'enfant et avait aussitôt eu le garçonnet en aversion.

Quand Clarisse était arrivée à Bruges avec Thomassaint, Colard avait très vite compris qu'il ne pourrait jamais l'héberger chez lui, et, sans Katherine Hasselet, une amie brugeoise de Clarisse, lissière elle-même, veuve et seule, qui s'était prise d'affection pour l'adolescent, la mère serait sans doute repartie avec son fils.

Thomassaint eut un regard triste en direction de l'atelier que le vieil homme désignait du doigt. Trois mois auparavant, lorsque Colard était mort, dame Griète l'avait jeté dehors comme un malpropre, lui intimant l'ordre de ne plus mettre les pieds dans « son » atelier. Et Katherine lui avait offert généreusement le sien, dont aucun héritier ne profiterait si ce n'était lui. Ne s'était-elle pas occupée de Thomassaint depuis presque dix ans comme s'il avait été son fils ?

— J'aimerais rester un instant, jeta Thomassaint en regardant le vieil homme.

— Je vous conseille de partir. Ici, il n'y a pas de travail. D'ailleurs, à Saumur, il n'y a plus ni tapissier, ni parchemineur, ni relieur. Je vous l'ai dit, tout ce luxe-là est parti vers Tours et Blois.

— Je ne recherche pas du travail, le rassura le jeune homme. Je vis à Bruges et j'y travaille. Mais autrefois, ma mère et ma grand-mère travaillaient ici.

Il s'arrêta de parler quelques secondes, puis reprit :

— Je m'appelle Thomassaint Cassex.

Dans sa surprise, le vieil homme ouvrit la bouche.

— J'ai vécu ici dix ans, poursuivit Thomassaint. Cela me fait plaisir de revoir les lieux et cela m'attriste à la fois. Puis-je voir la maison à présent ?

Le vieil homme, pas encore remis de son étonnement, hocha la tête et le précéda. La grande pièce où Fanchou préparait les repas lui parut un havre de paix et les deux chambres qui jouxtaient la cuisine et dont il avait partagé la plus petite avec Fanchou – l'autre était pour Clarisse et Betty – lui laissèrent un goût amer de solitude.

Puis il retourna dans l'atelier, toujours précédé du vieil homme qui, cette fois, se sentait investi d'une mission de guide.

— C'est là que travaillait le dernier lissier dont je vous ai parlé. J'effectuais quelques petits travaux pour lui. Moi, j'habite au bout du village.

Pour le jeune homme perdu dans ses pensées, l'atelier avait un effet plus stimulant que la maison abandonnée. Sans doute parce que, dans chaque recoin, il revoyait sa mère et sa grand-mère travailler sur les lisses en surveillant d'un œil vigilant Toussaint, le jeune apprenti, et, de l'autre œil, la besogne encore malhabile du petit Thomassaint.

— Savez-vous où est parti l'ouvrier qui s'appelait Toussaint ? questionna celui-ci.

— Je n'en sais rien.

— Ah !

Toussaint ! Ce grand garçon toujours de bonne humeur que Betty avait recueilli à presque douze ans parce qu'il était orphelin. À présent, où pouvait-il bien être ?

C'est avec une infinie tristesse que Thomassaint quitta la maison.

— Où allez-vous à présent ? fit le vieil homme qui, visiblement, cherchait à l'aider.

— À Tours, sans doute.

— Pourquoi ne passez-vous pas quelques jours à Saumur ? Il va y avoir de grandes fêtes. C'est toujours luxe et réjouissances quand le roi René arrive de sa Provence.

Thomassaint avait entendu dire que la cour d'Aix-en-Provence, tenue par le roi René, était plus luxueuse que la cour de France, surtout depuis que la favorite du roi Charles VII, Agnès Sorel, était morte et que la santé du souverain déclinait.

— Ah ! fit Thomassaint. Il n'y avait guère de fêtes à Saumur au temps où j'étais enfant. Les Anglais étaient encore trop présents dans les mémoires et les coffres étaient vides.

— Alors, restez donc un peu. Le roi René est veuf et prend une seconde épouse. Elle s'appelle Jeanne de Laval. Et, à cette occasion-là, il y aura à boire et à manger dans toutes les rues et les venelles de la ville et on y dansera des nuits entières.

Le vieil homme se gratta le nez. Les rides de son front se plissèrent, ratatinant son visage, et la curieuse grimace qui lui retroussait la lèvre supérieure s'étira en même temps qu'il prononçait d'une voix aigrelette :

— Avez-vous pris femme, jeune homme ?

— Non ! Pas encore.

— Avez-vous laissé une promise dans votre pays du Nord ?

— Non.

— Alors, c'est tout simple ! Beau et jeune comme vous êtes, en quelques jours à Saumur, vous trouverez une belle fille qui vous fera les yeux doux. Et pour sûr que vous n'aurez plus envie de quitter la région.

Il regarda Thomassaint s'éloigner après avoir jeté un dernier coup d'œil aux deux grands arbres qui tendaient leurs feuillages printaniers et sous lesquels Clarisse et Betty lui apprenaient à lire quand l'été faisait rage et que, dans la maison, l'air était trop suffocant.

— Et si vous réussissez à vous introduire au château, vous y verrez les plus belles tapisseries qui soient. On dit qu'après le duc de Bourgogne c'est le roi René qui possède la plus belle collection de France.

En quittant l'homme, Thomassaint se rendit chez le maréchal-ferrant dont l'échoppe se trouvait juste devant l'église. Il y avait laissé son vieux et brave Euphrate qui souffrait d'un sabot endommagé. Cela lui avait permis de prolonger à pied cette longue marche dans la campagne alentour.

Les souvenirs de Saumur et de son enfance ne lui ayant apporté que des regrets, Thomassaint quitta cette ville pour se rendre à Tours. Il chevauchait Euphrate d'une allure tranquille. De toute façon, rien ne le pressait, aucun ami, aucune attache ne le retenait. Son cœur s'était alourdi et, par instants, ses yeux brûlaient un peu sous ses paupières. Il fallait bien penser à quitter le Val de Loire et s'en retourner à Bruges.

La Loire lui parut plus majestueuse, plus grise aussi. Thomassaint s'arrêta, pensif, sur ce même pont où Betty, sa grand-mère, s'était fait un jour transpercer la joue par une hallebarde alors qu'elle voulait forcer le barrage des Anglais. À cette époque, ils occupaient tout le Val de Loire.

Puis il talonna doucement son vieil Euphrate qui reprit son petit trot tranquille et ils traversèrent lentement le pont. D'un long coup d'œil, Thomassaint observa la ville qui s'étendait devant lui. Que faisait-il à Tours ? Encore un retour en arrière qu'il s'imposait pour faire revivre Clarisse et Betty. Qu'allait-il y chercher, sinon des complications, puisque rien ne lui appartenait ?

L'agitation de la ville lui parut intense. Il se rendit sur la place Foire-le-Roi et prit la rue qui longeait l'un des angles où se côtoyaient plusieurs ateliers de haute lisse. Ceux des maîtres Mortagne, Duval et Férard. Thomassaint pénétra dans celui qui lui paraissait le plus vaste.

Il avisa la haute lisse sur laquelle était tendu un bel ouvrage représentant une scène de cavalerie avec des personnages de remploi, méthode pratiquée par beaucoup de lissiers. Ils en avaient le droit à condition de ne pas reproduire la tenture originale dans son intégralité. Au premier coup d'œil, Thomassaint vit que la tapisserie qui se trouvait devant lui s'inspirait de l'œuvre intitulée *Les Cavaliers*[1]. Sur un fond de Millefleurs, les personnages somptueusement vêtus s'adonnaient à une promenade qui prenait des allures de chasse tranquille parmi les chevaux et les chiens.

Deux lissiers y travaillaient, l'un portait ses repères d'après la maquette, l'autre passait ses fils de trame et, plus loin, une ouvrière – à moins que ce ne fût une apprentie, car elle paraissait à peine seize ans – sélectionnait les fils de laine par couleur et par gabarit, laissant de côté les plus défectueux comme tout bon artisan de lisse était censé le faire.

L'un des deux hommes leva le visage vers Thomassaint.

— Je recherche un atelier qui, autrefois, appartenait à la dame Clarisse Cassex.

— Connais pas, fit-il en replongeant le nez dans son travail.

— Peut-être que maître Mortagne pourra vous renseigner, jeta la jeune fille sans cesser de trier ses fils. C'est juste à côté, vous ne pouvez pas vous tromper.

Thomassaint la remercia d'un sourire et ressortit. Un avant-goût d'été ramenait jusque dans le quartier de la place Foire-le-Roi les odeurs du fleuve.

L'atelier dans lequel il entra lui parut aussi grand que celui qu'il quittait. Ce fut le patron qui vint à lui, un lissier qui portait la quarantaine et dont le visage était assez austère. Thomassaint décida de s'y prendre autrement.

---

1. *Les Cavaliers*, tissés au XVe siècle sans doute en Val de Loire, montrent, dans cet amas de fleurs et de riches personnages, la mode vestimentaire de l'époque et ce qu'est une galante chevauchée.

— Peut-être connaissiez-vous Michel de Lallier, ancien prévôt des marchands de Paris ? Il possédait un atelier dans la ville.

— Oui, mais c'est du passé, tout ça, fit l'homme en agitant les bras. On travaille bien pour Paris quand les commandes arrivent, mais actuellement, il n'y a aucun lissier parisien qui ait son atelier en Touraine. Votre Lallier est vraiment très ancien.

À ce nom, un vieil homme surgit et s'approcha à petits pas pressés.

— Allez donc voir à côté. Je crois qu'un certain sire Lallier avait racheté l'atelier de maître Férard. Mais fils et petit-fils ont repris l'affaire. Ils vous donneront peut-être des précisions.

Le troisième atelier était effectivement celui qu'avait repris Clarisse avec l'aide de son époux. Thomassaint apprit que Betty, sa grand-mère, avait travaillé autrefois chez les Férard et qu'elle avait entretenu des liens de sympathie avec dame Renaude, la femme du lissier. Plus tard, les Férard, ayant subi des revers de fortune, avaient cédé leur affaire à Clarisse.

Mais la roue du destin avait tourné inexorablement. Clarisse n'était jamais revenue à Tours, le prévôt de Paris non plus et, sans nouvelles de personne, l'atelier avait été repris par la famille de Lallier. Celle-ci, ne sachant que faire d'un atelier de tapisserie, l'avait revendu au fils Férard. C'était de bonne guerre puisque les papiers étaient en règle.

— Cherchez-vous du travail ? s'enquit le lissier après avoir raconté son histoire.

Thomassaint était las. Pourquoi lui posait-on toujours cette question et pourquoi en raconter davantage ?

— Non, je vis à Bruges et j'y ai mon propre atelier.

Il fut quasi impossible à Thomassaint, quand il voulut reprendre la route d'Orléans, d'accéder à la porte qui menait à Blois, première étape avant d'arriver à Paris pour ensuite atteindre les Flandres.

La ville était envahie par un flot de charrois, d'attelages de mules et par une foule de commerçants venus à pied, à cheval, en chariot ; partout il entendait crier : « Place au convoi du bon roi René ! » Les festivités commençaient.

Précédé des hérauts sonnant de la trompette, le cortège traversait la ville en passant par le centre où tout le peuple s'était rassemblé. Les haquenées des dames richement caparaçonnées, les chevaux des seigneurs eux aussi revêtus de soie et de satin broché, les mules sur lesquelles étaient hissées les servantes et les chambrières, les chariots qui suivaient et le petit peuple qui trottait d'un pas alerte derrière ce beau monde, tout faisait barrage à Thomassaint. Grimpé sur Euphrate qui ne semblait pas mécontent de cette euphorie subite et inattendue, il fut vite encerclé, entraîné, chahuté. La ville entière criait son enthousiasme.

Au bout de quelques instants, Thomassaint sut qu'il était inutile de résister au flot qui l'emportait. Impuissant, il se laissa désormais guider par la foule.

Euphrate, ragaillardi par son sabot tout neuf, dépassa rapidement tous ces gens qui, à pied, escortaient joyeusement celui qu'on appelait le bon roi René. Ils marchaient sans peine, un quignon de pain, un morceau de fromage ou une saucisse dans la main, sur la tête un chapeau troué mais qui préservait quand même du soleil ou de la pluie, vêtus d'une pelisse sans couleur, sans forme, mais qui protégeait encore des fraîcheurs de la nuit, un couteau suspendu à leur ceinture, seul trésor et unique moyen de défense.

Cela valait la peine quand on était miséreux de faire cent ou deux cents lieues à pied pour manger gratuitement pendant presque une semaine.

Passé cette foule disparate, Thomassaint se trouva bientôt encerclé par les mules du personnel de la cour. L'allure tranquille paraissait plaire à Euphrate, mais Thomassaint aurait aimé pousser un peu plus son rythme pour se tenir au niveau des personnages du royaume. Quitte à poursuivre cette petite aventure jusqu'à Saumur, autant visiter le château et ses tapisseries.

Mais il était plus difficile de franchir le barrage qui le séparait des grands de ce convoi et Thomassaint dut se contenter du personnel de la cour qui l'encadrait.

Au château, tandis que le petit peuple s'était arrêté au pied des remparts, Thomassaint grimpa sans difficulté la rampe qui menait à la cour intérieure. C'est là qu'il rattrapa un jeune homme de son âge qui chevauchait à bonne allure. Blond, le visage aimable, les yeux clairs, se tenant droit sur sa monture et tenant souplement ses rênes, le cavalier aborda Thomassaint, le sourire aux lèvres.

— Je suis venu pour les joutes, lui dit-il tandis qu'ils longeaient la rampe d'accès au château. Je viens d'être nommé chevalier de l'ordre du Croissant que le bon roi René a créé pour renouer avec les nobles traditions de la chevalerie française. Et vous, messire ?

— Je suis lissier à Bruges. Je suis venu voir les tapisseries de la cour de Provence qui, dans quelques jours, seront exposées à Saumur. On dit que même le duc de Bourgogne n'en possède pas d'aussi prestigieuses.

— Sans doute, fit le jeune homme, apparemment plus porté vers les exercices de combat équestre que vers la culture artistique que lui offrait son époque. Comment vous appelez-vous ?

— Thomassaint Cassex. Et vous, messire ?

Il eut un large sourire. Son allure était fière sans ostentation et son regard clair sans arrogance. Ses habits étaient ceux d'un jeune seigneur. Thomassaint lui-même, dans son pourpoint jaune en satin broché et son bonnet haut et rond à bord relevé choisis avec un soin extrême par Katherine Hasselet, avait belle prestance.

— Je m'appelle Bertrand de La Vignolle. Savez-vous que les joutes pour le mariage du roi René et de sa seconde épouse Jeanne de Laval vont durer quarante jours ?

— Hélas ! Je ne pourrai pas rester aussi longtemps. Il faut que je rentre à Bruges. Et, de toute façon, je ne suis point invité.

— Vous ne devez pas manquer ces tournois. Essayez d'assister à l'un d'eux. Votre présence ne se remarquera pas.

Son regard bleu et franc planté dans celui de son nouveau compagnon, il tentait de le séduire par l'exaltation de son propos.

— Ces joutes seront les plus fastueuses de l'époque. En avez-vous déjà suivi ?

— Non, mais ma mère suivit autrefois celles du roi Charles qui se déroulaient à Loches et à Chinon. Et, plus anciennement encore, alors qu'elle n'avait que seize ans, elle assista aux leçons d'équitation que donnait Louis d'Anjou à ses fils.

— Et pourquoi était-elle présente à ces leçons d'ordre privé données aux fils d'Anjou ? s'enquit le jeune La Vignolle d'un air étonné.

— Elle était l'amie de la dauphine Marie d'Anjou et mon oncle était écuyer de la duchesse Yolande.

— Eh bien, voilà qui peut vous introduire facilement à la cour de René d'Anjou. Allons ! Venez à ces joutes. Il me plairait de vous y voir. J'ai besoin de quelqu'un qui me soutienne, car je n'ai personne ici de ma connaissance.

— Je viendrai, je vous promets. En échange, puis-je vous demander une faveur ?

— Bien sûr.

— Pourriez-vous m'introduire dans les salles où les tapisseries seront exposées ?

— J'ai une bien meilleure idée, je dirai tout simplement ce que vous venez de m'apprendre.

— Je n'en demande pas tant.

— C'est tout de même ce que je ferai. Ainsi, que vous le vouliez ou non, vous resterez plus longtemps que prévu. Vous pourriez repartir quand la cour quittera Saumur.

— Où ira-t-elle ensuite ?

— René d'Anjou a toute une suite de petits châteaux qui rayonnent autour de Saumur. Ce sont de fort agréables manoirs qu'il a fait aménager : Launay, Chanzé, Beaufort, Baugé. Ils disposent tous d'un relais de chasse. Il paraît même que nous irons jouter et chasser au château de Dampierre où la princesse Marguerite, fille de René d'Anjou, que l'on disait fort intelligente et fort belle, a été élevée.

— La princesse Marguerite !

— Oui ! Marguerite de France. Celle qu'on a mariée au roi d'Angleterre Henri VI pour sceller la réconciliation entre les deux pays.

Ils descendirent tous deux de leurs montures. Dans la grande cour carrée intérieure l'agitation et le bruit étaient à leur paroxysme. Thomassaint leva les yeux vers les fenêtres de l'étage. Il en remarqua une, la plus petite d'entre elles, parce qu'une main féminine écartait la tenture et qu'un visage s'y glissait. Le temps d'un éclair, il aperçut de longs cheveux bruns et soyeux qui tombaient en cascade, mais il était trop loin pour distinguer les traits de la jeune fille et ne sut si les yeux étaient bleus ou noirs.

Bertrand, qui venait de remettre les rênes de son cheval entre les mains du palefrenier, leva les yeux lui aussi, mais juste au moment où la silhouette disparaissait.

— Voulez-vous que je vous dise un secret si vous me promettez de n'en rien dire à personne ? dit-il en s'approchant de son compagnon.

— Je serai muet.

— Mon père était amoureux fou de Marguerite, et je crois qu'il l'attend toujours.

II

Burgot entra au château de Saumur par l'une des poternes qui donnait directement sur les annexes, cuisines, lingeries, écuries, chenils et volières. L'agitation la surprenait, elle n'était guère habituée à ce remue-ménage. Même au château de Nantes, l'atmosphère était moins bruyante, à l'exception des jours de grandes processions qui démarraient souvent de la cour du château.

Burgot n'aimait pas le bruit des villes. Et pourtant elle subissait ces turbulences, ce grouillement de foule avec l'étrange impression qu'elle vivait un jour intense qui ne se reproduirait plus.

Son atelier attendrait bien son retour quelques jours supplémentaires. Les tantes qui restaient dans sa famille – Anastaise, sa mère, avait eu une pléiade de sœurs – s'en occuperaient sans peine. Elles savaient nettoyer les pinceaux, ranger les couleurs, écraser les ors et les azurites. L'une d'elles, la plus jeune, qui n'avait que huit ans de plus que Burgot, savait aussi préparer les ocres et les carmins et, mieux encore, dessiner les lettrines en bordure de page. Même si ses rinceaux n'étaient pas toujours réussis, elle les plaçait du moins là où il fallait pour mettre en valeur les lettrines. En artiste accomplie, en vrai maître enlumineur pour avoir bénéficié de l'enseignement d'une mère exemplaire, hélas morte depuis peu, Burgot effectuait tout le reste. Ses enluminures étaient aussi belles que celles d'Anastaise quand elles étaient toutes les deux installées près du monastère de Saint-Grégoire-de-Tours.

Enthousiasmée par tout ce qu'elle découvrait, Burgot avait décidé de rester à Saumur plus longtemps que prévu, d'autant que plus elle flânait à l'extérieur du château, plus l'édifice et son entourage la séduisaient.

Depuis la veille, émerveillée devant cette partie de la vallée de la Loire qu'elle ne connaissait pas, d'Angers à Saumur – jusqu'à présent elle n'avait longé que la partie de Nantes à Angers –, elle avait oublié l'atelier. Celui que lui avait laissé sa mère et qui, autrefois, avait appartenu à son grand-père et dont Anastaise avait hérité puisque, parmi les nombreuses filles du peintre nantais, elle était la seule à être devenue peintre elle aussi.

Fallait-il se souvenir ? Anastaise partie de chez elle à seize ans parce qu'elle restait trop dans l'ombre de son père, puis tombée chez maître Jean Lenoir, peintre enlumineur qui vivait à Paris et qui lui avait enseigné tout l'art de l'enluminure sur beau et fin parchemin ! Et Burgot était née de leurs amours au retour d'un voyage cauchemardesque avec un convoi de marchands lainiers qui avait été attaqué par les Anglais.

Jean Lenoir ne les avait retrouvées que dix ans plus tard. Et elle avait appris après le décès de sa mère que, lorsque celui-ci était mort, les laissant à nouveau dans le besoin, un peintre de ses amis s'était approprié l'un de ses tableaux. Or cette œuvre devait revenir à Burgot et, pour la récupérer, elle devait intenter un procès. Mais ce peintre vivait à Bruges et il lui faudrait se rendre sur place. Burgot avait décidé de remettre cette affaire à plus tard.

Saisie devant la beauté de la Loire qui, entre Saumur et Les Ponts-de-Cé, offrait une si belle vue, elle se laissait aller à une douce euphorie. De petites îles aux sables blonds flottaient en chapelet et divisaient le fleuve en plusieurs bras. Les mariniers attachaient leurs barques et leurs chalands aux anneaux scellés dans la pierre et, sur la grève, des filets de pêcheurs séchaient au soleil sous le vol plané des mouettes. Celles-ci tourbillonnaient parfois en hésitant sur le trajet qu'elles devaient suivre : rejoindre l'océan qui n'était pas très loin ou remonter le fleuve jusqu'à sa source dans les monts du Vivarais.

Depuis son arrivée, elle se heurtait sans cesse à une servante, une chambrière, un laquais, un cuisinier. On lui avait déjà dit, au moins dix fois, que la duchesse Jeanne de Laval, à qui elle devait remettre le manuscrit enluminé qu'elle tenait précieusement entre ses mains, la recevrait sans difficulté.

On la fit patienter dans un petit salon tendu de velours bleu. Le mobilier y était gracieux, discret, élégant, de style purement angevin. Malgré le jour qui filtrait au-dehors, la grande tenture bleue assortie au tissu qui recouvrait les sièges était tirée, si bien que la pièce était plongée dans l'obscurité. Burgot s'approcha de la fenêtre et, d'une main légère, écarta légèrement les deux pans, laissant entrevoir la grande cour carrée du château. Elle grouillait de monde et résonnait de mille bruits divers.

Burgot écarta davantage les pans afin de mieux observer l'agitation de la cour. Des panetiers, charcutiers, laitiers criaient en annonçant leur venue, les attelages stationnaient, bouchant le passage, les cavaliers descendaient de leurs montures et les palefreniers s'approchaient d'eux pour emmener les chevaux à l'écurie. Des servantes et des laquais couraient à travers tout ce monde, cherchant celui ou celle qu'on leur avait recommandé. Il y avait tant de dames et tant de seigneurs qu'on pouvait se tromper.

Soudain, elle vit deux jeunes cavaliers descendre de cheval. Distingués et de belle allure. L'un d'eux attira son regard. Grand, mince, le port de tête dégagé.

Alors qu'elle le détaillait, le jeune homme leva la tête et la vit, mais il était trop loin pour qu'elle distinguât la lueur qui brillait à ce moment dans son œil. Elle se pencha légèrement et sentit la nappe de ses cheveux noirs glisser sur son buste et encadrer son visage. Le jeune homme, vêtu d'un pourpoint jaune en satin broché, regardait toujours dans sa direction tandis que son compagnon, plus petit et plus blond que lui, discutait avec le palefrenier qui prenait les rênes de son cheval.

Puis Burgot entendit un bruit dans le couloir et se retira prestement pour retourner s'asseoir dans l'un des fauteuils recouverts de velours bleu.

La duchesse Jeanne de Laval entra dans la pièce, le visage souriant, la silhouette grande et mince. Elle avait trente-cinq ou trente-six ans et sa mise simple, d'une sobriété à laquelle on ne s'attendait pas, lui donnait un charme supplémentaire.

Le bon roi René de Provence, dernier duc d'Anjou et dernier roi de Naples, fils de la célèbre Yolande d'Aragon qui, autrefois, avait tant œuvré pour sauver la France alors que sa rivale Isabeau de Bavière s'attachait à la perdre, n'était plus tout jeune. Ses frères Louis et Charles étaient morts. Seul héritier de la maison d'Anjou, René était à présent un sexagénaire, grand mécène comme l'avait été son oncle, le duc de Berry en son château de Mehun-sur-Yèvre.

Quand la duchesse Jeanne aperçut cette jeune fille, sagement assise, tenant entre ses mains l'ouvrage qu'elle attendait, elle s'approcha d'elle en souriant.

Burgot se leva et se courba légèrement.

— Voici l'œuvre, duchesse. J'espère qu'elle vous plaira. Je me suis efforcée de respecter les idées que l'on m'avait soumises et qui convenaient aux vôtres.

— Avez-vous traité ce manuscrit en véritable herbier ?

— Toutes les plantes y figurent, duchesse. Je me suis efforcée de les reproduire avec une extrême précision et dans les couleurs les plus authentiques.

La duchesse de Laval ouvrit le manuscrit. Les pages qu'elle tournait lentement faisaient naître une satisfaction visible sur son visage. Elle s'attardait sur chacune d'elles, observait, ne disait mot. Parfois, même, elle revenait en arrière pour inspecter un dessin qu'elle semblait avoir oublié.

Enfin, elle leva son regard sur Burgot. Un regard gris clair comme le ciel d'Anjou quand le soleil ne se montre pas.

— L'armoise, le trèfle, l'absinthe, l'aneth, la belladone, la bourrache. Tout y est. Les fleurs sont légères, fines, transparentes, parfaitement dessinées. C'est de l'art ou je ne m'y connais pas.

Elle observa la jeune fille un instant.

— Ces plantes sont superbes. Est-ce vraiment vous, mon enfant, qui les avez reproduites ?

— Bien sûr, duchesse. Je suis seule à l'atelier. Mes tantes m'aident simplement dans les menues besognes.

— Quel âge avez-vous donc ?

— Vingt et un ans.

— Vous faites un superbe travail. Seriez-vous disposée à en réaliser un autre pour moi, d'une importance plus grande ?

Les yeux de Burgot s'illuminèrent. Voilà une proposition qui l'enchantait.

— Tout cela me passionne, reprit la duchesse

Jeanne. Les fleurs, les arbres, les jardins sont des thèmes qui me touchent tout particulièrement. Cela me détend et m'apaise. D'autres femmes trouvent un réconfort à prier Dieu dans une chapelle ou une église, d'autres encore prennent plaisir à écouter une belle pièce de musique ou même à jouer elles-mêmes du clavecin, de la harpe ou de la viole. Moi, c'est à respirer dans un jardin, et, quand je suis enfermée dans ma chambre, je trouve du bien-être à regarder une belle enluminure représentant la fraîcheur d'un jardin.

— Je vous comprends, duchesse. Il m'arrive d'éprouver la même chose.

— Pourriez-vous me faire quatre ou cinq petits tableaux qui représenteraient la sérénité dans la magie de la nature ?

— Oui ! Je crois que je comprends. Que voudriez-vous voir dans ces jardins ?

— J'aimerais que plusieurs sujets se jouxtent, comme une histoire en plusieurs tableaux. Oui ! Une histoire qui s'ouvrirait sur de multiples jardins.

— Un jardin monastique avec un christ ou un ange jardinier ?

— Pourquoi pas ?

— Et ce tableau en jouxterait un deuxième qui serait un jardin de château accolé à deux autres. On pourrait y voir, par exemple, le jardin d'une maison de ville et celui d'une maison des champs.

— Comme vous me comprenez bien. Quelle est votre nom, petite ?

— À Nantes, on m'appelle Burgot l'enlumineuse.

— Eh bien, Burgot l'enlumineuse ! Je veux que vous traduisiez dans les enluminures de mes jardins des couples amoureux, des oiseaux et des chiens, des anges, des jardiniers affairés à planter et d'autres à cueillir.

— Et des licornes !

Jeanne de Laval releva le sourcil.

— Pourquoi des licornes ?

— Parce que ma mère m'a transmis l'amour des licornes.

— Soit ! Des licornes. Votre mère était-elle aussi enlumineuse ?

— C'est d'elle que je tiens tout mon savoir. Je lui dois tout. Elle était reconnue dans le milieu des enlumineurs. Ma mère a illustré les manuscrits de la grande Christine de Pisan.

— C'est en effet une belle référence.

Puis elle prit le bras de la jeune fille.

— Allons, ne restons pas enfermées dans cette sombre pièce. Je vais vous montrer les jardins de Saumur.

Ainsi prise en main, Burgot visita le château, les tours, les parcs et les jardins. Jeanne de Laval que l'on venait de marier en Provence à René d'Anjou et qui célébrait la confirmation de ses épousailles en Val de Loire lui fit découvrir les labyrinthes de sa roseraie qui s'étalaient sur des longueurs incroyables. À chaque détour de chemin, à chaque rocher posé là pour le décor, à chaque fontaine et à chaque pierre qui marquait une limite surgissaient des roses. Elles embaumaient tout le parc. C'était un délice. Ces senteurs divines chatouillaient les narines les plus insensibles.

Les joutes commencèrent dès le lendemain, ponctuées de chansons, de lais, de longs poèmes épiques, de petites pièces et jeux dramatiques qui se déroulèrent en plein air. Pour cette occasion, toutes les tapisseries du duc d'Anjou furent déroulées et accrochées sur les murs extérieurs du château comme l'avait fait autrefois Yolande d'Aragon, épouse de Louis d'Anjou, lors des célèbres tournois qui avaient tant marqué l'histoire dans le passé.

La foule se serrait dans la cour. Ménestrels, jongleurs, musiciens circulaient sans même se soucier de bousculer les gens qui s'exclamaient à grands soupirs et à grands cris. On s'interpellait, on riait, on félicitait Jeanne et le roi René. Tambours et trompettes résonnaient à travers tout le château jusqu'aux alentours.

Des esclaves maures, vêtus de robes sarrasines et de turbans multicolores rapportés des pays d'Orient, servaient des boissons fraîches et des en-cas sucrés. Leurs corps souples et basanés exhibaient des muscles saillants qu'ils déployaient lorsque, les bras haut levés, ils portaient les plateaux d'argent.

Leurs yeux noirs et luisants croisaient parfois le regard d'une dame audacieuse sensible au parfum capiteux dont ils avaient enduit leur torse et leurs aisselles.

La démarche ondulante, ils se glissaient comme des chats sauvages à travers la foule, les lèvres muettes, juste étirées en un sourire où ils laissaient percer leur mystère.

La cour grouillait de monde et de bruits, si bien que personne n'entendait plus personne. Des hérauts annoncèrent un défilé d'animaux exotiques. On poussa la foule contre les murs du château de façon à laisser une allée centrale. Le soleil dardait ses rayons précoces pour un printemps à peine achevé. Les hennins à pointes, à bourrelets et à cornes enroulées qui, pourtant, n'étaient plus à la mode fusaient sur les têtes féminines et les hommes avaient ressorti leurs chapeaux enturbannés à pan retombant sur le côté. Un jeune seigneur, parfois, avait gardé son haut béret carré que la mode italienne venait de lancer.

Les animaux exotiques défilèrent lentement, présentés par leurs maîtres qui les tenaient solidement. Par précaution, les grandes cages avaient été posées juste à l'arrière de la cour. Mais il n'y eut pas d'incident. Et le public friand d'orientalisme, que la chute encore récente de Constantinople excitait, s'extasiait tandis que défilaient un éléphant, un couple de girafes, un lion, une lionne et ses petits qu'il fut impossible d'approcher tant leur mère rugissait en ouvrant une gueule effrayante, des gazelles, des lynx et des panthères.

Puis ce fut le tour des singes habillés de soie et de satin broché. Ils poussaient des petits cris aigus, sautaient, virevoltaient et rebondissaient partout où il y avait de la place. Chacun voulait en saisir un, surtout les petits macaques noirs à nez rose dont la queue s'enroulait au-dessus de leur dos. Mais quand vint le gros orang-outan aux yeux rouges qui marchait lourdement en grognant comme une cheminée en feu, tout en battant férocement l'air de ses énormes bras velus, la foule s'écrasa contre les murs en poussant des cris effrayés.

Plus loin, dans un champ prévu à cet effet, les chevaux caracolaient, attendant que les cavaliers revêtus de leurs armures scintillantes commencent les joutes sous la musique des fanfares.

Burgot tourna son regard vers les tapisseries majestueusement déployées sous le soleil. Hélas, elles étaient exposées loin d'elle, et elle se serait bien volontiers rapprochée si un groupe de suivantes appartenant à la duchesse Jeanne ne l'avait point agrippée.

Quel dommage ! Elle venait de reconnaître le séduisant jeune homme aperçu, la veille, à la fenêtre.

Dans cette foule indescriptible, il aurait été facile de s'esquiver. Mais les jeunes femmes l'assaillaient, s'enquérant d'enluminures. Burgot leur souriait tout en observant du coin de l'œil le jeune homme blond émerveillé par la tenture déroulée devant lui. Il s'agissait d'une belle suite de plusieurs panneaux sur le thème des *Sauvages*[1] qui faisait fureur à cette époque dans les salons des nobles et des seigneurs du royaume.

Les Sauvages illustraient la rivalité entre les symboles païens et religieux, l'inculture de la sauvagerie et la civilisation, le bien et le mal. Chevauchées galantes ou grotesques, seigneurs travestis en bêtes sauvages qui combattaient les valeurs chrétiennes et, conclusion inévitable, la punition.

— Oh ! regardez. Le roi René tout harnaché !

Le duc d'Anjou était entièrement vêtu de noir, grimpé sur son cheval qui, lui aussi, était caparaçonné de noir broché d'or. Vraiment, René portait toujours beau. On murmurait que, malgré son âge, il gagnerait encore la « joute du pas », celle qui se jouait de façon si périlleuse, hallebarde contre hallebarde.

Sexagénaire distingué bien qu'un peu tassé sur sa monture, il gardait un visage jeune, souriant, débonnaire. Il respirait le bonheur et la joie de vivre. Campé ainsi sur son cheval, le duc d'Anjou faisait honneur à son père et à son grand-père qui avaient toujours fièrement défendu les valeurs des combats équestres. Cette grande cour carrée de Saumur en était le pur exemple. Combien de leçons n'y avaient-ils pas données ? Combien de conseils, d'exercices, de combats, de tournois s'y étaient-ils déroulés ? Cette cour était déjà notoire. Combien de chevaux en avaient

---

1. *Les Sauvages*, dont la tenture la plus célèbre est sans aucun doute *Le Bal des Sauvages* (collection de l'église de Nantilly), tissé au XVe siècle.

rasé les murs pour mieux surgir au centre tels de beaux dragons fumant d'énergie et de rage ?

Mais, pour l'instant, Burgot ne se souciait guère du cavalier noir qui caracolait sur son cheval. Elle ne quittait pas des yeux le bel inconnu qu'elle n'arrivait pas à approcher. Son compagnon de la veille était venu le rejoindre, portant casque, armure et lance. Elle en déduisit qu'il devait participer aux joutes à la différence de son ami, si admiratif devant les tapisseries. Ce jeune homme cultivé était sans doute un grand amateur de belles choses.

Elle tenta de se dégager de ses compagnes, mais Blanche de Lignard et Marguerite de Bourgueil lui saisirent le bras et la retinrent en riant.

— Non ! Non, ne vous échappez pas, nous vous gardons avec nous.

Que leur dire ? Blanche lui avait commandé un bestiaire en lui recommandant d'y insérer tous les animaux exotiques qui venaient de défiler sous les yeux éberlués de la foule et Marguerite, plus pieuse que son amie, lui avait parlé d'un livre d'heures qu'elle devait soigneusement enluminer page après page. Deux ouvrages de grande importance qui lui assuraient un gros revenu. Elle pourrait même se rendre à Bruges pour entamer la procédure envers le peintre qui lui avait dérobé le tableau de son père.

On annonça la suite des pièces et des jeux dramatiques et il fallut monter sur les tribunes. Coincée entre ses deux compagnes, Burgot ne pouvait se dégager. Fanfares et cymbales précédèrent les spectacles qui mettaient en scène de petites batailles où chacun s'en tirait vainqueur ou vaincu sous les applaudissements du public. On feignait la mort, la gloire, la honte. On chutait, on se relevait. Burgot cherchait des yeux son prince charmant.

Elle le vit debout, toujours face aux tentures. Cette fois, planté devant *Les Cerfs ailés* [1], il en admirait toute la splendeur. Burgot l'avait vue la veille alors qu'elle était encore accrochée dans la grande salle d'armes. La tapisserie n'était qu'un ensemble de symboles. Dans une multitude de couleurs, l'étendard de Charles VII était représenté par le grand cerf ailé au centre de l'enclos. Une Millefleurs composée d'iris et de roses se mêlait aux devises du roi inscrites sur des banderoles qui s'agitaient dans l'espace. Deux autres cerfs ailés enjambaient la clôture. Ils figuraient les provinces de la Guyenne et de la Normandie reprises aux Anglais. Quant aux lions, hors de l'enclos, ils veillaient à l'unité retrouvée de la France.

C'était une belle œuvre et Burgot aurait aimé l'admirer en compagnie du jeune homme qui prenait tant de plaisir à la regarder. Soudain, elle le vit tourner son regard vers elle. Il marqua un temps de surprise. Burgot eut l'impression qu'il lui souriait et, de loin, elle agita la main. Mais son compagnon le prit par le bras et l'entraîna sur l'enclos où avaient lieu les joutes.

Elle le revit une troisième fois. Mais que faire ? Il discutait avec le duc d'Anjou.

---

1. *Les Cerfs ailés*, tenture tissée vers le milieu du XVe siècle, actuellement au musée des Antiquités de la Seine-Maritime à Rouen.

III

De retour à Bruges et sur les conseils de Katherine Hasselet, Thomassaint se rendit au bureau de justice. Voilà deux fois qu'il y retournait sans grand succès et, cette fois encore, la chance ne semblait guère lui sourire.

Thomassaint gesticula sur le banc de bois ciré où il était assis. Puis il toussota discrètement pour signaler à l'employé qui époussetait tranquillement ses dossiers que sa patience commençait à s'émousser. Imperturbable, l'homme glissait de temps à autre sur lui un œil indifférent qui laissait présager une attente encore longue.

— Le maître Van Houden va-t-il encore beaucoup tarder ? hasarda Thomassaint d'une voix hésitante.

— Vous pouvez repartir si vous le désirez. Rien ne vous oblige à rester.

L'employé étira ses longues lèvres minces en un soupçon de sourire, puis, comme s'il en avait trop dit et trop fait, il reprit l'examen des dossiers qui s'entassaient sur les étagères et les essuya avec plus de conscience encore.

— Mais cela fait la troisième fois que je viens pour le rencontrer et voilà trois fois que vous me dites de repasser. Maître Van Houden est-il là ou non ?

Cette fois, le ton de Thomassaint trahissait un léger énervement. L'autre répondit, sans le regarder :

— Il va venir, il va venir.

Thomassaint, qui s'était levé afin de se dégourdir les jambes, reprit sa place et poussa un soupir agacé. Pourquoi avait-il engagé cette procédure – perdue d'avance – envers dame Griète, l'épouse de son père, afin de récupérer les biens que Colard Van der Hanck lui avait promis ? Dame Griète s'était juré que jamais la moindre parcelle de ses biens n'irait au fils de son mari qui, las d'attendre l'arrivée d'un rejeton, avait fini par en faire un à une jeune tapissière française vivant en Val de Loire.

Parfois, l'envie lui prenait de laisser tomber ce procès, sachant qu'il ne gagnerait rien et qu'il perdait son temps et son énergie alors que des choses plus urgentes l'attendaient, comme de renouer avec un atelier français, puisque rien ne lui appartenait à Tours depuis la disparition de Clarisse, pas plus qu'à Saumur.

Parfois aussi, il se demandait s'il ne devait pas suivre les traces de sa mère qu'il jugeait bien imprudente d'avoir voulu rejoindre son mari jusqu'en Orient. Constantinople tombait alors sous l'assaut des Turcs et beaucoup de navires disparaissaient dans les eaux de la Méditerranée sillonnées par les Ottomans.

Embarquée à Marseille sur un navire génois, car les vaisseaux français avaient cessé leurs courses en mer le temps des conflits en Orient, Clarisse ne donnait point de nouvelles à Thomassaint, du moins depuis l'appareillage du navire à l'île de Crète où elle semblait être restée quelques semaines.

Pourquoi sa mère était-elle partie si loin ? Ah ! comme Thomassaint eût aimé que Colard et elle reprissent les tendres liens qui les unissaient autrefois. Clarisse n'aurait pas épousé un autre homme.

Thomassaint soupira. Colard était mort à présent et qu'aurait fait Clarisse pour son fils si elle n'était pas partie ? Pour sûr, elle l'attendrait à Tours, les larmes aux yeux, heureuse et fidèle, oui ! contente de lui confier une place de choix à Paris, à Tours ou à Saumur.

Un bruit de porte le fit se retourner. La tête d'une jeune fille brune se profila dans l'encadrement de bois rehaussé par des dorures en arabesques devant lesquelles s'écartait une lourde tenture. Thomassaint eut alors envie de se lever et d'annoncer qu'une nouvelle fois il repartait faute de pouvoir rencontrer maître Van Houden. Il faillit même révéler à cet homme passif et indifférent qu'il ne reviendrait plus parce qu'il abandonnait sa demande de procédure.

La jeune fille hasarda une épaule, puis l'autre. Bientôt ce fut son buste que Thomassaint vit apparaître. Un buste long et mince rehaussé par un visage aux cheveux noirs dont les boucles ondulaient dans son dos comme de grandes vagues d'encre à la fois impérieuses et lascives.

Les yeux de la jeune fille attirèrent le regard de Thomassaint. Ils étaient sombres, semblables à deux perles de jais qu'une petite étincelle brillante venait agiter presque malicieusement, et pourtant, dans ce regard plaqué pour l'instant dans celui de Thomassaint, on décelait une maturité exceptionnelle que l'expression du visage venait confirmer.

En dévisageant plus longuement la jeune personne, Thomassaint eut un choc. Connaissait-il cette fille ? Assurément, ce visage lui rappelait celui de quelqu'un dont il n'avait pas oublié les traits fins et réguliers. Un visage de madone italienne, créé pour inspirer la verve des peintres et des sculpteurs. Oui ! Un visage qu'il avait déjà vu.

Elle le regardait intensément, surprise, elle aussi.

— Que voulez-vous ? grommela l'employé qui poursuivait l'époussetage de ses nombreux dossiers.

— Je voudrais rencontrer maître Van Houden, répondit la jeune fille d'une voix discrète.

— Eh ! bougonna l'homme qui la regardait d'un œil de travers, qui voulez-vous rencontrer d'autre puisque vous êtes, ici, chez lui.

— Mais...

— Je ne vous ai pas demandé qui vous vouliez voir, mais ce que vous désiriez, coupa l'employé en lâchant enfin ses dossiers et en s'avançant vers elle, le chiffon à la main.

Thomassaint cherchait où et quand il avait bien pu rencontrer cette jeune fille, tandis que Burgot se posait la même question.

— Qu'est-ce que vous voulez, s'emporta l'homme, et quel âge avez-vous ?

Se sentant agressée, elle eut un mouvement de recul tout en plissant le front et sa petite bouche pulpeuse esquissa une moue contrariée. Ses yeux noirs reflétèrent un court instant l'angoisse. Puis elle se reprit et, se tenant plantée devant la tenture qui, de nouveau, occultait la lourde porte, s'enhardit.

— C'est une requête longue à expliquer, fit-elle en gardant son calme et son amabilité, et je préférerais en entretenir directement maître Van Houden. Peut-il me recevoir afin que je puisse lui exposer mes griefs ?

— De toute façon, il faudra revenir avec votre père ou votre mère. Vous êtes trop jeune pour présenter une requête à un avocat.

— Mais j'ai vingt et un ans ! s'exclama la jeune fille. Je suis en âge d'intenter un procès.

L'employé haussa l'épaule comme si, en définitive, cela ne le concernait pas. S'il plaisait à cette fille de se vieillir, maître Van Houden y porterait rapidement remède. Il la prendrait par les épaules et la conduirait à la porte en la priant de revenir avec un parent.

— Êtes-vous la plaignante ?

— Oui.

— Ah ! comme lui, ronchonna-t-il en désignant Thomassaint du menton.

Puis il ne dit plus un mot et, cette fois, se planqua derrière l'unique bureau de la salle d'attente et se concentra – ou fit mine de le faire – sur la lecture d'un texte étalé devant ses yeux.

La jeune fille s'approcha de Thomassaint. Il se poussa afin de lui offrir une place sur le banc.

— Maître Van Houden semble très pris, exposa le jeune homme en tournant un visage avenant vers elle. Voilà trois fois que je viens et je n'ai toujours pas réussi à le rencontrer.

— Cela veut-il dire que je reviendrai moi aussi ?

— J'en ai bien peur. Mais..., hasarda l'inconnu d'un ton plus bas, pardonnez-moi, demoiselle, je... je crois que je vous ai vue quelque part. N'avez-vous point aussi cette impression ?

— Si, fit-elle, mais où et quand ?

— À Bruges ?

— Je ne pense pas, car je n'y suis jamais venue avant ce jour. Je ne suis là que pour défendre mon affaire. Je vis en Bretagne et je vais y retourner dès que ce procès sera enclenché.

— Je n'ai pas pu vous voir en Bretagne, je n'y suis jamais allé, répliqua Thomassaint en regrettant de ne point se souvenir davantage. Y résidez-vous depuis toujours ?

— Non. J'ai vécu douze ans en Val de Loire.

— En Val de Loire ! s'exclama joyeusement le jeune homme. Saumur, peut-être ?

— Vous ! s'écria-t-elle, les yeux illuminés de joie. Vous ! Le jeune homme fasciné par les tapisseries du duc d'Anjou !

— Et vous ! La charmante apparition de la fenêtre, la gracieuse silhouette glissée dans la foule jouissant du spectacle des jeux de Saumur.

Burgot secoua la tête.

— Maintenant que vous êtes près de moi et que je vois votre visage, vos yeux et votre sourire, je suis sûr qu'auparavant nous nous étions déjà vus ailleurs.

— À Saumur ?

— Non ! À Tours. Ma mère et moi illuminions les manuscrits que nous fournissaient les moines de Saint-Grégoire. Nous travaillions aussi pour un vieil enlumineur handicapé qui ne pouvait plus tenir son atelier.

— Burgot ! s'écria Thomassaint. Vous êtes la petite Burgot qui, un jour, étiez venue au château du sire de Beaupréhaut.

— Ah oui ! Le vieux sire de Beaupréhaut qui vous tenait prisonnier dans sa geôle dorée. Oh ! Thomassaint, je me souviens de tout à présent. Vous êtes le fils de Clarisse, parti à Bruges parce que votre père vous réclamait pour vous enseigner l'art d'être maître lissier.

— Dieu du ciel ! Vous êtes la fille d'Anastaise, l'enlumineuse du Val de Loire.

— Hélas ! Ma mère est morte, jeta plus sombrement Burgot.

— Pardonnez-moi, je ne pouvais savoir.

Elle hocha la tête, puis la pencha gracieusement sur le côté. Il crut voir un ange à l'image irréprochable, aux gestes doux, sereins et mesurés.

— Nous étions des enfants. Vous êtes grande, à présent, murmura-t-il en s'approchant d'elle.

Un large sourire illuminait tout son visage, délicat, pâle comme de la nacre ancienne où juste deux pommettes rosissaient de plaisir.

— N'avez-vous pas grandi vous aussi ? Il me semble que nous avons exactement le même âge, précisa-t-elle malicieusement. Vous êtes devenu un jeune homme superbe.

— Et vous une jeune fille fort belle ! Que devenez-vous, Burgot ?

Elle se mit à rire, offrant une superbe couronne de dents perlées.

— Ce que je deviens ! Une affreuse plaignante ayant besoin des services d'un bon avocat. Je crois que nous revendiquons tous les deux quelque chose.

— Mais diable ! Quel litige peut bien vous amener ici ?

— Je fais un procès à maître du Mesnil qui vit actuellement à Bruges. Il s'est approprié une œuvre qui appartenait à ma mère et que mon père avait peinte dans son intégralité.

— Votre père ! N'est-ce pas Jean Lenoir ?

Elle acquiesça de la tête.

— Lui aussi a quitté ce monde. Et c'est bien pour cette raison que je revendique la propriété d'un bien qui m'appartient. Mon père et ma mère n'ont jamais vécu ensemble. Ils avaient des difficultés à se comprendre.

Elle hésita et, prenant son élan, poursuivit :

— Moi non plus, je ne m'entendais guère avec lui. Il désirait me former à son image et je ne le tolérais pas. J'ai toujours tenu compte des leçons de ma mère, mais pas de celles de mon père. C'était un être généreux, mais entier et vaniteux.

À présent, l'employé tendait l'oreille, sa plume en suspens au-dessus du papier vierge sur lequel il s'apprêtait à griffonner.

— Je crois bien qu'il faudra revenir, chuchota Burgot à l'oreille de Thomassaint.

— Vous avez raison. Sortons de ce bureau poussiéreux et allons faire un tour dans la ville. Je vais vous la faire connaître.

Les pieds fatigués tant elle avait marché, Burgot s'émerveillait devant de telles splendeurs. Il est vrai qu'elle ne connaissait que les villes de Tours et de Dijon où durant douze ans elle avait vécu avec sa mère. Puis la cité de Nantes, où, plus tard, les deux femmes s'étaient installées, avait formé son seul univers.

Jamais encore elle n'avait vu Paris, encore moins les belles villes flamandes et surtout Bruges dont les artistes parlaient avec tant de fougue. Bruges ! Là où son père, Jean Lenoir, avait appris tant de choses au contact des peintres les plus célèbres.

— Burgot ! Regardez les barques flotter au-dessous des ponts. Elles reflètent leurs couleurs dans l'eau grise. Et, parfois, des lueurs étranges brillent dans les zones les plus sombres. C'est exactement comme dans vos yeux. Plus l'obscurité est grande, plus la lumière surgit.

Burgot rougissait un peu et son cœur commençait à battre la chamade. Ah ! comme elle se rappelait à présent certains jours où, autrefois, fillette calme et sereine, sa tête bourdonnait à la pensée de Thomassaint qu'elle n'avait pourtant guère revu après l'entretien au château de Beaupréhaut. Et voilà qu'aujourd'hui, en de bien étranges circonstances et en un lieu qu'elle n'aurait pu imaginer, il se présentait à elle, beau, grand, empressé et, osait-elle le penser, apparemment amoureux !

Ils s'étaient promenés toute la journée, main dans la main, le long des ports, des quais, sur le parvis des églises, au travers des étals du grand marché qui se tenait entre la place des Augustins et le couvent Saint-Jacques.

Les grandes bâtisses bourgeoises aux briques rouges, d'où l'on voyait en levant les yeux la grande tour du beffroi dont les énormes cloches sonnaient chaque heure du jour, offraient leurs fenêtres en ogives sous les frontons crénelés.

Le soir tombant, ils s'arrêtèrent dans une auberge pour y boire une cervoise fraîche comme seuls les Flamands savaient la servir, piquante, dorée et mousseuse, laissant un goût à la fois âcre et parfumé et une traînée blanche au coin des lèvres.

Après une dernière promenade sur les ponts romantiques de Bruges, bien après que la grosse horloge du beffroi eut sonné sa dernière heure, Burgot et Thomassaint se retrouvèrent dans la maison où, durant plus de huit ans, il avait vécu à l'abri des remarques acerbes de dame Griète.

C'était la maison de Katherine Hasselet, une tapissière de Bruges dont la renommée n'était plus à faire. Femme avant tout, épouse et veuve du lissier Jehan de Wilde sans lequel elle n'aurait peut-être pas pu s'affirmer aussi fortement, elle avait su, tout comme la mère de Thomassaint, tenir son atelier aussi bien et aussi rigoureusement qu'un homme.

Bruges figurait parmi les plus grands centres commerciaux de textile. S'y étaient aussi établis de nombreux tapissiers qui orchestraient une véritable industrie reposant sur une main-d'œuvre importante de filage, teinture, tissage et d'assemblage des basses et hautes lisses nécessaires pour effectuer les grandes tentures de cette époque.

À Bruges, Tournai, Arras, Bruxelles et Lille, se tenaient de grandes et nombreuses foires et tout le haut compagnonnage de la profession du textile, auquel s'ajoutaient les commanditaires, les artistes et les fabricants, y participait de façon intensive.

Certes, il existait à Paris des quartiers de textile et des lieux où l'on tissait ces immenses tentures, comme les ateliers du faubourg Saint-Marcel et ceux du faubourg Saint-Jacques, où de grands maîtres inspirés par les tendances de la mode œuvraient avec art et maîtrise. Millefleurs et licornes faisaient fureur en matière de mode.

On trouvait aussi de plus petits ateliers de tapisserie dans le Val de Loire, situés souvent à proximité des châteaux, car les commandes les plus importantes émanaient bien souvent des seigneurs et dignitaires de la cour que Charles VII avait définitivement fixée sur les bords de la Loire.

La grande demeure dans laquelle Burgot pénétra était une de ces maisons bourgeoises et cossues situées en plein centre de Bruges d'où l'on voyait – quand on grimpait à l'étage – les multiples clochetons des églises.

Mariette, la chambrière de dame Hasselet qui, elle aussi, connaissait Burgot pour l'avoir vue petite fille lorsqu'elle venait apporter avec sa mère des calendriers enluminés à son ancien maître, le vieux seigneur de Beaupréhaut, faillit tomber à la renverse quand elle vit *son* Thomassaint déposer un délicat baiser sur la nuque de la jeune fille.

— Seigneur, Jésus, Marie ! s'exclama-t-elle. La demoiselle que j'ai tant vue à Beaupréhaut. Toute seule à Bruges, la pauvre mignonne !

— Elle n'est plus seule, Mariette, puisqu'elle est avec moi.

Après avoir travaillé pour le seigneur de Beaupréhaut, dont le château se trouvait à proximité de Tours, Mariette avait été engagée par Clarisse, puis envoyée à Bruges avec Thomassaint pour s'occuper de lui lorsque Colard avait réclamé son fils.

Mais, depuis quelques années, Mariette s'était mariée avec Pietro, le cocher de dame Hasselet, et le couple attaché à la maison y demeurait toujours. Il fut servi un bon repas aux deux jeunes gens bien que l'aube commençât à poindre. Un petit vin frais compléta le souper fort agréable pendant lequel Thomassaint ne cessa de parler. Mariette le regardait, ravie, satisfaite de voir enfin la joie sur son visage, car depuis le départ de sa mère il restait souvent grave et chagriné.

— C'est que Burgot ne va point coucher avec toi, mon trésor, jeta Mariette au jeune homme qui rougissait un peu de l'audace qu'il venait d'avoir en la tenant par la taille pour lui montrer le chemin de sa chambre.

— Au diable tes pudeurs, ma fille ! fit dame Hasselet en entrant dans la salle à manger où Mariette commençait à nettoyer la table d'un air réprobateur. Toute cette agitation m'a réveillée. Je dormais comme un loir depuis longtemps. Cette jeune fille me paraît très séduisante, ajouta-t-elle en observant Burgot. Ainsi, tu as connu Clarisse et son fils en Val de Loire !

— Oui, madame.

— Allons, petite, appelle-moi Katherine. Désormais, tu fais partie de la famille.

Elle se tourna vers Thomassaint.

— Si vraiment cette petite est la fille d'Anastaise,

je suis sûre que ta mère approuverait. Allez, mes pigeons, dormez ensemble si vous en éprouvez le désir. L'amour est une belle chose, mais de si courte durée. Profitez-en. La vie se révèle bien assez noire quand on s'y attend le moins. Ah, Dieu ! Que j'aimerais revoir cette pauvre Clarisse. J'espère que les Turcs ne l'ont pas faite prisonnière.

Décidé à ne pas se laisser gagner par le pessimisme, Thomassaint prit Burgot par la taille et l'entraîna jusqu'au seuil de sa chambre.

IV

Marseille ! Le port grouillait de bruits et de couleurs. Les débardeurs s'agitaient, chargeaient, déchargeaient, criaient. Dans un brouhaha indescriptible, commerçants, trafiquants, commanditaires ou simples intermédiaires observaient les cargaisons qui s'accumulaient sur les quais, jaugeant d'un œil averti la qualité, le contenu et le prix qu'ils pourraient en tirer.

Depuis la veille, le *Salvatore* était ancré dans le port. Encastré entre deux galères vénitiennes, il se repérait par sa haute coque très élevée au-dessus du niveau de l'eau. C'était un voilier qui, grâce à ses ouvertures rondes sur les bas-côtés, pouvait utiliser une centaine de rameurs lorsque les voiles ne suffisaient pas.

Beaucoup plus dépendants des conditions climatiques que les galères et réclamant un équipage qui sache maîtriser parfaitement les vents favorables et les vents contraires, les navires à voile offraient une maniabilité moins grande quand les mauvaises conditions climatiques exigeaient de ne pas stagner dans les zones dangereuses.

Thomassaint et Burgot attendaient que la passerelle soit jetée pour monter à bord. Filippo Battista observait en silence les passagers qui s'apprêtaient à embarquer. À son côté, Alonso Colonna, son capitaine, regardait lui aussi les gens qui se bousculaient sur la fragile passerelle tandis que don Garzia, son second, s'affairait à dérouler les cordages qui traînaient sur le pont et que le quartier-maître, Giovanni, détachait les barques accrochées à la coque pour les jeter à l'eau.

Ah ! on peut dire que les choses n'avaient pas traîné pour nos jeunes amoureux tant Mariette les avait poussés à se marier – avec le consentement et le sourire de dame Hasselet, qui n'avait pu s'empêcher de verser une larme quand ils avaient murmuré le « oui » qui les unissait pour la vie. Comme elle avait pensé à son amie Clarisse à cet instant décisif pour le jeune couple !

Mais ciel ! Quelque temps plus tard, Katherine et Mariette avaient autant tremblé de peur qu'elles avaient frissonné de joie à marier les deux tourtereaux. Pourquoi s'étaient-ils mis en tête de partir en Orient sur les traces de Clarisse ?

Tout avait commencé le jour où Burgot avait appris que l'homme qu'elle attaquait en justice était réclamé par la cour de Naples pour effectuer une grande fresque destinée au souverain. Empourprée de rage à l'idée que l'œuvre dérobée lui échapperait définitivement, elle avait décidé avec Thomassaint de le pourchasser jusque dans son repaire napolitain.

Mais, depuis cette décision, Thomassaint mûrissait une autre idée. Le *Salvatore* ne terminait pas son voyage à Naples. Il poursuivait son chemin jusqu'en Crète et à Thessalonique. De là, s'ils prenaient un autre bateau en direction de Rhodes et de Chios – beaucoup de navires grecs s'y rendaient –, ils pourraient passer les Dardanelles et atteindre Constantinople pour se lancer sur les traces de Clarisse.

— Oh ! Thomassaint. Ma licorne !

Burgot regarda tomber par-dessus la passerelle le petit sac de cuir où elle enfermait l'enluminure que sa mère lui avait peinte lorsqu'elle était enfant. Une licorne toute blanche, lisse et majestueuse, qui s'ébrouait fougueusement, les pattes avant dressées, l'œil braqué sur le soleil dont les rayons dardaient leur or dans l'azur d'un ciel sans nuages. Un pur et bel animal à l'unique ramure sur le front qui s'érigeait en spirale. Et, sous ses pattes, un semis de Millefleurs posé sur un tapis bleu nuit.

Thomassaint ne fit qu'un saut, mais quel saut ! quel plongeon !

— Ne m'attends pas, monte à bord, je te rejoins dans quelques secondes.

C'était un jeu d'enfant pour lui de plonger dans les eaux peu profondes du bord de mer, lui qui avait tant de fois traversé la Loire à la nage. Burgot le vit saisir le sac et revenir vers la passerelle à grandes brassées.

— Allons, pressons, cria don Garzia, impressionné par le flux des passagers. Combien sont-ils donc ? demanda-t-il au capitaine.

— Plus nombreux que nous ne le soupçonnions. Une centaine, peut-être plus.

— Ils dormiront tous sur le pont.

— À l'exception des femmes et des enfants, répliqua Filippo Battista. On ne dira pas que mon vaisseau est un repaire de malotrus.

De ses lèvres minces et sinueuses, presque tortueuses, Alonso Colonna esquissa un sourire. Il commençait à connaître l'armateur depuis que trois voyages en Méditerranée les avaient réunis sur le *Salvatore*. Battista ! Un Génois d'envergure ! Un maître du brigandage ! Un corsaire ! Dissimulateur et plus encore calculateur, il n'hésitait pas à sacrifier quelques vies humaines pour sauver une cargaison de valeur.

— Halte ! Ma belle ! Quel âge as-tu pour embarquer sans ta famille ?

— Sa famille, c'est moi ! répondit Thomassaint, qui

arrivait juste derrière Burgot en tenant le sac mouillé. Nous sommes mariés, capitaine.

— Le capitaine, c'est lui, fit don Garzia en désignant du bout de son fouet l'homme trop souriant pour être honnête et que le bandeau sur l'œil rendait plus suspect encore, d'autant plus que ses longs cheveux filasse et gras pendaient négligemment de chaque côté de son visage.

— Une bien belle passagère, fit Battista en s'approchant de la jeune femme.

Ses yeux bleus et froids croisèrent le sombre regard de Burgot. Puis il les dirigea tranquillement vers Thomassaint.

— Tu nages bien, mon garçon. J'ai admiré ta prouesse tout à l'heure. L'eau semble basse, mais c'est un vrai traquenard, surtout à l'endroit où tu t'es engagé. Il y a des trous extrêmement dangereux. Jusqu'où allez-vous ?

— Jusqu'à Naples, répondit Burgot.

— Peut-être irons-nous plus loin, ajouta Thomassaint.

— Et jusqu'où ?

— Constantinople.

Un grand éclat de rire accueillit ce mot jeté fort innocemment, accompagné par un ricanement sinistre et menaçant. C'était le rire significatif d'Alonso.

— Constantinople ! Il est fou, capitaine, s'esclaffa don Garzia.

— S'il veut se faire couper la tête, rétorqua Battista, c'est son droit.

— Couper la tête ! jeta Burgot, les lèvres tremblantes.

— Et pourquoi nous ferions-nous couper la tête ? reprit Thomassaint, presque agressif.

Battista ne répondit pas à la question et se contenta de rétorquer :

— Que vas-tu faire là-bas ?

— Rechercher ma mère partie depuis plus d'un an enquêter sur la disparition de son mari, Michel de Lallier, prévôt des marchands de Paris. Il devait ramener, à l'époque, un vaisseau chargé de blé pour les Parisiens.

Il y eut un silence. Un silence pesant comme si un orage soudain devait éclater. Puis le ricanement pernicieux d'Alonso se fit entendre.

— Un vaisseau chargé de blé ! À mon sens, les Turcs lui auront fait bouffer son blé par la racine.

— C'était pas le *Saint-Jacques*, le bateau du prévôt ?

L'homme qui venait de parler était un simple marin, petit et trapu. Les jambes écartées, les poings sur les hanches, il regretta les mots qui lui avaient échappé quand il vit le coup d'œil cinglant que lui jetait Alonso.

— Oui, le *Saint-Jacques*. C'était bien son vaisseau, jeta Thomassaint en remarquant la soudaine gêne du marin.

— Allons, cria Battista, ne nous attardons pas. Nous avons encore plus de trente passagers à faire monter.

La première nuit passée sur le pont aurait été pénible si Burgot ne s'était sentie aussi bien dans les bras de Thomassaint. Deux grands bras solides qui entouraient son buste, la serraient, la rassuraient, se faisaient protecteurs. Burgot ne cessait de réclamer l'amour, la tendresse, les attentions apaisantes de Thomassaint. Elle sentait son haleine chaude contre son visage et quand il passait la main sur sa taille, la remontant sur son buste pour saisir au passage l'un de ses petits seins, elle tremblait de tous ses membres. Ciel ! Allaient-ils dormir là tous les soirs ? Pourraient-ils profiter de temps à autre d'un lieu tranquille, à l'écart d'une foule bruyante où ils puissent cacher leurs amours naissantes ?

Un mois seulement qu'ils étaient mariés. Un mois de grand bonheur, presque insoutenable tant il était fort et puissant. Burgot ne pensait même plus à ses pinceaux, à ses couleurs, à ses huiles, à ses parchemins et à ses enluminures. Seul, pour l'instant, Thomassaint comptait.

Certes, à Bruges, ils avaient eu le temps de se découvrir et d'étudier avec une admiration sans cesse décuplée chaque parcelle de leur corps, chaque endroit qui amenait le plaisir sans limites qu'ils avaient découvert ensemble pour la première fois. Oui ! Thomassaint comblait Burgot et Burgot exauçait tous les désirs de Thomassaint.

Allongés, enroulés sur eux-mêmes, tassés les uns contre les autres, les passagers formaient un tas informe sur le sol. Les uns dans les coins, les autres au centre ou sur les bords. Parfois, l'un d'eux se levait et l'on voyait sa silhouette sombre se pencher par-dessus bord. Le roulis du vaisseau le faisait basculer et il ne revenait à sa place qu'après avoir soulagé son estomac.

Chacun dormait comme il pouvait, les pieds dans les cordages ou les voilures, la tête à même le bois du pont ou reposant sur un coude replié. Le vent qui frappait la proue laissait un chuintement diffus dans les oreilles et, parfois, jetait des frissons sur les corps bien souvent privés de la protection d'une simple couverture.

Blottie contre Thomassaint, Burgot dormait. Des ronflements fusaient de toutes parts. De temps à autre, des pieds enjambaient les corps étendus en quête d'un peu plus d'espace. Les deux seules voiles montées claquaient dans le vent et la proue fendait l'air.

Un bruit, un léger sifflement parvint jusqu'à Thomassaint, qui releva la tête.

— Hé ! Petit.

Le jeune homme rehaussa son buste. Une silhouette trapue s'approchait de lui.

— C'est moi que tu appelles ?

Cette fois réveillé, Thomassaint posa son regard sur Burgot toujours endormie et prit soin de caler sa tête sur son épaule. L'obscurité l'empêcha tout d'abord de voir qui l'apostrophait, mais bientôt ses yeux s'accoutumèrent à la nuit.

— Tu n'es pas bien vieux, mon garçon, fit le marin qui, tout à l'heure, l'avait accosté sur la passerelle.

— J'ai un peu plus de vingt ans, rétorqua le jeune homme.

— Et moi quarante, et j'ai roulé ma bosse. Je suis breton...

— Breton ! s'exclama Burgot en se levant.

Mais Thomassaint la saisit par la taille et l'obligea promptement à se rasseoir. Sans doute s'était-elle éveillée quand il avait bougé la tête.

— Je suis de Nantes, poursuivit Burgot, et toi ?

— Pardi ! Moi aussi, répondit le marin à voix basse en jetant un coup d'œil à droite, puis à gauche pour s'assurer sans doute qu'aucun membre de l'équipage ne le surveillait.

— Et, poursuivit-il en chuchotant, j'ai toujours ma vieille mère là-bas, convaincue à chacun de mes départs que je reviendrai au pays pour l'embrasser et la serrer dans mes bras. Je m'appelle Loïc.

Il serra la main que lui tendait Burgot, puis de son index barra ses lèvres.

— Ne faisons pas de bruit. Le capitaine et son second ne supportent pas que l'équipage s'entretienne avec les passagers. S'ils me prennent ici, ils risquent de caresser mes côtes un peu trop violemment avec leurs fouets.

Il se retourna vers Thomassaint et, pour éviter de se faire remarquer, s'accroupit en silence. Loïc était un de ces vrais marins, petit, trapu, solide. Le torse vigoureux et les épaules rondes. De ses cuisses, certes trop courtes, jaillissaient cependant des muscles puissants qui tendaient le pantalon dont la cotonnade écrue serrait ses jambes.

Loïc avait ce visage ouvert et affable de marin averti, des yeux vifs, à l'affût du moindre détail, un faciès carré aux pommettes saillantes, au nez petit et court, une physionomie dégagée de toute mèche de cheveux indocile probablement refoulée sous le bonnet qu'il s'enfonçait jusqu'au front.

— Tu as parlé du *Saint-Jacques* tout à l'heure, déclara-t-il en regardant Thomassaint. Que veux-tu savoir ?

— Ce qu'il est devenu.

— Il a été pillé dans les eaux orientales, juste en quittant les Dardanelles. Attaqué par une bande de corsaires. Un vaisseau ne peut s'en tirer que s'il bat son adversaire à la course. Le *Saint-Jacques* était un navire de commerce. Seules les galères sont imbattables à ce genre d'exercice.

— Des corsaires ! murmura Burgot, interdite.

— Il en vient de partout depuis la chute de Constantinople. La Méditerranée en est infestée. Il ne faut pas aller là-bas, mon garçon. C'est trop dangereux. Battista te l'a dit.

— Mais je dois retrouver ma mère.

— Écoute ! Après avoir été pillé, le *Saint-Jacques* a coulé.

— Et les rescapés ?

— Tous tués. Il n'y a que les navires des califes, des émirs, du sultan qui récupèrent naufragés et prisonniers pour en faire des galériens. Non, ces corsaires-là ne s'encombrent pas d'hommes inutiles. Seul le butin les intéresse.

— Oh ! fit Burgot en se passant la main sur le front qu'elle sentait devenir moite.

— C'est peut-être ce qui attend le *Salvatore*, reprit Loïc. C'est pourquoi je vous conjure d'abandonner votre projet de pousser jusqu'à Constantinople. Ce vaisseau transporte des passagers pour camoufler le butin qu'il négocie d'un port à l'autre.

— Un bateau corsaire !

— Actuellement, tous les vaisseaux sont un peu corsaires. Certains sont même mandatés par les États royaux. Tout est alors pratiqué dans de bonnes conditions. Ils remplissent ainsi une fonction légale sur le plan national et international.

— Mais si le *Salvatore* se sert des passagers pour camoufler sa marchandise, c'est un vaisseau pirate ! s'exclama Thomassaint d'une voix étouffée.

— C'est le cas du *Saint-Jacques*. Il n'y a pas capture d'hommes. Les pirates déploient la même activité, mais à hauts risques. Ils sillonnent les mers sans obéir aux lois établies et aux règles de base, et sans respecter les limites. Ce sont des hors-la-loi. Ils agissent dans un triple but, d'abord piller, puis brûler ou faire sombrer le navire attaqué et enfin capturer les hommes pour en tirer parti.

— Si le capitaine d'un vaisseau corsaire les force à se noyer, c'est pire encore !

Loïc haussa les épaules.

— C'est bien pour cette raison qu'il faut quitter ce navire à tout prix.

— Mais toi, pourquoi t'es-tu engagé ?

— Je n'ai appris la réalité qu'à bord. Il était trop tard pour faire demi-tour. Et puis, parfois, je n'ai pas le choix. C'est le destin de tout marin. Et il arrive qu'un honnête et loyal capitaine corsaire laisse une part du butin aux hommes de son équipage. Une fois, j'ai rapporté des pièces d'or à ma mère et nous avons acheté une petite maison sur le port.

Il eut une mimique dubitative et poursuivit :

— Mais je crois que Battista et Alonso ne sont guère partageurs.

— Que pouvons-nous faire, alors ? dit Burgot.

— Hélas, il est trop tard pour faire marche arrière. Mais vous pouvez descendre à Gênes. C'est là que les passagers seront débarqués. Ceux qui resteront pourront craindre le pire.

— Mais je veux aller jusqu'à Naples, gémit la jeune femme. C'est juste après Pise. Il n'y a guère de différence.

— Oh ! que si. La différence est énorme.

Brusquement un bruit se fit entendre. Un pas, un glissement feutré, puis plus rien. Juste un souffle désagréable dans le dos de Loïc.

— Je le savais, dit soudain une voix. C'est le Breton.

Le visage triangulaire d'Alonso au front sanglé d'un éternel turban rouge se profila dans le rayon de lune qui jetait un pâle reflet sur le pont. D'un geste sec, rapide, calculé, il cingla de son fouet le dos de Loïc. Le marin ne broncha pas.

— Tu sais bien qu'il est interdit à l'équipage de s'entretenir avec les passagers.

— La petite me disait que le vent était frais et qu'elle aimerait bien une couverture. C'est tout.

Un second coup de fouet atteignit les épaules du marin qui serra les lèvres.

— Punition ! cria Alonso. Monte en haut du mât et restes-y jusqu'à ce que je t'ordonne de redescendre. Et si le vertige te prend, tant pis pour toi, les requins t'attendent. Un marin de perdu, dix de retrouvés !

Quelque temps plus tard, le silence reprenait ses droits. Mais Burgot et Thomassaint restèrent éveillés jusqu'à l'aube tant les paroles de Loïc les avaient perturbés. Quand les premiers rayons du soleil se levèrent, ils aperçurent la silhouette du marin en équilibre tout en haut du grand mât.

La nuit qui précéda l'ancrage au port de Gênes laissa à Thomassaint et à Burgot le goût amer de l'indécision.

Le lendemain, plus de soixante-dix passagers descendirent. Il ne restait qu'une vingtaine de voyageurs désirant gagner Naples. Le jeune couple décida donc de figurer parmi ceux-là sans plus se demander s'il avait raison ou non.

Ils durent payer à Battista le supplément du trajet. Thomassaint n'était pas parti sans argent, bien au contraire, il disposait d'un pécule pris dans ses économies et largement doublé grâce à la générosité de Katherine Hasselet.

Depuis leur dernière discussion sur le pont, ils n'avaient pas revu Loïc et ne parlaient plus qu'avec une demi-douzaine de passagers qui, visiblement, éprouvaient le besoin de converser malgré la méfiance qui s'était installée entre eux. Thomassaint et Burgot restaient des heures entières les yeux rivés sur la mer, rêvant l'un et l'autre à leur séduisante et enjôleuse Loire.

Ce qui les aida aussi à fixer leur choix fut qu'un beau matin Burgot s'était sentie complètement anéantie, ne voulant plus se lever si ce n'était pour aller vomir par-dessus bord le peu d'aliments qu'elle prenait. Elle se recouchait aussitôt sur le pont, soupirait, fermait les yeux et s'assoupissait avec une nonchalance qui ne lui était guère coutumière.

Thomassaint regardait d'un air contrit son épouse, pâle et souffrante. Puis, un jour, entre deux hoquets et deux tremblements, Burgot lui avait expliqué qu'elle était enceinte.

Un mois plus tard, dans le crissement de la chaîne d'ancrage que les marins relevaient et le brinquebalement des canots qu'ils accrochaient sur la coque, le bateau quittait le port de Gênes. La nuit, les pêcheurs avaient disposé leurs filets et, au petit matin, récoltaient le fruit de leur travail.

Thomassaint et Burgot ne se posaient même plus la question de ce qu'ils auraient dû faire ou ne pas faire. Le port disparut à leurs yeux sous la brume matinale. La mer était calme et paisible, n'offrant que la vision de petites vaguelettes qui venaient doucement mourir sur la coque brunâtre du *Salvatore*.

Burgot ne vomissait plus, avait repris ses couleurs, riait à nouveau et disait que les premiers symptômes de son nouvel état étaient complètement passés. Tous deux observaient avec ravissement le ciel serein qui s'étendait devant eux sans se rendre compte que, peu à peu, le vaisseau quittait les côtes italiennes pour prendre le large.

Mais bien sûr, comment pouvaient-ils savoir que Battista, Alonso et Don Garzia venaient de donner l'ordre au timonier de virer vers Palerme au lieu de poursuivre jusqu'à Naples ?

Ce ne fut qu'au bout de dix jours de navigation en pleine mer que Thomassaint s'en rendit compte. Il est vrai que, depuis qu'ils avaient quitté Gênes, la vingtaine de passagers restant à bord leur laissait une vaste place sur le pont. Ils avaient même élu domicile derrière un amoncellement de cageots qu'ils avaient recouvert d'une vieille bâche trouvée près d'un paquet de voilures et, coincés entre leurs cageots et cette toiture improvisée, ils vivaient tranquillement leur amour.

Quand Thomassaint, tout à sa joie d'être bientôt père et ignorant les lois de l'orientation maritime, s'aperçut que l'air du grand large n'était peut-être pas celui qu'ils devaient respirer, il se demanda si l'armateur et son capitaine ne tendaient pas un traquenard aux derniers de leurs passagers. Alors, le jeune homme se rappela le sourire narquois qu'avait esquissé Filippo Battista et le coup d'œil étrange que lui avait aussitôt glissé Alonso quand il avait donné le louis d'or qui payait la fin de son voyage.

— C'est trop payé, avait simplement jeté Battista, mais je vous rendrai la monnaie à Naples.

— À présent que la plupart de vos passagers sont descendus, ne peut-on disposer d'une petite cabine ? demanda Thomassaint en fixant le regard froid de l'armateur qu'il avait croisé sur le pont peu de temps après le désancrage.

Mais il sut tout de suite quelle serait la réponse, avant même que l'autre n'ouvrît la bouche.

— C'est qu'elles sont peu nombreuses et toutes occupées, avait répondu sèchement Alonso.

Sur ce refus catégorique, Battista s'était empressé de préciser :

— Nous pouvons cependant vous fournir une couverture. La dame aura plus chaud, bien que les nuits en ces régions ne soient pas froides.

Puis il s'était retourné vers Burgot, encore pâlotte de ses émotions passées.

— La jeune dame se porte-t-elle bien ?

— Ça peut aller, avait rétorqué Burgot sans autre commentaire. Je vous remercie d'avance pour la couverture, elle sera tout de même la bienvenue.

Un bref dialogue qui n'avait pas duré plus de quelques secondes. Oui ! À présent, Thomassaint revoyait les visages railleurs de ses compagnons, comme s'ils se gaussaient déjà de leurs prochaines déconvenues.

C'est alors que, en regardant les myriades de mouettes légères s'agiter dans l'espace, il vit pointer le mât d'un autre navire et se profiler des voiles blanches. Elles se cachaient encore dans la brume matinale et ne se distinguaient pas plus qu'une petite libellule voltigeant tranquillement à l'horizon.

Le jour se passa sans que rien ne laissât supposer une alerte quelconque, mais, tard dans la nuit, Loïc se faufila sur le pont au risque d'une nouvelle punition. Bah ! son dos était coriace et le haut du grand mât n'avait pour lui aucun mystère depuis qu'enfant il le grimpait comme s'il montait à l'assaut d'une colline à peine plus haute que lui.

Il s'engouffra sous la bâche qui servait de toiture aux jeunes mariés, eut un sourire en les voyant tendrement enlacés, puis il secoua l'épaule de Thomassaint.

— Suivez-moi, chuchota-t-il, mais surtout ne faisons pas de bruit.

Ils traversèrent en silence le pont en direction de la poupe, suivirent la coursive qui menait à l'intérieur du navire et, empruntant dans un coin sombre et encombré une étroite et inconfortable échelle de corde, ils descendirent jusqu'à la cale.

Fermée par tout un bric-à-brac divers, la partie de la cale où ils se trouvaient présentait l'avantage de stocker une fraction des produits alimentaires. Il s'y entassait quelques sacs de farine, de fèves, de viande séchée et de biscuits salés.

— C'est toujours ça, vous ne mourrez pas de faim ! Mais ne sortez pas d'ici. Dans quelques heures, tout l'équipage va réquisitionner les parties extérieures, pont, entrepont, bastingage, coursive, écoutilles et issues diverses qui mènent à l'intérieur du navire. Les passagers vont être happés, saisis, tués ou jetés par-dessus bord. J'ai entendu Battista dire de ne pas vous épargner.

Il jeta un coup d'œil sur les amoncellements de nourriture.

— Et si l'endroit devient dangereux, je vous conduirai ailleurs. Vous n'y mangerez peut-être rien, mais vous serez à l'abri.

Comme Burgot ouvrait de grands yeux étonnés, il précisa :

— Ne vous inquiétez pas, ce genre d'attaque n'est jamais très longue. Elle dure un jour ou deux, trois peut-être. Le temps d'occire les adversaires et de faire escale là où le butin peut être entreposé avant d'être vendu ou échangé.

— Mais nous ne pourrons pas sortir après l'attaque puisque Battista a donné l'ordre de se débarrasser de nous.

— Palerme n'est pas loin. J'ai entendu Alonso dire que les marchandises seraient stockées à l'intérieur d'une toute petite île située entre Palerme et Malte. Je vous aiderai à descendre dès que nous aurons accosté. Alors, ne bougez plus et surtout soyez discrets.

— Mais les autres ?

— Ah, ça ! répliqua Loïc en grimaçant, c'est eux ou vous. Je ne peux rien faire pour les autres sans attirer l'attention. Et, dans ce cas, ce serait ma mort et la vôtre sur-le-champ. Seuls Giovanni, le quartier-maître, Francesco et quelques autres marins sont au courant.

— Mais ce bateau ! Que contient-il pour être ainsi attaqué ?

— Tous les bateaux de commerce intéressent les corsaires. Parfois, ils ne transportent rien et le combat est inutile. Celui-ci est anglais. Il vient de traverser les eaux du califat du Maroc au large des côtes du Maghreb. Il est chargé d'or et de produits de luxe.

Burgot sentit ses jambes trembler et elle dut s'asseoir à même le sol pour ne pas vaciller. Thomassaint n'en menait guère plus large. Une attaque navale ! Par tous les diables, allaient-ils s'en tirer vivants ? La pensée que sa mère avait peut-être vécu de telles épreuves lui donna du courage et il tenta d'oublier les sombres pensées qui effleuraient son esprit.

V

Enfermés dans la cale, Thomassaint et Burgot éprouvèrent aussitôt une désagréable impression. L'air pur et le roulis de la mer leur manquaient, du moins la vision de la douce ondulation des vagues dont ils n'avaient jamais été privés jusqu'alors. Et puis, le ciel ! Sa vaste étendue bleuâtre, grise certains matins de brume et rose le soir jusqu'à devenir rougeâtre par le flamboiement du soleil couchant.

— Dieu du ciel ! Que celui du Val de Loire me manque, souffla Thomassaint à l'oreille de Burgot. Comme je voudrais être sur les bords tranquilles de notre fleuve.

— Oh oui ! murmura Burgot en retenant dans sa main celle de son compagnon.

Le lieu n'était guère réjouissant mais, bien que recouvert de poussière, le plancher de la cale leur offrait un asile sécurisant. Çà et là, des bouées, des cales, des cordages leur servaient d'appui. Les murs sentaient le moisi, mais ils ne virent ni rats, ni bestioles malfaisantes. Des relents de soufre – que les marins enfermaient dans de gros chaudrons parce qu'il avait un pouvoir désinfectant – parvenaient à leurs narines. L'unique lampe à huile que leur avait laissée Loïc leur permettait de distinguer les aliments, dont ils feraient d'ailleurs bon usage.

Après s'être aimés pour oublier leur inquiétude, ils avalèrent quelques biscuits et mordirent dans un énorme morceau de viande séchée. Puis, jugeant les barils d'eau douce trop lourds pour être soulevés, ils burent quelques grandes goulées à même l'ouverture en faisant glisser les barils sur le côté et en s'allongeant sur le sol. L'eau tombait directement dans leur bouche asséchée.

Confinés, occupés à boire et à se restaurer – depuis qu'ils étaient sur le bateau, la nourriture dispensée était rare et mauvaise –, coupés de l'extérieur, ils ne pouvaient voir la galiote anglaise s'avancer doucement au rythme des flots tranquilles. Elle avait haussé son pavillon dès qu'elle avait été dans la ligne de mire du *Salvatore* et l'armateur génois avait aussitôt fait de même, montrant ainsi que nul danger n'était à craindre et qu'une bonne amitié pouvait s'instaurer entre eux.

La distance qui séparait les navires diminuait. Entre Génois et Anglais, tout devait se passer simplement. Les deux vaisseaux se croiseraient, les capitaines se salueraient et chacun reprendrait sa route.

C'était du moins ce que pensait l'équipage du *Old King* en s'approchant du *Salvatore*. Rien ne présageait le contraire. Les deux bâtiments se rendaient les grâces et les politesses d'usage. Parfois même, et souvent de façon réciproque, un capitaine invitait l'autre à passer une nuit sur son propre bateau. Ils buvaient, discutaient et se quittaient au petit matin.

Mais rien de tout cela n'arriva et quand les coques des navires se frôlèrent sans faire plus de bruit que l'attouchement de deux monstres confortablement ouatés, l'abordage eut lieu sans avertissement. Ce fut une agression aussi brutale et sauvage que celle d'une cohorte de panthères attaquant des gazelles innocentes et non préparées à la défense. Les quatre-vingts hommes d'équipage du *Salvatore* grimpèrent sur le *Old King* en brandissant sabres, couteaux et lances avec des cris hystériques et des gestes qui n'avaient plus rien d'humain.

Les passagers, à l'exception de Thomassaint et de Burgot, toujours enfermés dans leur cale et ignorants de ce qui se passait, furent promptement jetés par-dessus bord sans même se rendre compte de ce qui leur arrivait.

L'assaut fut mené avec une rapidité calculée, maîtrisée, magistralement organisée s'il n'y avait eu la faille capitale que n'avait pas prévue Battista. L'erreur gigantesque et pourtant si logique ! Un début de mutinerie. Oui ! Giovanni, le quartier-maître, aidé par Francesco, Loïc et une dizaine d'autres marins, las des perpétuelles sanctions que leur infligeaient Alonso et don Garzia, profitèrent de la tourmente et de la débâcle pour les éliminer d'un coup d'épée bien placé.

C'est à peine s'ils remarquèrent qu'ils mouraient de la main de leurs hommes – Alonso transpercé dans le dos et Battista la gorge tranchée. Quant au reste de l'équipage, trop absorbé par le combat, il ne pensait qu'au butin dont il soupèserait, dans quelques heures, le poids et la valeur.

Cette mutinerie renversa la situation car, passé les premiers instants de panique, l'équipage du *Old King* se rebiffa lui aussi et, bien que leur capitaine et leur second fussent déjà morts, les Anglais se défendirent vaillamment.

Sur le *Salvatore* les choses se compliquaient. Il faut dire que, si un pirate ou un corsaire comptait sur sa chance, il devait encore plus compter sur la valeur et la capacité de son navire. Il en était de même pour celui qui menait une mutinerie. Il devait savoir conduire le vaisseau comme un capitaine et posséder les compétences d'un chef de bande. Or, Francesco avait tout prévu, sauf qu'il aurait à tenir le gouvernail. Il commit tant d'erreurs à la barre que bientôt le vaisseau tournoya sur lui-même et que les marins affolés détachèrent les canots qui restaient pour monter à bord du vaisseau anglais.

Sur le *Old King*, Loïc se défendait avec les moyens du bord. Les hommes du *Salvatore*, ceux qui n'avaient pas prévu la rébellion, voyant que le butin pouvait leur revenir, redoublèrent d'énergie devant l'attaque. Quelques coups d'œil avertis en direction de leur navire qui tanguait de plus en plus leur signifiaient que le sort du *Salvatore* n'était plus sous contrôle. Dans peu de temps, il allait sombrer.

Francesco lui-même avait déserté son poste et cherchait à rejoindre le dernier canot resté accroché à la coque. Il y parvint sans trop de mal, culbutant de temps à autre et venant sans cesse heurter le bord. Mais, bientôt, il put grimper à l'arrière du *Old King* et se joindre aux assaillants.

Toujours reclus dans leur cale, Thomassaint et Burgot étaient en proie à un intense mal de mer. Le bateau se soulevait, retombait, tournoyait. Que se passait-il ? Bientôt, ils ne purent tenir plus longtemps ce rythme infernal qui les amenait brutalement du sol au plafond où ils se cognaient violemment la tête.

Fort heureusement, ils n'eurent aucune peine à sortir de la cale et, humant un grand coup d'air frais, ils se mirent en devoir de longer avec prudence les couloirs et les issues qui menaient sur le pont. Là, ce fut l'horreur qui s'offrit à leurs yeux.

Le grand hunier tendu présentait une déchirure et le vent s'y engouffrait, faisant piquer le vaisseau à l'avant. Le poste du gouvernail était désert – comme le reste du vaisseau d'ailleurs. Des flammes grimpaient le long des petites voilures montées sur les bas-côtés. Pas un homme à bord. Le vide ! L'horreur ! Livré aux éléments, le navire ne se maîtrisait plus. Ils s'aperçurent bientôt que le bord du bastingage était au ras de l'eau. Le bateau coulait.

En face d'eux, sur le pont du *Old King*, on se battait sauvagement. Dans un nuage informe et sans couleur où l'on ne distinguait personne tant la mêlée était grande, les sabres s'entrechoquaient dans un cliquetis assourdissant, les dagues étincelaient juste avant de se retirer des corps transpercés, gluantes de sang, et les sabres tranchaient les têtes.

Les visages et les corps des combattants couverts de sueur offraient un spectacle disparate, incongru. Des crânes rasés, d'autres chevelus, des yeux à fleur de tête, des poils hirsutes, des jambes folles et nerveuses qui se propulsaient en tous sens, des bandeaux sur l'œil, des bonnets enfoncés jusqu'au bas du front, des bas-de-chausses déchirés, des fronts tailladés, des pieds nus aux ongles longs et sales, le tout dans des cris rauques, des hurlements de bêtes, des chuintements qui indiquaient que la mort était proche.

Soudain, ils distinguèrent Loïc qui brandissait un sabre à la hauteur de ses épaules. Mais une brillante lame effilée était pointée sur son buste, tout près du cœur.

Loïc fut le plus rapide. Après une seconde de désarroi intense, il se reprit et leva le bras. Alors son sabre décapita l'Anglais sur-le-champ. La tête alla rouler contre le rebord de la coque, puis bascula dans le vide et tomba comme une lourde pierre à la mer.

Dans un instant irrémédiablement fatal, ce bref instant où sa respiration se calmait et où son esprit se déconcentrait, surgit derrière lui un fou échevelé, un fou que plus rien n'arrêtait, un fou dont les yeux s'apparentaient à ceux d'un lynx en furie.

— Loïc ! s'écria Burgot. Loïc, attention, derrière toi !

Le marin se retourna. Il lui fallut un centième de

seconde pour mesurer le danger. Il s'esquiva juste à temps. Mais l'autre se ruait sur lui. Le vaillant Breton tenta en vain de répéter le coup chanceux qu'il avait tenté tout à l'heure avec son sabre. L'Anglais s'acharnait, le couteau pointé. Loïc tomba et s'étala sur le plancher en poussant un cri enragé. L'Anglais vociférait des injures. Le visage blême, le Breton s'efforçait de repousser la main qui tenait l'arme à deux millimètres de sa gorge. S'il faiblissait, c'était la mort. L'instinct de survie lui donna l'énergie de faire pivoter la lame qui ne fit que balafrer son visage.

Ce fut une lutte au corps à corps où l'Anglais jurait à grands cris. Mais peu à peu ses forces s'épuisèrent. C'était un homme grand et maigre, d'une vigueur incroyable. Le visage ensanglanté, Loïc parvint à le pousser contre la coque et à lui asséner un violent coup sur la tête. L'Anglais hurla, se courba et le Breton en profita pour saisir l'un de ses pieds, le faire basculer et le balancer par-dessus bord.

Quand Loïc jeta les yeux sur le *Salvatore*, il vit que la proue commençait à sombrer et que plusieurs Anglais, jusqu'ici réchappés du massacre, lançaient vers le navire des projectiles enflammés.

— Loïc, au secours ! cria Burgot tandis que Thomassaint, ne trouvant plus ni barque ni canot de sauvetage, ne savait trop comment s'échapper.

— Tiens, attrape cette corde ! cria le Breton au jeune homme qui tentait de calmer sa jeune femme paniquée devant l'ampleur considérable des flammes. Laisse-la glisser tout doucement et, quand elle sera à l'eau, je vais lui lancer une autre corde pour la ramener ici. Je ferai pareil pour toi.

— Non, occupe-toi de Burgot. Moi, je sais nager.

Mais le stratagème de sauvetage dura trop longtemps. Un sabre se retournait contre lui et il dut lâcher la corde qui ramenait Burgot sur le *Old King* sous peine de mourir décapité. Sans perdre de temps, Thomassaint sauta par-dessus bord et rattrapa la corde que tenait toujours Burgot. Levant les yeux, ils virent une tête voler, mais ce n'était pas celle du Breton. Loïc, le sourire aux lèvres, se penchait sur eux afin de les accueillir sur le vaisseau anglais.

Le combat se poursuivit durant six heures. Aux côtés du Breton, Thomassaint se défendait vaillamment pendant que, réfugiée dans un recoin du pont, Burgot, recroquevillée sur elle-même, tremblait de peur et priait le ciel que son Thomassaint soit épargné dans la tourmente.

Au bas de la coque du *Old King* que les flots venaient caresser, des corps flottaient avant de disparaître dans l'eau sombre. Thomassaint avait une épaule entaillée et Loïc une large balafre sanguinolente qui partait de la tempe jusqu'à la commissure des lèvres. Les lames brillaient dans le soleil. L'heure de midi était passée et la chaleur se faisait intense. Des nuages de fumée suffocante arrivaient du *Salvatore*. Les yeux piquaient, les poumons suffoquaient. Et, tandis que les énergies s'épuisaient et que les cris s'atténuaient, Génois et Anglais se rendirent soudainement compte que, si le *Old King* ne bougeait pas, les flammes qui embrasaient le *Salvatore* risquaient de se propager rapidement à lui.

— Arrêtons le combat, hurla Giovanni, et faisons la paix. Il n'y a plus de maître à bord. Nos capitaines ne se partageront plus le butin. Celui-ci nous appartient. Nous l'avons bien gagné.

On entendit l'ordre se répercuter en anglais et les combats cessèrent immédiatement.

Pansés, désinfectés, recousus à la diable, vingt marins environ se trouvaient entre la vie et la mort, gisant sur le sol, gémissants, trop anéantis pour profiter du spectacle. Vingt-cinq autres, portant des balafres sanguinolentes qui commençaient à noircir, regardaient avec des yeux agrandis de stupeur les merveilles qui se trouvaient enfermées dans la cale.

En Méditerranée, chez les corsaires aussi bien chrétiens que musulmans, il était d'usage de donner des primes spéciales à ceux qui avaient contribué à la capture du bateau ennemi et au marin de garde qui avait repéré le vaisseau et alerté les hommes d'équipage. Tout partage de butin selon les lois des corsaires se pratiquait de façon stricte. On déduisait les frais qu'entraînaient les déchargements et les opérations d'estimation, de pesée, de stockage, voire de vente aux enchères quand les produits étaient écoulés tout de suite.

Il était également prévu que le vainqueur remorquât, si besoin était, et ramenât au port le navire capturé. Il n'y avait de bateau brûlé ou naufragé que s'il s'agissait de pirates qui enfreignaient toutes les lois. Dans ce cas les produits capturés ne pouvaient faire l'objet de vente légale. Il fallait donc se partager le butin selon les règles des pirates, c'est-à-dire que les plus forts disposaient de tout et les plus faibles de quelques broutilles.

Un Anglais au visage anguleux, assez dépenaillé d'allure, semblait prendre le pas sur les autres. Giovanni lui fit face :

— Sans moi, ton capitaine serait toujours en vie, et tu n'aurais rien. Je suis donc le maître, ne t'en déplaise !

— Quoooooi ? Quooooi ? ne cessait de répéter l'Anglais.

Impérieuse, sa main se posait sur la cassette de pièces d'or. Du bout des doigts, il en caressait la surface avec une jouissance qui agaçait les autres. À côté s'entassaient des fourrures, des bibelots d'opale, de cristal et d'argent, des parfums, des épices, des boîtes serties de pierres précieuses, des perles, des défenses d'ivoire, de la nacre, des coraux, du bois d'ébène.

Depuis le début, Loïc reluquait les pièces d'or. Pas besoin d'échanger, de vendre, pas de risque de se faire piéger ou voler par un intermédiaire. Oui ! L'or permettait d'acheter ce qu'on voulait. Loïc passait un bout de langue nerveuse sur ses lèvres craquelées de sécheresse, mais il n'avait rien voulu boire afin de ne point ternir la lucidité de son esprit lors du partage du butin. Les yeux plissés, il observait sans rien dire la grande main osseuse de l'Anglais qui passait et repassait au-dessus de la cassette. Déjà il voyait l'expression de plaisir de sa vieille mère lorsqu'il poserait devant elle les pièces luisantes.

La main menaçante de l'Anglais ne quittait pas son trésor. Ses yeux fixés sur ceux de Giovanni le dévoraient de rage. Ils se mesurèrent du regard pendant de longues minutes sans que les autres, pour l'instant, interviennent. Ils attendaient l'affrontement final qui départagerait les deux adversaires.

L'œil brillant, quelques marins reluquaient les perles et les pierres précieuses, mais le plus gros d'entre eux – et sans doute le plus fort, qui devait se prendre pour un chef de bande – voulut diriger les débats afin de s'approprier la part la plus importante. Il commençait à les tendre aux autres, une par une, en s'efforçant de choisir les plus petites.

Deux Génois roulaient un tonneau d'alcool vers la sortie de la cale alors qu'un Anglais leur barrait le passage. L'un des Génois lâcha le baril, ce qui fit trébucher l'Anglais, l'envoyant rouler par-dessus le tonneau qui dévala la coursive pour aller heurter le bord du navire dans un fracas épouvantable. À demi écrasé, l'Anglais gisait sur le plancher, sans connaissance.

Un homme réclama en hurlant le partage légal entre tous les membres de l'équipage. Un poing vint s'abattre sur son visage et, assommé, dans un mélange de colère et d'inquiétude, il passa la main sur sa mâchoire pour s'assurer qu'elle n'était pas cassée.

Giovanni et le grand Anglais malingre qui avait enfin lâché la cassette de pièces d'or se battaient. Le Génois eut vite raison de son adversaire et, quand celui-ci fut étendu sur le sol, tous se mirent à rire en décrétant que ce n'était pas lui qui s'imposerait comme chef.

Quant à Thomassaint, depuis quelques instants, le regard braqué sur un amas de fourrures et d'étoffes précieuses, il n'avait d'yeux que pour une seule merveille que, d'ailleurs, personne ne semblait apercevoir. Voyant qu'ils étaient tous à se disputer les pièces d'or, il s'approcha comme un chat sauvage devant sa proie et tendit la main. Un marin le regardait, hocha la tête, mais ne fit rien pour l'empêcher de saisir l'objet de sa convoitise, ayant décidé que ce n'était certes pas une chose qu'il désirait. Il observait plutôt d'un œil ravi la belle turquoise aux reflets sombres qu'il tenait dans sa paume.

Thomassaint venait de découvrir une œuvre splendide ! Une petite tapisserie historiée intitulée *L'Offrande du cœur*, volée sans doute en quelque endroit de France, puis transportée sur le navire. Sa mère s'en était inspirée maintes et maintes fois pour réaliser des tentures de petite envergure.

À coup sûr, il s'agissait là de l'original. Les couleurs s'étalaient, sublimes, merveilleuses, magiques. Le seigneur, beau et grave, qui portait une grande cape pourpre, la jambe musclée moulée dans son bas-de-chausses blanc, tenait entre le pouce et l'index un petit cœur rouge qu'il offrait à sa dame comme un fruit mûr et juteux.

L'œuvre figurait au début de la mode des Mille-fleurs. Elles apparaissaient, encore timides et réservées, sur un fond sombre afin de mieux les faire ressortir. Oui ! Un semis de petites fleurs, timorées à l'exemple du visage serein de la dame qui baissait la tête, attendant sans doute un compliment de son seigneur. Elle portait elle aussi une longue cape, mais bleue, de la couleur d'un ciel printanier. Elle tenait un oiseau de proie sur son poing et un petit chien sautait sur elle, la gueule ouverte. Malicieux, joyeux, insouciants, des lapins gambadaient. L'herbe verte poussait de toutes parts et, sur un fond tissé à points lâches, bleu obscur comme celui d'une nuit naissante, apparaissaient de grands arbres fluorescents, comme nimbés d'une lumière venant d'ailleurs.

— Cette œuvre te plaît, mon garçon ? Elle est à toi.

C'était un Anglais, l'un des rares qui parlaient français, mais avec un accent si prononcé qu'il était assez difficile à comprendre.

— Qui te permet de trancher ? l'apostropha un petit marin génois aux yeux torves et à la bouche mauvaise.

— Moi ! hurla Loïc.

— Et de quel droit ? vociféra l'autre.

Alors, pour la première fois, Burgot s'interposa :

— Mon mari est un haut lissier, s'écria-t-elle. Un artiste, un maître. Oui ! Savez-vous ce qu'est un maître dans la corporation du compagnonnage des artisans ? Le seul butin qu'il peut emporter est bien celui-là.

Ils restèrent tous sidérés. Burgot, qui n'avait fait aucun bruit jusqu'à présent et qui, vraisemblablement, était passée inaperçue, se laissait découvrir tout à coup.

— Adjugé ! tonitrua l'Anglais qui convoitait plutôt les pièces d'or.

Loïc s'approcha de Giovanni et lui toucha l'épaule.

— Donne-m'en cinq et je m'en vais de suite. Je laisse le reste aux autres.

— Et pourquoi t'en aurais cinq si moi j'en demande quatre ? s'écria soudain l'un de ses camarades.

Le coup de poing partit. Il arriva en pleine mâchoire et le matelot se retrouva au sol.

— Parce que c'est moi qui ai fait voler la tête de notre capitaine et que sans moi tu n'aurais rien, crétin. Je ne réclame pas la cassette entière, je demande simplement cinq pièces.

Giovanni hocha la tête, compta scrupuleusement les cinq pièces et les tendit à Loïc.

— Maintenant, va-t'en ! Il faut servir les autres.

Enfin, on procéda à un partage plus équitable, mais les plus forts furent les mieux lotis. Pièces d'or, perles, pierres précieuses, objets, fourrures, parfums, tout fut distribué. Puis on but, on rit, on raconta des histoires paillardes, gestes obscènes à l'appui. Burgot s'était endormie la tête contre l'épaule de Thomassaint.

Quand on décida de se rapprocher des côtes, l'insouciance fit place à l'inquiétude. On était au large des terres du Maghreb et les bateaux du pacha Aboul Khalil sillonnaient leurs côtes. Si l'un d'eux se profilait à l'horizon, le *Old King* était perdu. De leur côté, Anglais et Génois se posèrent les questions qui, depuis longtemps, auraient dû effleurer leur esprit. D'où venait le butin ? Avait-il été volé à un émir arabe ? Dans ce cas, il valait mieux déguerpir sans attendre.

Le navire anglais, dépourvu de capitaine vraiment compétent pour se tirer de ces lieux de plus en plus périlleux, se trouvait donc mal engagé.

Cependant Thomassaint et Burgot purent passer leur

première nuit dans une vraie cabine. Le lit était étroit, mais si intime et si confortable ! Ils s'y prélassèrent deux jours entiers sans mettre le nez dehors, ouvrant le hublot et humant les embruns, puis se rallongeant sur la couche épaisse et moelleuse pour goûter à ce plaisir dont ils n'avaient pas encore effleuré tous les contours.

Ce fut Loïc qui vint les tirer de leur douillet nid d'amour en leur apprenant que les appréhensions des marins étaient justifiées. Une galère musulmane se profilait à l'horizon.

Peu de temps plus tard, ils furent tous en position d'attaque sur le pont. Car, s'ils étaient inexpérimentés pour manœuvrer un bateau, du moins étaient-ils vaillants et courageux au combat. Ils l'avaient démontré.

C'est un Anglais qui servait de timonier, le plus capable sans doute, mais avec des compétences très limitées. Le bateau n'avançait que lentement. Par chance, Giovanni, aidé de Loïc et de deux autres marins anglais aguerris, réussit à prendre un peu de vitesse.

Hélas, un voilier si habile qu'il soit n'est pas une galère. Et celle du pacha Aboul Khalil fendait les flots.

Les musulmans du Maghreb avaient pour habitude de se défendre contre les corsaires siciliens ou catalans. Alger, Tripoli et Tunis avaient décrété leur indépendance vis-à-vis de l'Empire ottoman. Rudes et habiles combattants, ils redoutaient cependant les janissaires qui descendaient de la mer Noire. Le pacha du Maroc était plus tolérant vis-à-vis des puissances ottomanes et restait intraitable envers ceux qui les combattaient.

La galère qui s'avançait vers le *Old King* stupéfia les marins. Elle était superbement décorée avec des sculptures et des boiseries dorées. Elle semblait entièrement actionnée par les rames, c'est-à-dire par la force d'un grand nombre de bras humains.

La coque basse de la galère s'élevait très peu au-dessus du niveau de la mer, ce qui lui donnait une grande stabilité. Très allongée, elle comptait quarante ou cinquante mètres de long sur à peine cinq mètres de large. Les rames sortaient des ouvertures rondes percées dans la coque et s'agitaient en cadence.

Bien qu'il eût hissé toutes les voiles, de la plus petite à la plus grande, le *Old King* perdait de la vitesse et se laissait rattraper. Bientôt les marins purent entendre le bruit des coups de rame rapides et bien rythmés qui faisaient gicler l'eau sur la coque.

Thomassaint et Burgot regardaient l'horizon. En observant la galère qui s'approchait de plus en plus vite, ils remarquèrent au-devant de la proue l'éperon en forme de flèche qui servait à accrocher, voire à défoncer la coque des vaisseaux ennemis. Depuis quelque temps, ils savaient l'un et l'autre qu'ils n'atteindraient jamais le port de Naples, encore moins celui de Constantinople. Mais l'essentiel pour eux n'était-il pas de rester ensemble, jour et nuit, soudés par leur merveilleux amour ?

C'était bien le pavillon du pacha Aboul Khalil qui flottait au-dessus de la montagne d'or ornant de façon magistrale la proue de la galère. Quand celle-ci arriva juste à la hauteur du *Old King*, seuls Thomassaint et Burgot se tenaient sur le pont. Finalement, l'équipage avait trouvé une nouvelle tactique qui consistait à faire croire aux Arabes que le vaisseau était presque vide. Alors, dès que les hommes d'Aboul Khalil sauteraient sur le pont, Anglais et Génois attaqueraient sans attendre, profitant de l'effet de surprise.

Pendant plus d'une demi-heure, galère et voilier se côtoyèrent. Les rameurs avaient reçu l'ordre de ralentir la cadence. Mais, soudain, la galère prit de la vitesse, dépassa le vaisseau qui, toutes voiles dehors, s'efforçait d'activer sa course. En voyant la galère s'éloigner, les marins sautèrent de joie et se montrèrent à nouveau sur le pont.

Hélas, ils furent abusés par une ruse pourtant bien enfantine. Dès que la galère fut assez loin pour esquisser un demi-tour, elle le fit avec une maniabilité étonnante. Quand elle eut achevé son tour complet, elle fonça sur le *Old King*, tel un requin, gueule ouverte, sur une proie inoffensive.

Debout, à la poupe du navire, Thomassaint et Burgot prirent peur. L'éperon de bronze fléché menaçait d'enfoncer leur coque. Ils reculèrent à l'intérieur des coursives. Cette fois, le choc paraissait inévitable tant la galère était proche. Les marins se préparèrent à l'attaque.

Il y eut un bruit de déchirement, un sinistre craquement de bois. Par le trou fait dans la coque, l'eau commençait à pénétrer. Puis ce fut l'abordage quasi instantané des Arabes sur le *Old King*. Burgot se précipita dans la cabine et saisit le sac qui enfermait sa licorne et la tapisserie. Bien lui en prit, car à peine les hommes d'Aboul Khalil avaient-ils commencé le combat que Burgot et Thomassaint furent saisis à bras-le-corps, puis jetés en travers sur des épaules vigoureuses.

Sains et saufs, ils se retrouvèrent peu de temps plus tard dans l'une des luxueuses cabines situées à l'extrémité de la galère où un local était destiné aux officiers. L'homme qui se postait devant eux avait une cinquantaine d'années, la tête entourée d'un grand turban bleu, une tunique rouge ceinturée par un large ruban de couleur assortie, les mains fines et élégantes et les pieds chaussés de babouches en cuir orné de motifs à l'or fin.

Les yeux fixés sur les tentures chatoyantes de la cabine, Thomassaint hésita quelques instants, puis cacha sa peur et jeta, d'une voix apparemment tranquille :

— Tissez-vous beaucoup au fil d'or ?

L'homme le regarda d'un air étonné. Ce garçon qui ne semblait pas être un marin lui posait une étrange question. Il observa quelque temps Burgot qui se tenait un peu à l'écart, puis se retourna vers Thomassaint :

— Pourquoi cette question ?

Son accent était impeccable. Il parlait le français sans doute aussi bien que l'anglais. De plus en plus surpris, il vit Thomassaint prendre le sac de cuir resté entre les mains de Burgot, l'ouvrir et en sortir la petite tapisserie.

— En France, comme dans les Flandres, commença-t-il d'un ton toujours serein, nous tissons sur des fonds pourpres ou bleu très sombre des milliers de fleurs.

Thomassaint étala soigneusement devant lui *L'Offrande du cœur*.

— Cette petite tapisserie est un chef-d'œuvre ! jeta l'Arabe en s'approchant.

— Mais elle ne comporte pas de fils d'or. Voilà pourquoi je vous posais la question. Êtes-vous le pacha Aboul Khalil ?

— C'est moi. Et toi, qui es-tu ?

— Je suis Thomassaint Cassex, un lissier de Bruges élevé en Val de Loire. Je connais toute la production lissière de cette époque et même des époques passées.

Puis il désigna Burgot.

— Et voici mon épouse, Burgot Lenoir. Elle est enlumineuse tout comme sa mère. Voilà pourquoi nous aimons les encres à l'or fin et le tissage au fil d'or.

Aboul Khalil les dévisageait sans aucune mansuétude, mais nulle cruauté n'apparaissait dans ses yeux sombres. Aboul Khalil faisait partie de ces musulmans hautement cultivés et amateurs d'art.

— Pourquoi étiez-vous sur ce bateau anglais ?

Thomassaint se garda bien de révéler le véritable motif de son voyage et ne parla que du but que s'était fixé Burgot.

— Nous allions à Naples pour rencontrer un peintre français. Mais nous sommes bien mal tombés, il me semble. Il nous serait agréable de rejoindre au plus vite les côtes italiennes.

Il fixa le regard sombre du pacha et reprit :

— Qu'allez-vous faire, Altesse, de tous ces marins anglais et génois qui doivent combattre en ce moment avec vos hommes ?

— À l'exception des blessés et des malades, nous ne les tuerons pas, bien qu'ils soient des pirates, non des corsaires. Nous les enrôlerons parmi nos galériens. J'ai besoin d'une nombreuse main-d'œuvre pour conduire mes embarcations. Les plus costauds feront l'affaire.

Thomassaint frémit.

— Sauf un ! jeta-t-il un peu trop bravement.

— Qui est-ce ?

— Un Breton qui vit là où vivait ma femme avant que nous nous épousions. Pouvez-vous le libérer ?

Sans répondre, le pacha claqua dans ses doigts et murmura quelques mots à l'oreille de l'homme qui se courbait devant lui.

VI

Thomassaint et Burgot passèrent plusieurs nuits sur la galère. Aboul Khalil leur avait présenté le capitaine et son second. Deux hommes relativement gracieux qui leur servirent du vin et des mets raffinés, qui leur expliquèrent le maniement des galères par rapport à celui des grands vaisseaux voiliers et qui leur parlaient le plus naturellement du monde.

Cependant, nos deux jeunes gens, à leur grand regret, ne savaient pas encore ce qu'ils allaient devenir. Le pacha n'en soufflait mot, se contentant de leur offrir le luxe d'une cabine confortable et de discuter agréablement et intelligemment de peinture, de tissage et d'artisanat.

Chaque jour, ils passaient dans la grande coursive qui reliait la poupe à la proue. Sur une rambarde plus haute était placée l'artillerie de défense, sabres, lances, épées et autres armes de combat. Ils avaient le temps de se rendre compte, explications à l'appui, des exécrables conditions dans lesquelles besognaient les rameurs.

Comme tout capitaine de galère, le pacha rassemblait dans sa chiourme deux à trois cents rameurs, forçats, esclaves, bagnards, prisonniers, étrangers ou non, pris au cours des pillages, naufrages et autres aventures maritimes. Plus il capturait d'hommes, plus il était satisfait. Une trentaine de bancs longs et étroits étaient disposés sur la droite de la coursive et autant sur la gauche. Sur chaque banc se trouvaient trois ou quatre rameurs dont les mains s'encastraient dans des poignées fixées à leur siège qui leur permettaient de ne pas lâcher la rame en cas de défaillance.

Différentes positions permettaient d'exploiter un maximum d'efforts musculaires. Le galérien pouvait se lever à demi, se pencher ensuite sur le banc qui lui faisait face, puis se jeter brusquement en arrière tout en retombant assis sur son propre banc en tirant la rame de toutes ses forces pour la ramener à lui. Le rythme scandé pouvait être rapide ou lent, avec toute une gammes de nuances intermédiaires, selon les allures souhaitées.

Quand il n'y avait pas l'urgence d'une capture ou d'une fuite, la galère fonctionnait au ralenti, laissant au repos ceux qui devaient, plus tard, prendre la relève.

Burgot était passée plusieurs fois devant le chef de chiourme qui se tenait debout dans la coursive, le regard cruel et acéré auquel rien n'échappait. Il marchait de la poupe à la proue et inversement, le fouet en main, prêt à en user quand l'un des hommes lui paraissait trop endormi ou brisait, par sa lenteur, la cadence générale.

Beaucoup de galères européennes utilisaient des rameurs musulmans et vice-versa. Si bien que, sur l'embarcation du pacha Aboul Khalil, Thomassaint et Burgot avaient discerné un grand nombre de faciès italiens, anglais, portugais, français, hollandais. La jeune femme n'osait affronter leurs regards vides et inexpressifs. D'ailleurs, ils ne levaient même pas les yeux à son passage.

C'était le chef de chiourme qui, lorsqu'elle passait devant lui, la fixait de ses petits yeux monstrueux en caressant le bout de son fouet. Il se défoulait ensuite en le faisant claquer sur le dos de celui qui se trouvait à sa portée.

Au bout de huit jours, Aboul Khalil décida de retourner à son port d'attache et d'emmener Thomassaint et Burgot en son palais d'Oran. Par cette invitation, tout était dit. Ils étaient bel et bien prisonniers du pacha.

— Ne m'avez-vous pas demandé une grâce pour votre ami le Breton ?

— Si, Altesse.

Aboul Khalil fixa Thomassaint dans les yeux. C'est à lui qu'il s'adressait.

— Alors, apprends que ma clémence a été grande, très grande. J'ai pu tester ses capacités de marin spécialement attaché au maniement des grandes voilures. Au lieu de se retrouver galérien, à l'exemple de ses compagnons prisonniers, il jouira d'une assez belle liberté sur l'unique voilier de ma flotte. C'est une embarcation qui longe sans cesse les côtes du Maghreb sans jamais s'en écarter. Car il me plaît, de temps à autre, d'effectuer ce genre de croisière en compagnie de mes filles ou de mes favorites du moment. Ah ! bien entendu, je ne pouvais lui laisser les cinq pièces d'or du butin. C'était une trop grosse fortune. Avec tout cet argent, il risquerait de s'évader !

Construit en brique rose, offrant de multiples terrasses plantées de palmiers et de citronniers dont les parfums piquants et suaves embaumaient un ciel azuré, ouvrant sur le grand large où l'on voyait passer galiotes, frégates et galères, le palais du pacha Aboul Khalil s'étendait sur une colline qui dominait toute la ville. Un endroit de rêve. Les jardins en patios laissaient pénétrer juste le soleil qu'il fallait, ombrageant le reste de la cour intérieure. Des fontaines coulait une eau limpide qui, en venant frapper la pierre blanche, tintait de partout, propageant jusque dans les jardins une espèce de mélodie reprise par le pépiement des oiseaux.

L'intérieur du palais présentait un charme pareillement grandiose. Ce n'étaient qu'éblouissements et merveilles. Tapis, objets de luxe, cuivres jaunes et rouges martelés, ciselés, tout luisait comme de l'or. À chaque coin de pièce dont chacune s'ouvrait sur l'autre par de grandes arcades – vaste enfilade de lieux aérés séparés par de légers voilages – une lyre, une guitare, un luth, un tambourin appelaient au chant et à la musique. Toutes les filles du pacha pratiquaient cet art avec un soin méticuleux et il arrivait même qu'Aboul Khalil donnât une soirée en l'honneur d'un invité de marque où elles se montraient dignes de ce qu'il attendait d'elles.

Bien que Burgot ne leur témoignât qu'indifférence, elle se montrait suffisamment polie pour écouter et regarder ces manifestations auxquelles elle ne prenait guère de plaisir. En revanche, devant les gracieuses contorsions du ventre des jeunes Marocaines, les yeux de Thomassaint s'allumaient de plaisir et le pacha ne manquait pas d'y joindre quelques beaux esclaves qui, de leurs corps bruns, souples et voluptueux, apportaient un piquant supplémentaire au rythme tumultueux et parfois enfiévré des danses.

Quant aux concubines d'Aboul Khalil, Burgot cherchait à les éviter. L'atmosphère du harem l'exaspérait. Elle ne supportait ni la nonchalance des femmes arabes, ni leurs puériles discussions qui ne tournaient qu'autour de leur univers étriqué, lequel, bien entendu, n'allait pas plus loin que les murs du palais.

Et puis son travail lui manquait. Les enluminures la hantaient plus qu'elle ne l'aurait pensé. Où étaient passés ses encres, ses huiles, ses couleurs, ses pinceaux à poil de martre qu'elle lissait soigneusement après chaque utilisation, ses parchemins blancs et fins ? Oui ! Ses beaux vélins sur lesquels elle étalait ses ors, ses pourpres, son azurite et sur lesquels, aussi, elle formait ses lettrines, ses rinceaux, ses cascades de fleurs et ses dessins d'animaux. Sa petite licorne lui rappelait sans cesse que, si son atelier de Nantes ne l'attendait plus, elle était prête à offrir son inspiration et son talent d'enlumineuse à Thomassaint comme l'avait fait sa mère pour Clarisse Cassex, la lissière.

Burgot ne voyait guère le pacha. D'ailleurs, elle n'éprouvait aucune sympathie particulière pour lui. Bien au contraire, elle lui trouvait un air étrangement inquiétant malgré son extrême courtoisie envers elle. Ne lui demandait-il pas sans cesse des nouvelles sur son état ?

Burgot n'aurait su définir ce qui la choquait chez cet homme dont le regard de braise envoûtait facilement ses interlocuteurs. Ses allures équivoques, ses gestes, ses intonations de voix, ses propos, tout l'inquiétait. En revanche, Thomassaint le regardait avec des yeux admiratifs, ce qu'Aboul Khalil ne manquait pas d'interpréter comme une marque de grande estime.

D'ailleurs, Burgot avait remarqué que le pacha demandait souvent à rencontrer Thomassaint pour s'entretenir avec lui et, le soir, quand son mari la retrouvait dans la chambre luxueuse qui leur avait été allouée, elle l'écoutait parler de lui d'une oreille distraite et prenait plutôt sa main pour la poser sur son ventre qui, de jour en jour, s'arrondissait pesamment.

Pourtant Burgot ne s'attardait guère sur l'enfant

qu'elle portait. Elle aspirait à une autre vie que celle qu'on lui imposait. Une vie oisive et inutile. Trop de choses qu'elle ne comprenait pas assaillaient son esprit.

Ce fut Loïc qui lui ouvrit les yeux alors qu'elle se trouvait sur la frégate de croisière d'Aboul Khalil. Ce jour-là, elle était seule. Aucune fille du pacha ne l'avait accompagnée, si bien qu'ils purent parler sans crainte d'être espionnés. Thomassaint ne quittait pas les ateliers de tissage du palais où il apprenait à travailler le fil d'or extrêmement rare et cher ailleurs. Une sorte de complicité amicale avait lié le Breton et Burgot.

Assise à côté du gouvernail que tenait Loïc – il n'avait le droit que de longer la côte et n'aurait pu s'enfuir sans attirer l'attention des gardes qui sillonnaient les environs – Burgot se livra non pas sur un ton larmoyant, mais d'une voix où filtrait l'inquiétude.

— Loïc, je voudrais partir d'ici. Je m'ennuie, fit-elle en soupirant, les yeux fixés à l'horizon.

— Mais, n'es-tu pas heureuse ?

— Heureuse, oui, je le suis puisque j'aime Thomassaint et qu'il me rend pleinement l'amour que je lui porte. Mais, vois-tu, je l'ai suivi pour régler des affaires personnelles qui me tenaient à cœur. Or, nous sommes très éloignés du but que nous nous sommes fixé. Lui a trouvé une activité qui l'absorbe. Ce n'est pas mon cas et je le regrette.

Seul sur son bateau, Loïc avait appris à tout faire. À présent, il pouvait fort bien assumer un poste de capitaine sur un vaisseau. Sa douce et euphorique captivité – car il n'en restait pas moins prisonnier du pacha, tout comme Thomassaint et Burgot – lui avait au moins apporté cette chance d'apprendre à maîtriser seul un navire.

— Et Thomassaint ? Que dit-il ? jeta le Breton en posant ses yeux tranquilles sur la jeune femme.

— Que je vais bientôt être mère et que je devrais être heureuse d'élever mon enfant dans d'aussi bonnes conditions.

— Eh ! Ma belle ! rétorqua Loïc en riant. Il n'a pas tort. Que veux-tu de mieux ? C'est le désir de toutes les femmes mariées.

— Mais, Loïc, tu sais bien que je veux revenir en France et reprendre mes travaux d'enluminures.

— Ah ! Et Thomassaint ?

— Il ne cesse de m'assurer qu'il ne veut pas rester ici, mais ses mots sonnent faux. J'ai l'impression qu'il cherche à me rassurer plus qu'à se convaincre lui-même.

— En es-tu sûre ?

— Oh ! Loïc, Thomassaint est bizarre. Aboul Khalil semble le troubler. Il le subjugue, l'endort, le fascine. Il ne réclame même plus d'aller à Constantinople pour y chercher sa mère. Voilà six mois que nous sommes enfermés au palais et nous n'avons toujours pas établi de plan pour nous échapper. Nous aurions dû y penser dès le lendemain de notre capture.

— Ce n'était guère facile. On ne peut s'échapper d'un tel lieu sans tout connaître, tout prévoir, tout supposer.

— Six mois, Loïc ! Six mois que nous ne faisons rien. Comptes-tu donc rester toute ta vie prisonnier de cet homme ? Ne veux-tu plus voyager ailleurs ? Ne veux-tu pas revoir ta vieille mère ?

— Cela fait beaucoup de questions, répondit le Breton en tournant sa gouverne. Par laquelle commençons-nous ?

— Par Thomassaint.

— J'ai bien peur qu'il ne soit pris dans un mauvais piège.

— Alors, il faut l'en sortir.

Le Breton hésita, puis, voyant Burgot frémir, il poursuivit, d'une voix non moins rassurante :

— Écoute, petite. Il faut que tu saches que le pacha Aboul Khalil s'entoure de jolies filles pour noyer le poisson. Certes, il les aime, les cajole, leur fait mille et mille cadeaux, mais j'ai cru comprendre qu'il se plaisait encore plus en compagnie de jeunes et beaux garçons. À mon sens, il est en train de séduire ton époux. Il prend son temps. Il est riche, puissant, bel homme, séducteur, cultivé et se dit qu'un jour ou l'autre il aura gain de cause.

D'une rougeur excessive, le visage de Burgot passa subitement à une pâleur mortelle. Elle paraissait effrayée, paralysée. Ainsi Aboul Khalil cachait des mœurs spéciales. Quand il plantait ses yeux droit dans ceux de Thomassaint, il l'invitait à se confier, à exprimer ses désirs. Oui ! voilà pourquoi il lui accordait tant de grâces et lui rendait tant de douces politesses ! Et Thomassaint, si sensible à la courtoisie et aux bonnes manières ! Il les affectionnait tant qu'elle finissait par se demander s'il était vraiment le fils du lissier de Bruges et non celui du jeune seigneur de Beaupréhaut, comme Clarisse l'avait souvent cru.

Aboul Khalil courtisait Thomassaint ! Et c'était la raison pour laquelle son époux affirmait que le pacha était son ami. Il le recevait même dans sa chambre, depuis quelque temps, en tenue d'intérieur, son peignoir de soie ouvert jusqu'à la taille, son lourd turban ôté découvrant une opulente chevelure argentée qui ressortait sous l'ombre noire de ses sourcils et de ses cils épais. Et Aboul Khalil réclamait la présence de

Thomassaint sans celle de son épouse qu'il reléguait entre les mains de ses filles et de ses concubines.

— Et si j'établis mon plan moi-même ? fit-elle d'une petite voix attristée.

— Je n'ai pas très confiance.

— Oh ! murmura Burgot, désemparée.

— Cela ne veut pas dire que je n'y ai jamais pensé. Je t'aiderai et si je réussis nous nous échapperons tous les trois.

Il toussota et posa les yeux sur le ventre de Burgot :

— Tous les quatre, rectifia-t-il. Thomassaint sera bien obligé de nous suivre.

Le Breton se mit à rire. Il écarta ses courtes jambes et mit les poings sur ses hanches carrées. Depuis que les plats les plus raffinés faisaient partie de son quotidien, Loïc avait passablement grossi.

— Et puis, je vais te faire une confidence. J'ai très envie de commander sur un grand vaisseau français qui sillonnera l'Atlantique.

Le plan de Loïc fut long à établir. Il était compliqué de quitter Oran sans que les gens du palais s'en aperçussent. Il fallut attendre encore quelques semaines et jouer sur la grossesse de Burgot dont l'enfant devait prochainement venir au monde.

— Oh ! Thomassaint, gémit la jeune femme dans l'intention d'attendrir son mari. Je refuse d'accoucher dans ce palais où toutes ces femmes me regardent de travers. Loïc va m'emmener en ville.

— En ville ! Mais où ? Et pourquoi n'y vas-tu pas avec l'une des femmes du palais ?

— Parce que Loïc et moi avons décidé de nous évader.

Thomassaint soupira.

— Sais-tu ce que nous encourons si ce projet ne réussit pas ?

— Oui. Tu perdras l'estime de ton grand ami le pacha. Peut-être même te mettra-t-il à mort, à moins que devant le sabre tendu tes yeux ne réussissent encore à l'émouvoir.

Thomassaint préféra ne pas relever le propos amer de son épouse et soupira :

— Ma douce ! Ma mie ! dit-il en la serrant dans ses bras, je sais que le travail te manque, alors que moi j'en ai trouvé un qui me plaît, me passionne, même. De retour en France, dans mon atelier, je saurai enfin tisser l'or comme aucun autre. Je le manipulerai comme n'importe quel fil d'Arras ou fil de soie. Je ferai des merveilles.

— Et comment trouveras-tu du fil d'or ? fit la petite voix de Burgot.

— Tu as raison, et c'est pourquoi nous devrions rester quelque temps encore afin que j'établisse des relations.

— Mais Thomassaint, gémit Burgot, quelles relations ? Tu es prisonnier. N'as-tu pas compris que tu es sous la coupe exclusive de cet homme ? Il faut partir avant qu'il ne te détruise entièrement.

— Me détruire ! Comme tu y vas !

— Il te courtise, Thomassaint. Il te subjugue, t'ensorcelle par un biais qui te plaît, celui de la passion pour ton travail. Quand il aura fait le tour de toi, il te jettera comme la vulgaire peau d'un citron une fois le jus sorti.

Son compagnon ouvrit la bouche, puis la referma. Il se passa la main sur le front. Vacillant, il recula et faillit faire tomber la carafe de vin qui se trouvait sur l'une des petites tables basses de leur chambre. Il la rattrapa de justesse et la reposa sur son socle de cuivre.

Elle se précipita vers lui.

— Oh ! Thomassaint. Ne m'aimes-tu donc plus ?

Il la serra contre lui, la souleva, bien qu'à présent elle se fît très lourde, et l'allongea sur le lit.

— Comment peux-tu dire une chose semblable ?

— Cet homme t'accapare tant ! Tu n'es plus le même depuis que nous sommes ici. Tu ne fais plus aucun projet d'avenir. Ne veux-tu donc plus retrouver ta mère ? Ouvrir ton propre atelier ? Travailler pour toi et notre future famille !

— Oh ! que si, ma douce. Que si.

L'heure qui suivit fut remplie de mille gestes et de mille mots apaisants, réconfortants. Burgot reprit espoir et un sourire vint détendre ses lèvres. Ses bras enlacèrent un Thomassaint à nouveau amoureux et attentionné. Puis la nuit s'écoula en tornades de chuchotements et de projets à venir. Burgot retrouvait son bien-aimé Thomassaint.

Bien que Loïc fût avisé, méticuleux, prévoyant, il fallait jouer serré. La jeune femme décréta, un beau matin, qu'elle voulait voir le grand médecin Mourad Abd el-Kader, l'un des praticiens les plus renommés de la ville.

Selon son habitude, Burgot semblait calme et tranquille. Cette requête assez logique ne posa pas trop de problèmes, même si le médecin en question pouvait se déplacer au palais pour l'ausculter. Têtue, Burgot s'obstina. La compagnie d'une suivante lui fut imposée. Fort heureusement, le sort désigna Leïla, que Burgot ne détestait pas. La Marocaine n'était plus toute jeune. Veuve et ayant perdu son enfant, elle compensait son infortune en se gavant de pâtisseries orientales. Elle était assez grasse, mais restait alerte et joviale.

Que lui dire ? Comment allait-elle réagir quand elle apprendrait qu'il s'agissait d'une fuite ?

Loïc attendait sur la grève avec une barque. Il connaissait parfaitement la côte, les criques, les rochers, les escarpements, les repaires, les cachettes, ce qui lui avait permis de préparer la fuite hors des regards indiscrets. De son côté, Thomassaint avait pris la précaution de programmer le départ lors d'un déplacement du pacha, si bien que cela leur laissait quelques jours de répit.

Leïla, qui ne voulait pas quitter Burgot, avait emporté un petit gâteau au miel qu'elle avait absorbé avec un plaisir évident dès le départ. Le sédatif puissant que Burgot avait injecté dans la pâtisserie la plongea très vite dans un état de somnolence qui ne lui permit plus de poser de questions. Elle se laissa guider sans rien dire jusqu'à la barque sans même s'apercevoir qu'elle s'endormait peu à peu.

Le temps pressait. S'ils étaient rattrapés et pris par les hommes du pacha, c'était l'emprisonnement à vie dans des conditions autres que celles qu'ils avaient connues ou pis ! la mort. Thomassaint les rejoignit peu de temps plus tard en s'assurant qu'il n'était pas suivi. Il ne fallait faire confiance à personne. Non ! Véritablement à personne, sauf peut-être à Pedro, un jeune Maure venu d'Espagne et toléré au Maghreb s'il se convertissait à l'islam. Mais Pedro refusait, préférant quitter ce pays d'adoption trop peu tolérant. Pedro aimait les voyages, l'aventure, les dangers et Loïc l'avait convaincu de venir en Bretagne. Il ne le connaissait que depuis peu, mais s'en remettait totalement à lui, n'ayant, hélas, aucune autre planche de salut.

Âgé de vingt ans, fougueux, téméraire, marin confirmé lui aussi, Pedro avait, disait-il, appareillé une petite galiote à voile unique, rapide, fine et légère, qui ne présentait que le seul désagrément de se retourner comme une crêpe si les conditions climatiques étaient trop mauvaises. Il fallait prier le ciel que le temps fût clément jusqu'à ce que la légère embarcation soit hors du territoire d'Aboul Khalil.

Elle assura un bon train tout au long de la côte jusqu'à la proximité d'Alger, qui n'était pas très éloignée d'Oran. Leïla s'était enfin réveillée. La dose de sédatif l'avait assommée deux jours et deux nuits.

Comprenant la ruse à laquelle elle s'était involontairement prêtée, elle s'était mise à hurler. Fort heureusement, ses vociférations se perdirent au large, entre Alger et Tunis. Puis ses cris étaient devenus des plaintes et ses plaintes des gémissements. Enfin, elle s'était calmée quand Burgot lui avait présenté des friandises au sucre qu'elle avait aussitôt avalées.

C'est à Tunis que les complications arrivèrent. La galiote ne put aborder, car on apprit que Pedro l'avait tout simplement dérobée et on risquait de la reconnaître. Le jeune marin n'était pas fier, mais jura qu'il n'y avait aucun autre moyen pour s'enfuir. Hélas, n'étant pas lui-même propriétaire d'un bateau et Loïc ne pouvant pas utiliser la frégate d'Aboul Khalil sans risque d'être arrêté aussitôt, il ne s'était présenté aucune autre solution.

Leïla, qui pensait débarquer à Tunis, se remit à crier comme si on l'égorgeait quand elle vit la galiote s'éloigner du rivage pour prendre le grand large. La décision des marins s'avérait périlleuse, mais il fallait impérativement quitter la côte et bifurquer vers la Crète. Chacun savait que la fragile embarcation ne réussirait pas à faire la traversée si le mauvais temps se levait. Dans ce cas, les compétences réunies des deux marins allaient-elles suffire à accomplir un tel exploit ?

La première nuit ne fut pas très agitée. La mer était calme et le temps doux. Pedro savait pêcher et ils purent manger du poisson à satiété, ce qui avait ramené Leïla à de moins bruyantes démonstrations. Son ventre bien rempli lui redonna sa bonne humeur et elle se prit même à chantonner au rythme des oscillations de la galiote.

Thomassaint semblait émerger d'un rêve, mais il ne savait pas s'il était bon ou mauvais. Quoi qu'il en soit, il n'était pas de nature à se laisser aller mollement ou sottement et il prit le parti de se battre avec autant d'énergie que ses deux compagnons.

La Crète était encore loin quand la houle se leva et la crainte des hommes se mua en cauchemar quand les vagues soulevèrent la frêle embarcation. Leïla vomissait sans arrêt et Burgot sommeillait sans plus se réveiller en tenant avec une sorte d'inconscience son ventre distendu. Dans la nuit qui annonçait la tempête, elle se mit à crier qu'elle allait accoucher. Thomassaint prit peur et s'approcha d'elle, posant un cordage sous sa tête et une couverture sur son corps. Il lui murmura des paroles réconfortantes, mais elle lui murmura en gémissant qu'il devait aider ses compagnons et laisser plutôt Leïla veiller sur elle.

— Tu entends, Leïla, jeta Thomassaint en fixant ses yeux dans ceux de la Marocaine, tu entends le souhait de Burgot.

Leïla hocha la tête et vint rafraîchir le front de sa compagne. Ce geste ne lui demandait guère d'efforts, car l'eau giclait de partout. Les vagues venaient fracasser les visages et se plaquaient violemment contre la coque légère qui oscillait dangereusement de droite à gauche, menaçant de verser d'un moment à l'autre.

Loïc retenait la voile qui s'engouffrait dans la tempête, et Pedro, aidé de Thomassaint, ramait pour tenter de rééquilibrer la galiote.

— Tu dois m'aider, Leïla, murmura Burgot avant de pousser un nouveau cri. Sans toi, cet enfant ne viendra pas vivant au monde. Je sais qu'il peut mourir. Si tu le sauves, ce sera un peu le tien.

Puis elle se remit à crier. Les trois hommes ne parvenaient plus à maîtriser l'embarcation qui, soudain se retourna. Accrochées l'une à l'autre, Leïla et Burgot se retinrent au bastingage. Dans un instant d'inattention où il tournait le visage vers sa femme, Thomassaint passa par-dessus bord. Quand elle le vit disparaître, Burgot poussa un cri de brebis égorgée et perdit connaissance.

Mais Thomassaint, excellent nageur, avait cent fois fait ses preuves dans le fleuve qui bordait la maison de sa jeunesse et n'était pas toujours d'humeur tranquille, et l'adolescent l'avait sondé dans tous ses aspects. Il se rattrapa à l'une des attaches de la coque et, dans un mouvement de balancement, réussit à grimper un peu plus haut. Au bout de trois ou quatre manœuvres, alors que ses pieds se balançaient dans le vide, ses yeux arrivèrent au niveau du rebord de la coque, mais les vagues déchaînées qui frappaient son visage l'empêchaient de mesurer ses chances.

Enfin, entre deux déferlements de vagues, il vit Pedro lui tendre la main et entendit Loïc lui crier de se coller à la coque. Puis Thomassaint se retrouva sur le pont qui gîtait dangereusement.

Burgot avait cessé de crier et il lui sembla que le bruit rageur et démentiel de la tempête n'était plus rien à côté de ce monstrueux silence qu'opposait son épouse gisant sur le pont. En sortant, l'enfant déchirait le ventre de sa mère, entraînant l'hémorragie fatale. Thomassaint rampa jusqu'à elle. La sueur qui coulait à son front se mêlait à l'eau salée de la Méditerranée. Quand il fut près de son épouse, le sang avait été entièrement bu par les vagues, laissant une place propre et nette, mais inondée d'écume. Les yeux fixes, grands ouverts, le teint transparent tant il était blanc, Burgot avait cessé de vivre.

Thomassaint détourna la tête et vit Leïla qui berçait un enfant. Sa bouche était collée à l'oreille du bébé et, doucement, d'une voix un peu rocailleuse, elle lui chantait une comptine orientale.

VII

Désemparé, Thomassaint ne savait où aller. La tête vide, il observait l'ancienne Byzance si fastueuse autrefois. Ses jambes ne le portaient plus tant il avait marché dans les rues grouillantes à la recherche d'on ne sait quoi. Quel motif l'avait poussé à venir dans cette ville dont il ne connaissait rien et où personne ne pouvait l'aider ? S'il maîtrisait mal les événements, c'est que plus rien ne s'accordait à ses propres désirs, à ses valeurs, à ses principes. Quel goût lui restait-il en bouche et quelle envie avait-il de voir se lever un autre jour ?

Thomassaint restait là sans parler ni bouger, sans se troubler ni s'inquiéter. Il regardait sans comprendre, comme s'il s'éveillait d'un mauvais rêve, la foule qui déambulait devant lui.

Il se passa la main sur le front, frotta ses yeux fatigués par le manque de sommeil et dirigea son regard vers l'église qui lui faisait face. Les églises ! Elles poussaient partout. Oui ! À présent, il se rappelait qu'il ne pouvait pas faire un pas sans tomber sur une église ou un monastère. Même si les icônes n'étaient plus en place, même si les impies les avaient délogées, les dômes et les coupoles crevaient les yeux.

Thomassaint redressa le buste. Les bourdonnements douloureux dans sa tête s'étaient estompés et sa vue clarifiée. Une ombre de conscience prenait le pas sur ses divagations. Il sortait de sa torpeur. Le sens de la réflexion lui revenait peu à peu.

Avait-il fait ce qu'il devait faire ? Avait-il agi prudemment en laissant l'enfant de Burgot entre les mains de Loïc ? Et Leïla n'allait-elle pas chercher à retourner dans son pays plutôt que s'occuper d'une enfant qui ne lui était rien et dont les contraintes permanentes allaient sans cesse la troubler ?

Thomassaint secoua la tête. Non ! Il était impossible que Leïla eût envie de rejoindre son Maghreb où l'esclavage la menaçait comme une mauvaise ombre. Elle était libre à présent et, si elle restait avec le Breton, elle prendrait le sort de la petite Léonore en mains. Ne disait-elle pas, avant que Thomassaint ne s'embarque pour l'Orient, qu'elle ne voulait quitter ni l'un ni l'autre, assurant qu'elle se trouvait dorénavant liée à ce nouveau destin ?

Fallait-il se remémorer tout ce temps déjà lointain ou plutôt oublier Burgot et son joli visage de madone brune aux yeux tendres et clairs et au sourire tranquille ? Morte en mettant son enfant au monde dans un enfer qui n'avait laissé aucun répit à Thomassaint ! Partie dans le sang et les vagues monstrueuses de la Méditerranée ! Glissée, tombée, perdue !

Un instant, il avait voulu agripper son corps dont les membres se raidissaient déjà alors que la galiote s'écrasait, se déchirait, sombrait. Oui, un court moment, il avait désiré l'attacher à lui avec un cordage qu'il ne pouvait même pas saisir et qui, finalement, était tombé à l'eau. Ensuite, qu'aurait-il fait de ce corps alourdi par la mort, entravant ses gestes et ses espoirs de survie ? Qu'aurait-il fait après l'avoir traîné jusqu'à la tache blanche qu'on apercevait au loin et qui devait être le sable de la grève ? Bien après le naufrage, quand la barque s'était retournée, Loïc tenait l'enfant et Pedro tirait Leïla qui ne savait pas nager.

Mais avant ! Cet « avant » dont chaque instant, maintenant, revenait à l'esprit de Thomassaint ! Ce moment où la galiote avait brusquement sombré dans les flots noirs, emportant Burgot et tous les rêves qu'elle n'avait pas pu réaliser ! Restait la petite barque où ils s'étaient tous les trois entassés les uns contre les autres, Leïla serrant contre elle l'enfant qu'elle n'avait pas voulu lâcher une seconde dans la tourmente du naufrage.

Puis les yeux hagards de Thomassaint s'étaient fixés sur un objet qui flottait. C'était le sac en cuir de Burgot. Il s'était baissé au risque de se noyer et l'avait attrapé. Ne contenait-il pas la licorne de Burgot et l'œuvre d'art à laquelle il ne pensait même plus, *L'Offrande du cœur*, si magnifiquement tissée ? Sans trop savoir ce qu'il allait en faire, il avait déposé le sac au creux de la barque.

Plus tard, on les avait trouvés sur le sable, gisant, presque morts. Ils avaient été hébergés par des pêcheurs crétois en échange de leur travail, et ils avaient survécu. Pedro était un pêcheur remarquable, Loïc réparait les filets et Thomassaint cultivait sa douleur pendant que Leïla s'occupait de l'enfant et aidait aux besognes ménagères.

Quelques semaines plus tard, un gros vaisseau ancrait dans le port. Il s'acheminait vers les îles de Rhodes et de Chios et vers Gallipoli avant de poursuivre vers les Dardanelles.

L'idée de rechercher sa mère revint à Thomassaint. Ne se trouvait-il pas aux portes de l'Orient ? Les Dardanelles ouvraient sur le Bosphore et Constantinople se trouvait à l'entrée de la mer Noire.

Cependant, sa tête restait trop vide pour qu'il soupesât exactement la portée de sa décision. Il ne rentrerait en Val de Loire qu'après avoir retrouvé Clarisse ou appris qu'elle était morte. Il avait donc décidé d'embarquer sur le vaisseau dont les grandes voiles claquaient dans le vent. C'était un bateau de la flotte des États pontificaux de Rome, le *Saint-Pierre III*, qui voulait récupérer les objets de piété restant à Constantinople afin de ne point les laisser plus longtemps entre les mains des impies.

Comme Leïla ne voulait pas se séparer de la petite Léonore – c'est Loïc qui l'avait ainsi baptisée du nom de sa vieille mère qu'il n'était pas certain de retrouver vivante à son prochain retour en Bretagne –, Thomassaint la leur avait confiée puisque le Breton lui assurait sans cesse d'une voix convaincante que sa petite maison de Nantes pourrait abriter la nourrice et la fillette.

Il fut donc décidé que Pedro, Loïc, Leïla et l'enfant attendraient dans l'île un bateau qui les emmènerait vers les côtes italiennes. Puis, de là, ils rejoindraient Gênes et Marseille et rentreraient en Bretagne.

Avant de se séparer sur le quai, Thomassaint avait tendu à Loïc quelques pièces d'or – toute sa fortune était dissimulée dans son haut-de-chausses – et l'avait serré contre lui comme un frère.

— Fais-en bon usage et veille sur ma fille.

Puis il avait hésité, baissé les yeux et regardé le sac de Burgot qu'il tenait serré dans sa main. Après quelques secondes, il s'était décidé à le lui tendre aussi.

— À présent, *L'Offrande du cœur* appartient à Léonore. Peut-être un jour, qui sait ! ce petit chef-d'œuvre sera-t-il un signe de reconnaissance. Mais si tu en as besoin pour l'enfant, vends-le. Tu en tireras un prix confortable. N'oublie pas que c'est l'original et que tous les autres ne sont que de pâles copies.

Lentement, comme s'il réfléchissait à la conséquence de son acte, Loïc avait saisi le sac, la gorge nouée. Mais Thomassaint n'en avait pas terminé.

— Quant à la petite licorne peinte, poursuivit-il, si sa valeur marchande n'est pas grande, sa valeur sentimentale est considérable. Si je ne revois pas ma fille avant longtemps...

L'émotion étreignait sa gorge. Puis, après une seconde d'hésitation, il avait ajouté, dans un tremblement de voix qui ne laissait aucun doute sur son immense désarroi :

— Ou si je ne la revois jamais, dis-lui que c'est un souvenir de sa mère.

Et, sans se retourner, il avait embarqué.

Et voilà que Thomassaint se trouvait à Constantinople.

Il était arrivé par le goulot de la Corne d'Or où le port se trouvait extraordinairement bien abrité. La ville était ceinte d'un impressionnant barrage de fortifications dont certaines parties avaient été détruites, deux ans plus tôt, quand les Turcs l'avaient sauvagement envahie.

Dire que Thomassaint observait chaque chose ou chaque individu qu'il rencontrait ou heurtait serait mentir, car sa tête était vide et ses yeux las. Il avait erré – plus qu'il ne s'était promené – dans les quartiers artisanaux avant de s'approcher de l'église Sainte-Sophie ou du moins de ce qui en restait, puisqu'elle avait été affreusement pillée par les musulmans. Puis il s'en était écarté car trop de soldats menaçants sillonnaient les parages et il lui eût été désagréable d'être interrogé sans qu'il sût quoi répondre.

Dans les rues où il déambulait l'esprit ailleurs, il croisait des quantités d'ânes chargés de bois ou de barils d'eau, des chameaux, des chèvres, des moutons.

On criait, on achetait, on échangeait à même la rue ou sous des toiles de tentes montées à la hâte.

Thomassaint frôlait, sans les voir, les échoppes, les ateliers, les immenses étals de toutes sortes qui marquaient la frontière entre acheteurs et vendeurs. Tout se passait dans la rue. Le jeune homme en avait le vertige et sentait que ses jambes ne le porteraient plus longtemps. Il est vrai qu'il n'avait rien mangé depuis trois jours. Non point qu'il fût sans argent, car, bien avant de quitter le palais d'Aboul Khalil, il avait prévu quelques pièces d'or pour survivre.

Était-ce un bon signe si Thomassaint commençait à sentir son estomac réclamer ? Était-ce réconfortant pour lui d'apercevoir enfin Français, Génois, Turcs, Grecs, Vénitiens se bousculer, se haranguer, s'interpeller ? Des brodeurs d'or, des cordonniers, des porteurs d'eau, des vendeurs de petit-lait avec leur calebasse sur l'épaule, des fabricants de moulins à poivre, des diseurs de bonne aventure, tout ce monde hétéroclite s'agitait dans un nuage de poussière grise. Cette foule bigarrée s'épaississait d'heure en heure, mais Thomassaint ne rencontrait que des hommes. Les femmes restaient-elles donc à l'intérieur des maisons ?

Sur les places, devant les églises, des Turcs à cheval tenaient d'une main la bride tendue de leur monture et de l'autre un sabre tranchant qu'ils faisaient voltiger en tous sens.

— Place ! Place ! hurlaient-ils.

Et quand ils ne pouvaient passer – ce qui était assez rare, car Thomassaint voyait les pauvres marchands s'esquiver à toute allure en emportant le produit de leurs ventes – ils tranchaient d'un coup sec tout ce qui se trouvait au niveau de leur sabre. Ils criaient qu'ils étaient devenus les seigneurs de la ville. De longs cheveux clairs attachés dans leur dos tombaient d'un turban sale et, du plat de leurs bottes poussiéreuses, ils éperonnaient nerveusement les flancs de leurs chevaux.

Assis sur une dalle recouverte de mosaïques – c'étaient bien les seules splendeurs qui restaient dans cette ville récemment pillée : les mosaïques –, Thomassaint s'était pris à rêver, ne sachant où se rendre.

Soudain, un vieil homme l'aborda. Il portait, avec autant de sérénité que de dignité, un grand manteau en lainage brun, et un bâton l'aidait à marcher. Son front ridé et ses épaules voûtées témoignaient d'un grand âge. Vêtu de sa houppelande brune, les pieds nus dans des sandales à semelles de corde, il avait l'air d'un vieux moine habitué au chemin qu'il parcourait.

Thomassaint avait vu tant d'églises et de monastères dans cette vaste ville qu'il ne lui semblait pas anormal qu'un moine s'arrêtât ainsi devant lui.

— Es-tu étranger ?

— Je viens de débarquer du *Saint-Pierre III*, fit Thomassaint en hochant la tête, voilà juste quelques jours.

— N'as-tu donc pas bougé d'ici ?

Thomassaint fit un geste de la main.

— Bah ! Ici ou là.

Puis il s'enquit :

— La ville est-elle partout ainsi dévastée ?

— Hélas ! Tu vas vite t'en rendre compte. Ah ! comme elle était belle et séduisante, notre cité. Mais voilà deux ans déjà qu'elle nous montre ce visage triste et anéanti.

Il voulut se redresser, s'aida de son bâton en le rapprochant de lui, mais ses épaules se voûtèrent à nouveau et il reprit très vite sa silhouette de vieil homme.

— Sais-tu que tu te trouves ici au carrefour des « Lions de marbre » ? L'aqueduc de Valens, là-bas, dit-il en désignant du doigt la forme lointaine du pont, apporte à ce quartier une abondance d'eau considérable. C'est donc le quartier des thermes. Oh ! il y a bien ceux qui jouxtent l'ancien palais impérial sur l'Acropole, mais il ne fait pas bon s'y trouver actuellement. Il n'est fréquenté que par des musulmans.

Il le regardait avec des petits yeux usés par l'âge. Échappé des massacres, fort heureusement comme beaucoup d'autres moines – tous ceux qui s'étaient montrés récalcitrants avaient été tués –, le père Montsalvain était un Français, natif d'Auvergne.

— Il y a ici autant d'églises que de jours dans l'année et presque autant de monastères. Si tu as une question à poser, c'est dans un monastère que tu trouveras la réponse. Ne la cherche pas ailleurs. Allons ! Tu es poussiéreux et fatigué. Viens te baigner. Je connais ces thermes-là depuis le temps que je les fréquente.

Il eut un petit rire aigrelet.

— C'est te dire ! Depuis toujours. Viens ! Avec moi, on te laissera passer.

Il s'écarta, fit quelques pas en avant et Thomassaint le suivit.

— Je suis du quartier des Saints-Apôtres. Mais attention, ne prononce aucun nom à voix haute. Nous taisons l'appellation de nos monastères depuis que nous avons été pillés par ces maudits musulmans.

Il marchait lentement, traînant un peu l'une de ses jambes.

— Tu verras des janissaires partout où tu circules. Ils sillonnent les rues, les avenues, les places. Mais ce ne sont pas les plus cruels. Il suffit simplement de leur obéir sans discuter ni demander d'explication, car ils jouent facilement du sabre et vous décapitent comme un rien. Chaque soir, des hommes ramassent les têtes tombées dans la journée. Mais, avec eux, si tu sais te plier et te taire, il ne t'arrivera rien. On les reconnaît facilement à leur étrange bonnet en forme de tiare et à leur tunique rutilante.

— J'ai dû en rencontrer dans la ville, ils n'avaient pourtant pas l'air très séduisants et ne brillaient par aucun apparat. Leurs cheveux étaient longs et sales et leurs habits ressemblaient à ceux des mendiants.

— Alors, c'étaient les bachi-bouzouks. Ils descendent des montagnes du Nord et sont assoiffés de meurtres et de pillages. Ils sont protégés par le sultan qui les a largement utilisés dans les massacres dont il est l'initiateur. Mieux vaut fuir ou te cacher lorsque tu en rencontres un.

Les thermes étaient un lieu de calme et de détente. Certes, là aussi les splendeurs d'antan avaient disparu et il ne restait plus que de superbes plaques de mosaïque toutes plus colorées les unes que les autres. Après le bain, Thomassaint ressentit un grand bienfait, et sembla revivre.

— Veux-tu dîner et coucher au monastère ? Le repas sera frugal, composé de pain, de fèves et de soupe. Mais après une bonne nuit, même si la couche te paraît dure, tu repartiras demain d'un bon pied.

— Hélas, je ne sais où aller et encore moins comment m'y prendre.

— Que cherches-tu ?

— Ma mère, disparue depuis deux ans.

— Que faisait-elle à Constantinople ?

— Elle voulait retrouver les traces de son époux, mon beau-père, embarqué sur le *Saint-Jacques* qui devait ramener pour les Parisiens affamés une cargaison de blé et de céréales.

— J'ai entendu parler de ce navire. On dit que, attaqué par les musulmans, il a coulé non loin de la

Corne d'Or et qu'il n'y a eu aucun survivant. Un vrai massacre, fort probablement, comme il y en a eu tant d'autres. Mais pour ta mère, je ne puis te renseigner, ni moi, ni les autres membres de ma communauté. Cependant, je connais quelqu'un qui a recherché, écrit, noté tout ce qui concernait les massacres des Européens par les Turcs jusqu'à la chute définitive de Constantinople.

— Comment s'appelle-t-il et où puis-je le rencontrer ?

— Il se nomme Niccolo Barbaro. C'est un Vénitien. Tu le trouveras au fin fond d'un monastère mauresque situé entre les deux branches de la Mésé qui s'enfonce entre mer et montagne. Mais ce n'est pas loin. Il te faudra juste louer un âne si tu es pauvre ou un guide chamelier si tu es plus fortuné, car les montagnes sont infestées de brigands et si tu t'y perds, tu es mort.

— Je connais la porte de la Mésé. C'est par elle que je suis arrivé dans la ville. C'est là que sont tous les commerçants.

— Alors, tu verras qu'en bout de ville la grande allée de la Mésé est coupée en deux. Tu te camperas au centre et tu iras tout droit, une fois dans la campagne.

Le monastère des moines mauresques se trouvait en pleine verdure, enfoncé dans un vallon couvert de vignes. Sa bâtisse rouge se dissimulait derrière les nombreux arbres dont les branchages tombant assez bas cachaient aussi un chemin qui menait aux cellules privées.

Thomassaint avait loué les services d'un ânier. Aux approches du monastère, l'homme décida de s'allonger sous l'ombre d'un gros sycomore et de profiter d'une bonne sieste en attendant que son client revienne.

Niccolo Barbaro était un homme petit, grassouillet et fort courtois. Son visage s'illumina d'un sourire quand il vit Thomassaint. Il ne l'avait jamais vu, mais il connaissait d'avance l'objet de sa requête. En général, tous ceux qui demandaient à le voir recherchaient un parent, un ami, une connaissance disparus dans la tourmente de Constantinople.

— Votre mère, messire Cassex, lui dit Niccolo Barbaro après avoir parcouru plusieurs registres, se trouvait sur un navire qui a bien accosté le long de la Corne d'Or. Il ne s'agit donc pas d'un massacre collectif comme les janissaires en ont tant pratiqué.

Il releva le buste et observa sans rien dire son interlocuteur. Puis il hocha la tête et se remit à l'examen de ses notes.

— Vous me dites qu'elle était tapissière !

— Plus que cela, messire Niccolo. Ma mère était reconnue membre de la Guilde des hauts lissiers du Nord.

— Je vois ! Je vois !

Mais Niccolo se grattait soucieusement le crâne, fort visible à cause d'une importante calvitie que ne cachait nul bonnet ou autre coiffure. Il ne semblait rien trouver au sujet de cette femme et cela l'ennuyait.

— Cette année-là, je n'ai relevé que peu de passages de femmes artisanes. Quelques épouses d'orfèvres en quête de leurs maris embarqués depuis plus d'un an. D'autres tenaient commerce dans la passementerie, la dentellerie ou la faïencerie. Il faut dire que nombre d'artistes viennent admirer les mosaïques de Ravenne et s'en inspirer. C'est à peu près la seule gloire qu'il reste dans cette ville.

Il pointa l'index sur l'un des noms de sa liste.

— Par exemple cette jeune femme mentionnée ici, précisa-t-il le doigt sur le document, mais qui ne remplit aucun critère se rapportant à une artisane. Elle s'appelait de Villiers.

À ce nom, Thomassaint blêmit.

— Que dites-vous ?

Niccolo leva la tête.

— De Villiers, répéta l'autre. Oui ! Blanche de Villiers. C'était bien son nom. La connaissez-vous donc ? Elle n'était point tapissière.

— C'est... c'est...

Il ne savait quoi dire. Blanche de Villiers ! Une lointaine cousine de sa mère, une nièce par alliance, plus exactement ! Cela remontait à si loin. Clarisse était venue à Bruges, un jour, en sa compagnie, la présentant comme la fille de l'épouse de son demi-frère, morte en couches. Anne de Neuville avait mis au monde une petite fille qui s'appelait Blanche, laquelle, devenue orpheline, avait été adoptée par le vieux seigneur de Villiers, un habitué de la cour de la reine Marie d'Anjou.

Une histoire qui ne l'avait pas trop marqué à l'époque. D'ailleurs, il n'avait pas connu le demi-frère de sa mère, Lucas, mort dans une bataille contre les Anglais aux côtés de Jeanne d'Arc. De Blanche, il ne se souvenait que d'une adolescente blonde qui semblait bien s'accorder avec sa mère et qui devait avoir son âge.

— Je ne savais pas que cette personne accompagnait ma mère à Constantinople.

— Peut-être pourriez-vous la retrouver ? suggéra le Vénitien.

— Mais comment ?

Niccolo fit la grimace.

— Évidemment, c'est délicat. J'ai noté que cette jeune fille avait été emmenée au palais de l'empereur, occupé à présent par le nouveau maître des lieux, le sultan turc Mehmed II, fils de Mourad, mort il y a quelques années. Mehmed est un être mauvais et cruel.

Si cette jeune fille est saine et sauve, c'est sans doute grâce au vieux Habib Pacha qui était le grand vizir de Mourad et qui est resté celui de Mehmed.

— Il faut que je me rende au palais, dit aussitôt Thomassaint. Si Blanche y est encore, elle me dira ce qu'est devenue ma mère.

— Hélas, c'est extrêmement dangereux. Le palais est un véritable labyrinthe de pièges auxquels on ne réchappe guère lorsqu'on est un Européen.

— Je vais me travestir.

Niccolo sourit.

— C'est inutile. Vous n'iriez pas loin. Votre tête roulerait aussitôt sur le beau dallage du palais.

— Alors, que faire ? N'y a-t-il pas un moyen d'approcher quelqu'un de la résidence impériale sans se faire remarquer ?

— Je n'en vois qu'un.

Dans les yeux de Thomassaint s'alluma une petite lueur d'espoir. Niccolo poursuivit :

— Demander à voir Habib Pacha pour lui proposer un marché.

— Lequel ?

— N'avez-vous rien de concret à lui proposer ? Si Mehmed est un sauvage sanguinaire sans grâce ni distinction, Habib est un homme intelligent, fin et cultivé.

Ciel ! Pourquoi s'était-il démuni de *L'Offrande du cœur* ? C'eût été un prétexte parfait. Pouvait-il risquer une tromperie, un subterfuge ?

— Je vais réfléchir à cette idée.

— Ne mésestimez pas le pouvoir d'Habib Pacha. Il est tout à fait capable de vous trancher la tête. Et, s'il ne peut vous recevoir, n'acceptez aucun entretien avec Mehmed. Il vous sourira par-devant et vous frappera par-derrière avant même que vous n'ayez esquissé deux pas.

VIII

Plus Thomassaint avançait et plus le décor citadin changeait. Plus il s'approchait de l'acropole dont les falaises descendaient en pente douce vers la mer et plus les palais et les grands édifices se multipliaient, magnifiques bien que dégradés par endroits. On sentait un luxe, hélas en partie disparu à la suite des saccages provoqués par les Turcs juste avant la chute de la ville. Mais le forum de Constantin, autrefois nombril de la ville, était resté le centre prestigieux et les pillards musulmans n'avaient pas réussi à ôter les splendeurs des gradins de marbre, des colonnes de porphyre à grands chapiteaux, des murs ornés de mosaïques incrustées, bien que certains endroits aient subi de grandes déprédations.

Par contre, l'or des dômes avait été fondu et les plaques de métal précieux sur les murs des palais avaient toutes été arrachées. En passant près de la somptueuse église Sainte-Sophie, Thomassaint eut envie d'entrer à l'intérieur mais, bien que harcelé par les vendeurs de cierges, trop impatient d'en savoir davantage, il contourna les abords de l'église et se dirigea vers le palais.

Les boutiques des orfèvres avaient dû receler nombre d'objets de luxe d'une beauté resplendissante. À présent, elles n'offraient plus que de rares pièces d'argenterie et quelques bijoux précieux. Privés de tout ce luxe, les étals paraissaient immensément vides. À peine deux ans plus tôt ces boutiques-là regorgeaient encore de vases d'argent, de vaisselles d'or, d'aiguières en cristal, de coupes en nacre, en opaline, en jaspe, de poignards et couteaux à manches incrustés de pierres précieuses, de boucliers ciselés, d'encriers en or massif, en bois de santal, en ébène, en ivoire, d'œufs en porcelaine remplis de parfums rares, de tapis et de tentures de Damas.

Il y avait un quartier qui, disait-on, pratiquait le commerce de la lettre de change. Thomassaint eut l'envie soudaine de s'y rendre afin d'échanger son or contre une de ces lettres. Mais il hésita en se disant que nul gros commerçant ne devait s'y hasarder en des temps si troublés.

En revanche, il restait de nombreux écrivains publics qui se tenaient dans le quartier des libraires. Le Byzantin gardait le goût des belles lettres et des enluminures. Soudain, Thomassaint fut saisi d'effroi. Dans une échoppe, l'une d'elles l'attirait étrangement. Elle représentait un personnage religieux qui tenait un agneau dans les bras. Il ne put s'empêcher de penser à Burgot qui aimait tant dessiner les bestiaires. Pourquoi était-elle morte dans ce terrible naufrage et pourquoi l'enfant avait-elle survécu aussi facilement ? Dieu du ciel ! Qu'il eût préféré ne pas avoir de fille et, à cet instant, serrer amoureusement la taille de sa femme ! Ses yeux quittèrent l'enluminure. En reculant, il trébucha tant il était bouleversé par les images qui, soudain, revenaient à sa mémoire et dont il s'efforçait peu à peu d'oublier l'intensité. Il quitta ce lieu qu'il aimait et qu'il détestait en même temps.

Plus il avançait vers le palais, plus les parfums le saisissaient, devenant presque agressifs. Cela sentait le cep de vigne, le jasmin, la coriandre, l'orange, le poivre, le miel. Il longea les boutiques de quelques marchands d'étoffes précieuses et de soieries colorées. Mais il ne vit aucune tenture tissée, aucune tapisserie historiée.

Il s'écarta, fit quelques pas, songeur, et s'arrêta. Soudain, le déclic se fit. Oui ! Il tenait son idée. Pourquoi ne pas proposer de monter un commerce de tissage à Constantinople avec l'aide du grand vizir Habib Pacha, puisque Niccolo Barbaro l'avait présenté comme un homme intelligent et cultivé ? Thomassaint saurait bien lui expliquer qu'il n'existait pas, dans ce monde, que les tapis d'Orient, les tentures de Damas, les broderies de Perse et les étoffes de Babylone. Il lui présenterait ces merveilleuses Millefleurs et ces incomparables licornes qui ne demandaient qu'à s'exprimer à Constantinople.

Après les senteurs de vigne et de jasmin, ce furent celles des échoppes des parfumeurs. Des odeurs d'encens, de myrrhe, de santal se mêlaient à celles moins connues des fleurs exotiques. Le nez dans ces effluves bizarres, Thomassaint arriva en un lieu de plus en plus fascinant bien qu'on pût noter encore de nombreuses dégradations qui, par endroits, laissaient d'affreux trous dans les murs. Sans doute y avait-il eu, là, une incrustation de véritables pierres précieuses.

Les palais se serraient comme les grains de raisin d'une grappe. Les corniches étaient ornées de feuilles d'acanthe soulignant chaque étage à la naissance du toit. Des balcons en encorbellement ou des terrasses à balustres se succédaient sans discontinuité et, à travers des grillages dorés, on apercevait l'intérieur des cours ombragées. Les édifices se terminaient presque toujours en coupole, et si l'or, qui jadis les recouvrait, avait disparu, il n'en restait pas moins des couleurs éblouissantes dans des camaïeux de bleus et de verts.

Enfin, il était devant le mur d'enceinte du palais impérial. À sa grande surprise, les soldats de la porte principale le laissèrent passer. Mais Thomassaint ignorait encore qu'au palais de Mehmed II, fils de Mourad, on entrait, mais on ne sortait plus. L'esprit du sultan fonctionnait comme celui de ces grands chiens orientaux à tête de monstre, molosses qui laissaient rentrer les inconnus, mais ensuite ne les lâchaient plus du regard.

Dans l'un des angles de la cour, une fontaine crachait du vin parfumé à la cannelle. Des jongleurs se distrayaient en se lançant des balles multicolores. Des chevaux piaffaient. Sans doute de purs arabes à la crinière fougueuse et aux flancs frémissants.

Six gardes, de vrais colosses, tous enturbannés et sanglés d'une ceinture métallique où pendait leur sabre, conduisirent Thomassaint dans un vestibule immense. De là, il pénétra dans une suite de pièces où le marbre répondait au marbre, le porphyre au porphyre, le jaspe au jaspe. Une galerie à trois étages l'emporta vers les sphères impériales. Hélas, les mœurs n'étaient plus celles qui existaient encore quelques années plus tôt.

En s'enfonçant plus à l'intérieur du palais, Thomassaint se rendit compte qu'il n'y avait de beau et de resplendissant que les murs et les sols. Les pièces qu'il parcourait avaient été vidées de leurs anciennes splendeurs, sans doute emportées dans les résidences personnelles du sultan qui se situaient sur les bords de la mer Noire.

Un autre vestibule, interminablement long, le mena devant une rangée de soldats qui, le turban et la tunique écarlates, les pieds chaussés de babouches, le sabre levé, prirent la relève. Qu'on l'emmenât aussi loin dans les dédales du palais était plutôt de bon augure et, instinctivement, Thomassaint s'en réjouit. Pourtant, une petite voix à l'intérieur de lui-même lui susurrait que tout allait peut-être changer dans un instant.

On lui fit traverser une succession de bâtiments assez détériorés dont trois avaient appartenu au grand Constantin. On les nommait : la Perle, l'Amour et l'Harmonie. Les murs de mosaïque représentaient des scènes de chasse aux couleurs incomparables et des colonnes de marbre rose soutenaient les plafonds et les sols recouverts de jaspe vert dont les sombres ondulations imitaient les vagues en colère d'une mer déchaînée.

Si le palais avait été intégralement pillé, ne laissant aucun meuble de valeur, aucun objet de luxe, il en allait bien autrement des splendeurs de pierre et de marbre venant des montagnes orientales et des mosaïques de Ravenne. Une abside tournée vers l'est terminait ces pièces qui, autrefois, avaient été des lieux d'apparat. Thomassaint s'arrêta un instant devant les murs dépouillés. Puis, soudain, un bruit lui fit tourner la tête.

Un homme se tenait derrière lui. Petit, court sur jambes, bâti un peu comme Loïc, trapu et tout en muscles, le visage carré et les yeux vifs. Il était vêtu avec un luxe recherché et comptait bien cinquante, voire soixante ans. Un turban blanc entourait sa tête. Une tunique rouge tombait à ses pieds, finement brodée de fils d'or.

Le Turc ne bronchait pas. Il n'y avait aucun doute, Thomassaint se trouvait devant le grand vizir Habib Pacha et il n'avait que quelques secondes pour le convaincre ou le séduire par la finesse de ses reparties.

— Ces murs devaient illustrer de fort belles icônes, autrefois, dit-il en désignant la nudité des pierres blanches.

Il s'était efforcé de prendre un ton assuré, mais quelque chose tremblait au fond de son être.

— Qu'est-ce qui vous le fait supposer ?

— Les traces infimes que l'on distingue en observant le poli de ces murs.

— C'est juste, reprit Habib Pacha, il y avait des icônes, des représentations religieuses, des images que nous ne pouvons tolérer et que nous bannissons, nous, les musulmans !

— Oh ! rétorqua Thomassaint d'un ton faussement dégagé, en Val de Loire, là où mon atelier se situe, je dessine aussi bien des scènes religieuses que des scènes profanes. Je crois même que j'ai une prédilection pour les scènes galantes. Connaissez-vous *L'Offrande du cœur* ?

Il nota avec satisfaction qu'il venait de déstabiliser légèrement son interlocuteur. Cependant, celui-ci n'en laissa rien paraître.

— Non, mais vous allez m'expliquer, je pense.

Thomassaint avait devant lui un homme dont l'intelligence et la culture étaient grandes. Sans doute bien plus grandes que celle du pacha Aboul Khalil qui, en fait, ne pensait qu'à ses propres conquêtes personnelles.

— Je suis arrivé avant-hier dans votre ville. J'ai beaucoup marché et il m'est apparu que dans Constantinople il n'y avait aucune échoppe de tapisseries.

— En effet, cette ville a toujours travaillé les icônes, les mosaïques, mais peu les tapisseries.

— Tapisseries historiées, reprit Thomassaint.

— Historiées !

— Oui, c'est-à-dire de grands ensembles dont certains vont jusqu'à cinquante pièces d'environ trois ou quatre mètres sur deux ou trois de large.

— C'est considérable, en effet. Mais pourquoi forment-elles un ensemble si grand, puisque chacune peut être faite et vue séparément ?

— Parce que ces ensembles racontent une histoire qui se lit de bout en bout. On commence par le premier tableau et on termine par le dernier.

— C'est très intéressant.

Puis, faisant quelques pas de long en large, le vizir finit par se plaquer contre le mur et fixa Thomassaint.

— Pourquoi êtes-vous venu à Constantinople ?

À cet instant, le jeune homme décida de taire une partie de la vérité.

— Hélas, je ne suis plus impatient de revenir dans mon pays.

— Pourquoi ?

Thomassaint se passa la main sur le front. Fallait-il le dire ?

— Ma femme est morte en couches sur les côtes crétoises à la suite de mauvaises circonstances, alors que nous voulions débarquer à Naples.

— Pourquoi Naples ?

— Nous devions y rencontrer un peintre italien. Nous avons été attaqués par un vaisseau anglais. Le destin m'a entraîné ici.

Il se tut brusquement, attendit que l'autre réagisse, mais il se tenait immobile, sans rien dire.

— Certes, je suis séduit par les mosaïques.

— Mais vous êtes attristé de ne pas voir de... de... Comment dites-vous ? de tapisseries historiées ?

Il porta la main à son sabre, qui ne devait pas le quitter et fixa Thomassaint de ses yeux sombres où dansaient quelques soupçons.

— Vous plairait-il de visiter les ateliers du palais ? Ceux de faïencerie, d'orfèvrerie, d'enluminures et de tissage, bien entendu. Ils n'ont pas fonctionné depuis trois ans.

Ils traversèrent d'autres salles, d'autres vestibules et cours intérieures. Thomassaint devinait la présence des femmes. Sans doute un mélange de concubines, de servantes, d'esclaves auxquelles se mêlaient de gros eunuques. Ils avaient tous un ventre proéminent, un double et même parfois un triple menton dont la graisse tombait directement dans le cou, ce qui diminuait singulièrement leur taille. Ils reculaient dans les coins en se courbant presque à terre au passage du vizir Habib.

Puis, derrière une tenture, surgissant comme par magie sans qu'il s'y attende, elle apparut soudain aux yeux de Thomassaint, le visage voilé, légère, aérienne, la taille longue et souple, les mains blanches et fines. Mais, ô surprise ! les yeux qui ressortaient du voile étaient aussi bleus que l'azur. Devant elle marchait un homme, grand, mince, l'allure dégingandée. À peine vingt ans ! Le visage dur, allongé, la mâchoire et les pommettes saillantes, les yeux noirs et cruels.

Face à Thomassaint venaient le sultan et sa favorite.

— Ainsi, les rumeurs étaient fondées, Habib, jeta froidement le sultan. Qui venez-vous de faire entrer ainsi au palais ?

— Un artisan, Altesse.

— Sait-il qu'il n'en sortira plus ?

Le vizir esquissa un sourire.

— Pas encore, Altesse. Mais voilà chose faite.

Subitement, le sultan virevolta comme un chat sauvage, et vint se planter devant Thomassaint avec un rire démentiel. Puis il brandit son sabre, cisailla l'espace de plusieurs coups secs et rapides pour l'amener juste à l'endroit où le col de la chemise de Thomassaint s'ouvrait. La pointe recourbée du sabre s'arrêta devant lui dans un silence de mort alors que sa tête s'encastrait dans la courbure de l'arme.

— Et ton invité, Habib, ricana-t-il en abaissant son sabre, cela lui convient-il de rester notre prisonnier ?

— Il vient de perdre sa femme et ne semble pas pressé de rentrer dans son pays.

— Quel pays ? persifla le sultan.

— La France, Votre Altesse, souffla Thomassaint, qui sentait encore la lame du sabre le frôler.

Car il semblait évident que le Turc avait pris plaisir à ce simulacre agressif.

Habib se tourna vers Thomassaint et lui jeta, le plus courtoisement du monde :

— Voilà qui est dit, jeune homme. Je souhaite donc que vous vous plaisiez là où je vais vous emmener, car vous n'en sortirez plus.

Puis le sultan claqua des doigts et se tourna vers la femme qui n'avait pas bronché, se contentant d'observer Thomassaint.

— Ne reste pas ici, Syria, ta place est avec les autres femmes.

Elle courba légèrement le buste.

— Hélas, mon maître, murmura-t-elle suffisamment fort pour que Thomassaint l'entendît, vos mœurs sont différentes des miennes et je ne m'y suis pas encore habituée, bien que je m'y efforce.

Cette femme n'était pas une des leurs, Thomassaint le comprenait à présent. Elle avait voulu le lui faire savoir. Mieux encore ! Si elle n'avait pas été française, aurait-elle jeté ces mots ? Aussi, avant qu'elle ne quittât la pièce, il répliqua, en se tournant vers le sultan :

— Altesse, pourquoi sortirais-je d'ici si l'on m'offre le travail que j'aime ? Mon Val de Loire peut attendre.

À ces mots, la jeune femme se retourna et plongea ses yeux bleus dans ceux de Thomassaint. Oui ! C'était Blanche, il en était convaincu à présent. Il lut une grande panique dans son regard aux pupilles dilatées. Mais elle aspira une grande bouffée d'air derrière le voile qui cachait sa bouche, et sembla se reprendre assez vite.

— Le Val de Loire, qu'est-ce ? fit le vizir.

— La région de France où règne notre roi.

Habib Pacha hocha la tête et, sans plus rien dire, entraîna le jeune homme vers les bâtiments qui comprenaient les ateliers. Effectivement, ils avaient été abandonnés. En pénétrant dans le grand atelier de tissage, Thomassaint eut la joie de voir une haute lisse. Oui ! Un grand métier tout en hauteur. Une lisse verticale avec laquelle il pouvait réaliser un travail de grande envergure. Les cartons, il les dessinerait lui-même. Combien de fois en avait-il exécuté avec Clarisse et Toussaint ? Combien de fois avait-il esquissé les contours qui devaient prendre forme sur les tentures définitives ?

Plus loin, des petites lisses offraient leurs fils de trame et leurs perspectives multiples de travail. À Oran, dans les ateliers du palais d'Aboul Khalil, il n'y avait que des métiers horizontaux sur lesquels il n'avait pu effectuer que des pièces de mince envergure. Mais elles étaient suffisantes puisque les fils d'or ne s'étalaient que sur de petites surfaces.

— Beaucoup de fils de trame sont cassés, dit-il, mais peu importe, je sais les réparer.

Thomassaint avança et observa chaque angle de l'atelier. La pensée de savoir Blanche ici le réconforta. Ciel ! Il aurait pu être enfermé en ce lieu sans savoir ce qu'était devenue sa mère.

Il chercha un instant quelques matières premières et ne vit que deux sacs de toile qu'il ouvrit aussitôt. Des ballots de fils de soie. Mais quelle soie ! Brillante dans des pourpres lumineux, des bleus étincelants, des verts profonds et denses, des ocres rutilants.

— Ils sont beaux, fit-il, mais il me manque du fil d'Arras, du fil de Florence et des laines mélangées.

— Allons dans la pièce à côté. Vous y trouverez sans doute autre chose.

C'était un local de vaste dimension, une sorte de grand appentis dans lequel s'entassait un fastueux bric-à-brac. Un jeune garçon s'affairait, le nez dans des outils, des ballots et des paquets d'étoffes.

— Voici Mustapha, il vous aidera dans vos travaux. Il aime le tissage de petite main, mais il ne sait pas manier les métiers qui sont ici. Ils sont trop imposants pour lui.

— Je lui apprendrai.

Mustapha se retourna. Il était tout jeune. L'âge d'un apprenti. L'âge de Thomassaint quand Toussaint lui apprenait à réparer les grandes lisses. Il crut discerner un sourire sur les lèvres de l'adolescent. Il s'approcha de lui et lui tendit la main. Mustapha hésita. Ce geste ne lui était pas familier. Alors, il planta son regard dans celui de Thomassaint. Ses yeux semblaient satisfaits. Le lissier s'empara de sa main et la serra dans la sienne.

— Oui ! Je t'apprendrai, Mustapha, et tu deviendras un grand maître lissier, comme ceux qui sillonnent la France, l'Italie et les Flandres.

Puis il ajouta, en se tournant vers Habib, enhardi par ce premier contact chaleureux :

— Le tissage des grandes tentures exige beaucoup de main-d'œuvre. N'avez-vous donc aucune femme pour vous aider ?

— Non ! C'est dans le harem que les femmes filent et tissent.

— En Europe, une grande main-d'œuvre féminine apporte un soutien considérable aux lissiers.

— Pas chez nous.

— Ah ! le harem ! murmura Thomassaint.

— Allons, se mit à rire le vizir, ne me dites pas que vous ignorez ce qu'est un harem. Si je suis satisfait de vous, je vous donnerai quelques femmes parmi les plus jeunes et les plus jolies. Ici, nous avons trois harems, celui du sultan, le plus important où seules quelques femmes vont et viennent à leur guise, sans toutefois sortir du palais. Puis, mon harem et enfin celui du Khalifa Chérif Ibrahim, l'oncle du sultan. Ces trois harems se regroupent. Il vous sera interdit d'entretenir des rapports avec les femmes qui ne vous auront pas été attribuées, à l'exception des danseuses et des musiciennes qui sont ici pour le plaisir de tous, ainsi que des servantes. Ne vous illusionnez pas, jeune homme, les eunuques qui vous entourent veillent. Ils voient, entendent et comprennent tout. Est-ce bien clair ?

— Parfaitement.

— Alors, contentez-moi par votre travail et je vous récompenserai. Venez, à présent, je vais vous conduire à votre appartement. Demain, je vous présenterai à Hassan Bey. C'est mon intendant qui sera chargé de toutes vos dépenses. Et Mourad Khali viendra assister à votre travail.

— M'aidera-t-il si la tâche est grande ?

— Il ne s'agit pas exactement d'une aide, mais plutôt...

— D'un espion, rétorqua Thomassaint.

— Un espion ! objecta le vizir en souriant. Quel est ce mot que je ne comprends pas ? Il me transmettra simplement l'avancement de votre ouvrage.

— N'est-ce pas identique ?

— La nuance est subtile et mérite votre attention, rétorqua le vizir. Vous apprendrez au fil des jours la portée de nos nombreux proverbes. Ils vous aideront à nous comprendre.

— La réflexion peut-elle aussi cheminer inversement ? répliqua à son tour Thomassaint. Pour se comprendre, il faut aller dans les deux sens.

— C'est exactement ce que je viens de faire avec vous. Je vous ai compris et fait confiance. Si cela n'avait pas été le cas, vous vous seriez retrouvé dans l'un de mes cachots au fin fond de ce palais et nul ne vous en aurait jamais sorti.

En passant dans une cour intérieure qui menait à l'appartement que lui réservait le vizir, Thomassaint reconnut la silhouette qui accompagnait le sultan tout à l'heure. Oui, c'était Blanche ! Le voile occultant toujours son visage, vêtue d'une robe vaporeuse, orangée comme un soleil couchant, avec de larges plis qui retombaient jusqu'au sol —, on voyait juste le bout de ses pieds chaussés de fines sandalettes rouges – Blanche jouait de la cithare, assise avec deux autres musiciennes qui pinçaient distraitement leur luth.

Dans un bruissement léger, une eau bleutée coulait d'une fontaine où serpentaient du lierre et des roses rouges. Une grande cage dorée, finement sculptée, surmontée d'un dôme allongé qui pointait vers le ciel et dont les fins barreaux retenaient quelques tourterelles grises, était posée sur un socle de pierre.

La cour, elle aussi, était spacieuse. L'air et le soleil traversaient les arcades qui entouraient les pièces disposées tout autour. Des palmiers dattiers venaient ombrager les bords dallés de mosaïques sur lesquels des coussins moelleux et multicolores avaient été disposés. Des petites tables basses regorgeaient de friandises et de boissons fraîches. De temps à autre un eunuque, sans dire un mot, apportait de nouvelles gourmandises.

— Les musiciennes se rassemblent souvent ici pour jouer de la musique. L'endroit s'y prête.

Habib Pacha venait de jeter ces mots d'un ton passablement mesuré. Mais n'avait-il pas remarqué le trouble qui avait saisi Thomassaint à la vue de Syria ?

— Je ne veux point commettre d'impair et, en tout point, grand vizir, je veux rester docile, répliqua le jeune homme. Mais ne m'avez-vous pas dit, tout à l'heure, que je pouvais m'entretenir avec les danseuses et les musiciennes ? C'est une détente qui, de temps à autre, pourrait m'être agréable.

— Danseuses et musiciennes ! Mais lesquelles pouvez-vous fréquenter sans nous déplaire ? En vérité, pas toutes. Certaines femmes du sultan sont intouchables, mais viennent quand même ici. Elle ! par exemple.

Et il pointa l'index sur Syria.

— Vous l'avez vue tout à l'heure. C'est l'une des concubines de Mehmed et, comme toutes celles qui ont donné un fils au sultan, elle dispose d'une plus grande liberté que les autres, car chaque jour elles se rendent au pavillon des nourrices afin de voir si leur enfant se porte bien. Leur trajet s'agrémente de jardins divers, de salles multiples autres que celles qu'elles connaissent, de distractions dont elles ne disposent pas dans le harem.

Ainsi, Blanche avait un fils du sultan. Un fils de cet homme sadique et cruel. Thomassaint pâlit. Il pensa à Leïla qui, à présent, avait la charge de sa fille. Où était Léonore ? Avait-elle pu rejoindre la Bretagne avec Loïc et Leïla ?

— Qu'avez-vous ? Pourquoi pâlissez-vous de la sorte ?

— Pardonnez-moi, grand vizir. Dans mon esprit, je revois souvent ma femme et ma fille, alors je suis triste, immensément triste.

— Elles sont mortes, n'y pensez plus.

Il faillit crier : « Non ! pas ma fille ! » Mais il se tut. Mieux valait que le vizir pensât qu'il était seul dans la vie et que cette unique raison ne le poussait guère à rentrer chez lui.

Quand il passa devant Syria, elle jeta les yeux sur lui tout en pinçant les cordes de la cithare. Puis elle tourna son visage dans la direction de la cage aux tourterelles et chanta d'une voix au timbre pur et clair, une voix haute et légère qu'affectionnaient les Turcs, habitués à des intonations différentes : « Doux oiseaux ! Douces colombes, ne voyez-vous pas que je veux vous aimer. Mon soleil est le vôtre, mon ciel vous appartient. »

Les notes s'envolaient, tintaient comme du cristal et retombaient pour rebondir plus haut encore.

« Mon soleil est le vôtre, mon ciel vous appartient. Venez à moi, mes douces colombes. Je veux vous caresser. Je veux vous aimer. »

Les deux autres musiciennes s'étaient tues, subjuguées par la voix de leur compagne. Puis la jeune femme s'arrêta de chanter dès qu'elle sut que Thomassaint ne l'entendait plus. Il fit quelques pas durant lesquels les notes restèrent dans sa mémoire, bien décidé à traverser la cour chaque fois qu'il se rendrait aux ateliers du palais.

La splendeur de l'appartement qu'on lui destinait le saisit. Quatre pièces se succédaient, sans fonction particulière. Elles communiquaient entre elles. Seuls, des voilages transparents, des paravents en bois coloré, des rideaux de plantes et de fleurs, des tentures de gaze légère les séparaient. Un lit bas, sorte de couche épaisse et moelleuse, posé à même le sol, était enfoui sous des coussins et des couvertures en soie colorée.

Une femme voilée s'approcha. Elle marchait encore lestement, mais devait être assez vieille, car ses épaules étaient un peu voûtées et son voile laissait apparaître un front aussi ridé qu'une figue sèche. Elle gardait un visage austère et ses yeux noirs transperçaient avec une acuité désarmante ceux qu'elle regardait sans indulgence aucune.

Un gros homme ventripotent la suivait à petits pas précipités. Encore un eunuque qui grimaçait un faux sourire. Sa tête était surmontée d'un assemblage monumental de turbans d'une hauteur telle qu'on pouvait se demander comment il tenait sans chuter. L'eunuque portait une longue robe qui balayait le sol. Il avait à la main une palme avec laquelle il s'éventait, car de grosses gouttes de sueur coulaient de son turban, glissaient sur son nez, ses joues rebondies et allaient se perdre dans les replis de son cou.

— Cette femme fera vos repas et l'eunuque s'occupera de votre intérieur.

Thomassaint vit tout de suite qu'il ne pourrait certes rien tirer de ces deux visages rébarbatifs. Seul le jeune Mustapha lui semblait accessible.

À présent, il ne restait plus qu'à communiquer avec Blanche.

IX

L'admiration que portait le jeune Mustapha à son nouveau maître s'étendait à tout ce qu'il faisait. Il posait les yeux là où Thomassaint les posait, s'efforçait de parler comme lui et de réfléchir comme il le lui enseignait. À seize ans, Mustapha prenait modèle en tout sur son nouvel ami.

Hassan Bey se montrait froid, mais non cruel. Il ne discutait pas les ordres d'achat de Thomassaint, acceptant même de l'emmener sous bonne garde afin qu'il passe les commandes appropriées à ses besoins.

Thomassaint avait même exigé de visiter les industries du lin que Constantinople avait héritées de l'Égypte. Fabriqués dans les provinces, les tissus étaient apportés dans la capitale. Il fallait donc se procurer le fil de lin à l'extérieur de Constantinople, et les échoppes que l'on trouvait dans la ville n'étaient hélas que de tristes entrepôts.

Quant aux industries de la soierie, elles avaient toutes été fermées depuis la chute de la ville. Les caravanes venaient alors librement de Chine. Mais, à présent, seuls les musulmans pouvaient leur ouvrir la voie.

Oui, décidément, le grand vizir Habib Pacha et son intendant Hassan Bey se montraient compréhensifs. Aussi, sur sa demande, ils lui firent visiter quelques teintureries où l'excellence de la production n'était pas à mettre en doute. Une qualité exceptionnelle assurément. C'est ainsi que notre jeune lissier apprit non seulement le secret des verts foncés, des verts clairs et des jaunes travaillés en demi-teintes, mais il découvrit aussi comment, avec deux tons de pourpre, il pouvait obtenir quatre roses très différents les uns des autres.

Oui ! En combinant savamment tous ces multiples rouges, roses, jaunes, Thomassaint pouvait composer, multiplier, étaler sur ses tentures les fruits et les fleurs les plus inimaginables. À présent, il détenait aussi le grand secret des fameux pourpres orientaux que l'Occident ne possédait pas encore.

Thomassaint avait tant et tant appris depuis qu'il avait quitté Bruges qu'il pourrait accomplir des merveilles quand il rentrerait en France. Des chefs-d'œuvre de grande composition décorative à la mode orientale avec une rigueur géométrique qui répétait un thème avec intelligence entre de larges bandes ornementales.

Dans son exil, Thomassaint rendait grâce au grand vizir et à son conseiller Hassan Bey qui, sans trop s'en rendre compte, lui confiaient de terribles pouvoirs dont il se servirait s'il pouvait un jour retrouver sa liberté.

Quant à Mourad Khali, c'est à peine si Thomassaint lui parlait tant il se montrait arrogant. À vrai dire, quand il passait à l'atelier sans jamais prévenir de son arrivée – fort heureusement, ce n'était pas tous les jours –, il se plaquait devant l'entrée, épiait les gestes du jeune homme et gardait sur son visage anguleux un sourire qui, certes, n'avait rien de bienveillant. Thomassaint vaquait à ses occupations sans se préoccuper de lui, évitant d'ailleurs de trop montrer sa belle entente avec Mustapha, ce qui eût sans doute attisé sa méfiance. Puis, n'ayant rien à formuler sur le travail du prisonnier et de son jeune apprenti, il repartait afin de tenir le grand vizir au courant.

Trois semaines se passèrent avant que Thomassaint ne rencontrât Blanche. Un jour, il apprit que le sultan s'était absenté du palais pour quelques jours. Cela n'arrivait pas souvent – aussi fallait-il saisir l'occasion –, et le jeune lissier commença à échafauder un projet qui le mît en présence de la jeune femme. Par chance, le grand vizir l'avait accompagné ainsi que le détestable Mourad Khali. Ne restaient plus que Maïa, la vieille cuisinière, et Ben Ali, l'eunuque, tous deux fidèles au poste et l'œil sans cesse braqué sur les occupations de Thomassaint.

Une telle opportunité, hélas, ne se présentait que rarement. En principe, les absences du sultan n'étaient que de courte durée et, lorsqu'elles se prolongeaient, il emmenait avec lui une partie de son harem dont, bien entendu, Syria faisait partie.

Ce matin-là, quand Thomassaint se rendit à l'atelier, celle-ci s'y trouvait, entourée de quelques musiciennes. Quand elle le vit, elle se dirigea vers la cage, l'ouvrit et saisit une tourterelle qu'elle reposa aussitôt là où elle venait de la prendre. Il crut alors discerner un geste qui attira son attention. Non ! Il ne se trompait pas. Elle posait quelque chose sous l'une des mangeoires des oiseaux. Un billet !

La journée lui parut longue tant son impatience débordait, et même Mustapha, surpris de l'excitation inhabituelle de son maître, ne réussit pas à le détendre. Le soir, elles étaient cinq à jouer de la musique dans le paisible patio que le soleil couchant teintait d'un éblouissant rose ocré, mais Blanche n'était pas des leurs.

L'une d'elles chantait. Thomassaint fit mine de l'écouter avec une attention soutenue tout en se dirigeant vers la cage. Il l'ouvrit, saisit une tourterelle et caressa son doux plumage. C'est en la reposant avec des gestes lents et mesurés qu'il prit le petit message que Blanche avait effectivement glissé sous l'une des mangeoires des oiseaux. Pour ne pas attirer l'attention des musiciennes par un départ trop hâtif, il resta quelque temps avec elles, écoutant avec politesse leurs mélodies.

Quand il fut seul, il déplia le billet. Blanche avait une belle écriture, penchée, fine et déliée. Le cœur battant, car il sentait qu'une étape prenait fin, il lut : « Tous partis pour trois jours, renvoyez Mustapha, j'irai dans votre atelier demain. » Enfin ! Il allait pouvoir parler à cette jeune cousine. Thomassaint apprendrait enfin ce qu'il voulait savoir depuis qu'il avait quitté Bruges.

Il n'eut aucun mal à éloigner Mustapha et le lendemain, dans la matinée, il vit soudain la jeune femme arriver. Elle s'engouffra rapidement dans l'atelier. Elle s'était enveloppée d'un grossier voile de servante afin qu'on ne la reconnût pas. Mieux valait s'entourer de multiples précautions. Tant d'yeux furetaient aux alentours.

Ils restèrent interdits pendant quelques secondes, n'osant ni bouger, ni parler. Ils se contentaient de s'observer en silence comme s'ils appréciaient un mets dont ils ne voulaient pas oublier le goût. Puis, après de longues secondes où chacun avait apprécié l'autre, ce fut elle qui prit la parole.

— Thomassaint, fit-elle, Clarisse, votre mère, est morte.

Il eut un long soupir de désespoir.

— Hélas, murmura-t-il, je n'imaginais pas d'autres mots que ceux-là et pourtant j'espérais. Pourquoi êtes-vous partie avec elle ?

— Elle voulait m'éviter un mariage qui m'eût anéantie.

À présent, il regrettait de ne pas s'être mieux penché sur cette affaire qui touchait tant le cœur de sa mère. Mais, à cette époque, Thomassaint n'était qu'un adolescent.

— N'êtes-vous pas anéantie, Blanche ? Déracinée, prisonnière tout comme moi en ce palais musulman ?

— J'ai un fils, Thomassaint. Il m'empêche de perdre courage.

Il eut un léger sursaut.

— Un fils ! Quel âge a-t-il ?

— Il vient de naître. Il n'a que quelques mois.

— Comme Léonore.

— Qui est Léonore ?

Thomassaint poussa un autre soupir. À quoi bon penser à Clarisse ou à Léonore ? À présent, ne fallait-il pas se tirer de là sans risquer la méfiance du sultan et celle du grand vizir ? Son esprit se clarifia et le sens de la réflexion revint à lui à grands pas.

— Léonore est ma fille. Ma femme est morte alors qu'elle venait au monde. Nous étions en plein naufrage sur les mers du Maghreb.

Elle s'était un peu rapprochée de lui, plongeant le bleu de ses yeux dans les prunelles claires de Thomassaint. Puis elle jeta d'une petite voix craintive, douloureuse, presque, tant elle appréhendait la réponse :

— Allez-vous chercher à repartir, maintenant que vous avez appris la mort de Clarisse ?

Elle fit glisser son voile et il vit alors son visage dans toute sa clarté. Blanche était aussi rose et blonde que Burgot était brune et ocrée. Elle avait des yeux emplis d'azur, un nez court aux ailes délicates, un front lisse et pur. Blanche avait, elle aussi, un sourire de madone et ses petites lèvres pulpeuses prenaient la forme d'un cœur.

— Thomassaint, reprit-elle alors qu'elle s'efforçait de raffermir le ton de sa voix, allez-vous chercher à repartir à présent ?

— Pas sans vous. Non, Blanche, pas sans vous.

Elle eut un instant de tremblement, puis elle se jeta contre lui et il la serra tout à loisir, jusqu'à humer son délicat parfum. Il caressait ses épaules, posait sa bouche contre son cou, la serrait fort.

— Oh ! Thomassaint, je hais cet homme qui m'a fait cet enfant. Mais je ne peux faire autrement que d'aimer mon petit Jean, c'est le nom que secrètement je lui ai donné. Clarisse m'a appris que c'était le prénom de son aïeul, celui que nous avons en commun, Thomassaint.

— Oui ! Jean le Flamand ! Un lissier qui a travaillé à la fabrication de la célèbre tenture de *L'Apocalypse*.

Ils entendirent un bruit. Thomassaint lâcha Blanche et la poussa précipitamment dans l'appentis où Mustapha rangeait les stocks de fils et de laines mélangées, les cartons, les couleurs, ainsi que tout le petit matériel.

— Mais, s'étonna Thomassaint, je t'ai donné la journée. Pourquoi reviens-tu ?

— Je veux travailler, répliqua Mustapha en se dirigeant vers l'appentis, conscient de son bon droit et fier de préférer le travail au repos.

— Arrête, lui cria Thomassaint.

— Pourquoi ? Caches-tu quelqu'un ?

Il pénétra dans le local et découvrit Blanche.

— Elle ne doit pas rester là, jeta-t-il un peu froidement. Tu oublies que c'est l'une des concubines du sultan. S'il apprend votre rendez-vous, il te tuera et je ne veux pas que tu meures.

— Mustapha ! Tu dois comprendre. Blanche est ma cousine.

— Ta cousine ! Veux-tu dire un membre de ta famille ?

Thomassaint acquiesça.

— Cousine ou pas, je veux travailler avec toi, jeta-t-il, les yeux soudain noirs de colère. Je veux apprendre ton métier. Il me plaît et je l'aime. Elle, je m'en fiche, dit-il en désignant la jeune femme du doigt. Elle peut bien mourir si le sultan l'exige.

Blanche était pâle et inquiète. Thomassaint s'efforçait de rester calme. Certes, il n'avait pas prévu l'arrivée inopinée de son apprenti. Et comment réfléchir avec cette rage qu'il voyait pointer dans les yeux de Mustapha ? Pourtant, une idée lui vint à l'esprit. Une idée qu'il allait patiemment développer au fil des jours et qui, peu à peu, allait prendre forme dans la tête de l'adolescent.

— Écoute, un jour, alors que je n'avais que dix ans, j'ai quitté le Val de Loire, ma région native, en France, pour aller travailler à Bruges, dans les Flandres. Là, aux côtés de mon père, j'ai appris à devenir un grand maître lissier. Ferais-tu comme moi ? Pourrais-tu quitter ton pays pour le seul amour de ton travail ?

— Mais tu me l'enseignes ici ! C'est avec toi que je veux l'apprendre.

— Petit insensé ! s'énerva Thomassaint. Tu n'obtiendras rien, ici. Rien ! Tu entends, rien ! Aucune qualification, aucune reconnaissance. Que veux-tu donc être ? Un grand maître ou pas ? Crois-tu que chez nous, en Europe, on se contente simplement de savoir manier les lisses, maîtriser les fils et les couleurs, tendre les fils de trame, manier les leviers, activer les pédales ? Crois-tu donc que cela suffise pour devenir un grand compagnon de la Guilde des hauts lissiers du Nord ?

Il observa le visage ahuri de son jeune apprenti et, voyant qu'il se concentrait sur son propos, il poursuivit, avec non moins de véhémence :

— Non, Mustapha, ce serait trop facile si l'on pouvait s'installer avec juste la connaissance acquise. Il faut plus, beaucoup plus. Il faut passer des tests, prouver, démontrer, payer le prix de son effort. La société attend toujours au tournant ceux qui désirent s'installer.

Il se planta devant lui et plongea ses yeux dans les siens. C'était l'instant crucial.

— Alors, je te repose la même question. Serais-tu capable de quitter ton pays pour obtenir tout cela en sachant que moi, je l'ai fait ?

Mustapha avala sa salive. Certes, il sentait bien que sa subite colère n'avait fait qu'empirer les choses et qu'en s'obstinant sur sa bêtise il serait vite renvoyé à ces fuseaux et à ces petits métiers qu'agitaient entre leurs mains les femmes et les filles du harem. La mort de Thomassaint et celle de Syria, la concubine du sultan – s'il ébruitait leur histoire – ne le feraient guère grimper dans la séduisante hiérarchie des grands tapissiers.

— Bien sûr, jeta-t-il un peu sèchement.

— Alors, avec ton aide, nous pourrons fuir avec Blanche et son enfant. Quand nous serons en France, nous travaillerons dans un véritable atelier auprès de grands artistes et tu deviendras un grand maître.

Thomassaint n'en revenait pas. Quelques jours plus tard, Mustapha ne pensait plus qu'à fuir le palais. Il est vrai que son maître l'endoctrinait à tel point qu'il ne pensait plus qu'à connaître les grands ateliers européens et les artistes flamands.

Il réussissait même à organiser de temps à autre un rendez-vous entre les deux jeunes gens afin qu'ils tissent leur plan d'évasion le plus méthodiquement possible.

Ce jour-là, la vieille Maïa avait été envoyée sur le marché le plus éloigné de Constantinople et ne devait rentrer que tardivement. Quant à Ben Ali, une chute l'avait immobilisé pour quelques jours et Thomassaint l'avait vite expédié au harem se faire soigner.

Blanche pénétra dans l'appartement avec une souplesse de jeune chat méfiant et silencieux.

— N'aie crainte, Mustapha garde l'atelier. Si Mourad Khali vient, il dira qu'un malaise intestinal m'a obligé à rentrer.

Il se mit à rire et serra Blanche dans ses bras.

— Mes intestins ne supportent pas certaines boulettes de viande et la vieille Maïa s'obstine à m'en faire une fois par semaine.

Blanche tendit ses lèvres. Thomassaint les prit avec une hâte qu'il maîtrisait mal. Elle sentait le lotus et le jasmin. Ses yeux plongèrent dans ceux de son compagnon. Deux petits morceaux de ciel dignes des plus belles enluminures. Deux minuscules carreaux de mosaïque comme il y en avait encore sur les sols de l'église Sainte-Sophie.

Thomassaint serra sa bouche contre la sienne. Quand elle se cambrait ainsi en arrière, tendant ses deux petits seins qu'il saisissait aussitôt dans ses mains impatientes, elle soupirait si fort qu'il en devenait fou. Alors, il évitait de penser au regard tyrannique du sultan, à ses mains sanguinaires, au corps que haïssait tant Blanche, à ces attouchements d'un instant, d'un soir, d'une nuit qu'il accordait avec la même insensibilité de cœur à chacune de ses femmes.

— Tu es belle, ma Blanche, murmura-t-il en effleurant à nouveau sa petite bouche rose en cœur. Tu es belle, et il me tarde d'être revenu en Val de Loire.

Il la souleva dans ses bras et la porta sur la couche douillette.

— Nous avons deux ou trois bonnes heures devant nous. Si la vieille Turque arrive, tu pourras t'esquiver par-derrière.

Il s'allongea sur elle. Son corps blanc était souple, pulpeux, tendre. Ses cheveux d'un blond pâle la recouvraient presque entièrement. Il les caressa un instant, puis dégagea le ventre lisse qu'une mèche folle barrait. Posant sa bouche sur le délicat nombril qui s'offrait à ses lèvres chaudes, Thomassaint s'enhardit et les descendit jusqu'au creux des cuisses, là où la douceur la plus intime et la plus soyeuse l'attendait.

Puis son désir se précisa, s'amplifia, se fit à la fois tendre, ardent et fougueux. Blanche murmura des mots incompréhensibles quand il fondit en elle. L'air était chaud et pesant. La sueur colla un instant leurs cheveux. Leurs deux moiteurs se confondirent en un interminable instant de bonheur et leur souffle, bouche contre bouche, répercuta un cri d'amour.

Avant que la vieille Maïa ne rentre, ils s'accordèrent un moment de discussion, car leur fuite n'allait pas s'organiser toute seule. Blanche fixerait le jour puisqu'elle connaissait les dates des absences du sultan. Thomassaint pouvait ruser avec Ben Ali et Maïa en prétendant qu'il sortait avec l'intendant Hassan Bey pour commander des fils et des laines. Quant à Mustapha, le seul qui eût le droit de quitter le palais, il organisait le reste, c'est-à-dire l'embarquement des trois voyageurs sur un bateau en partance pour les côtes italiennes.

Restait, pourtant, le plus compliqué. Comment Blanche pouvait-elle retirer son bébé des bras de ses nourrices ? Elles étaient si vigilantes, si méfiantes, si exclusives lorsqu'il s'agissait des bâtards du sultan qu'elles élevaient comme leurs propres enfants. Elles étaient si entières et si jalouses qu'on eût dit que c'étaient elles-mêmes qui en avaient arraché la semence au sultan.

Tout fut décidé un matin où Mehmed s'était absenté. La fuite eut lieu du côté des écuries où, peut-être, les palefreniers cancanaient moins que vers les dépendances où vivait le personnel du palais.

Thomassaint et Blanche se travestirent en Turcs. Tous deux enfilèrent des vêtements appartenant à Mustapha. De larges tuniques et des pantalons bouffants qui, fort heureusement, cachaient l'essentiel de leur anatomie et un turban qui enfermait leurs cheveux et leur front. Des babouches complétaient le déguisement.

L'enfant, dérobé non sans mal aux nourrices, fut enveloppé et camouflé dans une calebasse en osier censée contenir des victuailles. Craignant qu'il ne se mît à pleurer, Blanche fit prendre une lente oscillation au panier qu'elle tenait sous son bras afin de l'endormir.

Ils furent deux ou trois fois hélés, mais Mustapha répondit qu'ils se rendaient sur le marché de l'hippodrome, le grand marché aux bestiaux non loin du palais. Personne n'interrogea Thomassaint ni Blanche.

Pour ne pas manquer l'embarquement, il fallut se rendre promptement jusqu'à la Corne d'Or, d'où partirait la galère sur laquelle ils embarquaient. C'était la *Marmara*, le seul bateau qui levait l'ancre le jour même. Les fugueurs ne pouvaient se permettre d'attendre plus longtemps sans risquer de se faire piéger par les janissaires qui les pisteraient aussitôt l'alerte donnée.

La *Marmara* était un véritable arsenal flottant. Une galère byzantine à deux rangs de rameurs superposés, ce qui représentait deux cents hommes d'équipage. Autant dire qu'il était pratiquement impossible de l'attaquer. Les longues cales profondément enterrées dans la coque étaient bourrées d'armements, cottes de mailles, cuirasses, casques, boucliers de métal, épées, piques, hallebardes, haches, lances, grenades à main, arcs, flèches.

Mais, pour cacher aux yeux des Turcs son véritable but guerrier, le capitaine de la *Marmara* n'avait pas été regardant sur la qualité des voyageurs, et ne s'était pas attardé sur la bizarrerie des trois jeunes hommes montés à bord, portant un ballot étrange d'où sortaient parfois quelques vagissements étranges.

L'heure de midi sonnait à peine à l'église Sainte-Sophie que la galère prenait déjà le grand large. Si Mustapha ouvrait des yeux grands comme des billes – jamais encore il n'était monté sur un navire – et si Blanche berçait avec une légère inquiétude son enfant qu'elle avait pu enfin sortir de la calebasse, Thomassaint, dans un grand soupir de soulagement, avait parfaitement jaugé la situation. Malheur aux navires qui se trouveraient sur la trajectoire de la *Marmara* !

Mais il n'arriva rien. À Brindisi, notre trio remonta la côte italienne jusqu'à Trieste et, las du bateau, traversa le pays par l'intérieur jusqu'à Gênes. La France n'était plus loin. Thomassaint rêvait à Bruges et à son Val de Loire.

X

Enfin roi ! Louis le onzième avait tant attendu ce jour-là. Plus rien, cette fois, ne devait le faire patienter, pas plus les grands dignitaires que le peuple pressé le long des villes qu'il avait traversées depuis son départ du Dauphiné. Aussi son séjour à Paris serait-il bref, car il avait hâte de régner là où il se sentirait le maître incontestable : dans ses châteaux du Val de Loire.

Mais, pour l'instant, Reims l'accueillait avec force cris et ovations. Louis riait sous cape. Les petits yeux rusés qui défiaient le peuple et le sourire narquois qui ne le quittait pratiquement plus depuis qu'il avait appris l'agonie de son père marquaient le début de sa gloire.

Les favoris de Charles VII se traînaient à présent à ses pieds. Charles d'Anjou, comte du Maine, Gaston de Foix, Jean le bâtard d'Orléans, comte de Dunois, Antoine de Chabannes, Guillaume Jouvenel des Ursins, le chancelier, Louis d'Estouville et Pierre de Brézé, tous lui étaient apparemment soumis.

Pour se consacrer à son métier de roi, Louis XI devait être couronné. Il le savait. Il le voulait. Mais l'événement, si essentiel et tout indispensable qu'il fût, était dans la logique des choses et ne méritait pas d'inutiles dépenses.

Son oncle Philippe de Bourgogne, qui l'attendait à Paris, le tançait déjà vertement. Ses maigres pécunes et son petit équipage n'étaient pas dignes d'un roi de France. Qu'avait-il fait des avances financières qu'il lui avait accordées dernièrement ?

Louis ne se leurrait point. Être roi de France n'exigeait nulle charge personnelle inconsidérée, aussi avait-il fait bon usage des finances que lui avait avancées son oncle. Il les avait placées entre de bonnes mains : les siennes ! Louis n'avait aucune intention de marcher sur les traces de son père en engageant des dépenses extravagantes même si c'était pour couronner sa propre tête. Miséreux ! Oui, il le paraissait. Mal vêtu ! Certes, il l'était. Prévoyant ! Prudent à l'extrême ! Il ne cachait point tout cela. Et impatient de gouverner, il l'était plus encore.

Devant la triste mine de son neveu le roi de France, Philippe eut un soupir de contrariété en pensant qu'il lui était impossible d'entrer dans Paris sous un aspect aussi chétif et misérable, accompagné de surcroît par une si médiocre escorte. Aussi proposa-t-il de lui allouer un charroi de vaisselle d'or, de tapisseries, de tableaux, de meubles, de barils de vins fins, de gens de bouche et de gens de chambre, de laquais et de palefreniers. Le tout agrémenté de mules, de belles haquenées, de chevaux et même d'une armée complète, tant son dénuement était grand.

Il faut dire qu'en Dauphiné, où son père l'avait exilé à la suite du mouvement contestataire de la praguerie, qu'il avait organisée et montée avec des nobles de province pour s'opposer au roi de France, Louis disposait d'une cour pratiquement inexistante, et s'il n'y avait eu, à plusieurs reprises, les aides constantes et les soins bienveillants de Philippe, son cher oncle de Bourgogne, il eût sans doute été plus d'une fois dans la misère.

La nouvelle reine, Charlotte de Savoie, que Louis avait épousée dans son exil, ne possédait pas plus de biens que son époux. Elle avait même dû emprunter à des amies comtesses et duchesses l'équipement nécessaire pour voyager, sans regrets et sans honte, jusqu'à Tours où le roi devait la rejoindre après son sacre à Reims et à Paris.

Les tailleurs parisiens qui désiraient faire du roi un jeune monarque séduisant pour le présenter à la foule en furent pour leurs frais autant que l'archevêque de Reims qui l'avait sacré roi. Il critiqua aussi les mille cierges qui brûlèrent ce jour-là dans les églises du Nord ainsi que les deux mille colombes lâchées dans Paris sur le parvis de la cathédrale quand il sortit entouré de ses dignitaires.

À Reims déjà, où il avait reçu les sept onctions sacramentelles et revêtu le grand manteau bleu à fleurs de lys d'or, il tardait à Louis d'être dans sa bonne ville de Tours, là où il pourrait enfin diriger les choses à sa guise sans qu'on lui dictât sa conduite.

Tel était Louis XI, le nouveau roi de France, et son état d'esprit en ce jour de couronnement.

Pour Louis, la ferveur avait été à son comble lorsqu'il avait vécu le moment le plus émouvant de son sacre, celui où, les yeux fixés sur l'épée de la vieille chevalerie française, il avait prêté le serment de réunir au domaine royal tous les fiefs qui avaient été vendus, aliénés ou engagés. Car le seul désir du jeune monarque était bien de rendre à la France sa force et son unité.

Après les courtes festivités de Reims, Paris l'avait certes bien accueilli. Lorsqu'il arriva par la porte Saint-Denis, la foule attendait déjà, frappant des pieds, des mains, trépignant, hurlant des « Vive le roi ! Vive le bon roi ! ».

Habillé d'or et de velours noir comme à son habitude, des turquoises, des émeraudes, des perles, des topazes et des améthystes à ses doigts, sur son buste, à sa ceinture ou piquées dans son chapeau dont le pan droit retombait sur son épaule, le duc de Bourgogne avait veillé à tout. Le roi n'avait plus qu'à suivre ses instructions. Le beau vêtement de damas blanc était prêt, le manteau royal et la lourde couronne aussi. Les cors et les trompettes avaient été astiqués, les huques des seigneurs tombaient en plis impeccables, les bonnets s'agrémentaient de plumes et les casques des soldats étaient rutilants.

Sur les places, les fontaines crachaient du vin et, sur la Seine, des couples majestueux de cygnes évoluaient en silence. On lança des pièces de petite monnaie au peuple convié à boire et à manger aux frais de l'État.

Si Louis critiquait maintes dépenses inutiles, il ne blâmait pas celles qui apportaient un peu de plaisir au peuple dont il était toujours proche. Aimant avant tout la simplicité, la vie rurale, les choses quotidiennes peu compliquées, il s'entourait de gens à son exemple qui ne forçaient pas l'allure de son train de vie royal.

Les jours qui suivirent, Philippe de Bourgogne tint à prolonger les festivités, malgré le peu de bonne volonté que manifestait son neveu, devenu roi de France. Quand celui-ci se moqua pour une raison futile de la jeune et belle – mais très légère – Marie de Clèves, sa nièce, qui avait épousé le vieux Charles d'Orléans au retour de sa captivité anglaise, la colère le gagna.

Marie de Clèves était la protégée de Philippe. Il avait toujours montré un faible pour elle et la soutenait depuis ses caprices d'adolescente jusqu'à ses folles fantaisies de jeune épousée, au risque de se heurter à sa propre épouse, l'austère Isabelle de Portugal. Marie de Clèves portait en elle tout ce que Louis XI détestait et qu'il avait fort bien connu chez sa première épouse, la jeune Marguerite d'Écosse, encore que celle-ci ne fût jamais futile et primesautière. Marie se montrait différente encore. Légère, infidèle, capricieuse, extravagante, instable, sotte, bref ! Louis brossait ainsi le triste portrait de sa cousine.

Charlotte, certes plus clémente que son époux, gardait pour elle une amitié sincère, aimant à dire que la chance ne l'avait guère favorisée en lui donnant un époux si vieux et si usé ! Prisonnier à vingt ans à la bataille d'Azincourt, Charles d'Orléans avait été emmené captif en Angleterre et libéré quarante ans plus tard, à plus de soixante ans, pour se marier, selon les désirs du duc de Bourgogne, qui avait généreusement monnayé sa libération, à la toute fraîche Marie.

Pouvait-on critiquer une aussi jeune femme – Marie avait alors seize ans – de rechercher ailleurs un amour plus conforme à ses idées romantiques ?

En quittant Paris, Louis, que nulle envie de blesser son oncle n'effleurait, et qui tenait la justice et la fidélité en haute estime, le remercia vivement de tout ce qu'il avait fait pour lui. Certes, sans son appui constant et régulier, son père l'aurait sans doute déshérité, et, sans l'apport régulier de ses finances, peut-être serait-il mort dans son petit royaume du Dauphiné où, dans son exil, nul ne faisait attention à lui, et où Charles VII ne lui envoyait aucun moyen de subsistance.

Philippe accepta les remerciements de Louis comme un immense compliment et repartit sur ses terres de Bourgogne avec ses chères tapisseries qu'il avait pris soin d'apporter pour le sacre de son neveu.

Jamais le duc de Bourgogne ne s'était séparé de ses tentures historiées. Il faut dire qu'il possédait les plus beaux chefs-d'œuvre de toute la production lissière de l'époque : la *Tenture de Gédéon*, quatorze grandes pièces tissées sur des cartons de Baudoin de Bailleul dans les ateliers de Robert Dary, un grand lissier parisien, présentait une valeur incontestable. D'une incomparable splendeur, elles offraient de superbes reproductions sur le grand thème cher à Philippe de Bourgogne, la conquête de la Toison d'or.

Puis venaient *Les Douze Travaux d'Hercule*, une œuvre tout aussi magistrale dont il avait peine à se séparer quand il voyageait. Les tentures avaient été pourtant bien souvent disséminées à travers ses différentes résidences de Bourgogne et des Flandres quand il ne pouvait emporter la suite entière.

Et, enfin, la dernière de ses acquisitions, *Les Verdures* [1], se composait de huit grandes et éblouissantes pièces tissées en fils de soie et d'argent, armoriées à son nom, sur les instructions du Bruxellois Jehan Le Haze. Depuis plus de quarante ans, en Bourgogne et dans les Flandres, on retrouvait la marque du grand seigneur d'Occident sur toutes les pistes lissières.

Louis XI prit la route de Tours où l'attendait Charlotte. Un nouveau règne s'annonçait. Chinon, Loches, Amboise, Le Plessis ! Allaient alors commencer ces grands périples des rois en Val de Loire déjà entamés par Charles VII, qui n'avait jamais voulu régner à Paris.

La royauté en Val de Loire s'installait alors et, avec elle, se dessinaient peu à peu les grandes réformes de la Renaissance.

La cour de la reine Charlotte s'organisait tranquillement à Chinon. La Vienne coulait, paisible, entre ses berges bordées de bouleaux et de saules. Perchée sur

1. *Les Verdures aux armes* de Philippe le Bon, tissées vers 1466, sont actuellement à Berne à l'Historisches Museum.

son coteau, la ville avait tout de suite charmé la reine. Le château, abrité derrière ses vieux remparts, dominait l'ensemble dans cette clarté propre au Val de Loire en qui chacun reconnaissait un don béni. À ses pieds, frisant l'eau bleutée du fleuve, venaient se mirer la pierre blanche, les toitures grises et les fleurs des terrasses.

Tout à l'ouest des jardins, le logis royal se trouvait enclavé entre le fort de Saint-Georges qui protégeait le château sur sa partie accessible par le plateau et le fort du Coudray qui occupait la pointe de l'éperon rocheux. C'est dans les grandes pièces de la partie centrale que Charlotte vivait avec sa petite cour.

On accédait au château par les puissantes murailles du flanc nord. Le donjon élevé sous Philippe le Bel, qui y avait enfermé les Templiers, et la grande salle d'armes où Jeanne d'Arc avait reconnu le roi Charles VII, dissimulé parmi ses sujets, retraçaient pour Charlotte toute une page d'histoire.

Non loin des douves que le pont enjambait, l'étroite tour de l'Horloge et celle de l'Échauguette offraient à la reine, au travers des mâchicoulis, une vue superbe sur toute la région. Du donjon, où elle montait parfois afin d'y rêver quelques instants pour oublier les absences répétées de son époux, elle voyait la forêt de Chinon dans toute sa splendeur et les saisons s'y dérouler comme un long ruban dont les couleurs changeaient à tout instant.

De cet abri inviolable la reine appréciait le bien-être qui, pourtant, n'incitait pas le roi Louis à y rester plus de deux ou trois semaines lors de ses passages.

Chinon n'était pas le lieu de prédilection de Louis XI. Sans doute y gardait-il de mauvais souvenirs liés à sa haine envers la belle Agnès Sorel, favorite de son père, qui aimait tant vivre en cet endroit dont elle s'était littéralement éprise, bien qu'un jour son royal amant lui eût fait cadeau d'une petite perle authentique enfermée dans un écrin de verdure : le château de Beauté-sur-Marne, en Île-de-France.

Sereine et tranquille au château de Chinon, Charlotte ne le délaissait que de temps à autre pour se rendre à Tours où Louis vaquait à ses occupations de roi. Tours était la véritable capitale du royaume et Paris ne voyait son souverain que lors des assemblées qui décidaient des grandes orientations du pays.

Entre ses lectures, ses broderies, ses soirées musicales, ses promenades, Charlotte vivait sa vie. Après la naissance de sa première fille, baptisée Anne de France, née avant qu'elle ne soit reine et installée en Val de Loire, elle avait accouché d'une seconde fille qu'on appela Jeanne de France.

L'arrivée d'une autre fille l'avait certes un peu contrariée, mais le plus gros souci que nourrissait Charlotte à l'égard de la petite Jeanne était d'une autre envergure. L'enfant était venue au monde mal constituée. Un petit monstre bossu ! Charlotte avait de quoi s'inquiéter, d'autant plus que le roi tardait à venir à Chinon. Malgré les aléas politiques, sa visite était ardemment espérée. Il fallait bien qu'il passât à nouveau quelques nuits avec elle s'il voulait qu'elle lui donnât un troisième enfant ! Ne voulait-il pas un fils pour la France ?

Charlotte avait, pour l'instant, le charme de sa jeunesse. Sa beauté n'était pas extravagante. Jeune et fraîche cependant, elle possédait des qualités qu'appréciait le roi : la fidélité, la résignation, la soumission, la piété.

Oui, Charlotte était sage et vertueuse et le roi ne craignait point d'être trompé. Certes ! Si Louis s'était marié avec Charlotte de Savoie, c'était bien pour vivre une paix conjugale et familiale, même s'il ne partageait que de rares instants de vie quotidienne avec elle, dans l'unique but de lui faire des enfants. Le roi pensait plus à constituer sa future progéniture qu'à encombrer sa vie de sentiments amoureux inutiles.

Cependant, Louis respectait son épouse, restait courtois avec elle et, à défaut de cadeaux, lui montrait toujours bonne figure. Charlotte acceptait sans sourciller ce qu'il exigeait d'elle, une obéissance passive et absolue.

— Marie, que voulez-vous que je vous dise ? jeta Charlotte en posant tristement son regard sur Jeanne dont les gros yeux observaient intensément sa mère. Chaque fois que le roi vient, il l'ignore. C'est à peine s'il pose des questions sur elle.

La duchesse de Clèves hocha la tête, d'un air de commisération.

— Ne vous inquiétez pas trop, Charlotte. Peut-être la regardera-t-il mieux la prochaine fois. Entre-temps, elle peut s'embellir.

— Cela m'étonnerait fort, Marie. Sa bosse ne peut pas disparaître. Au contraire, elle s'affirme chaque jour. À présent, elle mange tout son dos. Quant à son visage disgracieux, lui non plus ne changera pas. Hélas, c'est ainsi. Il faut se faire une raison. Rien ne plaît chez cette enfant.

— Oh ! c'est faux, s'exclama Marie en agitant ses mains lourdement baguées devant les yeux de Jeanne qui lui dédia le plus charmant des sourires. Regardez comme son visage s'illumine quand on s'occupe d'elle.

— C'est vrai. Jeanne n'est nullement attardée, elle est simplement disgracieuse. Il faudra l'aimer doublement, car elle connaîtra beaucoup de souffrances morales, la société est si cruelle.

Marie esquissa une moue attristée et rangea dans une petite corbeille de joncs tressés l'ouvrage qu'elle était en train de broder. Puis elle jeta un coup d'œil au feu qui ne crépitait plus.

— Le roi ne doit-il point quitter Paris ? fit-elle en posant nonchalamment ses mains sur les accoudoirs du fauteuil. Ne l'attendiez-vous pas d'un jour à l'autre ?

— Certes ! Il devait passer quelque temps à Chinon avant de retourner à Plessis-lès-Tours. Mais son séjour dans la capitale se prolonge.

Elle soupira et reprit, en jetant un regard sur la terrasse d'où l'on voyait s'avancer une femme et deux enfants :

— À présent, il ne viendra que dans quelques semaines. Cela m'étonnerait qu'il quitte Paris aussi vite, avec cette affaire de Monthléry qui n'en finit plus.

Charlotte s'approcha de Marie qui, buste calé contre le dos de son fauteuil et tête penchée sur l'épaule, prenait une attitude langoureuse, et murmura :

— Je crois que le roi va assiéger Moulins.

— Assiégerait-il Moulins ou Constantinople que je ne m'en inquiéterais point.

— C'est faux, ma mie, rétorqua la reine en souriant. Vous préféreriez que le roi revînt des riches pays d'Orient plutôt que du triste Bourbonnais, car des vaisseaux chargés d'étoffes luxueuses l'accompagneraient et vous l'imploreriez de vous en céder quelques-unes.

— Certes, Charlotte. Vous avez raison. Trop de navires ont disparu ces dernières années dans les naufrages ou les pièges tendus par les pirates, pour ignorer ceux qui nous reviennent. Vous souvenez-vous de ceux du financier Jacques Cœur qui ne sont jamais rentrés ?

— Je m'en souviens en effet. Il y avait aussi le vaisseau du prévôt de Paris, Michel de Lallier...

— Oh ! coupa précipitamment Marie, son épouse

Clarisse Cassex avait remis un message à mon oncle Philippe qui concernait mon mariage.

— Clarisse Cassex ! N'était-elle pas lissière à Saumur ?

— Si, je crois. On dit qu'elle est partie sur les traces du prévôt et qu'elle a disparu. Elle n'est jamais revenue. Et pourtant mon oncle Philippe m'assure qu'à présent le commerce est redevenu florissant et que les vaisseaux ne craignent plus rien.

— Il n'est pas allé vérifier lui-même.

— Ah ! moi, j'irais bien, répliqua Marie en riant.

— Et vous ramèneriez un séduisant Turc pour vous servir.

— Me servir ! Charlotte, vous voulez dire me séduire.

— Le roi ne vous le pardonnerait pas.

— Bah ! Il ne me pardonne jamais rien, jeta Marie d'un ton nullement contrit.

— Il faut dire, ma mie, rétorqua Charlotte en souriant, que vous vous moquez bien des petits scandales que provoque votre folle nature. Quel est votre dernier amant ?

Car Marie de Clèves avait beau être épouse et mère, on ne comptait plus les œillades audacieuses, et parfois carrément provocantes, qu'elle lançait aux jeunes seigneurs dont la présence venait souvent agrémenter la cour. Assurément, elle ne s'en tenait guère aux usages rigoureux que l'étiquette de cette cour exigeait. Charlotte ne lui en voulait pourtant pas, ayant depuis bien longtemps décelé chez son amie d'autres qualités que celle d'une exemplaire fidélité envers un vieil époux qu'elle n'avait jamais aimé. Et, ne pouvant que soupirer à l'idée de son prochain rendez-vous, elle la regardait souvent se diriger seule vers les profondeurs ombragées du parc quand ce n'était pas derrière les épaisses et lourdes tentures des salles du château qui dissimulaient si bien les soupirs et les chuchotements des amants.

On se demandait, d'ailleurs, si le fils de Marie était bien celui de Charles d'Orléans dont la verve quasi éteinte, à plus de soixante-dix ans, pouvait laisser perplexe. « Ah ! ma mie, lui répétait Charlotte, je vous sais si volage ! Peut-être ne savez-vous même pas de qui est cet enfant ? »

Peu importe ! Marie n'en avait cure et vivait comme elle l'entendait. Son dernier amant l'attendrait le soir même au Grand Carroi, carrefour du centre de Chinon où les échoppes se serraient les unes contre les autres et où se côtoyaient les plus belles maisons aux colombages garnis de brique rouge et aux étages en encorbellement.

Au bout de la rue haute Saint-Maurice qui descendait sur la Vienne étaient attachées quelques barques. Parfois, quand la nuit s'éclairait d'un grand ciel étoilé ou d'une lune blanche dont la luminescence nimbait les berges du fleuve, un seigneur emportait sa belle pour une longue promenade qui ne manquait pas de faire partie des qu'en-dira-t-on du château.

Marie de Clèves était une habituée de ces flâneries-là.

La salle, où brûlait un grand feu dans la vaste cheminée qui prenait presque un pan de mur, s'emplit soudain de bruits et de clameurs.

— Voyez, dame Yolaine arrive, jeta-t-elle en s'approchant de la terrasse d'où l'on apercevait la nourrice accompagnée de deux enfants.

Louison, la chambrière, vint activer les flammèches qui ne crépitaient plus et réclama Jacquot, le jeune serviteur dont la mission était d'apporter les grosses bûches qui entretenaient la vigueur du feu. Les yeux dans les yeux de Louison – depuis combien de temps étaient-ils amoureux, ces deux-là ? se demanda Marie en leur jetant un regard complice –, Jacquot activa énergiquement les braises avec le grand soufflet de cuir et Louison ramena les tisons au centre du foyer.

— Votre petit Louis est charmant, Marie, fit Charlotte en regardant les deux enfants s'approcher. C'est un plaisir de le voir si bien s'entendre avec Anne.

— Mère, mère, s'écria la fillette en se jetant contre sa mère qui s'était avancée vers elle. Je sais faire un « A ».

— Un « A » ?, répéta sa mère.

— Oui, un « A », comme Anne. Demandez à maître Lucas.

Maître Lucas arrivait sur les pas de dame Yolaine. C'était un moine d'une trentaine d'années environ, engagé par le roi pour l'éducation de sa fille aînée. Grand, maigre, l'allure dégingandée, les yeux bleus et le teint blanc, l'abbé Lucas portait un bel entrain de vivre et une mine joyeuse. Apparemment, il semblait satisfait des aptitudes de sa jeune élève.

Vive, alerte, l'esprit curieux, Anne montrait déjà une grande prédisposition à la réflexion et à l'étude. Elle ne pensait d'ailleurs qu'à entretenir son père – chaque fois qu'elle le voyait – de ses exploits sans cesse surprenants. Anne était animée d'une volonté farouche à réussir tout ce qu'elle entreprenait. Conscient de son intelligence, sachant mesurer la portée des multiples dons qu'elle montrait, Louis XI aimait la complimenter et la stimuler de ses conseils.

— Et bientôt j'apprendrai le « J », comme Jeanne.

Elle s'approcha de sa petite sœur et lui embrassa le bout du nez. Ce qui fit gazouiller l'enfant de plaisir. Jeanne n'attendait qu'un tel geste pour manifester l'intérêt qu'elle portait à cette marque de gentillesse.

— Est-elle encore malade ? fit Anne.

— Jeanne n'est pas malade, rectifia Charlotte. Elle est simplement un peu différente de toi.

— Mère ! jeta Louis que Marie câlinait un instant, j'aimerais bien rester ici. À Orléans, je m'ennuie.

— Il faudra bien que nous y retournions, Louis, votre père veut nous voir.

Jeanne se mit soudain à crier.

— Que veut-elle ? s'enquit aussitôt Anne en se précipitant vers sa petite sœur.

Mais Louis revenait à l'attaque, vraisemblablement peu intéressé par les attentes et les désirs de la pauvre petite Jeanne.

— Mère ! Orléans peut attendre. Pourquoi mon père ne viendrait-il pas aussi à Chinon ?

— Parce qu'il n'en a pas envie et qu'à son âge on ne voyage plus, rétorqua sa mère en caressant les cheveux de son fils.

Jeanne se mit à rire dès que sa sœur Anne la prit dans ses bras.

— Majesté ! fit Louison en s'approchant de la reine, je crois que la petite Jeanne aimerait sa poupée.

Elle lui tendit une figurine en chiffon habillée de dentelles où étaient plantés deux yeux bleus de porcelaine. L'enfant la saisit et la serra contre son cœur en poussant des petites exclamations de plaisir. Un éclat lumineux passa dans ses yeux et l'on vit qu'elle avait le plus beau sourire du monde.

— Mère ! Je vous en prie, poursuivit Louis en jetant à Marie un regard à la fois implorant et charmeur. Mère ! J'aimerais tant rester à Chinon.

Dame Yolaine, qui était restée un peu à l'écart durant cette scène familiale où, pour un instant, les mères retrouvaient leurs enfants, s'approcha et les saisit par le bras.

— Allons ! C'est l'heure de votre souper. Ensuite, l'abbé Lucas viendra vous apprendre une autre lettre et nous irons nous coucher. Dites bonsoir à votre mère.

Les deux enfants s'écrièrent qu'ils ne voulaient pas aller se coucher. Mais dame Yolaine savait se faire obéir et ils obtempérèrent sans plus discuter. Pourtant, la reine rappela l'abbé Lucas.

— Est-il exact qu'Anne montre une grande disposition dans l'étude de ses lettres ?

— Ah ! Majesté, c'est un plaisir de lui enseigner l'art de toute chose. Ce matin, nous nous sommes promenés dans le parc et demoiselle Anne, voyant le tapis de feuilles mortes sur le sol, s'est montrée vivement intéressée par la chute de ces feuilles que l'automne occasionne. Je lui ai révélé le mystère des quatre saisons et elle a fort bien compris les éléments qui en régissent les lois.

— Et toi, Louis, fit Marie en regardant son fils qui jouait avec un pan de tenture qui camouflait la lourde porte d'entrée, qu'as-tu retenu de cette leçon ?

— Messire Louis, reprit l'abbé Lucas en esquissant un sourire qui pardonnait l'inattention de l'enfant, était fortement intéressé par un scarabée qui grimpait à l'assaut d'un tronc d'arbre. Il ne l'a pas quitté des yeux jusqu'à ce qu'il disparaisse. Après il s'en est pris à un lézard qu'il voulait absolument déloger de la pierre derrière laquelle il s'abritait.

— Mon fils aime la vie remuante, susurra Marie en coulant à son fils un regard admirateur. Il est à mon image, il aime ce qui bouge, s'agite, va et vient comme le fil changeant de nos fleuves.

Quand dame Yolaine, l'abbé Lucas et les enfants furent partis, Louison annonça l'arrivée d'un messager qui venait de Bourgogne.

— De Bourgogne ! s'exclama la reine, étonnée.

Que veut-il donc m'annoncer ? Fais-le venir tout de suite, Louison. Qu'il n'attende pas.

Le messager portait bottes et casque. Le devant de son pourpoint était recouvert d'une cuirasse de fer. Depuis que ces agitations dans les pays de Bretagne, du Charolais, du Nord et de l'Île-de-France perturbaient les lieux, les routes étaient redevenues incertaines. Fatigué par la course effectuée d'une seule traite, l'homme avait les traits tirés et son visage était couvert de la poussière des grands chemins.

— Majesté, fit-il en se courbant devant la reine, j'ai l'immense chagrin de vous annoncer le décès de notre grand-duc de Bourgogne.

— Oh ! fit Marie, les yeux pleins de larmes. Philippe est mort.

La duchesse de Clèves aimait sincèrement son oncle qui avait reçu tant d'hommages, vu tant de femmes à ses pieds, suscité tant d'amours et fait couler tant de larmes ! Il n'avait jamais critiqué ses façons de faire ou de penser et comprenait ses fantasmes les plus fous. Car, tout comme elle, Philippe était un de ces êtres généreux, joyeux mais instables et infidèles.

— J'aurais dû aller le voir plus souvent.

— Marie ! Vous saviez bien que ces derniers temps il ne voulait plus voir personne, tant il se sentait diminué.

Elle se tourna vers le messager en s'essuyant les paupières, puis elle laissa retomber ses bras le long de sa robe grenat qu'un corselet noir resserrait à la taille. Ses cheveux châtains étaient retenus par une simple résille qui revenait en pointe sur son front, laissant tempes et oreilles dégagées.

— Le roi le sait-il ?

— Oui, Majesté. Un autre messager est parti pour Paris afin de lui annoncer la triste nouvelle.

— Il va en être bien contrit, soupira la reine. Il estimait beaucoup son oncle Philippe qui l'a sorti si souvent d'une mauvaise passe quand il était exilé en pays de Dauphiné.

— Et le comte de Charolais, avec lequel se bat le roi de France, est-il à son côté ?

Le messager acquiesça.

— Ah ! soupira Charlotte. Comme il est dommage que le fils de Philippe, Charles qu'on appelle le Téméraire, ne s'entende pas avec le roi.

XI

Et les années avaient passé ! Léonore, la fille de Burgot et de Thomassaint, élevée à Nantes par Loïc le marin et Leïla la Marocaine, effectuait son apprentissage dans l'un des nombreux ateliers de broderie de la ville dont un grand nombre travaillaient pour le château des ducs de Bretagne.

— Tes fils de soie, Léonore ! Tes fils de soie ! Plus serrés si tu veux que, par la suite, l'ouvrage prenne de la couleur. Tes fleurs en auront grand besoin.

Léonore soupira. L'atelier du brodeur Kervilec ne lui plaisait pas plus que l'immense océan qui s'étendait à quelques lieues, devant la terrasse de la maison. C'était une demeure basse et longue qui jouxtait les ateliers de broderie. Un toit de chaume la recouvrait et un chemin de terre conduisait à la plage. De grandes écuries s'étendaient à l'arrière juste à côté des appentis où maître Kervilec rangeait ses fils, ses étoffes et ses outils de rechange.

Le maître brodeur, à qui son épouse n'avait pas encore donné d'enfant, logeait dans l'une des annexes de sa maison les deux plus jeunes ouvriers de l'atelier qui, le soir, dînaient avec eux avant d'aller se coucher. Plus âgée que son époux, Anna Kervilec, qui n'était pas le genre de femme à attirer dans sa couche les jeunes employés du maître, possédait un tempérament assez revêche bien qu'elle traitât toujours correctement ses pensionnaires.

Des yeux, Léonore fit lentement le tour de la pièce. Ce n'était pas l'atelier en lui-même qui la contrariait, elle aimait plutôt son travail, et le délicat toucher des fils aux couleurs chatoyantes, ceux de soie surtout, lui procurait toujours une agréable sensation. Ce qui la dérangeait davantage, c'était l'atmosphère qui régnait parmi tous ces hommes ne supportant pas de travailler avec une femme.

Et cet exécrable océan, cette immense étendue d'eau qui, l'été, prenait pourtant des couleurs de saphir et, l'hiver, une de ces merveilleuses teintes d'émeraude frangée de perles blanches, certes, c'était beau, mais comme elle l'exécrait ! Léonore vomissait la mer comme d'autres les rats ou les serpents. Comment aurait-elle pu être heureuse devant un décor qui, à chaque regard, lui rappelait le naufrage de ses parents tant de fois raconté par Leïla ou le marin Loïc ?

Installée devant son cadran de bois, elle devait reporter un motif de fleurs sur le carton piqué de trous. Elle avait pris soin, au départ, de le trouer suffisamment pour que la poudre de craie y pénétrât sans difficulté, aidant par la suite le report du dessin.

Sur les conseils d'Armelle, une ouvrière de vingt-cinq ans, Léonore observa longtemps ses fils de soie et s'aperçut qu'en effet ils étaient insuffisamment tendus. Elle les reprit sur son cadre de bois et tourna la tête vers sa compagne.

Armelle et Léonore, qui venait d'atteindre ses quinze ans, étaient avec la vieille Le Guerric les trois seules femmes de l'atelier. C'est bien pour cette raison qu'Armelle avait accepté de former l'adolescente dans cet art où tout était finesse et observation. Aucun ouvrier n'y aurait consenti. Quant à la vieille Le Guerric, malgré toute sa bonne volonté, ses yeux commençaient à fatiguer. Ils ne voyaient plus que le travail posé sur son propre cadran et n'auraient pu discerner les erreurs que Léonore pouvait commettre sur le sien.

Sans Armelle, l'adolescente eût été obligée de quitter Leïla pour aller travailler ailleurs. Entrée chez maître Kervilec à douze ans, la jeune ouvrière, qui habitait la maison contiguë à celle de Léonore et qui la connaissait depuis toujours, avait promis de l'initier au métier. Car il n'était certes pas question pour elle, fille de haut lissier, de travailler au séchage des sardines comme presque toutes les femmes de la ville.

Chez maître Kervilec, les hommes imposaient leur loi. À l'exception du jeune Jocelyn, qui avait l'âge d'Armelle, ils admettaient difficilement la présence d'une femme dans leur atelier. Quant à la compétence des brodeurs par rapport à celle des brodeuses, c'était une autre histoire ! Et, bien qu'Armelle ait atteint une grande dextérité dans son travail, personne ne lui laissait manier le fil métallique argenté ni le fil doré à l'or fin. Seuls les hommes s'en arrogeaient le droit.

Il était pourtant incontestable, sans que maître Kervilec le reconnût vraiment devant ses ouvriers, qu'Armelle maîtrisait mieux que quiconque le point plat couché et le point fendu en double fil de soie. Cette dextérité lui valait d'être chargée de toutes les œuvres brodées en soie destinées aux églises et surtout les chasubles des prélats.

Face à ces injustices, Armelle avait expliqué à Léonore que le statut de la Guilde des brodeurs de Bretagne, comme celui des brodeurs de Paris, reprenait à quelques détails près celui des brodeurs anglais où seuls les hommes étaient admis dans la profession.

À Nantes, les brodeurs ne chômaient pas. Cathédrales, églises, chapelles, couvents et monastères commandaient sans cesse des nappes d'autel, des aumônières, des bannières, des coussins de bancs et de prie-Dieu, des chapes et des chasubles. Les soies brillaient non seulement dans leurs ors, mais dans leurs pourpres, leurs verts de flambe, leurs bleus azurés et leurs violets améthyste.

— C'est parfait, Léonore, jeta Armelle en inspectant minutieusement l'ouvrage de sa jeune compagne.

Puis, se tournant vers Jocelyn qui s'approchait d'elle aussi silencieusement qu'un chat, elle reprit d'un ton feutré :

— Regarde ! Elle pourra bientôt passer ouvrière.

Mais, plutôt que de se pencher sur le cadran de Léonore pour y admirer les fils tendus, le jeune homme plongea ses yeux dans ceux d'Armelle et se mit à rougir. Consciente du sentiment qui animait Jocelyn et ne le trouvant pas vilain garçon, elle attendait qu'il se déclare.

Fiancée à dix-huit ans, elle avait vu sa vie bouleversée par un drame. Une histoire pourtant si banale sur les côtes bretonnes quand un bateau ne rentrait pas à l'aube ! Parti en mer, le jeune marin n'était jamais revenu, mais l'épave de l'embarcation avait été retrouvée.

Aussi Armelle avait-elle décidé de ne plus tomber amoureuse d'un marin. Elle acceptait sans rien dire, du moins pour l'instant, les regards énamourés de Jocelyn et ses timides sourires. La patience de la jeune femme n'était pas vaine, elle étudiait le jeune homme, apprenait à le cerner, à le comprendre. Viendrait le jour où elle lui permettrait de poser ses lèvres sur les siennes.

Mais, face à la séduisante Léonore, Armelle devait veiller. Qui pouvait contester les charmes qu'une bienveillante nature avait octroyés à Léonore à défaut de lui offrir l'amour de ses parents ?

Tout en elle était grâce et séduction. Son visage au grain velouté délicatement ocré, à l'ovale parfait où deux grands yeux noirs et ardents soutenaient le regard des autres. Sa taille haute, son buste mince, son long cou gracieux et la rondeur de ses épaules. Elle faisait ondoyer dans son dos son opulente chevelure aussi noire et soyeuse que les ailes lustrées d'un corbeau. Les longues boucles venaient parfois glisser devant elle, agrippant sa menue poitrine et retombant jusqu'à sa taille.

S'apercevant que Jocelyn, en passant près d'elle, ne portait pas une attention particulière à son ouvrage, Léonore ne s'en offusqua pas. Elle poursuivit tranquillement son travail tout en se remémorant l'immense chagrin qu'elle avait causé la veille à sa bonne et fidèle Leïla.

Et voilà qu'elle s'apprêtait aussi à tout révéler à son amie Armelle qui, lorsqu'elle aurait parlé, la regarderait bouche ouverte et yeux écarquillés.

Sous les mots que Léonore s'était efforcée de peser, surprise autant qu'affligée, Leïla n'avait pourtant pas bronché, refoulant comme elle pouvait son désespoir. Léonore en avait été parfaitement consciente. Elle essuyait ses larmes sans rien dire, sa brave Leïla dont les soins attentifs, depuis qu'elle était bébé, avaient permis qu'elle ait une si belle mine et une si belle apparence !

— Armelle, dit-elle quand Jocelyn se fut éloigné pour reprendre son cadran de bois, viens travailler à mon côté, j'ai à te parler.

Étonnée, la jeune femme opina de la tête, puis se tourna vers Jocelyn. Il observait avec deux autres ouvriers la grande tenture de soie qu'ils brodaient point par point. Le cadran avait environ deux mètres de haut et la corde qui en faisait le tour resserrait l'ensemble du travail. Chacun d'eux avait à ses pieds sa corbeille d'outils où ciseaux, aiguilles, crochets, instruments de mesure et fils divers enroulés sur des bâtons se côtoyaient. Un simple geste devait leur suffire pour les prendre et les remettre aussitôt en place.

Plus loin, deux autres ouvriers appliquaient des perles et des languettes de cuir polychromes sur une large bande d'étoffe aux couleurs chatoyantes.

La broderie d'art, qu'il ne fallait pas confondre avec les fines dentelles de soie, de lin ou de coton que seules les dentellières bretonnes réalisaient, ne faisait pas partie intégrante du tissage comme la tapisserie de haute lisse. C'était une décoration supplémentaire rapportée sur l'étoffe après qu'elle eut été tissée, teintée et apprêtée.

Armelle s'installa à côté de sa compagne et saisit un bâton sur lequel un fil fin de couleur pourpre était enroulé.

— Est-ce donc si urgent ? Que veux-tu me dire ?

— Je vais partir, Armelle.

— Partir !

Léonore saisit dans sa corbeille un petit ciseau pour couper un fil qui dépassait du cadre. Puis elle le remit soigneusement à sa place.

— Oui. Demain à l'aube.

— Mais où veux-tu aller ?

— Je veux remonter dans le Nord.

Léonore vit passer dans les yeux d'Armelle la même lueur d'intense surprise qu'elle avait remarquée dans le regard de Leïla, la tristesse en moins.

— Mais que veux-tu faire dans le Nord ?

— Retrouver mon père.

Cette fois, Armelle ouvrit la bouche, mais ne trouva rien à redire. Ce fut Léonore qui poursuivit, tout en tournant la tête pour s'assurer que maître Kervilec n'arrivait pas :

— Ma mère est morte en me mettant au monde. Je sais que cela s'est passé dans un terrible naufrage et que le bateau sur lequel mes parents se trouvaient a coulé. Je sais encore que mon père, anéanti par la mort de ma mère, a préféré partir pour Constantinople en me laissant dans les bras de Leïla et en me recommandant à Loïc qui voulait rentrer en Bretagne.

— Mais pourquoi t'en aller ? C'est insensé, protesta Armelle.

— Je ne supporte plus la vue de l'océan et je veux retrouver mon père qui doit probablement ignorer que je suis en vie.

Elle aspira une bouffée d'air et reprit, d'un ton plus bas :

— Après tout, il n'a jamais revu Loïc. Comment saurait-il que j'existe encore ?

— Et toi ? Comment peux-tu être certaine qu'il vit dans le Nord ?

Armelle haussa les épaules et reprit :

— Tu es trop jeune et tu n'as pas d'argent, pas d'attelage et enfin tu es seule. Les routes sont dangereuses.

— Voyager sur les routes ne me fait pas peur, bien au contraire. D'autres l'ont fait avant moi. Que veux-tu qu'il m'arrive ?

— Mais tout ! s'écria sa compagne.

Elle tourna la tête et s'aperçut que, de loin, Jocelyn la regardait.

— Oui ! Tout, reprit-elle d'un ton plus étouffé. Les voleurs, les bandits, les tueurs ! Le vent, le froid, les pluies d'hiver, la faim au creux du ventre. Oui, tout ! Et les monstres qui violent les femmes, y as-tu seulement songé ?

Léonore se rendait subitement compte des angoisses qu'avait eues Leïla quand, tranquillement, elle lui avait annoncé qu'elle partirait le lendemain à l'aube.

— Je sais ! fit-elle, un peu moins assurée. Mais je serai très prudente. Je travaillerai en cours de route là où je trouverai des ateliers. Et je chercherai des groupes de pèlerins qui partiront de Bretagne. Chaque saison, il s'en trouve un qui monte dans le Nord.

La porte de l'atelier s'ouvrit dans un grand fracas. Voyant maître Kervilec s'approcher, elle se tut.

— Que fais-tu là, Léonore ? Ton point est plein. Ce n'est pas une tapisserie que tu réalises, mais une broderie.

Ce fut Armelle qui se mit à rougir, car elle ne l'avait pas remarqué.

La dernière soirée avec Leïla fut triste. Le repas s'acheva dans un silence que ni Léonore ni la vieille servante n'osait briser.

Leïla se leva lourdement de sa chaise. Sa taille épaisse semblait soudain avoir pris encore plus d'ampleur. Elle frotta ses yeux rougis.

— Que vais-je devenir ? murmura-t-elle enfin en regardant la jeune fille.

— La maison est à toi, Leïla. Loïc me l'a donnée et moi je te la laisse. Tu as un bon travail et les femmes de la région t'estiment. Pas une ne te manque de respect.

Pas une seule Bretonne ne l'avait rejetée, elle, la Maghrébine ramenée pour s'occuper de ce bébé que Loïc avait déposé entre les bras de sa vieille mère. Puis, incapable de rester à terre, Loïc était reparti. Quelques années plus tard, sa mère était morte. Depuis ce jour, Leïla et Léonore habitaient la petite maison en bout du village qui bordait la mer. Les retours de Loïc étaient brefs. Mais, régulièrement, il venait s'assurer que la petite se portait bien.

Loïc, qui avait connu son père, Thomassaint, un maître lissier, n'avait jamais très bien compris s'il vivait alors en Val de Loire ou dans les Flandres. Ils avaient fait naufrage ensemble. Leïla lui avait souvent raconté le courage de sa mère, morte en lui donnant le jour sur un voilier qui faisait naufrage. Le pauvre corps de Burgot avait été jeté à l'eau pour permettre aux survivants de se laisser porter jusqu'au rivage qu'ils avaient atteint un ou deux jours plus tard, épuisés, presque morts.

Loïc était un brave marin, devenu son propre maître grâce au petit pécule que lui avait remis Thomassaint en même temps que la fillette. Mais son bateau n'était qu'une petite embarcation qu'il menait beaucoup trop loin. Leïla et Léonore savaient qu'un jour il ne reviendrait pas. L'ambition du marin trouverait plus fort que lui. Sa liberté serait cher payée et ses enthousiasmes resteraient inachevés. Que dire d'autre ? Loïc le savait aussi. Pour un marin, la mer restait l'unique amante, celle qui finit toujours pas prendre son maître.

Leïla, la servante marocaine du pacha d'Oran, s'était montrée une mère pour Léonore. Au fil des jours, elle s'était attachée à la fillette qui n'avait plus qu'elle. Nourrice, mère, amie, confidente, Leïla avait tout réuni pour l'équilibre de sa protégée. Elle partageait même la couche du marin quand il rentrait à Nantes et ce n'était certes pas Léonore qui aurait trouvé à y redire.

Mais, dans toute cette histoire, où était Thomassaint, son père ? Que devenait-il ? Pourquoi n'avait-il jamais effectué de recherches pour retrouver sa fille ? Vivait-il encore ? Avait-il refait sa vie avec une autre femme et avait-il d'autres enfants ? Oui ! C'était sans doute ce qui était arrivé. Le plus ennuyeux était que Loïc n'avait jamais su dire où il se trouvait auparavant. Thomassaint lui parlait de Bruges, de Tours, de Saumur, de Paris même. Comment démêler l'affaire ?

Léonore soupira. Elle vit Leïla se diriger vers l'unique coffre de la grande pièce où elles soupaient. Puis elle souleva le lourd couvercle, chercha quelques instants et en retira une toile enroulée.

— *L'Offrande du cœur* ! murmura Léonore en pâlissant.

— Elle est à toi. C'est ton père qui l'a remise à Loïc. Tu le sais.

La jeune fille hocha la tête, pensive.

— Emporte-la, reprit Leïla. Je n'ai jamais eu besoin de la vendre ni de m'en séparer. Loïc non plus. Nous avons toujours pu te nourrir et t'élever sans gros problèmes d'argent.

Elles déroulèrent la toile et la scène d'amour courtois qui s'offrit à leurs yeux était sans doute la plus belle qu'elles pouvaient imaginer. Un instant, la vieille servante rêva sur la splendeur de la petite tapisserie, puis, en soupirant, elle l'enroula avec précaution.

— Peut-être qu'un jour elle te sortira d'un mauvais pas.

Léonore tendit ses doigts tremblants et la saisit avec une grande délicatesse.

— Peut-être aussi sera-t-elle un signe de reconnaissance, poursuivit Leïla. C'est ce qu'avait dit ton père. En tout cas, prends-en bien soin. Elle vaut une fortune. Essaie de ne pas l'échanger contre une bouchée de pain.

Puis, retournant au coffre, elle saisit cette fois une petite bourse de cuir usé.

— Tiens, fit-elle, en la tendant à la jeune fille. Tu partiras au moins avec un peu d'argent.

— Mais ce sont toutes tes économies !

— Et alors ! Il faut bien qu'elles servent à quelque chose.

Léonore secoua ses boucles brunes.

— Non ! Je ne veux pas.

— Et moi, je ne serai tranquille que si tu prends ces quelques sous.

Voyant l'insistance de Leïla, Léonore comprit qu'elle ne céderait pas. Elle prit la bourse et l'ouvrit.

— Écoute, nous allons partager. Je ne veux pas que tu sois complètement démunie.

— Prends tout, je te dis. Oui ! Ce sont mes économies, mais en t'attendant, j'aurai le temps d'en faire d'autres.

Léonore se jeta dans les bras de la vieille nourrice qui l'embrassa tendrement.

— Reviens vite, ma fille. Si tu tardes trop, je ne serai peut-être plus là.

XII

Depuis l'aube, elle marchait à pas pressés, déterminée à en finir avec cette journée interminable. À l'instant où elle sentait la fatigue dans ses jambes, elle entendit au loin un galop sur la route. Elle activa son pas sans se retourner, mais le galop devenait de plus en plus distinct et, bientôt, il résonna dans ses oreilles comme la cloche discordante d'une église.

Léonore se mit à courir au-devant du cheval. Elle écouta derrière elle le galop de l'animal qui, dans un instant – c'était certain –, allait la rejoindre. Le martèlement des sabots sur le sol lui paraissait de plus en plus rapide. Elle voulut forcer l'allure de sa course et, soudain, se prit les pieds dans une racine qui dépassait et s'affala de tout son long.

Le cheval stoppa. Le cavalier, leste et agile comme une belette, se laissa glisser à terre et courut vers la jeune fille qui ne se relevait pas.

— Oh ! demoiselle, s'écria-t-il en se plantant devant elle. Je ne pensais pas vous faire peur et César non plus.

— César !

Le jeune homme désigna son cheval du doigt.

— C'est lui, fit-il en tendant la main pour l'aider à se relever.

Elle fit mine de ne pas la remarquer, tourna la tête et se releva seule.

— Votre robe est déchirée.

— Comment voulez-vous qu'il en soit autrement ? cria-t-elle, rouge de colère. Pourquoi avez-vous lancé ce cheval sur moi alors que je me promenais tranquillement ?

Ce fut le jeune cavalier qui rougit à son tour.

— Je... Je voulais apercevoir votre visage.

Elle haussa les épaules comme si l'argument pouvait excuser la maladresse du cavalier.

— Il y a d'autres moyens pour voir le visage des jeunes filles, fit-elle en brossant vigoureusement sa jupe froissée dont l'accroc découvrait le jupon de batiste blanche qu'elle portait en dessous.

— Dieu que vous êtes jolie !

Le cavalier, dont l'âge ne dépassait pas celui de Léonore, ne pouvait détacher ses yeux de la jeune fille. Il est vrai qu'il avait devant lui la plus jolie personne du monde. De folles boucles noires dansaient sur ses épaules et retombaient sur le corselet bleu que deux petits seins ronds galbaient à peine.

Et ses yeux ! Dieu du ciel ! Comme ils étaient ardents, brûlants, de cette teinte étrange qui reflète sans cesse quelque chose et dont les bords se frangeaient d'épais cils noirs qui leur apportaient tout un mystère. Tout à l'heure, elle avait posé sur lui un regard intense, que la colère avait assombri quelques instants. À présent, ce regard paraissait presque gris, léger, fondant, tendre et rieur.

Quant au sourire, puisque Léonore à présent gratifiait son compagnon d'un visage avenant, il dévoilait deux rangées de perles blanches et brillantes entre des lèvres roses, fraîches et pulpeuses.

— Avez-vous mal ? marmonna-t-il assez gauchement.

— Un peu.

Il se précipita vers elle et lui prit la main que, cette fois, elle lui laissa avec une grâce de princesse.

— Je vous pardonne, fit-elle en souriant, mais à une condition.

— Oh ! s'empressa le jeune homme, laquelle ?

— C'est que vous m'appreniez à monter afin que je ne craigne plus les chevaux ni derrière ni devant moi.

Il approcha la main de sa compagne près de César qui piaffait doucement. Puis il l'obligea, aussi délicatement que possible, à la poser sur la rêche crinière. César eut un petit hennissement de plaisir et, visiblement, accepta d'autres caresses. Alors, la jeune fille s'enhardit et descendit sa main le long des flancs qui frémissaient encore de la récente course.

— Passez-la maintenant sur son encolure. César aime qu'on la lui caresse. Regardez ! Votre main lui plaît. C'est un bon début.

— Vous croyez ?

Elle riait tant elle était contente. Son rêve ! Caresser un cheval. Oui ! Mais pas n'importe quel cheval. Un cheval de prince.

— Allez-vous me tourner en moquerie si je vous fais une confidence ?

— Me moquer de vous ! Certes non, demoiselle. Je vous ai déjà causé bien assez d'ennuis.

— Je n'aime pas la mer et je hais la navigation, comme j'exècre toutes choses qui s'y rapportent. Elles ont pris ma mère et m'ont privé de mon père. Et je sais qu'un jour viendra le seul soutien qui m'apaisera, loin des terrifiantes vagues de l'océan, ce sera un cheval. Oui ! Un cheval qui m'emportera au grand galop sur les routes. C'est la raison pour laquelle j'ai le désir de vaincre ma peur et d'aimer César.

Devant l'exposé de ces confidences, le jeune homme ne broncha pas, d'autant plus que Léonore continuait de formuler ses pensées les plus profondes.

— Je hais la mer. J'aime au contraire les forêts, les routes, les auberges, les grandes prairies vertes et les champs de blé. Je rêve de chevauchées dans le vent, le soleil ou la pluie, peu importe ! Je rêve d'interminables promenades sur les grands chemins de France à la recherche de mon père.

Elle eut un long soupir et il crut discerner une larme dans l'œil de sa compagne.

— Hélas ! reprit-elle d'un ton où perçait l'amertume, je ne suis qu'une fille orpheline sans argent et sans personne pour me protéger et, si j'entreprends ce long voyage...

— Et moi, je ne suis qu'un palefrenier sans autres biens personnels que les chevaux de mes maîtres.

Un palefrenier ! Léonore parut surprise. Ce garçon avait de si belles manières. Mais, en le détaillant de plus près, elle vit ses mains calleuses, habituées aux besognes quotidiennes des écuries. Cependant, le jouvenceau était un beau garçon aux yeux rêveurs et au sourire avenant. Il portait presque avec grâce le justaucorps en grossière toile de Hollande, le surcot de coton glissé par-dessus et le caleçon qui moulait ses fines cuisses. Ses pieds étaient chaussés de bottes lacées avec des lanières de cuir qui montaient jusqu'aux genoux.

Léonore lui sourit, découvrant ses jolies dents perlées.

— Je ne sais monter que sur un âne.

— Un âne est un petit cheval, lui assura le garçon, qui lui sourit à son tour. Et César est le plus doux de mes protégés. Je suis persuadé que vous pourriez le monter. Quel est votre nom, demoiselle ?

— Léonore. Et vous ?

— Denis. J'appartiens à la suite du duc de Berry actuellement sur les terres de François II, le duc de Bretagne. Mais nous devons bientôt repartir.

— Le duc de Berry n'est-il pas le frère de notre roi Louis XI ?

— En effet, c'est lui. Hélas, un conflit les oppose et on dit le roi fort mécontent. Cependant, comme il ne peut rester indéfiniment l'hôte du seigneur de Bretagne, nous quittons Nantes dans quelques jours.

— Oh ! fit Léonore, dépitée. Vous n'aurez pas le temps de m'apprendre à monter à cheval.

Cette évidence le dérouta et il se mit à réfléchir.

— J'ai une idée. Au matin de notre départ, vous pourriez vous dissimuler dans le box de César. Pour ne pas attirer l'attention, il faudrait que vous y passiez la nuit. Ensuite, je vous cacherai dans un chariot qui transporte la paille. Je vous donnerai quelques habits qui m'appartiennent et je vous apporterai de la nourriture.

— Et si je suis découverte par un affreux palefrenier qui me flanquera dehors sans indulgence ?

— On ne vous jettera pas sur la route, car vous n'êtes pas une fille des rues. Au pire, on vous reconduira chez vous.

— Il ne faut pas. Il ne faut pas. Je dois saisir cette chance.

Le duc de Berry était beaucoup plus jeune que son frère Louis, le roi de France. La reine Marie d'Anjou l'avait mis au monde tardivement, alors que Louis était déjà un homme.

La montée sur le trône de Louis XI n'avait pas été sans accroc. Grand nombre de féodaux désapprouvaient la politique du roi. Parmi eux se trouvait son cousin le duc de Bourgogne, dit le Téméraire, à qui son père n'avait donné que peu de titres tout comme Louis XI à son frère. Les deux cousins s'étaient liés contre le roi, et le jeune Charles de Berry était allé quérir aide et protection à la cour de Bretagne.

Son ami, François II, le duc de Bretagne, le reçut en hôte de marque et Charles oublia un temps ses déboires et se consola même du coup sournois que venait de lui faire le roi en lui soustrayant la Normandie de son patrimoine héréditaire.

Tandis que Charles de Berry était en Bretagne et Charles le Téméraire dans le Nord où il tentait de reprendre quelque autorité, le roi instaurait l'ordre de Saint-Michel. Un ordre de chevalerie qui serait propre à défendre la couronne de France, en réinstituant les vieilles valeurs de la foi jurée devant Dieu. Mais peut-être aussi voulait-il simplement faire l'équilibre avec la Jarretière de l'Angleterre et la Toison d'or de la Bourgogne.

C'est à Amboise que l'ordre de Saint-Michel fut fondé au milieu d'une pompe qui n'était guère coutumière à Louis XI, si avare de festivités onéreuses. Mais il faut dire que cette année-là était enfin né le dauphin Charles, qui emplit de joie le cœur du roi et de son épouse. Oui ! Cette année-là, Louis XI abandonna sa légendaire simplicité, souvent doublée de mesquinerie, pour dénouer copieusement les cordons de sa bourse et traiter honorablement ses hôtes.

Et, tandis que Charles de Berry cherchait le moyen de quitter la Bretagne pour regagner son domaine, le peintre Jean Fouquet traduisait de son pinceau les « compagnons » qui se trouvaient autour de leur monarque, portant au cou le collier d'or orné de coquilles entrelacées et le manteau de damas blanc doublé d'hermine rehaussé par une étole de velours cramoisi. Les « compères » de Louis XI étaient nés et, parmi eux, son barbier Olivier Le Daim et son conseiller Tristan L'Hermite.

Depuis qu'il était à Nantes, n'osant guère voyager afin de ne pas se heurter à quelque compère du roi Louis, Charles de Berry se distrayait comme il pouvait, entre ses deux maîtresses, la vicomtesse de Thouars et la dame de Montsoreau. Ses nombreux favoris, qui le suivaient à la trace et dont l'âge devait être équivalent au sien, passaient leur temps à cheval, à travers la campagne nantaise ou la lande sableuse qui bordait l'Atlantique.

Léonore s'avança près des écuries du duc de Bretagne où Charles de Berry abritait ses chevaux. Elles s'étalaient tout en longueur, jouxtant les chenils et les nombreux appentis.

Denis, le palefrenier, lui avait dit qu'elle pouvait rester toute la nuit dans l'écurie. Grâce au ciel, César lui tenait compagnie. Tassée au fond du box et calée contre la paroi, elle dormit profondément. La paille était chaude et confortable. Elle en aimait l'odeur presque rassurante. De temps à autre, César lui rappelait qu'il était là, près d'elle, car elle sentait contre sa joue le battement sécurisant de sa queue.

Denis lui avait donné quelques vêtements de garçon afin qu'elle n'attirât pas l'attention. Elle savait qu'au petit matin il la pousserait dans un chariot de foin avec un morceau de pain et un bout de lard. Mais les choses ne se passèrent pas comme le jeune palefrenier l'avait prévu.

Le bruit de la double porte du box la fit sursauter. Le buste relevé, elle écouta et entendit :

— César est le plus beau de mes chevaux. C'est un alezan, jeune, fougueux, d'une rare intelligence. Prends-le pour ton voyage, Odet.

Le visage de Léonore pâlit. Ciel ! On lui prenait César ! Et, dans un instant, on allait la découvrir.

Et soudain elle eut devant elle les deux jeunes seigneurs dont la surprise semblait aussi grande que la sienne.

— Mais tu n'es pas mon palefrenier ! s'exclama l'un d'eux. Où est Denis et qui es-tu ?

Paralysée par la peur, Léonore ne pouvait dire un mot. Ce jeune homme dont le doigt était pointé vers elle était sans doute le duc de Berry. Son riche pourpoint de soie brochée, la pierre précieuse piquée dans son bonnet, les poulaines de feutre brodé, le bas-de-chausses cramoisi assorti à ses luxueuses huques dont l'ourlet battait ses hanches et ses reins souples dénotaient un personnage de haut rang.

Ce fut l'autre, dont l'allure n'était guère moindre, qui réagit le premier.

— C'est un vagabond, Charles ! Il faut le jeter dehors.

— Je ne suis pas un vagabond, s'écria Léonore, rouge de confusion.

— Oh ! mais quel âge as-tu donc pour avoir une voix aussi fluette ? s'écria le comte de Berry.

— Quinze ans ! Je suis un nouveau palefrenier du duc de Bretagne, Denis m'a dit que je pouvais dormir ici.

— Ainsi, tu connais Denis. Tu n'es donc pas un vagabond.

— Je connais Denis et je connais César.

La jeune fille se releva, s'approcha du cheval et, se haussant sur la pointe des pieds, posa sa bouche sur la douce encolure de l'animal qui baissa aussitôt la tête pour la maintenir au niveau des lèvres de Léonore.

— C'est incroyable ! fit Charles de Berry. Habituellement, César ne supporte personne. Depuis quand as-tu été engagé par le duc François ?

— De... depuis quelques semaines.

Léonore sentit une bouffée de chaleur envahir à nouveau son visage. Un simple coup d'œil sur sa personne suffisait pour apercevoir la mèche noire enroulée sur le rebord de son bonnet qui, dans son sommeil, avait légèrement glissé sur le côté. Elle vit que les deux jeunes seigneurs l'examinaient avec attention et qu'ils ne semblaient pas croire à son histoire.

Soudain, le seigneur Odet, dont la mine ne paraissait pas aussi gracieuse que celle de son compagnon – il affichait un air arrogant qui agaçait fortement Léonore –, se précipita sur elle et retira brusquement son bonnet. Ce fut un déferlement de vagues souples sur son buste et ses épaules.

— Une servante ! Une vagabonde ! Peut-être même une putain !

Léonore se rua sur l'odieux sire et le repoussa d'une main coléreuse.

— Je ne suis rien de tout cela !

— Alors, tu es la promise de Denis ! jeta le duc de Berry.

— C'est une catin, je te dis, insista l'autre.

Léonore avait une envie folle de cracher au visage de ce triste seigneur qui la traitait de vulgaire putain. Elle bouillait d'un violent désir de le gifler, mais n'en fit rien. Il l'accrocha au passage et saisit le bord de la chemise de toile qu'elle portait par-dessus le bas-de-chausses qui enserrait ses cuisses. En tirant sur l'encolure, il réussit à dégrafer le devant et d'un coup sec retourna le bord contre l'épaule. Un petit sein jaillit aussitôt. Ocré, doux, soyeux, criant de volupté. Odet se mit à ricaner.

— Allons, mon beau compagnon ! reprocha le jeune duc de Berry, cesse de la ridiculiser. À l'exception des nobles filles, il n'existe pour toi que des servantes, des putains ou des mijaurées de damoiselles. Celle-ci me semble respectable.

Si Charles concluait ainsi, c'est qu'apparemment il désapprouvait le comportement de son ami. Léonore le gratifia d'un sourire.

— De plus, c'est une vraie beauté ! Avoue que cette jeune personne est digne d'être vêtue en noble dame.

La suggestion de Charles sembla décupler la fureur d'Odet qui, se jetant sur Léonore, la saisit brutalement par la taille, la colla contre lui et, sans lui laisser le temps de respirer, pressa violemment sa bouche contre la sienne. Elle voulut crier, mais ne put proférer un son tant il lui coupait le souffle. D'une main, il la plaquait contre lui, de l'autre, il cherchait à baisser le caleçon qu'elle portait pour le faire glisser le long de ses cuisses.

— Odet ! hurla soudain Charles, ça suffit ! Lâche-la. Je te l'ordonne.

Comme il n'obtempérait pas, le jeune comte de Berry le tira en arrière et le gifla de toutes ses forces. L'effet fut soudain. Blanc de rage, Odet recula, marmonna, jura et, sans plus rien ajouter, quitta l'écurie.

— Tout compte fait, lui cria Charles alors qu'il claquait la porte du box, je garde César pour notre jolie palefrenière.

XIII

L'auberge était enfumée. Les pots d'étain s'entrechoquaient et la vaisselle en grès allait et venait sur les tables, chargées des mets les plus divers. Maître Vermandois qui tenait la taverne du Lion raccourci avait toujours les meilleurs hôtes à sa table.

Charles de Berry et toute sa suite descendaient souvent dans son hôtel dont la situation à la sortie d'Angers bénéficiait d'un grand passage. Le ventre plein et l'esprit quelque peu embué d'alcool, les jeunes seigneurs sifflaient, chantaient, reluquaient les servantes.

Coincée entre Charles de Berry et son ami, le sire Pierre Champion, un clerc efféminé qui avait reçu des mains du roi le collier de l'ordre de Saint-Michel, Léonore n'osait regarder Denis qui, éloigné de la table centrale, dînait avec les chambrières, les valets et les autres palefreniers. Odet de Lescun n'avait pas réapparu devant Charles depuis leur algarade au sujet de Léonore.

Quand ce dernier avait imposé la jeune fille au départ de Nantes, la vicomtesse de Thouars et la dame de Montsoreau avaient refusé de prendre leur repas à l'auberge, préférant se faire servir dans leur chambre.

— Eh bien, Léonore, jeta le sire Pierre Champion, il paraît que vous marchez sur les traces de votre père !

Léonore avait décidé de jouer la carte de la franchise et avait expliqué qu'elle partait à la recherche de son père disparu quinze ans plus tôt.

La première semaine du voyage s'était passée tranquillement. Charles s'inquiétait du bien-être de sa protégée. Il lui avait alloué un chariot confortable et envoyé des vêtements féminins qui mettaient ses charmes en valeur. Le premier jour, Léonore avait vu son chemin barré par la vicomtesse de Thouars qui l'avait toisée d'un air ironique en lui affirmant que sa basse condition sociale lui laissait peu de chances auprès de Charles de Berry.

Quant à la dame de Montsoreau, elle lui avait jeté au visage des sarcasmes qui la laissèrent indifférente, car elle se considérait bien plus jeune et bien plus jolie qu'elle.

Rejetée, vilipendée par Odet de Lescun et les deux maîtresses attitrées de Charles, Léonore, ignorant encore ce que la suite des événements lui réservait, n'en avait cure et seules comptaient les villes du Val de Loire où elle croyait pouvoir trouver son père et dont elle se rapprochait chaque jour.

— Hélas, sire Champion, jeta Léonore, le gros problème, c'est que je n'ai jamais vu mon père, j'ignore tout de lui, sauf qu'à l'époque où je suis née c'était un grand lissier à Bruges. Mais avant de m'y rendre, je voudrais voir ce qu'est devenu l'atelier que tenait ma grand-mère à Tours. Peut-être que mon père y est retourné.

— Votre grand-mère ! jeta Charles avec un étonnement à peine perceptible.

— Ma grand-mère Clarisse Cassex avait épousé le prévôt de Paris, Michel de Lallier, qui débarrassa Paris des derniers Anglais.

Le sire Champion jetait un regard sur le décolleté de la robe ajustée que portait Léonore. « Par tous les diables ! jura-t-il, que cette fille est belle ! » Dommage que le seigneur Charles mette la main sur sa belle protégée. Sans doute, ce soir, allait-il la gratifier de ses plus beaux compliments. Sans doute lui dirait-il qu'elle avait les plus jolis tétons du monde et que sa toison profonde devait receler bien des mystères. La belle petite fondrait sous la pulsion de telles louanges.

— Mais avez-vous quelques écus pour entreprendre un tel voyage ?

Le sire Champion, qui pensait la décontenancer, se vit rapidement remis à sa place par une réponse qu'il n'attendait certes pas.

— Je vous ai parlé de ma branche paternelle, mais non de celle de ma mère. Elle était la fille d'un grand peintre enlumineur qui travaillait pour le compte de la cour du duc de Bourgogne, votre cousin, messire de Berry.

Comme elle voyait ses deux vis-à-vis l'écouter avec un peu plus d'intérêt, elle se tourna vers le sire Champion et reprit, avec le même ton tranquille :

— Vous me demandez où sont mes écus, messire Champion, il est vrai que je n'en ai point. Mais je suis issue de deux familles artisanes reconnues et je sais qu'un jour j'en aurai.

Pierre Champion hocha la tête. Elle se tourna à présent vers Charles et poursuivit :

— Quant à ma grand-mère paternelle, seigneur Charles, elle a travaillé longtemps pour le compte de Jean de Berry, votre aïeul, qui lui avait fait don d'un petit atelier de tapisserie en Val de Loire. Ne croyez donc pas, malgré votre gentillesse à mon égard, que je suis fille de rien.

Charles prit sa main et l'effleura de ses lèvres.

— Je ne crois rien de tel. Vous le savez bien, ma douce mie.

— Orpheline, je n'ai appris ni le secret des enluminures, ni celui des tapisseries historiées. Qui me les aurait enseignés, grands dieux ! Mais en Bretagne, vous le savez, il suffit d'une once d'inspiration créatrice pour se lancer tout naturellement vers l'art de la broderie. C'est donc ma seule façon de vivre. Je suis brodeuse, messire. Avant de mourir la vieille mère de mon père adoptif, un marin breton, m'a enseigné cet art que je maîtrise fort bien.

Soudainement las de tous ces bruits, de tous ces rires, Charles repoussa son gobelet vide et murmura :

— À présent, je vais vous reconduire à votre chambre. Sur mon ordre, l'hôtelier vous a laissé la plus spacieuse de son établissement.

Tout au fond du corridor, la chambre qu'on avait donnée à Léonore était bien la plus grande et la plus calme. Tendue de velours bleu, couette et courtines assorties. Elle sentait bon la chandelle et le savon.

Sur un grand coffre en bois ciré, un miroir et des boîtes enfermant différents onguents avaient été posés. Petites fioles en verre, en céramique, en grès, peignes divers à manches de corne, brosses à poil souple, éponges douillettes et linges blancs fleurant le jasmin et la rose.

Sur une petite table, encastrée entre deux fauteuils recouverts de velours assorti aux tentures, elle vit deux coupes en verre taillé et une carafe à gros cabochon qui devait contenir un vin parfumé à la cannelle. À côté, un drageoir finement sculpté était rempli à ras bord de confiseries enrobées de chocolat.

Quand la jeune fille pénétra dans la chambre, son attention fut tout d'abord attirée par la paroi qui constituait le fond de la pièce. Mais elle se laissa perturber par le paravent derrière lequel de la vapeur montait à l'assaut des poutres du plafond. Une tête brune et frisée se hasarda au-dessus du paravent, puis une autre avec des boucles fauves qui retombaient sur ses épaules.

Enfin, les deux soubrettes qui remplissaient une cuve d'eau chaude l'invitèrent à s'approcher. Sur le coup, la vapeur lui obstrua l'essentiel. Puis elle vit que les deux jeunes servantes paraissaient agréables et joyeuses et elle décida de rire avec elles, d'autant plus que des effluves de rose et de violette arrivaient à ses narines et commençaient à la griser.

Jamais encore un tel déploiement de luxe n'avait croisé son destin. Jamais encore elle n'avait pris un tel bain. Les deux jeunes servantes entreprirent d'ôter sa robe, sa chemise, ses bas et quand elle fut entièrement nue, offrant aux yeux rieurs les charmes de son jeune corps, elle se laissa guider dans la cuve. Quelques secondes plus tard, la mousse la recouvrit entièrement.

On eût dit que le duc de Berry, surgissant du fond de la pièce, n'attendait que cet instant où elle sortirait de l'eau et se tiendrait debout, droite, telle une déesse offrant la splendeur de son corps parfait et l'ingénuité de ses désirs, pour entrer.

Il fit un signe discret aux deux servantes qui s'esquivèrent aussitôt. Léonore n'eut que le temps de poser ses deux mains sur ses petits seins émergeant de la mousse blanchâtre.

— Pourquoi cacher ces merveilles ? dit-il en souriant. Vous avez les plus beaux seins du monde.

Elle lui dédia un merveilleux sourire, mais ne retira pas pour autant ses mains. C'est à peine si ses doigts tremblaient et pourtant ses yeux s'affolèrent quand elle le vit s'approcher.

Il vint à elle, saisit ses mains et les enferma dans les siennes. Puis, se baissant pour être à leur hauteur, il posa ses lèvres délicatement sur les menus et jolis tétons qu'il venait de découvrir.

— Laissez-moi vous essuyer et vous sécher, dit-il à voix basse.

Elle se laissa faire. Charles caressait son dos, son ventre, ses seins, ses cuisses. Il passait et repassait le linge doux et fin sur son corps, essuyant parcimonieusement chaque parcelle de peau qu'il convoitait déjà comme un trésor inestimable.

Un silence fit place aux premiers mots lancés avec une douce désinvolture. Les gestes prenaient la relève. Léonore fermait les yeux et s'abandonnait déjà. Chaque fibre en elle appelait la volupté. Il la prit dans ses bras et la déposa sur le lit. Quand il mit sa bouche sur la sienne, elle se laissa guider. Elle sentait la rigueur de l'étoffe sur elle. Le pourpoint de soie brochée ne heurtait point sa peau, il la prévenait qu'un instant de délice allait traverser tout son être. Ses jambes frémissaient sous le poids de son compagnon. Il embrassait doucement la pointe de ses seins. Léonore se mit à gémir.

Après quelques minutes de douce extase qui lui permit de s'imprégner des images intimes qu'il ne voulait plus oublier, après s'être grisé des senteurs parfumées que le bain avait déposées sur le corps doux et blanc de sa compagne, après une minute où il sentit son désir affluer sous sa peau, Charles releva lentement le buste et entreprit de délacer le pourpoint qui le gênait pour mieux connaître sa belle nymphe dont le cœur battait la chamade. Elle glissa ses doigts dans l'échancrure de la chemise, sentit un duvet soyeux et s'abandonna tout entière.

Dans son trouble, Léonore ne s'aperçut pas de l'instant où il se dévêtit entièrement. Mais lorsqu'elle le sentit étendu sur elle, ses cuisses encastrées dans les siennes, son corps collé au sien, les vibrations d'un lent mouvement martelant sa tête, une petite pointe de désagrément la saisit. Elle n'osa crier, pas plus d'ailleurs que murmurer un mot qui eût risqué de les désunir, car elle sentait peu à peu une étrange volupté la saisir.

Puis elle se laissa aller aux savoureuses et affriolantes paroles qu'il murmurait dans son oreille, son membre la pénétrant tout entière et son souffle haletant l'absorbant comme une grande vague qui emporte tout sur son passage. Bientôt, les mots se firent saccadés, hachés, sans suite logique, coupés de cris étouffés, de soubresauts et de rictus sur le visage.

Puis Charles poussa un cri. Sa semence venait de se déverser en elle. Elle crut que la fin du monde arrivait. Un grand vide se fit et elle ne sut comment l'interpréter. Son corps ne réagissait plus et pourtant son ventre palpitait encore. La tête lui tournait. Agrippée au drap trempé de sueur, elle vit que Charles, lui aussi, reprenait ses esprits.

Quelques instants plus tard, Léonore le reçut à nouveau contre elle. Il n'était plus pantelant, gisant. Il réclamait avec une force à la fois douce et brutale que tout recommençât.

Les flammes des bougeoirs s'étaient éteintes depuis longtemps et les pas de l'aubergiste, qui se levait toujours très tôt le matin, crissèrent sur le plancher de bois. Enfin, les larges lattes des volets laissèrent filtrer les premiers rayons de l'aube. Alors, lovés dans les bras l'un de l'autre, Charles et Léonore s'endormirent.

La cour de Berry n'était pas sans prestige ni sans luxe et les résidences de Charles se comptaient par dizaine. Il n'y avait pas si longtemps – quelque cinquante ans peut-être – que le fils du roi Jean le Bon avait donné des royaumes grandioses à ses quatre fils.

En ce jour où Léonore posait pour la première fois les pieds sur un domaine seigneurial – et ce n'était pas le moindre –, elle restait interdite devant tant de splendeurs. Celles qu'enfermait le château de Bourges valaient bien qu'on les admirât.

Aux murs étaient accrochées avec une grâce extrême de luxueuses et immenses tapisseries historiées. De véritables ensembles qui s'encastraient les uns dans les autres composaient ces tentures que complétaient de belles tapisseries armoriées et des peintures de maîtres d'œuvre.

Sur les meubles sculptés ou enfermés dans les coffres aux ferronneries ouvragées, des joyaux, des œuvres d'art, des pièces d'orfèvrerie de toutes sortes, de la vaisselle d'or et d'argent, des porcelaines brillaient et s'accouplaient aux lueurs vacillantes des lampes quand, le soir, les grands lustres de fer forgé étaient allumés.

Dans l'une des pièces où la cheminée imposante écrasait de sa pierre blanche tout un pan de mur, la jeune fille resta interdite devant une licorne qui ressemblait à celle qui lui venait de sa mère et qu'elle avait emportée avec elle. Une licorne dans toute sa grâce à la fois sauvage et soumise. Un bel animal qui surgissait tel un ange avec sa corne blanche et vrillée pointant vers le ciel.

Mais ce qu'avait surtout admiré la jeune fille, c'est la grande bibliothèque où les manuscrits se serraient les uns contre les autres. On y remarquait la plus belle pièce de la collection, le superbe ouvrage intitulé *Les Très Riches Heures du duc de Berry*. Une œuvre grandiose enluminée dans des ors et des bleus d'azur uniques, exécutée par les plus grands artistes de leur époque.

Quant aux pièces d'orfèvrerie religieuses de la sainte chapelle de Bourges, elles comptaient parmi les plus prestigieuses : croix, calices, triptyques en bois peint, reliquaires en or rechaussés de pierreries, tout étincelait.

Dans la pièce qui séparait l'une des chambres du bâtiment royal et l'aile sud de la résidence, Léonore admirait sans rien dire la belle licorne fière et sauvage qui se dressait sur le mur dans son cadre de bois doré.

— Elle te plaît, ma mie ?

La jeune fille se retourna. Charles l'avait déjà saisie dans ses bras et les refermait sur elle. Léonore frissonnait chaque fois qu'il la prenait ainsi par surprise. Aussi s'en amusait-il follement. Il était pris d'une joie enfantine quand il l'attrapait par-derrière et qu'elle ne le voyait pas arriver. Dans les bosquets des alentours, les allées des jardins, les talus du parc, les abords des kiosques de verdure, même derrière les lourdes tentures qui occultaient les doubles portes, il s'amusait à la surprendre.

— Charles, je crois que je t'aime.

— Moi aussi, ma douce. Comment ferais-je sans toi ?

Mais Charles avait parfois des attitudes bien étranges. Il lui arrivait de plonger ses yeux dans son regard tout en lui chuchotant : « Ah ! ma douce ! Ah ! ma mie ! Ne m'accapare pas trop, ma tendre petite licorne, je dois aussi satisfaire mes autres compagnes ! » et il prenait avidement la bouche de Léonore sans lui laisser le temps d'une réplique.

Ces mots doucereux, langoureux laissaient une curieuse impression dans l'esprit de Léonore et, dotée du réalisme de sa mère qu'elle n'avait jamais connue et sans doute du sens avisé d'un père qu'elle désirait tant voir, elle se demandait toujours combien de temps pouvait durer un tel rêve. C'est alors que brillait dans ses yeux cette lueur mauve qu'aimait tant voir son amant.

Certes, Léonore ne se posait pas chaque jour la question à laquelle, d'ailleurs, elle ne trouvait point de réponse. Si une telle situation ne pouvait durer, qu'elle aille au moins jusqu'à sa fin sans que les sentiments entre eux se détériorent.

Dès qu'elle s'appesantissait sur son cas, la jeune fille comprenait bien des choses. Qui était-elle d'abord, et que représentait-elle pour vivre de cette façon au milieu d'une cour aussi fastueuse ? Elle ! Léonore Cassex ! L'orpheline échouée par miracle en Bretagne ! Elle, qui recherchait un père et qui avait trouvé un amant dont elle commençait à ne plus vouloir se séparer.

La vicomtesse de Thouars et la dame de Montsoreau durent partager avec elle les faveurs de leur amant. À présent, il fallait faire part à trois. Les débuts avaient été assez difficiles et les propos malveillants fusaient en toute occasion. Quand les repas les réunissaient – et pourtant Dieu sait s'ils étaient rares, car elles évitaient toute rencontre inutile – les deux favorites commentaient fielleusement les manières peu nobles de Léonore et son maintien tout droit sorti d'un bouge à matelots.

Pourtant, Léonore apprenait très vite et rares étaient ses écarts de conduite. Elle sut donc rapidement comment il fallait rire, penser, parler, respirer, bref, vivre dans un milieu qui n'était pas le sien, mais dont elle appréhendait chaque jour un pernicieux entraînement vers l'hypocrisie.

Charles lui avait appris à monter César. Les dons de la jeune fille, ajoutés au rêve qui la taraudait depuis si longtemps, accomplirent des prodiges. Elle maîtrisa très vite son cheval et les difficultés de l'équitation : contourner ou sauter les obstacles, arrêter César en pleine course et même ce que peu de femmes savaient faire, se tenir en équilibre lorsque les deux pattes avant de l'animal s'élevaient du sol.

Oui, la vicomtesse de Thouars et la dame de Montsoreau se laissaient peu à peu envahir par la présence de Léonore. On la voyait partout, on n'entendait parler que d'elle, on la sollicitait, on la priait d'assister aux spectacles de plein air, on la conviait aux concerts, aux bals. Charles lui avait donné un maître de danse qui l'avait initiée à l'art des voltes, des sarabandes, des branles, des pavanes et des gavottes.

Que pouvaient faire les deux anciennes maîtresses de Charles dont il commençait d'ailleurs à se lasser et dont l'âge était plus avancé que le sien – l'une avait vingt-deux ans et l'autre vingt-huit – quand Léonore en avait à peine seize ! Pouvaient-elles rivaliser avec une nymphette qui, de surcroît, était jolie comme un cœur ?

Deux bâtards suivaient la cour de Berry. Chacune des maîtresses de Charles avait accouché d'un garçon. L'un avait deux ans, l'autre était né juste avant le séjour en Bretagne. Plusieurs nourrices s'occupaient des enfants. Leurs mères surveillaient de temps à autre la santé de leurs rejetons sans pour autant se montrer follement aimantes. La reconquête de leur amant à demi perdu comptait beaucoup plus.

Léonore passait des jours sans voir le temps filer. Trop de choses l'accaparaient pour qu'elle fût triste ou mécontente. Chaque jour plus séduisante, chaque instant plus caressante et plus sensuelle, elle marquait des points en toute occasion.

Hélas, la jalousie de Charles avait fait son œuvre. Remarquant que Léonore s'attardait trop souvent avec Denis lorsqu'elle se rendait aux écuries pour aller chercher César, il mit rapidement fin à cette situation. Un jour qu'il les avait surpris, assis tous les deux dans la paille du box, parlant et riant, bien que leur attitude ne laissât rien supposer de compromettant, il en prit ombrage et renvoya le jeune palefrenier chez son ami le duc de Bretagne. Léonore regretta fort sincèrement ce gentil compagnon qui, sans rien demander en retour, avait contribué à son étonnante ascension. Cependant trop de choses l'accaparaient pour qu'elle demeurât triste.

Un peu plus tard, lors d'un voyage, elle avait voulu s'arrêter à Tours mais le duc de Berry ordonna de contourner la ville sans y faire halte pour se diriger directement vers Bourges. Elle se dit alors qu'elle était sa prisonnière, mais l'idée de retrouver son père se faisait de plus en plus confuse. En vérité, Léonore était tombée amoureuse de son beau et jeune seigneur beaucoup plus intensément qu'elle ne l'aurait voulu.

Il arriva ce qu'il devait arriver. Un matin, Léonore eut de fortes nausées et son ventre se galba doucement. Elle ne dit rien durant tout le temps où elle put le cacher, mais vint le jour où il fallut dévoiler le secret. Charles hocha la tête. Peu lui importait. Un petit bâtard de plus dans sa suite ne le gênait nullement. C'était chose courante dans les cours princières.

Léonore accoucha d'une fille aussi jolie que sa mère. Le teint rose et frais, les yeux clairs, la bouche mignonne et pulpeuse, le nez aux narines délicates, frémissantes comme les ailes d'un papillon au-dessus de deux fossettes minuscules. Cependant, ses cheveux étaient aussi blonds que ceux de Léonore étaient noirs.

— Nous allons l'appeler Isabelle, dit Charles. Isabelle, la première de mes petites bâtardes. Je la titrerai somptueusement et, plus tard, elle épousera un noble seigneur comme il se doit.

Oui ! Isabelle aurait une vie plus facile que la sienne ! Isabelle accéderait plus tard à ce qu'on refusait aujourd'hui à sa mère, épouser un seigneur ! Léonore sentit un léger frisson lui parcourir l'échine. Isabelle serait-elle plus heureuse pour autant ? Elle se plut à renverser les rôles et se dit qu'elle aimait tant Charles, son premier amour, qu'elle serait morte de plaisir sur-le-champ si on lui avait annoncé qu'elle allait l'épouser. Hélas, elle n'était qu'une jolie roturière sur qui les hommes posaient un regard de convoitise.

Le roi Louis XI semblait avoir pardonné à son frère, ce qui lui permettait de s'éloigner un peu de son territoire. Charles revit Louis et fut convié à la cour mais il joua l'hypocrisie, car il méditait un nouveau complot dont il avait exposé tous les détails à Léonore.

Puis, un jour, le roi lui assigna une épouse, Marie de Bourgogne, petite-cousine du Téméraire, et il dut partir la rejoindre dans le Nord, laissant dans le Berry ses maîtresses et ses petits bâtards.

Le matin où il partit, Léonore ne lui cacha pas ses larmes. Il lui glissa un billet entre les doigts, mais elle n'en prit connaissance que lorsqu'elle fut certaine de ne plus le revoir.

Sur le petit bout de parchemin étaient écrits en lettres serrées, un peu malhabiles, les mots suivants :

« Ma douce mie ! Ne m'en veuillez pas, c'est le destin des princes que de laisser ce qu'ils aiment et d'accepter ce qu'on leur impose. Il faut que je prenne épouse et en finisse avec ma vie d'antan. Laissez votre fille à la cour si vous-même ne pouvez y rester. Elle y sera dotée, choyée et mieux éduquée que vous ne pourriez le faire si vous partez avec elle. Adieu, ma mie. Je vous ai beaucoup aimée. Je penserai toujours à vous. »

XIV

Léonore talonnait les flancs de César. Tours n'était plus très loin. Elle apercevait déjà les remparts de la ville. L'image d'Isabelle la taraudait et la vue du paisible fleuve qu'elle avait longé sans difficulté ne l'avait pas pour autant apaisée. Cependant, les yeux secs, l'esprit clair, Léonore était retombée sur terre. Certes, le duc de Berry l'avait comblée, choyée, aimée. Certes, aussi, elle subissait sa première déception amoureuse et elle ignorait comment la cerner. Hier, elle en voulait à Charles et elle le haïssait. Hier, elle avait eu envie de crier son désespoir. Aujourd'hui, elle sentait qu'elle devait tourner une page de sa vie.

Et Charles ! Lui qui se moquait éperdument de son frère, le roi, n'ayant cure de lui obéir, encore moins de le satisfaire et qui ne pensait qu'à comploter contre lui ! Pourquoi n'avait-il pas choisi de contrecarrer le plan de ce frère détesté ? Et s'il s'était opposé à cette idée, aurait-il pour autant gardé Léonore près de lui, elle, une fille sans aucun titre de noblesse, éduquée aussi librement que le vent, près du port de Nantes ? À présent, elle en doutait.

La route filait derrière elle. Les arbres n'avaient plus ni forme ni couleur. Ils lui tournaient la tête et le vent claquait dans ses oreilles en un air lugubre qui n'avait plus rien de commun avec les mélodies d'amour que lui susurrait Charles. Pourquoi Marie de Bourgogne ? Ses charmes égalaient-ils les siens ? Charles n'allait-il pas se lasser d'une épouse imposée ? Les yeux, la bouche, le corps de Léonore n'allaient-ils pas lui manquer ?

Elle approchait de Tours mais ne s'en préoccupait guère, ne sachant trop ce qu'elle ferait une fois qu'elle y serait entrée. Elle déambulerait dans les rues, tenant la bride de son cheval, puis elle chercherait un asile pour la nuit et repartirait à l'aube à la recherche des ateliers qui, le cas échéant, pourraient la renseigner sur son père.

Soudain ce fut comme un coup d'épée qui poignardait son cœur et elle se mit à crier en plein vent, sans honte ni retenue. L'espace répercuta sa douleur, elle écouta l'écho, sentit l'angoisse de César qui ne comprenait pas l'attitude de sa maîtresse. Puis elle descendit de son cheval et lui caressa l'échine.

Pourquoi Charles l'avait-il rejetée de la sorte, ne gardant que sa petite bâtarde, comme il l'avait si bien nommée ? Thomassaint, son père, devait être riche ; peut-être lui permettrait-il de reprendre Isabelle ? Charles de Berry n'était qu'un goujat, comme tous les hommes sans doute. Léonore ne se laisserait plus prendre au piège de la séduction. Elle garderait pour elle le charme de ses grands yeux noirs et la fascination de son sourire. Elle ne se laisserait plus berner par les belles paroles d'un amoureux, tout seigneur fût-il.

Elle se vengerait. Oui, elle se vengerait de la vie. Elle ne savait encore trop comment, mais un jour, quand tout reviendrait dans l'ordre et que l'heure lui serait favorable, elle aurait sa revanche. Léonore se consolait en se disant qu'Isabelle était en lieu sûr, qu'elle serait parfaitement éduquée, anoblie, même, et qu'elle n'avait pas le droit de la confier à sa vieille

Leïla qui l'élèverait comme une fille sans fortune et sans aucune chance de se tirer du lot de toutes les mères, épouses, filles et sœurs de marins. La seule idée que sa fille ait un lien avec la mer la choquait trop pour qu'elle se résignât à un tel choix.

Léonore regarda le pont qui traversait le fleuve. César rechignait toujours à y poser un sabot. Le bruit creux qui résonnait en traversant la passerelle l'effrayait. César était comme Léonore, il n'aimait pas l'eau et avait horreur des bateaux et des ports.

Elle ralentit l'allure quand elle entendit le bruit d'un galop derrière elle. Se rappelait-elle le jour où, s'effrayant de ce claquement, elle avait pris peur ? Elle se retourna et vit un cavalier qui s'approchait d'elle. Il la dévisagea, fit tournoyer sa monture et, soudain, lui barra le passage.

— Rangez-vous demoiselle, dit-il, le convoi du roi va passer. Les gens de Tours sont à leurs portes et attendent depuis ce matin que le bon roi Louis passe.

— Le roi ! fit Léonore, les yeux agrandis de surprise.

— Oui, le roi et sa suite.

Un autre cavalier les rejoignit.

— Où allez-vous, demoiselle ?

— À Tours.

Il la regarda plus attentivement que son compagnon et poursuivit :

— Ce n'est pas raisonnable de voyager seule ainsi à votre âge. Alors, rangez-vous sur le bas-côté, ou prenez le bout de la file. Vous profiterez ainsi du convoi pour entrer dans Tours.

Un escadron de soldats arrivait et Léonore dut, sur l'ordre réitéré des deux cavaliers, se tasser avec César sur la berge pour laisser passer le convoi. Venaient tout d'abord les seigneurs de la cour qui, montés sur leurs chevaux, encadraient le roi. Les dames grimpées sur les haquenées suivaient de près. Elles tenaient mollement les rênes car l'allure était celle d'une promenade et elles laissaient retomber sur les flancs de leur monture les pans de leurs amples robes, toutes plus colorées les unes que les autres. Enfin venaient les fous, les acrobates, les jongleurs, les danseurs, les chiens même qui se mêlaient parfois à la foule afin de les associer à la bonne humeur de la circonstance.

Oh ! mais c'est que César n'était pas en bonne posture, le sabot arrière à moitié grimpé sur le talus inconfortable vers lequel le soldat l'avait repoussé. Il poussa un hennissement de colère juste au moment où le roi passait.

— Qu'est-ce ? fit-il en voyant le cheval secouer sa crinière avec rage tant il voulait redescendre en un lieu plus sûr.

— C'est une jeune voyageuse, Sire, répondit le cavalier qui avait écarté Léonore et revenait au pas de course. Nous lui avons dit de se ranger ou de prendre le bout de la file.

Rien n'échappait à Louis XI, trop amateur de ces petites anecdotes quotidiennes qui pimentaient sa vie de roi. De ses yeux de renard, un regard noir affûté qu'il conservait dans les situations les plus banales, il remarqua le charmant visage de Léonore et la position inconfortable de son cheval. Il s'écarta du convoi et s'approcha de la jeune fille. Ah ! certes, rien ne plaisait plus au roi que de se mêler à ces histoires badines qui remplissaient les journées de son bon peuple. Se propulser dans les rues, vêtu comme un homme du commun, questionner, jauger, tester, se faire une idée de ce qu'étaient ses gens, ses commerçants, ses paysans, son peuple.

— Vous possédez là un fort beau cheval ou je ne m'y entends pas, jeta-t-il en étirant la bouche en une grimace qui devait être un sourire.

Léonore le regarda, surprise tout à coup de voir apparaître le roi devant elle. Il n'était pas beau et ne ressemblait en rien à son frère dont la séduction attirait tous les regards féminins. Louis XI avait un grand nez disgracieux, le teint rouge abîmé, taché, le dos voûté, une allure de palefrenier plus que de roi !

— En outre, il ne se plaît guère là où il est. Faites-le donc descendre et laissez-le aller près des miens. Il sera plus à l'aise.

— Sire, jeta tranquillement Léonore, même si César n'aime que ma compagnie, il appréciera, je crois, de caracoler un peu au milieu des autres.

Soudain, une jeune femme quitta la suite des dames et vint aux côtés du roi.

— Sire, cette demoiselle est bien imprudente à voyager aussi jeune.

— Ma mie, retenez-la donc dans votre suite jusqu'à Tours, répondit le roi.

— Comment vous appelez-vous, demoiselle ? fit la dame dont l'apparence était assez modeste bien qu'aisée. Moi, je suis dame Gigonne. Allons, venez avec nous. Vous dînerez à l'auberge en notre compagnie.

Âgée d'environ vingt-cinq ans, celle qu'on appelait partout « la Gigonne » avait un visage agréable, un large sourire gourmand, des yeux clairs tirant sur le gris, une allure un peu rustique, un franc-parler qui semblait plaire au roi. Elle se mouvait avec grâce dans des vêtements aux couleurs contrastées qui associaient en toute impudeur vert, jaune et rouge.

On ne comptait plus les maîtresses du roi Louis XI et elles lui avaient donné sept ou huit bâtardes. Les deux filles de Guyette Durand avec qui le roi, dauphin à l'époque, avait partagé son exil. La fille d'Élise Régnard qu'il avait connue dès son arrivée à Paris. Les deux filles de Marguerite de Sassenage, la jolie veuve du comte de Montfort qu'il ne revoyait que de temps à autre, car l'époux trompé refusait de « prêter » plus souvent son épouse, même à son souverain. Et voilà que la Gigonne, elle aussi, venait de lui donner une fille, tout comme la dame Passe-Fillon, épouse du joaillier Passe-Fillon chez qui le roi s'était rendu pour faire l'acquisition d'un collier d'émeraudes qu'il destinait à dame Gigonne.

Louis n'agissait pas comme son père, feu le roi Charles, qui avait eu l'audace d'imposer à la cour sa maîtresse, Agnès Sorel, laquelle y avait évolué avec un aplomb extraordinaire, se prenant véritablement pour la reine.

Si Louis cumulait les maîtresses, pas une ne se montrait à la cour de la reine Charlotte et celle-ci vivait à l'écart des paillardises de son époux. Louis XI ne gratifiait peut-être guère sa femme de visites prolongées et de touchantes attentions, mais il n'aurait pu supporter de voir la mère de ses enfants endurer ce que cette effrontée de Sorel avait fait subir à sa propre mère.

Dame Gigonne était une belle et robuste paysanne qu'il avait rencontrée un jour sur son chemin. Une jolie veuve qui, au passage du roi, s'était plainte que ses soldats eussent tué son mari par mégarde sur la place du marché, alors qu'il était allé vendre quelques têtes de bétail. Cela s'était passé du côté de Monthléry quand les canons fusaient de toutes parts et que les soldats lombards, venus à la rescousse du roi de France, tiraient sur n'importe qui.

Dame Gigonne s'en était bien tirée. Son éducation sommaire ne rebutait en rien le roi. Louis XI était ainsi.

Il goûtait la rusticité et la simplicité. Il aimait être à l'aise avec une femme et fuyait les précieuses ou les sottes ou encore les mijaurées qui jouaient de leur position de favorite royale. Rien ne l'exaspérait plus que la sottise chez une femme.

En cela la Gigonne remplissait bien son rôle. Jamais une question, jamais de scènes, jamais de complications. Elle venait quand il la réclamait, le suivait, partageait son lit, acceptait les cadeaux quand il lui en faisait et ne réclamait jamais rien d'autre.

— Le roi rentre à Plessis-lès-Tours. Viens avec nous, petite, dit la Gigonne à Léonore. Après, tu auras tout le temps de rechercher ton père.

La Gigonne ne tenait pas à laisser sa protégée partir en quête de chimères. Il fallait être aussi jeune que Léonore pour croire qu'elle retrouverait cet homme après seize ans de silence. Chaque fois que la jeune fille lui en parlait, dame Gigonne hochait la tête, ne croyant guère à une issue favorable.

S'étant prise de sympathie pour elle et voyant que le roi ne cherchait nullement à la courtiser – et l'aurait-il fait que cela ne l'aurait sans doute point trop chagrinée –, elle chercha à en savoir davantage.

Léonore, qui avait besoin d'un appui depuis qu'elle ne faisait plus partie de la cour de Berry, se confia à sa nouvelle amie. De confidence en confidence, elle lui apprit l'existence d'Isabelle, restée à Bourges.

— C'est le sort des petits bâtards de France, lui dit dame Gigonne. Ta fille aura le même destin que la mienne. Elle sera anoblie et tu ne t'en plaindras point, petite ! Bien au contraire, tu te féliciteras de ton choix et tu ne vieilliras pas dans la misère.

Comme Léonore soupirait, elle ajouta :

— Allons, tu es jeune, tu feras d'autres enfants. Une femme, c'est fait pour ça !

La jeune fille haussa un peu les épaules. Le bon sens simpliste de dame Gigonne ne lui plaisait guère. Léonore ne voulait pas faire un autre enfant. Aussi ne répliqua-t-elle rien et se mit-elle à observer les alentours du château.

Bien qu'il se déplaçât souvent sur les routes pour rejoindre ses différentes résidences, Amboise où vivait la reine depuis la naissance du dauphin, Le Plessis, Chinon, Loches et même Étampes, Senlis et Fontainebleau, quand ce n'était pas l'hôtel des Tournelles à Paris, le roi aimait prendre du repos dans l'un de ses ports d'attache.

Le choix de la Touraine comme résidence royale annonçait le début de la grande campagne de construction et de rénovation des châteaux de la Loire. Les châteaux de défense avaient fait leur temps. Plus besoin de pont-levis, de chemin de ronde, de remparts crénelés, de douves et de mâchicoulis. Seuls comptaient à présent les grands espaces lumineux, les terrasses ensoleillées, les salles aérées, vastes et confortables où les ornements et la décoration prenaient le pas sur la sévère contrainte des éléments de défense.

Dans tous les châteaux, on entendait le tintement des marteaux et le bruit des pelles maniées par les ouvriers. Où que les regards se portassent, on ne voyait qu'amoncellements de matériaux de construction, de terrassement, de pierres taillées rapportées des carrières, de bâches en toile et d'échafaudages aux planches qui oscillaient dès qu'un grand vent venait les perturber.

Louis se plaisait à bouger. Son château du Plessis était avec Loches un de ses lieux de prédilection. C'est à Loches qu'il avait passé une partie de son enfance, à l'ombre du sombre donjon des comtes d'Anjou. Loches, flanqué de ses quatre tourelles et de son chemin de ronde qu'il avait tant parcouru au temps où il rêvait d'être roi !

Au Plessis, Louis était toujours accompagné d'un architecte dont le travail consistait à rénover les parties défectueuses ou trop anciennes. La première enceinte fut retapée d'abord, car c'était là que vivaient les pages, les gardes et les officiers du roi. C'était là que les chevaux piaffaient dans les grandes écuries et que travaillaient les maréchaux-ferrants. Là aussi que se tenaient les chenils où les chiens de meute aboyaient sans relâche. Là encore que tout le petit peuple d'un château grouillait au quotidien.

Il fallait franchir un pont-levis et passer par une poterne flanquée de tours crénelées pour accéder à la seconde cour intérieure dans laquelle une galerie de bois sculpté conduisait aux appartements royaux. Louis aimait s'y tenir pour discuter avec ses compères, Jean Bouré, Jean Doyat, Tristan L'Hermite ou Olivier Le Daim. Il regardait, le sourire aux lèvres, les coudes appuyés sur la rambarde de bois, s'ébrouer ses petits lévriers favoris et les minuscules bichons dont il ne se séparait jamais.

À l'arrière de la galerie, dans les salles tendues de belles tapisseries et ornées de vastes cheminées, ronflaient des feux permanents, car le roi était assez frileux et exigeait une chaleur constante là où il se trouvait. Une grande bibliothèque enfermait des livres d'histoire qu'il compulsait avec plaisir afin de tout connaître sur les règnes de ses prédécesseurs.

Louis aimait s'entourer de chiens et de grands oiseaux. D'ailleurs, son oiseleur n'était jamais loin, tenant toujours sur l'épaule ou le bras un épervier, un faucon, un gerfaut qu'il lançait à tout moment dans le ciel. L'oiseau fendait l'air, tournoyait, piquait du bec, reprenait de la hauteur et, quand il n'y avait rien à chasser, revenait docilement se poser sur le bras de son maître.

Le château de Plessis-lès-Tours était doté d'un immense parc ceint de robustes murailles et, à défaut d'une forêt, le roi y chassait le petit gibier comme les faisans, les lapins, les perdreaux. De grands vergers clos offraient en fin d'été des pommes et des poires succulentes près des treilles où les oiseaux venaient s'égosiller. Enfin, ternissant un peu cette idyllique vision, l'aile droite du château abritait les caves voûtées et les terribles cachots souterrains si chers à Louis XI, où il n'hésitait pas à enfermer les infidèles et les traîtres. C'est là que La Balue fut un temps prisonnier.

— Voulez-vous rester quelque temps ici, petite ?

— Je ne sais pas, Sire. Il me tarde tant d'aller à la recherche de mon père.

— Allez-vous courir après lui votre vie entière ? À quoi vous sert de partir puisque à présent vous savez que l'atelier dont vous parlez n'est pas le sien ?

— Louis ! objecta dame Gigonne, Léonore veut se rendre compte par elle-même. On ne peut lui tenir rigueur d'insister sur ce point.

Léonore lui sourit. Voilà que dame Gigonne changeait d'avis. Elle qui reprochait sans cesse à la jeune fille son projet insensé.

— Peut-on faire revivre ce qui est mort ? reprit le roi. J'ai bien connu votre grand-mère, petite. J'étais alors un adolescent impatient de régner.

Assis près de l'âtre, il se pelotonna dans son fauteuil. Dame Gigonne, en amante attentionnée, le geste rude mais tendre, ramena prestement la couverture sur lui et, voyant le moelleux support qu'offrait la laine douce et chaude, le petit bichon qui trottinait depuis quelque temps sur le sol sauta sur les genoux du roi.

— Elle s'appelait Clarisse, reprit celui-ci. Elle était venue voir la reine Marie, ma mère, qu'elle avait connue dans son enfance. C'est à Loches que votre grand-mère s'est mariée avec le prévôt de Paris, Michel de Lallier. Pourquoi ne portez-vous pas son nom ?

Léonore hésita.

— Parce que mon père s'appelle Cassex et non Lallier.

Il hocha la tête, caressa le doux pelage de son bichon, puis réclama une boisson chaude quand, soudain, la grande porte de la salle s'entrouvrit et le courant d'air qui s'infiltra fit vibrer les hautes flammes rougeoyantes. Depuis quelques heures, un tronc d'arbre y brûlait et, chaque demi-heure, deux valets remuaient la braise, activaient les flammes pour que le roi ne mourût point de froid.

— Ah ! Tristan, mon compère ! Quelles nouvelles avez-vous obtenues concernant ma protégée ?

Tristan L'Hermite, grand prévôt et maître des comptes, avait su à qui s'adresser pour obtenir le renseignement que lui avait demandé le roi.

— Presque tous les ateliers de tapisserie situés à Tours sont sous la dépendance de Pierre de Coëtivy, à l'exception de quelques-uns travaillant pour la maison de Bourgogne. Ceux-là appartiennent à Guillaume de La Baume.

— L'ancien chambellan du Téméraire ?

— Il ne l'est plus depuis que le Téméraire lui a refusé les droits sur les collectes d'impôts de Nevers.

— Ah ! ah ! fit le roi, une lueur de plaisir glissant dans son œil. Cela m'intéresse.

L'Hermite ne pouvait s'empêcher d'observer Léonore dont le charme semblait l'impressionner plus que le roi.

— Louis, cette enfant veut retrouver son père, jeta dame Gigonne. Aidons-la.

Dame Gigonne portait une robe aussi rouge que le feu de l'âtre sur laquelle était enfilée une cotte jaune dont le grand décolleté carré à passementerie noire retombait sur un corselet ajusté à la taille. De larges manches volaient à chacun de ses mouvements et un bonnet bleu à bourrelet fileté d'or lui cachait le front et les tempes. Décidément, la maîtresse du roi affectionnait les couleurs voyantes et rien ne lui faisait changer de style.

— Qu'elle aille à Tours puisqu'elle met la parole de mon ami en doute, répliqua le roi.

— Sire ! s'exclama Léonore en rougissant, je n'oserais point mettre la parole de messire L'Hermite en doute, mais il me semble simplement qu'en posant les justes questions j'obtiendrai peut-être quelques renseignements utiles.

Elle se tourna vers le sire Tristan.

— Ce maître de Coëtivy est-il breton ?

— Bien entendu ! Il est nantais. Ne le connaissez-vous donc pas, vous qui venez droit de Nantes ?

Malgré ses grands airs, ce L'Hermite ne l'effrayait pas. Elle craignait beaucoup plus le regard cruel du sire Olivier Le Daim que personne, d'ailleurs, ne semblait aimer. Cet Olivier Teufel, simple roturier dont le roi avait apprécié les qualités de fidélité, alors qu'il n'était que son barbier, avait été largement anobli. Devenu comte de Meulan et gouverneur de Saint-Quentin, il posait un regard torve sur Léonore chaque fois qu'elle le croisait.

Le sire L'Hermite, bien qu'il ait présidé maintes fois à des exécutions capitales et qu'il ait la main un peu rude, était plus enclin à la tolérance et Léonore ne le détestait pas.

— Je n'ai guère fréquenté le milieu des tapissiers, même si mon père...

— Votre père ! Toujours votre père ! coupa le roi. Une fille ne se hasarde pas seule sur les routes. Il faudrait marier cette petite, mon compère, ajouta-t-il en se tournant vers son compagnon. Qui pourriez-vous me proposer ?

Tristan L'Hermite haussa les épaules.

— Il faut voir.

— Oh ! je vous en supplie, Sire, s'écria Léonore. Pas tout de suite. Laissez-moi quelque temps encore.

— Léonore ! Le roi a raison. C'est très imprudent de voyager seule à seize ans, intervint dame Gigonne, surtout jolie comme vous l'êtes.

La jeune fille se tourna brusquement vers L'Hermite et son regard qui, jusque-là, ne l'effrayait pas, lui fit soudainement peur. Elle y vit passer un éclair malsain et comprit que la demande du roi lui plaisait. Oui ! Il allait marier cette fille. D'un coup d'œil averti, il jaugea les seins de Léonore qui se tendaient audacieusement sous l'étoffe de sa robe, apprécia le ventre plat et mesura la délicate rondeur des hanches.

— Je puis vous proposer un nom, Sire.

— Lequel, mon bon compère ? Lequel ?

— Celui que nous avons évoqué tout à l'heure, le seigneur Guillaume de La Baume.

Ciel ! Voilà pourquoi il la regardait tant depuis quelques minutes, inspectant son corps pour se rendre compte du plaisir qui s'allumerait dans l'œil du vieux sire de La Baume.

Le roi réfléchissait aussi. L'idée semblait intéressante. La jeune Léonore pourrait ainsi espionner La Baume et savoir s'il travaillait toujours pour le Téméraire. Puisque Léonore, refusant de compromettre l'avenir de sa fille restée à la cour de Berry, n'avait rien voulu lui révéler des complots de Charles envers le roi, peut-être s'impliquerait-elle davantage dans un cas où Isabelle n'était point en cause.

Léonore eut beau supplier le roi qu'il ne la mariât pas au sire Guillaume de La Baume avant qu'elle ne retrouve son père, rien n'y fit. Dame Gigonne la consola du mieux qu'elle put, lui assurant que, mariée, elle serait beaucoup plus libre qu'elle ne le pensait, et que bien des avantages lui seraient octroyés.

Le jour où elle rencontra Guillaume de La Baume fut le plus affreux de sa vie. Il s'avança vers elle en claudiquant – des douleurs, disait-il, gênaient les articulations de ses genoux – et lui tendit les mains. Elles étaient noueuses et sèches. Ses yeux noirs sous des sourcils dégarnis happèrent le regard de Léonore, et une grande frayeur s'empara d'elle. Ah ! comme la chaleur des mains de Charles lui manquait et comme elle penserait à ses langoureuses caresses quand les mains sèches et rugueuses de cet homme s'empareraient de son corps !

L'ancien chambellan du Téméraire ! Qu'allait-elle pouvoir lui dire ? Quelles affinités allait-elle partager avec cet homme de plus de cinquante ans qui la regardait d'un air de concupiscence exacerbée ?

Guillaume de La Baume exhibait une calvitie déprimante que son petit chapeau rond à rebord épais dissimulait tant bien que mal. Il avait beau piquer une grosse pierre précieuse sur le rebord du chaperon, elle ne faisait que décupler la laideur du visage.

Sous ce même chapeau qu'affectionnait aussi le roi, le visage de Guillaume n'avait pas d'âge. Peu de rides, une peau plutôt rouge, lisse et imberbe, un menton proéminent, sans aucune grâce, des pommettes creuses et saillantes, un nez épais qui, autrefois avait dû être vérolé, car des traces encore visibles laissaient des taches violacées, de grosses lèvres épaisses qui tombaient en un pli sévère, presque mauvais.

Tel était le portrait peu rassurant du seigneur de La Baume dont les terres et la résidence se trouvaient quelque part du côté de la Nièvre, mais où Léonore s'était juré de ne jamais aller.

Six mois plus tard, la messe de mariage eut lieu dans l'une des chapelles du Plessis sous la très belle peinture de *La Nativité de la Vierge*, réalisée par un peintre français, Pierre André. Une Vierge éclatante et splendide que les invités ne cessaient d'admirer, mais dont le regard tranquille ne semblait guère donner son accord à ce projet insensé. Du moins Léonore se plut-elle à le penser.

Les festivités furent offertes par le roi sans que les dépenses soient trop onéreuses. Mais tout y fut préparé avec soin et Léonore se sentait enveloppée d'un nuage menaçant, un de ces nuages que l'orage fait éclater sourdement en prévenant que les dégâts seront terribles.

Les vins fins et les mets raffinés servis au banquet furent totalement ignorés par Guillaume de La Baume. Il les repoussait avec une indifférence totale tout en observant les gestes de sa nouvelle épouse. Rien ne lui échappait et, sur son visage, ses lèvres épatées restaient obstinément fermées. Pas un sourire n'apparaissait.

Le bal qui suivit ne contribua pas plus au rapprochement du couple. Le sire de La Baume observait toujours son épouse avec une acuité féroce. Elle dansa la pavane et la gavotte avec le duc de Guyenne et la branle, dont l'origine venait de Bourgogne, avec Philippe de Commynes qui, lui aussi, avait été le chambellan du Téméraire avant La Baume. Les deux hommes avaient d'ailleurs discuté ensemble, mais ils n'avaient guère d'affinités.

Ensuite, Léonore n'eut aucun répit. Elle se retrouva dans une vaste chambre face à cet homme qu'elle n'aimait pas et qu'elle voulait quitter au plus vite. Il la dévêtit avec des gestes brutaux, sans pitié, sous un regard qu'elle ne voulait pas voir. Mais d'un mouvement sec – elle perçut même un ricanement gras au fond de sa gorge – il rapprocha la lampe qu'elle avait écartée et la posa sur le chevet qui côtoyait le lit.

Quand son dernier vêtement fut ôté, elle sentit l'haleine chaude de son époux peser sur elle. La flamme vacillante de la lampe éclairait juste le creux de son ventre et son doux et soyeux pubis qu'elle aurait voulu soustraire à la cruauté de ses yeux.

La Baume se pencha sur elle. Pourquoi n'en finissait-il pas afin que la jeune femme pût enfin dormir pour oublier cet affreux cauchemar ? Des mains sèches s'attardèrent sur ses seins, glissèrent, resurgirent. Des mains qui refusaient de rester inactives. Un souffle qui ne perdait rien de sa puissance, prouvant qu'il était le maître de la situation et qu'elle devait se laisser conduire.

Après quelques minutes interminables, il fondit en elle avec un grognement sourd, un rugissement de loup affamé, un appétit insatiable. Le seigneur de La Baume s'acharnait sur celle qui était devenue sienne. Avait-il été sevré depuis des mois, des années ? Avait-il coutume d'utiliser de tels procédés ?

Meurtrie, abîmée, douloureusement atteinte dans sa pudeur qui n'avait été nullement préservée, morte de honte, souillée par des désirs dont elle ne soupçonnait pas les vices, elle s'endormit enfin et ne s'éveilla que tard le lendemain.

— Ma chère ! Vous ne quitterez point ma maison, car cet atelier dont vous me parlez n'a jamais appartenu à votre père.

— Et moi, je vous dis que j'irai voir cet atelier, que vous le vouliez ou non.

— Alors, je vais vous enfermer.

— Allons ! Mon époux ! Vous ne m'empêcherez pas de sortir.

Soudain Guillaume de La Baume se sentit ridicule dans l'habit du vieux mari jaloux et changea de tactique. Il se planta devant sa jeune femme et susurra :

— Enfin ! Léonore, vous n'êtes plus une petite fille pour vous acharner ainsi à retrouver votre père. Vous êtes mariée à présent. Laissez tomber ces enfantillages.

— À une seule condition.

L'œil du triste sire s'alluma.

— Laquelle ?

— Laissez-moi reprendre ma fille Isabelle et élevons-la ensemble.

— Jamais ! Votre bâtarde restera à la cour de Berry.

— Alors, puisque je serai malheureuse sans ma fille, je poursuivrai mes recherches.

Il saisit la clé de la chambre attachée à sa ceinture et la brandit sous le nez de son épouse.

— Je vous materai, Léonore. Avec moi, vous n'aurez pas le dernier mot.

Puis il s'éloigna d'elle, marcha vers la porte et poursuivit :

— Mon personnel vous apportera vos repas et, ce soir, je viendrai vous retrouver afin qu'à nouveau votre délicieux corps m'appartienne. C'est ainsi, ma chère, nous sommes mariés et rien ne pourra désunir le lien qui nous assemble.

Il quitta la chambre, ferma la porte à double tour et Léonore entendit son pas claudiquant traîner dans le couloir jusqu'à l'escalier qui descendait au rez-de-chaussée.

La résidence du seigneur de La Baume était l'un de ces petits châteaux sans prétention appartenant à la petite noblesse. Mais les murs paraissaient solides et le domaine s'étendait jusqu'aux portes de Nevers, traversant des champs de cultures et des forêts giboyeuses où les chemins de terre s'enfonçaient dans des contrées obscures.

Léonore était bel et bien enfermée. Qu'allait-elle faire pour sortir de ce piège ? Le roi semblait l'avoir oubliée. Quant à dame Gigonne, comment communiquer avec elle si elle restait constamment séquestrée dans sa chambre ?

Elle s'en fut à la fenêtre. Le premier étage n'était pas très haut. Elle était leste, adroite, souple. Ses draps noués pouvaient servir de corde. Elle allait s'évader, courir jusqu'aux écuries afin de récupérer César et filer à bride abattue jusqu'à Tours.

Il ne lui fut guère facile de joindre ses deux draps auxquels elle noua la couverture. La longue traîne enroulée, accrochée au rebord de sa fenêtre, retombait presque au sol. Elle eut peur cependant de se trouver nez à nez avec Guillaume ou l'un des serviteurs qui, pour se faire bien voir du maître, alerterait le château en hurlant.

Ce fut à la jeune Guillemette, une servante qu'elle n'avait pas encore remarquée, qu'elle se heurta. Elle posa un doigt sur sa bouche.

— Je vous en supplie, ne dites rien à mon mari.

— Mais il va me châtier. Messire de La Baume est terrible quand il se met en colère.

— Te battra-t-il ?

— C'est fort probable.

— Alors, laissons les draps pendre à la fenêtre. Il verra bien que tu n'y es pour rien. Je te demande juste de ne pas lui révéler que tu m'as vue.

— Mais...

— Comment t'appelles-tu ?

— Guillemette.

Elles durent s'écraser contre le mur de la façade, puis se cacher dans l'encorbellement d'une fenêtre pour que le panetier qui apportait la fournée de pain quotidienne ne les voie pas.

— Guillemette, dès que je serai rentrée, tu pourras me demander ce que tu veux. Quel âge as-tu ?

— Dix-sept ans.

— Tu es jeune. Nous pourrions nous entendre.

La servante hocha la tête. Qu'avait-elle à perdre ? Elle pointa le doigt vers la sortie.

— Prenez le chemin sur votre gauche, il mène directement à la poterne qui traverse les champs. Pendant ce temps, je vais détacher votre cheval. Il vous rejoindra.

— Merci, Guillemette. Je tiendrai ma promesse. Lâche César, il saura me rejoindre où que je sois.

— Vous trouverez la route de Tours au bout du champ.

Léonore saisit le sac en cuir dans lequel sa licorne et sa petite tapisserie étaient enfermées et courut sans tourner la tête. Quand elle eut traversé le parc, trouvé la poterne et longé le champ qui menait à la route de Tours, elle entendit les sabots de César et faillit pleurer de joie. Se précipitant sur le cheval, au risque de se prendre les pieds dans les racines, elle le caressa et lui jeta des mots insensés, des mots heureux, des mots chargés d'espoir.

Elle chevaucha sans s'arrêter. Ce fut un galop effréné tout au long du parcours. Quand elle se retrouva dans la rue principale de Tours, elle sut qu'elle pouvait respirer. Malgré ses nouveaux déboires, une chance s'offrait à elle. Jusqu'ici, elle n'avait jamais eu le besoin de vider la bourse qui l'accompagnait depuis son départ du Berry. Au Plessis, le roi l'avait invitée gracieusement et tout de suite après elle avait suivi son mari en son domaine nivernais.

Pourquoi n'avait-il pas pensé à lui retirer son escarcelle pleine ? Elle soupira de soulagement devant cet oubli qu'il allait bientôt regretter amèrement. Elle entra donc dans une auberge et, contre deux sous supplémentaires qu'elle présenta aussitôt à l'hôtelier, afin d'éviter toute équivoque, demanda qu'on s'occupât de son cheval.

L'aubergiste des Trois Couronnes, un homme jovial, ne profita pas de l'occasion. Il lui indiqua simplement le quartier des ateliers de Tours qui côtoyait celui des relieurs et des libraires. Après avoir repris César, elle poursuivit son chemin et s'arrêta devant une enseigne colorée qui représentait une plume et un feuillet. L'étal fait de tréteaux et de planches présentait des parchemins enluminés. Un vieil homme qui l'observait, le bonnet enfoncé jusqu'au nez, l'apostropha sans façon.

— Que cherchez-vous, belle demoiselle ?

— Une boutique de tapissier que tient maître de Coëtivy.

— Ah ! mais c'est que le maître de Coëtivy en possède plusieurs.

— Où sont-elles ?

— Vous avez de la chance, elles sont toutes côte à côte. Tournez à droite et vous les verrez. Mais, sur la gauche de la chaussée, il y a deux grands ateliers qui appartiennent au seigneur de Bourgogne. Ils sont en fait tenus par le sire de La Baume qui travaille pour le compte du Téméraire.

— Oh ! fit simplement Léonore, ne travaille-t-il pas également pour le compte du roi ?

Le vieil homme leva la main dans un geste d'indifférence.

— Bah ! C'est possible.

— Et ce seigneur de La Baume, fit encore la jeune femme en essayant de cacher son air inquiet, vient-il souvent dans le quartier ?

— Lequel des deux vous intéresse, demoiselle, le seigneur de La Baume ou le seigneur de Coëtivy ?

— Le seigneur de Coëtivy.

— Alors, suivez votre droite, comme je vous l'ai dit.

Puis, en bougonnant cette fois, il rentra dans son échoppe. Elle suivit le chemin indiqué et tomba effectivement sur les ateliers des lissiers. La première boutique s'ouvrait derrière un étal de tentures. Elle se glissa dans une fente entre deux tréteaux sur lesquels étaient posés de grands ensembles dont les pans retombaient à terre.

Un petit homme s'approcha, suivi d'un adolescent grand et maigre dont les mollets blancs dépassaient d'un caleçon trop court.

— Maître de Coëtivy est-il ici ? demanda Léonore d'une voix forte.

— Que lui voulez-vous ?

Léonore hésita.

— Je cherche une personne qu'il a peut-être connue et cela m'aiderait beaucoup de discuter avec lui.

— Qui est cette personne ? jeta une voix basse et grave derrière elle.

Léonore se retourna. L'homme qui se trouvait derrière elle lui plut instantanément. Grand, séduisant, il portait environ une trentaine d'années. Un large bonnet noir, dont le pan souple retombait sur son épaule, encadrait un visage noble, aux traits fins et réguliers. Le grand front laissait voir cependant une ride qui devait s'accentuer quand il paraissait étonné. Ce qui, en l'occurrence, était le cas, car le pli formé juste en dessous du rebord du bonnet traversait toute la largeur de son front.

— Voulez-vous voir le père ou le fils Coëtivy ?

Désarmée, Léonore regarda le lissier sans savoir quoi répondre. Son regard gris était pur comme une eau de source et ses yeux s'allongeaient sur les tempes au-dessus de deux pommettes un peu saillantes, surtout quand il souriait un peu ironiquement comme à cet instant où Léonore se sentait piégée par la question.

— Qui voulez-vous voir, damoiselle ? demanda-t-il à nouveau en prolongeant l'intensité de son sourire.

— Je ne suis plus une damoiselle, ânonna-t-elle sottement. Je... Je me suis mariée, il y a juste une semaine.

Il se mit à rire.

— Alors, vous êtes une toute jeune dame. Quel âge avez-vous donc ?

— J'ai... j'ai...

— Allons, coupa le lissier. Ne cherchez point à vous vieillir. Venez plutôt dans mon bureau. Nous allons discuter tranquillement.

Elle le suivit à travers l'atelier avec une surprise évidente. Jamais encore elle n'avait vu d'atelier de haut lissier. Les métiers à tisser étaient d'une hauteur incroyable. Partout s'entassaient des cartons, des toiles peintes, des écheveaux de fils, des couleurs broyées, des tentures accrochées. Léonore restait émerveillée. Si son père était toujours en vie, voici donc le cadre dans lequel il travaillait. Remarquant son étonnement, Pierre de Coëtivy questionna :

— Est-ce donc la première fois que vous visitez un tel atelier ?

La gorge un peu nouée, elle hocha la tête. Ils arrivèrent dans une petite pièce claire et agréable. Maître de Coëtivy lui fit signe de s'asseoir sur le siège près de la table derrière laquelle il s'installa.

— À présent, voulez-vous me donner votre nom ?

— Je suis l'épouse du *vieux* seigneur Guillaume de La Baume.

Il hocha la tête et son sourire disparut. Il avait fort bien saisi qu'elle venait d'appuyer sur le mot « vieux » et il ne put qu'approuver le ton amer pris pour l'annoncer. Comment pouvait-on marier un si vilain sire à une si jolie fille ?

— Je connais le seigneur de La Baume. Il travaille pour le duc de Bourgogne. Je dois avouer que mes relations avec lui ne sont pas des meilleures.

Coëtivy se tut quelques secondes et, voyant qu'elle ne répliquait rien, il poursuivit :

— Je suppose qu'on ne vous a pas laissée choisir votre mari.

— Hélas non ! C'est le roi Louis XI qui en a décidé ainsi.

Il faillit montrer son étonnement, mais se retint. Puis il se leva et, de son index pointé, désigna la Loire par la petite fenêtre aux carreaux sertis de plomb.

— Pourquoi êtes-vous dans mon atelier, alors que ceux dont s'occupe votre époux sont sur la berge d'en face ?

— Parce qu'il refuse de m'aider.

— Et qui vous dit que moi je peux le faire ?

Elle hésita et ne répondit pas.

— Qui recherchez-vous ?

— Mon père.

Il la regarda longtemps sans rien dire, s'attendant visiblement à une autre réponse, sans doute celle qui lui eût dévoilé le nom d'un jeune amant.

— Qui est votre père ?

— Thomassaint Cassex, et moi je suis Léonore Cassex.

Maître de Coëtivy hocha la tête. Ses yeux gris se fixèrent dans le vague. Il cherchait, réfléchissait, puis revint à sa place et jeta tranquillement :

— Effectivement, je le connais, moins que mon père, pourtant. En fait, je ne me souviens que de son nom. À mon sens, il n'est pas dans la région.

Elle pâlit, rougit et, soudain, se mit à pleurer à tout petits sanglots. Que lui arrivait-il ? Les nerfs lâchaient sans doute. Léonore n'avait versé de larmes devant personne quand Charles l'avait quittée, pas plus qu'elle n'en avait versé quand l'odieux sire de La Baume l'avait si sauvagement conquise, et voilà qu'elle pleurait devant cet inconnu.

— Oh ! murmura-t-elle.

Il vint à elle et sa voix se fit douce, compréhensive, presque tendre.

— Ne pleurez pas. Je supporte très mal les larmes des femmes.

— Pardonnez-moi, hoqueta Léonore. Cela fait si longtemps que j'attends qu'on me parle de mon père, même si ce n'est que pour citer son nom.

Elle s'essuya les yeux d'un geste presque rageur et poursuivit :

— Et puis, toutes ces dernières semaines m'ont épuisée, déprimée, anéantie. Pardonnez-moi, seigneur de Coëtivy.

Il leva l'une de ses mains et, doucement, d'un doigt léger caressa la joue où roulait encore une larme.

— Allons, à présent, racontez-moi tout. Si je puis vous aider, je vous promets de le faire.

Elle avait déposé le sac de cuir sur le bord de la table et elle l'ouvrit. Quand il eut devant les yeux *L'Offrande du cœur*, il ne put, cette fois, dissimuler sa surprise.

— C'est bien l'original, murmura-t-il en observant scrupuleusement l'ouvrage. Comment est-il arrivé entre vos mains ?

Et, comme une enfant perdue, Léonore raconta toute son histoire. Le vaisseau corsaire attaqué en Méditerranée, le partage du butin lors duquel son père, simple voyageur qui se rendait en Orient, avait recueilli ce petit chef-d'œuvre, le naufrage où sa mère avait perdu la vie en la mettant au monde, Loïc le Breton qui l'avait ramenée en Bretagne, puis élevée, et enfin le long silence de son père.

— Qu'allez-vous faire de cette œuvre ?

— La conserver jusqu'à ce que je retrouve mon père. C'est... c'est comme un signe de reconnaissance. C'est ce qu'il a dit au marin breton quand il m'a recommandée à lui. Après, nous la rendrons à qui elle devait appartenir.

Il hocha gravement la tête. Elle le regardait avec un intense désir de comprendre, d'aller enfin au-delà de ce qu'elle ignorait.

— Mon père est-il en vie ?

Il prit une longue respiration et saisit les mains de Léonore.

— C'est étrange, votre époux ne vous a rien dit ?

— Non !

— À mon sens, Thomassaint Cassex n'a jamais travaillé dans le Val de Loire, pour la simple raison qu'il œuvre essentiellement pour le Téméraire, donc pour la maison de Bourgogne à laquelle Guillaume de La Baume appartient.

— Appartenait, maître de Coëtivy ! Il n'est plus avec le duc de Bourgogne.

— Ainsi, il a changé de camp ! C'est bien la tactique de notre rusé roi, murmura le maître lissier. Prendre au Téméraire ses meilleurs éléments.

— Oh ! je vous en prie, laissons de côté mon vieil époux détestable et parlez-moi de Thomassaint Cassex.

— Mon père l'a rencontré à Lille lors d'une assemblée de la Ligue des lissiers du Nord à laquelle nous appartenons l'un et l'autre ainsi que tous les maîtres lissiers. Cela doit faire une dizaine d'années. Peut-être moins.

— Travaillerait-il donc dans le Nord ?

— Oui, s'il est toujours en vie.

— Merci, murmura Léonore. C'est donc là que je porterai mes recherches.

Remise de ses émotions, Léonore discutait tranquillement avec le maître de Coëtivy, dont la calme apparence la rassurait.

Mais soudain, dans un fracas de porte, une voix hurlante se répercuta à travers tout l'atelier jusque dans la pièce où se tenaient Léonore et son compagnon. Quelques secondes plus tard, la porte de la pièce claqua et le sire de La Baume surgit devant eux.

Il venait d'écarter rageusement de sa canne l'ouvrier et l'apprenti qui cherchaient à lui barrer le passage. La rougeur de son visage avait disparu. Blanc de colère, jusqu'à son vilain nez violacé qui avait le bout décoloré par la rage, il tituba un instant, s'approcha de sa femme et, la canne levée, voulut lui en asséner un grand coup sur la tête. Léonore s'écarta vivement et le coup porta sur son épaule. Elle grimaça de douleur.

— Vous n'êtes qu'une putain, ma dame ! Et je vais vous enfermer d'une façon plus sérieuse.

D'un coup sec, il frappa le rebord de la table, et la canne faillit se casser en deux.

— Et vous, mon seigneur, s'écria Léonore, vous n'êtes qu'un fou. Vous savez très bien que je recherche mon père.

— Je vous interdis de venir traîner en ce lieu. Vous êtes ma femme, à présent. Je suis donc votre seul protecteur.

Pierre de Coëtivy, pâle de rage lui aussi, s'approcha du sire de La Baume. Saisissant le revers de sa huque en velours, il le souleva presque de terre.

— Vous allez retirer immédiatement ce que vous venez de jeter inconsidérément et qui met mon honneur en jeu. Je n'ai jamais fréquenté les putains, messire. Et cette dame n'en est point une.

— Comment le savez-vous ? hurla La Baume. Pouvez-vous affirmer que cette... cette roturière n'est pas une putain ? Vous ne la connaissiez point avant qu'elle n'arrive aujourd'hui. Mêlez-vous de ce qui vous regarde, sire de Coëtivy. Ce ne sont point là vos histoires, mais les miennes.

Il épousseta le revers de son vêtement comme si le tapissier y avait laissé quelques saletés et posa son regard sur la table. Sa colère semblait s'atténuer.

— Qu'est cela ? N'est-ce point ce sac que vous emportez toujours avec vous ?

Léonore se précipita et saisit *L'Offrande du cœur*. Mais son mari la lui arracha des mains.

— Cette tapisserie ne vous appartient point, seigneur de La Baume, intervint Coëtivy.

— Tout ce qui est à ma femme, ricana l'autre, est à moi. Et Dieu seul sait si elle n'a pas grand-chose. Je mettrai ce petit chef-d'œuvre en lieu sûr.

— Ce n'est pas à vous. C'est à mon père ! hurla Léonore.

— Par tous les diables ! vociféra La Baume. À votre père ! Et comment pourrait-il détenir une œuvre originale de cette valeur ? L'aurait-il dérobée ?

L'insulte fit rougir Léonore.

— C'est vous, pour l'instant, qui me la volez, cria-t-elle.

Elle avait envie de lui cracher au visage tant elle le haïssait. Elle se précipita sur lui et le gifla. Il saisit sa canne pour lui asséner un nouveau coup, mais Coëtivy s'interposa et la lui arracha des mains.

— Ce n'est certes pas chez moi qu'un homme battra une femme, rugit-il à son tour. Voulez-vous donc que j'appelle un sergent de la garde qui vous remettra dans le bon chemin, sire de La Baume ?

Celui-ci se calma aussitôt.

— Rien n'empêchera cette jeune femme de rechercher Thomassaint Cassex, son père, reprit le maître de Coëtivy. C'est ainsi. Pourquoi ne voulez-vous pas le comprendre ?

Mais, pour Guillaume de La Baume, l'entretien était terminé. Il saisit violemment sa femme par l'épaule et la traîna derrière lui jusqu'à la sortie de l'atelier.

XV

Peu de temps avant la naissance du dauphin Charles, la famille royale avait quitté Chinon pour s'installer à Amboise. Ce lieu que Charles VII n'avait pas beaucoup fréquenté – privilégiant plutôt Loches et Chinon – procurait pourtant de multiples agréments dont le principal consistait à ouvrir vers de vastes horizons l'espace, la lumière et un confort de vie que la cour de la reine Charlotte appréciait.

Le château surplombait nonchalamment la ville aux toits serrés, prenant ses assises entre les vieux remparts que le roi venait de restaurer et la campagne avoisinante. Passé le pont, on grimpait sur l'éperon rocheux par une rampe d'accès qui montait au château et, de là, on découvrait une vue admirablement bien dégagée sur la Loire, dont le fil tranquille coulait entre les bancs de sable dorés et une douce et paisible vallée verdoyante. Dès que l'on posait son regard sur les gradins rocheux, couverts de mousse et de fleurs sauvages jusqu'au lit du fleuve, on apercevait les toits de la ville qui émergeaient et la silhouette massive de l'église Saint-Denis au clocher trapu. Le chemin de ronde permettait d'apprécier la sécurité du site tout en découvrant le paysage.

Et les jardins d'Amboise ! Ils étaient délicieusement fournis en végétation de toutes sortes. Ce n'étaient que fleurs et feuillages suspendus entre ciel et eau, lauriers-roses et acanthes chargés de tous les éclats solaires du Val de Loire. Comment ne pas aimer ce lieu ? Charlotte l'adorait comme Agnès Sorel avait aimé Loches et Chinon.

C'était là, d'ailleurs, qu'elle voulait vivre. Peu importait si, par ses incessants voyages, le roi Louis imposait une capitale de plus en plus itinérante au hasard de ses envies et de ses besoins. Et peu importait si le trône et la cour se déplaçaient de château en château selon les rythmes des saisons, les aléas des chasses et des plaisirs, les assemblées tenues dans les villes du Val de Loire et la nécessité de vivre directement des produits du terroir. La reine, elle, avait décidé de rester à Amboise.

Louis avait cela de commun avec son père – il fallait bien qu'au moins une ressemblance les liât – qu'il ne tenait pas en place dès qu'il s'était installé depuis quelques jours dans l'un de ses châteaux. Une envie de bouger le poussait constamment ailleurs. Aussi le trouvait-on souvent sur les routes, suivi du long cordon royal formé par ses dignitaires, ses conseillers, ses gens, ses maîtresses, ses chevaux, ses oiseaux.

Le Val de Loire allait devenir légendaire. Louis XI poursuivait ce que son père avait amorcé. N'avait-il pas à portée de main une floraison de résidences prestigieuses ? Les Valois, chassés autrefois de Paris par la guerre de Cent Ans, allaient tout simplement trouver la glorieuse mesure qui leur convenait et qui leur était due. Nul autre pays ne devait dérouler autant de fastes sur une période aussi longue. Cela devait être le panorama complet d'une vaste éclosion d'échanges qui témoignait d'une époque à venir : la Renaissance, et qui, sur sa lancée, allait déclencher un véritable bouleversement de la société. Architecture, peinture, littérature, artisanat et, bien entendu, le commerce qui devait en découler s'ouvraient aux idées nouvelles.

Amboise entrait dans le cadre de cette métamorphose. L'aube d'une histoire qui en racontait une autre, bien plus ancienne encore, où, dans une île située non loin d'Amboise, Clovis avait rencontré le roi wisigoth Alaric avant d'être le seul maître de la Gaule.

Le Moyen Âge avait instauré d'hermétiques repaires. La Renaissance allait les déverrouiller et leur donner de l'espace et de la lumière. Déjà, depuis quelque temps, le Val de Loire était devenu un gigantesque atelier d'art où chacun essayait de créer, rénover, instaurer, apporter, diffuser ce qui n'avait jamais été dit, écrit ou fait.

Charlotte aimait tout ce qui touchait à l'art, beaucoup plus que le roi dont le plaisir, quand il se tournait vers la lecture, se portait essentiellement sur les récits de guerre et les ouvrages historiques. La reine se passionnait pour toutes les formes de culture et, ce jour-là, justement, elle s'inquiétait de ne point voir à sa cour le célèbre peintre qui avait fait sa renommée au temps de son beau-père et de la belle Agnès.

— Majesté ! Jean Fouquet ne viendra pas. Il a suivi la cour à Langeais !

Le château de Langeais, édifié en un temps lointain pour se défendre des éventuelles attaques de la Bretagne, était l'une des dernières forteresses de l'époque. Ainsi, le roi y résidait actuellement ! Depuis que le dauphin était né, il ne venait guère visiter son épouse. Il lui semblait pourtant qu'à chacun de ses passages, voyant l'enfant non contrefait et de bonne résistance, sa joie n'était pas feinte. Devant son fils bien portant, ses yeux s'allumaient de plaisir et il se prenait même

que deux fois dans sa famille et cela paraissait étrange à l'adolescente qui, aussitôt, pensait à quelque difficulté d'ordre politique retenant ailleurs son père.

Entre l'étude et les jeux, les discussions et les rires, les promenades et les devoirs religieux qu'il fallait suivre à la chapelle du château, Anne et Louis d'Orléans, le fils de Marie de Clèves, grandissaient.

Ce jour-là, Anne avait décidé de pousser ses investigations sentimentales un peu plus loin. Ils se trouvaient tous deux devant les remparts que les ouvriers étaient en train de restaurer. Marteaux, maillets, cordes déroulées, seaux d'eau, planches d'échafaudage, tout remuait, s'agitait dans un brouhaha qui montrait que la besogne battait son plein.

Anne se planta devant Louis et pencha la tête tout en réfléchissant à ce qu'elle devait lui dire. Le jeune duc d'Orléans était sans conteste un beau garçon. Grand, bien bâti, les épaules déjà musclées et le buste solide, il paraissait plus que son âge. Ses cheveux blonds et ses yeux clairs donnaient à son allure plutôt souple la dégaine qu'ont les adolescents qui promettent d'être de séduisants jeunes hommes.

— Pourquoi ne m'embrasses-tu pas ? s'enquit Anne en esquissant une moue qui n'était plus enfantine.

Louis se mit à rire.

— Parce que les maçons nous regardent.

— D'abord, ils ne nous regardent pas, rétorqua l'adolescente. Ensuite, je trouve que tu es très différent avec moi depuis que Charles est né.

Louis observait l'un des maçons qui grimpait avec une adresse surprenante sur l'échafaudage lui faisant face. Des blocs de pierre s'entassaient un peu partout, mêlés aux sacs de sable et aux divers outils. L'architecte allait et venait, criant ses ordres aux maîtres de chantier qui s'affairaient. Les ouvriers s'exécutaient en poussant parfois des « han ! » comme si ce bruit sortant de leur gorge pouvait les aider à concrétiser plus vite leurs efforts.

Ce matin-là, tout allait bien et le travail avançait. Le terrain sec n'offrait pas la bourbe glaiseuse qu'apportaient souvent les pluies printanières et dans laquelle pataugeaient les hommes.

Louis détourna les yeux de l'échafaudage qu'il observait et les reporta sur sa compagne.

— Pourquoi serais-je différent ?

Anne hésita.

— Parce que tu n'es plus l'héritier présomptif de la couronne. Maintenant, c'est à mon frère que revient ce privilège. Et tu le sais.

— Que veux-tu dire ?

— Bah ! Rien. Cette idée me traversait la tête. C'est tout.

— Alors, n'en parlons plus, conclut Louis en haussant les épaules.

Mais Anne ne s'en tint pas là.

— Moi, je t'aime tout autant qu'avant, jeta-t-elle d'un ton où la fougue et la sincérité perçaient autant que la sagacité, même si tu ne deviens jamais roi de France.

— Ma mère ne dit pas cela.

Anne esquissa un sourire.

— Et que dit ta mère ?

Louis secoua la tête et ne répondit pas. Il est vrai que l'arrivée du dauphin ne faisait guère plaisir à Marie de Clèves qui, depuis la naissance de son fils, voyait en lui le futur héritier de France. Depuis que l'enfant était né, elle ne cessait de le mettre en garde contre les mesquineries et les méfiances du roi dont il aurait un jour à se défendre.

Mais que penser et que dire devant cette naissance qui assurait la succession directe du royaume ? Ce n'était certes pas Anne, malgré tout l'amour qu'elle portait à son jeune cousin, qui pouvait se heurter à cette évidence et, d'ailleurs, elle s'était trop prise d'affection pour le petit mâle que sa mère avait récemment mis au monde pour mettre en péril ce qui lui revenait de droit. Elle s'inquiétait de chaque pleur, chaque mouvement d'humeur, chaque rougeur anormale qui venait envahir ses joues. Oui, Anne en avait décidé ainsi. Elle lui formerait très tôt l'esprit et le caractère afin que, plus tard, il devînt un bon roi. Elle aurait avec lui des rapports de confiance, de tendresse, voire de confidente. Elle souhaitait ardemment qu'au fil du temps s'installât entre eux une complicité qui les rapprochât quand il gouvernerait à son tour la France. N'était-ce pas là une façon de s'impliquer dans les affaires de l'État ?

Anne assumait déjà son rôle avec le plus grand sérieux. Son écoute allait au-devant de tout. Ses centres d'intérêt se portaient bien au-delà de ceux qui occupaient les adolescentes de son âge. Le peu de temps qu'elle passait avec son père oscillait entre les intrigues de la cour qu'elle ne voulait pas ignorer et l'initiation à la politique pour laquelle elle montrait de grandes dispositions. Une fille de France saine d'esprit, disait le roi, devait participer à tous les heurs et malheurs de son pays.

Elle savait et comprenait tout cela. Mais, pour l'instant, son beau et séduisant cousin chatouillait son esprit et elle se sentait très éloignée des considérations politiques.

— Louis, fit-elle en lui tendant sa main, je t'aime toujours. Que crains-tu ? C'est toi que je veux épouser.

Elle s'approcha et posa ses lèvres fraîches sur sa

bouche et, comme il ne faisait aucun geste pour intensifier la teneur de ce baiser, elle prit un ton chagriné.

— Tu vois, dit-elle en soupirant. À présent tu refuses de m'embrasser.

Louis boudait. Les derniers propos de sa mère lui revenaient en tête. Afin de les lui faire oublier, Anne lui prit le bras et l'entraîna dans l'appentis où les ouvriers du chantier rangeaient une partie de leur matériel.

— Embrasse-moi, Louis, souffla-t-elle en se pressant contre lui.

— Non !

— Pourquoi non ! Tu ne me trouves pas assez jolie ?

Louis haussa les épaules.

— Tu m'épouseras. Je le sais. D'ailleurs, je ne veux pas d'un autre que toi. C'est ainsi.

Anne de France était si amoureuse de son cousin Louis d'Orléans ! Et, persuadée qu'il serait son mari, comme il en avait été décidé, elle n'éprouvait aucun remords à glisser la main de son compagnon dans son corsage et à la diriger vers son petit sein dont la pointe minuscule frémissait déjà.

— Nous nous marierons, Louis. Je te le jure.

— C'est faux. Ton père a choisi depuis longtemps Nicolas d'Anjou, marquis de Pont, fils de Jean, duc de Calabre.

Anne se mit à rire.

— Mais il y a longtemps que ce projet est annulé. Même celui qui m'unissait à Charles de Bourgogne est écarté.

— Ma mère dit...

— Cesse de parler de ta mère. Elle ne sait rien, voilà tout. Si, aujourd'hui, ma dot est élevée à cent mille écus d'or, ce n'est même plus pour le petit-fils du roi René, ni même pour le duc de Guyenne, auxquels on m'a aussi destinée, mais bien pour toi, Louis, comte d'Orléans.

Elle sentit les doigts de son compagnon presser le bouton de son sein et fut surprise d'éprouver du plaisir.

— Embrasse-moi, Louis. Je t'en prie. Embrasse-moi.

Il posa ses lèvres sur les siennes et les pressa fortement. Quand, de sa langue quémandeuse et autoritaire, il voulut ouvrir celles de sa compagne, elle se laissa docilement faire comme une poupée obéissante. Pour une fois – et il en éprouva une joie intense, presque méchante –, il soumettait la fière et farouche Anne de France à sa propre volonté, à sa jeune force virile.

Anne, qui terminait toujours brillamment ses devoirs avant lui, gagnait à tous les jeux, répondait dix fois plus vite que lui quand le précepteur leur posait une question. Anne, qui savait tout, disséquait tout, comprenait tout !

Il écrasa sauvagement les tendres lèvres de son amie entre les siennes, les mordit, les dévora sans pudeur. Il vit qu'elle prenait du plaisir à son violent baiser et ne se gêna nullement pour en poursuivre le cheminement logique. Anne vibrait, s'enhardissait, s'enflammait, prête à tout. Mais un bruit les fit sursauter. Un ouvrier entrait dans l'appentis et elle recula, une main sur son corsage ouvert.

L'homme fit celui qui ne remarquait rien, mais un sourire amusé éclaira son visage et dans son œil avisé brilla une lueur sagace. Il farfouilla dans les outils qui se trouvaient devant lui, grommela et s'en fut.

Deux secondes plus tard, alors que Louison et Jacquot qui se donnaient la main les appelaient à grands cris en répétant à voix forte que la reine les demandait, Anne et Louis, leurs deux corps tendus, soudés, consentants, avaient déjà repris une attitude fort compromettante.

Le cri de Louison se répercuta dans tout l'appentis. Pour Anne, cette fois, le charme était rompu. Que sa mère la réclamât passait avant tout. Elle vit le visage étonné de la servante qui tenait toujours la main de son « promis », puis soupira et murmura :

— Ah ! Louison ! Que tu as de la chance. Une fois de plus, tu vas pouvoir t'échapper. Et, ce soir, quand tout le monde dormira, Dieu seul sait ce que tu feras avec Jacquot !

Anne avait peut-être un pressentiment pour précipiter les choses. Mais que faire quand le sang de la passion montait si fort à la tête jusqu'à en oublier son propre rôle de « Fille de France » ?

Le roi l'aurait-il deviné ? Il ne resta pas longtemps à Langeais, ni à Loches, ni au Plessis, ni à Chinon, mais décida de s'arrêter à Amboise le temps qu'il fallait afin de conclure une fois pour toutes le mariage de sa fille aînée.

Louis XI avait mûrement réfléchi. Les avantages, les inconvénients, les conséquences, les aléas, tout était calculé, contourné, mesuré. Il venait de signer un contrat avec son futur gendre Pierre de Beaujeu, duc de Bourbon, et, cette fois, rien ne lui ferait changer d'avis.

C'est à Langeais que Louis s'était avisé de la puissance de la maison de Bourbon. Comment n'y avait-il pas pensé plus tôt ? Sans doute parce qu'il avait marié l'une de ses filles bâtardes à Louis de Bourbon, le plus jeune, qui ne possédait qu'une infime partie de l'immense domaine.

Il ne restait plus à Louis XI qu'à expliquer à sa fille qu'elle devait être raisonnable. Une « Fille de France » ne pouvait choisir son époux. Les problèmes de la royauté n'étaient point ceux du peuple et les conséquences d'une mauvaise union risquaient de se révéler tragiques.

L'inévitable contrariété ne tarda pas à s'exprimer sur le visage de sa fille et une larme perla au bord de ses paupières.

— Mais, père ! murmura-t-elle d'une voix tremblante, je voulais épouser Louis d'Orléans.

— Je croyais t'avoir expliqué, ma fille, que ton destin ne t'appartenait pas, c'est à la France que tu dois l'offrir. C'est ainsi. La puissance des Bourbons doit renforcer le royaume.

— Et Louis ! soupira la jeune fille. Louis, mon cher compagnon d'enfance.

— Anne, reprit le roi en vrillant sur sa fille un regard aigu, le fils de Marie de Clèves est-il seulement celui de Charles d'Orléans ? Cette écervelée est bien capable de l'avoir fait avec ce maudit valet promu au rang de maître d'hôtel qui, d'ailleurs, est toujours son amant.

— Oh ! fit encore Anne, en se passant un doigt tremblant sur les yeux.

Elle essuya la larme qui s'apprêtait à tomber, puis, reprenant sa respiration, décida de ne point se laisser aller à son chagrin devant son père. D'ailleurs, ce dernier reprenait le fil de son propos qui n'avait certes pas fini de surprendre sa fille.

— C'est ta sœur qui épousera le fils de Marie de Clèves.

— Ma sœur !

Gêné devant le regard épouvanté de sa fille, Louis eut un mouvement d'humeur.

— Eh bien, oui, ta sœur ! As-tu donc oublié que tu avais une sœur ?

— Mais Jeanne est...

— Laide, difforme et bossue. Quelle affaire ! Elle peut fort bien se révéler une excellente épouse. Elle est sage, docile, vertueuse et, de plus, elle est intelligente.

— Moi aussi, père, fit plaintivement la jeune Anne. Je suis sage, docile, vertueuse et intelligente.

— Allons ! Allons ! Tu es sage, mais non docile et point tant vertueuse que ta sœur. Tu es une bonne chrétienne, droite, avisée, sensée, douée, mais non soumise. En un mot, tu es forte, ma fille. Je suis sûr que tu comprends fort bien le sacrifice auquel tu dois te soumettre.

Anne posa la main sur son front et sentit qu'une perle de sueur en coulait. Elle s'efforça de faire taire son cœur qui tambourinait à la folie et que son père devait sûrement entendre. Ainsi son beau rêve d'amour avec Louis s'achevait pour les besoins exigeants de la France. Et c'était sa sœur, dont le corps était laid à faire peur, qui, un jour prochain, allait se trouver dans le lit de celui qu'elle aimait. Son esprit tournoyait comme une toupie. Les mots se bloquaient dans sa gorge. Seule l'image de Louis s'imposait. Oh ! Louis qui jamais de sa vie ne s'était intéressé à Jeanne ! Louis qui ne la regardait pas, ne lui parlait pas, ne lui souhaitait ni le bonjour, ni le bonsoir, ni rien qui l'eût fait sourire un tant soit peu !

Pis ! Louis qui se moquait de son infirmité !

— Anne ! Me causeras-tu quelques difficultés ? Anne, je te parle.

— Non, père. Je ne vous causerai jamais le moindre problème. Je ferai ce que vous m'ordonnez de faire, non pour suivre ma nature soumise, car vous savez que je ne le suis point, mais pour servir la politique de mon pays puisque vous m'assurez qu'il s'agit de sa puissance et de sa grandeur. Je sais que Jeanne et moi sommes des filles au service de l'État et que, hélas, nous constituons une monnaie d'échange ! Notre naissance royale nous impose des devoirs.

— Ah ! ma fille, soupira le roi. Tu es la moins folle femme de France, car de sage, il n'y en a point.

— Si, mon père. Moi ! Vous l'avez dit à l'instant.

Le roi soupira de nouveau et, s'éloignant de la cathèdre sur laquelle sa fille avait pris place, il jeta, en lui tournant le dos :

— Anne ! Tu oublieras Louis et tes amours d'adolescence.

— Non, mon père, je n'oublierai pas Louis. Ma mémoire sera toujours imprégnée de son image. Je suis la femme d'un seul amour. Je pensais que vous l'aviez compris. Mais, peu importe, désormais, c'est une affaire entre moi et ma conscience et personne ne pourra la violer, pas même vous qui êtes le roi.

Louis XI se retourna brusquement et revint vers sa fille en quelques courtes enjambées.

— Que lui trouves-tu donc de si prestigieux ? Il est aussi sot que sa mère. Vraiment, ma fille, il n'est pas assez intelligent pour toi.

Anne eut un petit ricanement qui surprit le roi.

— Pas assez intelligent pour moi ! Ciel ! Il le sera beaucoup trop pour Jeanne et elle en souffrira cruellement. Quant à moi...

— Console-toi, ma fille, coupa le roi, si tu es la femme d'un seul amour, Louis n'est pas l'homme d'une seule femme. Ton choix aurait été définitif, le sien aurait été conditionnel et ses infidélités t'auraient été insupportables.

Anne ne répondit rien et se contenta de se lever de la cathèdre pour aller vers la fenêtre. Comment pouvait-elle en vouloir à Jeanne qui n'allait certes pas comprendre ce qui lui arrivait ? Pourquoi lui faire des remarques désobligeantes quand elle savait que Louis ne la regarderait pas, ne la toucherait pas ? Pauvre Jeanne !

Le roi revenait vers elle. Elle jeta des yeux froids et indifférents sur lui, l'obligeant un instant à les baisser juste pour sentir une supériorité bien inutile et qui, de surcroît, ne dura que quelques secondes.

— Et tu sais qu'à présent, jeta-t-il sèchement, la naissance du dauphin, ton frère, situe le duc d'Orléans en seconde place. D'ailleurs, il quittera sous peu Amboise et retournera avec sa mère sur son domaine.

— C'est en effet ce qu'il y a de mieux à faire, lança crânement la jeune fille. Je ne veux plus le voir.

À grands pas nerveux, le roi marchait de la cathèdre à la fenêtre. Quand il s'arrêtait près des petits carreaux, il regardait distraitement la nature reverdir.

— J'ai observé Louis de multiples fois, assura-t-il d'un ton cette fois plus enclin à la souplesse, il est inconstant, préfère la vie sans contrainte, sans effort ni entrave, à l'assiduité des études. Apprendre sous la férule d'un maître lui déplaît. Il s'intéresse aux choses frivoles, aime le luxe ostentatoire et, tout comme sa mère, cherche à s'étourdir. Il ne t'aurait pas rendue heureuse.

— Père ! Cessons de parler de lui et mettez plutôt en valeur, devant mes yeux encore incrédules, celui que vous allez me faire épouser. Je sais que Pierre de Beaujeu a plus de vingt ans de plus que moi, mais que sa tête et son esprit sont solides et, surtout, qu'il est le maître d'une des plus grandes familles qui soient. Alors faites-le vite briller à mes yeux !

XVI

Charles le Téméraire toisait son ancien chambellan, un sourire narquois aux lèvres.

— Ce chef-d'œuvre revient à la cour d'Anjou, donc à mon cousin Louis. Cette tapisserie tissée en fils d'or et d'argent est une pure merveille.

— Oui, monseigneur, ce travail est un chef-d'œuvre.

— À qui appartient-elle à présent ?

Le sire de La Baume se courba autant que lui permettaient ses vieux rhumatismes qui ne lui laissaient aucun répit.

— À vous, monseigneur ! murmura-t-il en se redressant aussitôt.

Le sourire du Téméraire se faisait de plus en plus narquois et dans son œil s'allumait une lueur sarcastique. Il aimait ces situations ambiguës où les conclusions risquaient fort de tourner en défaveur de son cousin Louis XI. D'ailleurs, n'affectionnait-il pas outre mesure les équivoques, les troubles, les retournements de situation ?

— Mon père, un jour, m'avait dit que *L'Offrande du cœur* avait disparu des ateliers des grands lissiers. Nul ne savait où cette œuvre était passée.

— Oh ! soupira La Baume en feignant l'ignorance, car il connaissait à présent l'histoire de cette merveilleuse petite tenture. Nous en avons tant retrouvé sur les bateaux corsaires !

Le Téméraire hocha la tête.

— Il est dommage de ne pas savoir d'où sort celle-ci.

— Oh ! sûrement des Enfers, seigneur de Bourgogne. La débâcle de Constantinople a entraîné tant d'abus et de marchés licencieux.

Charles le Téméraire acquiesça. Puis il redressa son buste recouvert par la soie noire d'un pourpoint, juste rehaussé des pourpres et des ors qui mettaient en valeur sa mince carrure. Ses deux mains appuyées sur les bras confortables de son fauteuil remuèrent insensiblement et ses doigts se détendirent. Puis, lentement, il les déplaça, les éleva et les tendit vers Guillaume de La Baume.

— Je regrette, mon ami, le malentendu qui nous a brouillés et je désire remédier à cet état de fait. Voulez-vous toujours travailler pour moi ?

Le visage du vieux sire de La Baume voulut exprimer un contentement, mais il ne réussit qu'à grimacer, copiant le faciès des gargouilles de l'église qui se tenait juste en face du palais ducal de Dijon.

— Allons ! poursuivit le Téméraire, j'avoue que ce mariage organisé par mon cousin et qui vous lie à une belle inconnue – dit-on – a tout lieu de me plaire. Ainsi vous pourrez espionner pour mon compte.

Aucun des deux hommes ne vit le pan de la tenture remuer et aucun n'aperçut la fente du bas qui laissait voir un bout de pied sur le tapis recouvrant la pièce. Le cœur de Guillemette battait à tout rompre. Elle avait si peur qu'elle n'attendait plus que la fin de l'entretien des deux hommes. Quand le silence se ferait total, elle pourrait enfin prendre la poudre d'escampette. Guillemette étouffa un soupir. Fallait-il se lancer dans une si périlleuse mission pour grimper dans la hiérarchie sociale du personnel d'un domaine aussi vaste que celui du seigneur de La Baume ?

Mais Guillemette avait de l'aplomb, et de la cervelle. Elle ne voulait point rester la servante des autres servantes. Or, depuis qu'elle avait été engagée au château du sire de La Baume, elle n'accomplissait que les plus basses besognes. Soulever vingt fois par jour les lourds seaux d'eau tirés du puits pour les porter en un lieu ou en un autre selon les besoins du château, distribuer le grain aux poules turbulentes, porter les épluchures nauséabondes aux cochons, vider les pots des autres, balayer, astiquer sans jamais rechigner. Pis ! Se faire admonester, battre à l'occasion pour payer une erreur commise par les autres serviteurs.

Léonore lui avait promis une place qu'elle ne pouvait refuser, un poste qui aurait rendu fou de jalousie tous ces petits imbéciles de serviteurs qui la traitaient comme une vulgaire moins que rien.

La jeune épouse du sire de La Baume s'était engagée à la hausser au grade de chambrière personnelle si elle accomplissait, pour son compte, un dangereux travail à l'occasion de la visite de son mari chez le duc de Bourgogne. Guillemette ne rêvait plus que d'atteindre cette position-là ! Léonore lui plaisait. Elle s'était montrée gentille et compréhensive avec elle. Et puis elles avaient le même âge.

Ah ! Guillemette craignait tant que sa mission n'échoue. Un seul bruit, un souffle de trop, un éternuement, un chien curieux venant renifler ses pieds, car le seigneur de Bourgogne possédait une armée de petits lévriers qui, pour l'instant et fort heureusement, s'ébattaient dans le parc avoisinant. Un seul incident, et notre petite servante était dévoilée et mise aussitôt à la rue.

Léonore lui avait tout de même assuré qu'au pis elle s'engageait à lui retrouver une place chez dame Gigonne, son amie, ou chez dame Passe-Fillon qui, à présent, se targuait de remplacer sa rivale. Et si ce n'était pas possible, elle la placerait chez l'une des anciennes filles de joie attachées au roi. Des filles aux idées simples, mais généreuses, dont le statut social, sans être royal pour autant, relevait tout de même du niveau de la petite-bourgeoisie auquel Louis XI les avait élevées.

Tout compte fait, cela valait bien la peine d'essayer. Ah ! Guillemette en rêvait déjà. Ne plus toucher qu'aux parfums, aux linges fins, aux bijoux, aux plateaux de friandises et de sucreries. Apporter à sa maîtresse des coupes de vin frais, des tisanes parfumées, tirer ses courtines et sa couette, épousseter ses coffres, ses tables, son chevet et sa coiffeuse.

Elle tiendrait compagnie à dame Léonore, et un jour, peut-être, pourquoi ne lui proposerait-elle pas de jouer à la confidente ? Voilà qui méritait bien le moment le plus désagréable du monde qu'elle était en train de passer.

— Je puis vous dire déjà, seigneur de Bourgogne, que le roi prépare le mariage de ses deux filles.

— Pouvez-vous m'en donner les noms ?

— Certes.

Comprenant l'importance de ces propos et la ruse du Téméraire qui allait s'ensuivre, Guillemette explosait en silence. Son cœur battait et elle faillit presque suffoquer de joie dans le flux d'une respiration trop intense qui lui racla la gorge, amenant un chatouillement qu'elle dut réprimer aussitôt sous peine de tousser.

Dans peu de temps, si la chance tournait en sa faveur, elle pourrait affirmer à sa nouvelle maîtresse que son époux espionnait pour le compte du Téméraire.

Pour l'instant, celui-ci se trémoussait de contentement à l'idée de perturber le projet de son cousin.

— Pierre de Beaujeu est un puissant personnage qui détient un immense domaine que je convoitais. Cela me contrarie fort qu'il épouse la fille de Louis XI. Anne de France est énergique. On colporte qu'elle a hérité du tempérament fort de son père. Je pensais jusqu'alors qu'elle épouserait ce sot de Louis d'Orléans qui n'a plus aucune chance, à présent, d'être un jour roi de France.

— Il va tout de même consolider ses arrières en se mariant avec la seconde fille du roi.

Le Téméraire réfléchissait. Comment pouvait-il contrer ces deux projets ? Pour l'instant, le roi poussait la balle dans son camp, mais on disait que la seconde de ses filles était laide et difforme et que, pour cette raison, personne ne l'avait jamais vue. Dans ce cas, le duc d'Orléans n'accepterait pas une telle union. Il devait haïr le roi et préparer déjà sa vengeance. Mais le Téméraire aurait-il le temps de l'aider ?

Derrière la tenture, un bruit étrange s'échappa et le duc de Bourgogne tourna la tête. C'était comme si un raclement frottait le plancher. Mais le nom jeté par La Baume concernant le mariage d'Anne de France le tourmentait trop pour qu'il y prêtât une attention soutenue et, de toute façon, le grattement ne récidiva pas.

— Parfait, sire Guillaume. Je compte sur votre fidélité pour me tenir au courant de tout renseignement nouveau que vous pourriez obtenir.

Pour Guillemette, les choses auraient pu se gâter si Charles le Téméraire n'avait pas mis fin à l'entretien aussi vite. S'échappant par où elle était venue, le plus promptement et surtout le plus discrètement possible, elle s'en était allée retrouver sa future maîtresse et La Baume était, quant à lui, reparti au Plessis que le roi venait de réintégrer.

Léonore, qui avait réussi de nouveau à s'enfuir, mais cette fois avec l'aide de Guillemette, arriva au Plessis un jour de grande chaleur. Elle n'eut aucune peine à demander une audience à Louis XI, car les gardes postés à l'entrée la connaissaient trop pour ne pas lui faire confiance et, de plus, ils passaient leur temps à s'éponger le front et à se rafraîchir au puits situé dans la cour centrale du château, tant le soleil dardait ses rayons brûlants.

Le roi, en simple bas-de-chausses, une cotte de toile légère passée sur sa chemise de coutil, était avec la dame Passe-Fillon et discutait sur un bijou que son époux, joaillier de profession, avait confectionné pour lui.

Le peuple pariait cher sur la position instable de cette dernière. La favorite avait déjà son histoire. Certes, plus raffinée et d'un esprit plus compliqué que la Gigonne, dame Passe-Fillon agaçait le souverain avec ses idées de réforme concernant sa mise vestimentaire et sa manière de vivre étriquée. Elle trouvait le roi trop négligé dans sa mise. « J'ai donné mon cœur à un roi, lui avait-elle dit un jour sans se soucier des oreilles indiscrètes qui traînaient autour d'elle, et je m'étonne à présent que dans le commerce galant où je m'embarque se tienne une cour royale aussi peu prestigieuse et d'un si mauvais goût ! »

Louis s'était moqué d'elle et l'avait renvoyée à Paris chez son époux. Puis il avait aussitôt réclamé sa plus rustique et plus gentille Gigonne, laquelle ne se formalisait nullement des changements d'humeur de son royal amant.

Mais, revenant à l'attaque avec un joyau de grand luxe sur lequel le roi de France ne pouvait fermer les yeux – étant donné l'avarice légendaire de Louis XI, récupérer un bijou de valeur à bas prix ne pouvait que lui plaire –, dame Passe-Fillon retourna au Plessis. Cette fois, la Gigonne resta près du roi et elles durent se partager les faveurs du monarque.

Pourtant dame Passe-Fillon, à nouveau rebutée par les négligences physiques du roi, ne put s'empêcher de lui dire : « Il me plairait, Sire, qu'au lieu de sentir la graisse et la sueur vous sentiez l'ambre, le jasmin ou le musc. Que doivent penser vos ministres devant de tels manquements et que doivent raconter les rois étrangers de vous voir si mal tenir votre rang ? »

Outragé plus qu'il ne le fallait, le roi la renvoya de nouveau chez son époux en prenant soin de donner au mari trompé – pour qu'il ne se plaignît point d'une telle défaveur – la charge de conseiller à la Chambre des comptes. Puis, quelque temps plus tard, il maria sa brave Gigonne à un jeune noble désargenté dont il redora le blason. Tous pourvus de titres et d'honneurs, le roi pouvait aller ainsi de paillardise en paillardise, préférant coucher avec celles qu'il ne revoyait que de temps à autre et s'attarder quelque temps, entre deux changements d'humeur, chez son épouse dans le château d'Amboise.

Mais, pour l'instant, le roi admirait d'un œil concupiscent le bijou que lui tendait dame Passe-Fillon. Quand Léonore fut devant lui, Olivier Le Daim, qui assistait à l'examen du joyau, s'écarta pour se rencogner dans un angle de la pièce. Il n'aimait rien plus qu'observer de loin avec son œil de renard aux aguets tout ce qui se disait et se faisait.

En passant devant lui, la jeune femme soutint son regard sans se laisser démonter.

— Sire, dit-elle en se courbant légèrement devant le roi, j'ai d'importantes révélations à vous faire.

Louis regarda la jeune Léonore et la trouva délicieuse dans sa robe échancrée de couleur bleue, son corselet noir assorti à la résille finement tressée encadrant sa tête, tout en libérant ses cheveux dans son dos et sur ses gracieuses épaules. Les longues boucles noires folâtraient tout autour d'elle sous les regards envieux des hommes qui auraient aimé les humer, les bousculer, les emmêler.

Léonore souriait au roi. Ce dernier prit un air affable et ses lèvres s'étirèrent en un pli généreux qui s'apparentait à une forme de séduction que la jeune femme prit à juste titre pour un acte de grâce. Le roi était dans de bonnes dispositions et c'était bien là l'essentiel.

— Voyons, petite ! dit-il en lui désignant le petit tabouret à trois pieds qui se trouvait devant lui et sur lequel il l'invitait à s'asseoir, que voulez-vous me dire qui présentât un caractère d'une telle urgence ? J'ai renvoyé mes conseillers à l'exception de mon compère Le Daim pour vous recevoir.

— Je souhaiterais vous entretenir sur les agissements du sire de La Baume à qui vous m'avez mariée, Sire !

— Êtes-vous bien mariée, au moins ?

— Quelle réponse attendez-vous, Sire ? répondit-elle d'un ton narquois. Dois-je vous préciser que mon mari me donne la nausée chaque fois qu'il se couche à mon côté ?

— En effet, vous n'êtes point obligée de me le dire. Je me contenterai donc de penser le contraire.

— Sire ! le coupa Léonore. Le seigneur de La Baume vous espionne.

Le roi se tut quelques instants et ses yeux se tournèrent vers Olivier Le Daim, toujours retiré dans son coin, mais dont les oreilles s'étaient subitement ouvertes.

— Quelles sont les raisons qui vous font accuser votre époux ?

— Des faits véridiques, Sire.

— Ne craignez-vous point de discréditer votre mari à mes yeux et de vous voir, ainsi, retourner à votre situation d'antan ?

— Peu m'importe, Sire. Je hais le mari que vous m'avez imposé, je hais son argent, son château, ses domaines et je ne crains pas de me retrouver sans domicile et sans pécule.

Le roi fronça les sourcils et il sembla à Léonore que les narines de son gros nez busqué frissonnaient. Il se leva et jeta d'un ton péremptoire :

— Racontez.

— J'ai demandé à Guillemette, une de mes servantes, d'espionner mon mari parti chez le duc de Bourgogne actuellement dans sa cour de Dijon. Cachée derrière l'une des tentures, elle a tout d'abord assisté à la remise du présent que lui a fait mon époux et qui consistait en une petite tapisserie d'art, chef-d'œuvre que le sire de La Baume m'a dérobé...

— Continuez, continuez, jeta nerveusement le roi, comme si cette anecdote de la tapisserie était inutile, venez-en à l'essentiel.

— Sire ! Le Téméraire a pardonné à son ex-chambellan les fautes qu'il avait commises précédemment. Il lui a demandé de vous espionner pour son propre compte, quitte à m'utiliser.

— Est-ce tout ?

— Non, Sire. J'en viens, je crois, à l'essentiel. Quand il a révélé que votre fille aînée devait épouser le duc de Bourbon, cela l'a fortement contrarié, inquiété, même, et il cherche le moyen de contrecarrer vos plans.

— Très intéressant ! Très intéressant ! Que dis-tu de cela, mon compère ? fit-il en se frottant les mains et en tournant son visage hilare vers Olivier Le Daim.

— Que nous avons touché juste, Sire. Bien sûr, il faut précipiter ce mariage afin que nulle autre proposition, plus avantageuse pour Pierre de Beaujeu, ne vienne contrarier ce projet.

Le roi acquiesça. Telle était aussi son intention.

— Que puis-je faire pour vous remercier, Léonore ?

— Me délier de ce mariage, Sire.

— C'est impossible, vous avez été unis à l'église. Or, plaider la non-consommation est inutile. Je crois savoir que, bien avant ce mariage, vous n'étiez déjà plus vierge.

Léonore rougit et répliqua d'une voix basse :

— Alors, vous ne pourrez pas me remercier. Je crains fort que rien d'autre ne puisse me satisfaire.

Le roi la regarda en plissant ses yeux et toussota en portant la main sur sa poitrine creuse qui supportait la lourde chaîne accouplée au médaillon de l'ordre de Saint-Michel.

— Et si je vous aidais à vous enfuir ?

— M'enfuir ?

— Évidemment, vous êtes déjà en fuite. Mais nous pouvons prolonger cet état. Ne vouliez-vous pas rechercher votre père ?

— Oh !

Les yeux de Léonore s'éclairèrent. S'il n'y avait eu la petite Isabelle, laissée à la cour de Berry, la jeune femme eût été pleinement heureuse. Mais, puisqu'elle ne pouvait pas la récupérer, du moins pour l'instant, pourquoi ne pas accepter la proposition du roi ?

— Donne-lui une bourse bien garnie, jeta le monarque en se tournant vers Olivier Le Daim, avant de s'adresser de nouveau à la jeune femme.

— Vous garderez le nom que vous a donné le seigneur de La Baume, cet élément vous sera grandement utile pour voyager. Mais autant vous dire que lorsque vous rentrerez de Tours, de Paris ou des Flandres où de nombreux artistes se tiennent, votre époux ne fera plus partie de ma cour, mais de celle de Bourgogne. Vous pourrez donc solliciter ici même ma protection si, toutefois, il s'avère qu'elle vous soit nécessaire.

Il plissa davantage ses petits yeux de fouine jusqu'à les fermer à demi et se mit à ricaner.

— À moins qu'il ne commette encore une bévue envers mon cousin. Dans ce cas, cela m'étonnerait fort que le Téméraire lui pardonne une seconde fois. Alors, votre époux sera refoulé sur ses terres sans plus pouvoir s'approcher du royaume de France ni de celui de Bourgogne. Il ne vous resterait plus qu'à rayer ce domaine de votre pensée.

Le rire qui secouait ses épaules se prolongea en une petite toux l'avertissant qu'il devait se conduire plus raisonnablement.

— Oui ! Décidément, affirma-t-il en sonnant son médecin qui arriva promptement, je crois que je vais lui jouer ce mauvais tour sans attendre. C'est pourquoi, Léonore, je vous dis de ne point vous presser pour rentrer.

— Mais...

— Allons ! Faites comme je vous l'ordonne. Quand vous reviendrez, vous serez peut-être veuve. C'est l'avantage d'avoir épousé un si vieux seigneur.

XVII

Le roi avait bien fait les choses. Sa générosité d'âme – car de finances, il n'y avait eu que la bourse bien garnie qu'il avait offerte et qui s'était ajoutée à celle de Léonore qu'elle n'avait pas encore eu le temps de vider – s'était traduite par une aide autrement conséquente.

Louis XI lui avait donné un jeune palefrenier qui pouvait conduire son attelage dont César occupait fort honorablement la première place, faisant équipe désormais avec Césarine, une belle alezane dont le fier César était tombé éperdument amoureux. Il avançait à son allure, piquait comme elle un petit trot quand elle le décidait ou amorçait un fougueux galop quand elle s'enthousiasmait. Il s'arrêtait dès qu'elle montrait un signe de fatigue, hennissait quand elle s'agitait pour une raison ou pour une autre et tremblait du flanc au moindre signe attentionné de sa compagne.

Bref ! César suivait Césarine comme son ombre, véhiculant tranquillement, du moins pour l'instant, voiture et passagers. Le chariot, dont le confort se révélait assez sommaire, mais dont les bâches et le plancher du sol paraissaient bien hermétiques, permettait à Léonore et à Guillemette de rester par tous les temps à l'intérieur. Quant aux roues de la voiture, elles avaient été solidement cerclées et les essieux tenaient bon.

Jacquemin était un beau garçon solide et bien bâti et Guillemette n'avait pas été sans le remarquer. Cela avait sans doute fait basculer le choix de sa décision. Il menait l'attelage fermement, mais il semblait moins assuré devant les femmes que devant les chevaux. Aussi, pour se l'attacher de façon plus convaincante, la jeune servante décida-t-elle de prendre rapidement les choses en main et, quelques jours plus tard, Léonore ne fut pas sans remarquer leurs regards énamourés et leurs attouchements subtils.

Aux abords de Tours, le petit convoi brinquebalait doucement, transportant son conducteur et ses deux passagères. Puis soudain, juste sur les bords de la Loire, Léonore fut poussée par l'irrésistible et périlleuse envie de revoir maître de Coëtivy qui lui avait inspiré tant de sympathie.

Elle demanda donc à Jacquemin de pousser jusqu'au centre de la ville où se tenaient les ateliers du grand maître lissier.

Pour éviter de se faire voir dans un quartier où elle savait que son époux pouvait la chercher, Léonore envoya Guillemette repérer les lieux. Celle-ci revint en disant que le maître de Coëtivy était actuellement en Bretagne et qu'il ne reviendrait pas avant deux ou trois mois, peut-être plus, car il devait passer à Paris pour y surveiller les ateliers de son père qui se tenaient dans le quartier du faubourg Saint-Jacques.

Après quelque temps de réflexion, Léonore remit un billet au messager personnel de Coëtivy qui, régulièrement, effectuait les trajets de Nantes, Tours et Paris. Elle l'informait de sa liberté momentanée et de son départ pour la capitale afin d'enquêter sur le maître Thomassaint. Puis, sans plus attendre, l'attelage se mit en route pour Paris qu'elle ne connaissait pas. Ils ne s'arrêtèrent ni sur la route ni à l'auberge, préférant grignoter et sommeiller dans le chariot.

À Paris, l'agitation intense surprit nos Tourangeaux. Affolée, Guillemette, qui n'avait quitté sa ferme de campagne que pour passer au château isolé de La Baume, n'avait jamais rien vu de tel.

Tout était plein d'agitation à Paris. Tout remuait et criait. Les chevaux et les cochers, les marchands ambulants grimpés sur leurs mules, les crieurs, les petits métiers qui déambulaient dans les rues, se frayant un passage parmi les lavandières qui partaient sur les berges de la Seine et les porteurs d'eau qui en revenaient, chargés de leurs deux seaux attachés aux extrémités d'une barre de bois passée en travers de leurs épaules.

Vers la rue de la Charpenterie, Léonore trouva une petite auberge relativement tranquille et d'allure modeste dans laquelle elle descendit avec ses deux compagnons en attendant la venue de maître de Coëtivy. Elle priait le ciel qu'il ne tardât pas trop, car elle voyait ses pécunes fondre comme neige au soleil. Elle avait décidé de patienter une quinzaine de jours avant de partir pour les Flandres.

Maître Radiguet tenait l'enseigne À la Botte rouge, un lieu simple mais agréable où la cuisine, sans grand raffinement, était du moins acceptable et où les chambres sans luxe apparent étaient dotées d'un confort respectable.

Durant le jour, Guillemette aidait un peu l'épouse Radiguet à servir les clients de l'auberge. Ce qui lui ramenait quelques petits sous pour emplir sa plate escarcelle. Quant à Jacquemin, il bichonnait César et Césarine. Il donnait même un coup de main aux clients qui laissaient leurs chevaux à l'écurie de l'auberge pour la nuit.

Tôt le matin, Léonore aimait chevaucher César dans la campagne des alentours. Mais, comme les bois et la verdure n'étaient pas très étendus, à moins de passer les portes de Paris et de galoper jusqu'aux forêts avoisinantes, elle se contentait de visiter la capitale. Elle allait parfois jusqu'à la montagne Sainte-Geneviève, revenait par Saint-Séverin en passant par le Pont-au-Change et la cathédrale Notre-Dame.

C'est là qu'elle se heurta à Pierre de Coëtivy. Quand il la vit, il sentit tourner ses sens et bouillonner ses veines. Il stoppa son cheval et la regarda longuement. Dieu ! qu'elle était séduisante et comme elle avait fière allure sur son bel alezan ! On eût dit qu'elle avait monté César toute sa vie.

De son côté, face au grand maître lissier, Léonore fut prise d'une sorte de vertige. Qu'était-elle venue au juste faire à Paris puisqu'elle savait que son père n'y était pas ?

— Je ne pensais pas vous trouver sur le parvis de Notre-Dame, jeta-t-il en plongeant ses yeux gris dans le grand ciel sombre de son regard. Êtes-vous vraiment de nouveau en fuite ?

— Oui ! Mais cette fois avec l'aide du roi de France.

Remis de son émotion, les sens à moitié calmés, mais son sang bouillonnant encore, il la dévisageait maintenant avec un sourire à demi amusé et poursuivit :

— Ne voulez-vous pas me raconter tranquillement la suite de votre histoire ? Il m'est arrivé si souvent de penser à vous.

— Je suis libre, murmura-t-elle. Libre d'aller où je veux.

— Où voulez-vous aller ?

Elle se mit à rire doucement, offrant l'étirement pulpeux de ses lèvres.

— Où il vous plaira, car ce n'est pas ici que mon affreux époux viendra me chercher.

— Votre cheval peut-il suivre le mien ?

— Il préfère de beaucoup suivre Césarine, mais si je lui explique gentiment que j'ai plaisir à vous accompagner, il acceptera sans broncher.

Ils traversèrent l'agitation de la place Saint-Michel où charrois et chevaux avançaient avec peine, se heurtant sans cesse à la foule du peuple. La rue Saint-André-des-Arts leur parut plus agitée encore et ils durent s'en écarter en la contournant par les rues qui se tenaient à l'arrière et par où l'on pouvait accéder directement au faubourg Saint-Jacques.

Des ânes, des chevaux, des chariots de bois et de paille, des brouettiers leur barraient sans cesse la route. Au bout d'une venelle une forge répercutait ses bruyants chuintements et ses martèlements permanents. Un homme ceint d'un tablier de cuir qui semblait vieux comme le monde tant il présentait de taches et de griffures chassa une nuée de gosses qui s'envolèrent comme des oiseaux dans la venelle suivante. Puis, en hochant la tête, il s'en alla retirer une barre de fer du grand feu rougeoyant et la martela sur l'enclume dans un bruit assourdissant. Une gerbe d'étincelles entoura le forgeron, mais, trop habitué à cet exercice, il n'y prenait pas garde. On entendit quelque temps plus tard un crépitement quand il la plongea dans l'eau froide.

À deux pas, l'église Saint-Séverin sonna. C'était l'office du matin. Le gros bourdon accompagna les petites cloches qui résonnèrent dans un tumulte effarant. Les prêtres, qui se levaient tôt, se croisaient et se saluaient poliment. Des hommes casqués, bottés, mais en habit civil, sillonnaient les rues principales. Depuis que l'armée de Charles VII avait institué ces brigades cantonnées un peu partout, dans les villes et même les grosses campagnes, le peuple paraissait plus rassuré. Ces sergents d'armes étaient chargés de maintenir l'ordre des villes et intervenaient dans les différends qui opposaient les citadins.

Enfin, ils débouchèrent dans la rue Saint-Jacques et la remontèrent jusqu'au quartier des tapissiers.

— Vos ateliers sont donc là, jeta Léonore en levant les yeux sur les enseignes des échoppes serrées les unes contre les autres.

— Oui. Mais nous allons chez moi. Cela vous déplaît-il ?

Non, cela ne troublait nullement Léonore d'aller goûter un peu l'atmosphère d'un domicile paisible qui lui était étranger. Peut-être y trouverait-elle ce qu'elle n'avait jamais connu depuis qu'elle avait quitté sa petite maison du port de Nantes. Un havre de sécurité !

Ils s'arrêtèrent devant une porte cochère qui donnait sur une cour intérieure entièrement pavée. Les yeux de la jeune femme se portèrent aussitôt sur la façade où des fenêtres en encorbellement s'alignaient dans le savant désordre d'une vigne vierge dont le feuillage grimpait sur deux étages.

Un puits trônait dans un angle avec sa margelle en pierre grise et sa crémaillère au bout de laquelle pendait un seau. Sur la droite se trouvait une écurie grande ouverte où l'on voyait les litières de foin et deux chevaux qui attendaient juste à l'entrée. Sur la gauche, Léonore vit sortir un homme d'une sorte de grange qui devait faire office d'atelier à outils. Quand il aperçut le maître lissier, il accourut précipitamment à grandes enjambées.

Âgé d'une trentaine d'années, la taille haute et robuste, le pas lourd, Germain était un ancien tailleur de pierre que maître de Coëtivy avait sauvé, un jour, d'un éboulement de roches sur la lande bretonne. Pour remercier son sauveur, Germain s'était attaché à ses pas et avait ainsi atterri dans sa maison parisienne où maître de Coëtivy avait alors besoin d'un serviteur honnête et fidèle.

Un garçon à la tignasse blonde le suivait. Il paraissait avoir une dizaine d'années et il boitait.

— Ah ! Justin ! Occupe-toi de nos chevaux et demande à Tiphaine qu'elle nous prépare un petit en-cas.

Puis il se retourna vers Germain qui ôtait le grand tablier de cuir avec lequel il travaillait dans l'appentis.

— L'essieu de la grande voiture est-il réparé, Germain ? Il se peut que j'en aie besoin en repartant.

— Ah bon ! répondit celui-ci, il faut que je le répare tout de suite. La dernière fois, vous m'avez dit que vous n'aviez plus besoin de ce gros attelage lourd à traîner et que vous pensiez même vous en débarrasser. Aujourd'hui...

— Aujourd'hui, coupa Pierre en riant, je change d'avis.

Tiphaine arrivait à son tour. Petite et menue, brune, l'œil alerte, un peu essoufflée car elle s'était hâtée dès qu'elle avait aperçu maître de Coëtivy, Tiphaine était l'épouse de Germain. Trop âgés pour faire un enfant, ils avaient recueilli Justin devenu orphelin peu de temps après son accident.

— C'est qu'on vous attendait pas avant une semaine ou deux, messire Pierre ! s'exclama-t-elle en levant les bras au ciel et en louchant sur la jeune femme inconnue qui l'accompagnait. Je m'en vais vous préparer tout de suite un bol de vin au miel et de la brioche à la rhubarbe.

Elle inspecta la tenue de son maître.

— D'où venez-vous comme ça, tout couvert de poussière ?

— Mais comme d'habitude, ma brave Tiphaine, de Nantes.

— D'habitude, vous arrivez de Tours. Et d'habitude aussi, vous vous arrêtez un ou deux soirs sur la route pour être en forme à l'aube suivante.

— Il faut croire, ma bonne Tiphaine, que cette fois-là, ce n'était pas comme d'habitude.

Il se tourna vers Léonore dont les joues colorées témoignaient d'une vive émotion et, pour la mettre à l'aise, lui dédia un large sourire. Puis, sans plus de façon, il prit son bras et l'entraîna derrière Tiphaine qui, d'un pas alerte, se dirigeait à l'intérieur du logis comme si c'était elle la maîtresse de maison.

La demeure était spacieuse et, de chaque côté de l'entrée principale, les pièces en enfilade, à l'exception des chambres situées au premier étage et des combles au second, contenaient un mobilier en bois cossu qui sentait bon la cire et la fleur d'oranger. Tout de suite, Léonore aima cette maison calme et confortable. Mais Tiphaine, qui ne la quittait pas des yeux, se chargea de mettre les choses au point en jetant haut et fort :

— Dame Bertrande, votre épouse, va-t-elle bien, messire Pierre ? Voilà bien longtemps qu'elle n'est pas venue à Paris.

— Oh ! tu sais bien, ma brave Tiphaine, qu'il est impossible de lui faire quitter sa bonne vieille ville de Nantes. Elle ne se plaît qu'en Bretagne.

Ainsi maître de Coëtivy était marié ! Comment pouvait-il en être autrement ? L'artiste qu'il était, le maître, l'illustrateur, le lissier, bref ! le grand Pierre de Coëtivy devait sans doute avoir fondé sa petite famille. Il était étonnant pourtant que cette pétillante, mais très suspicieuse servante n'en ait point encore parlé.

— Je sais bien que votre épouse ne se plaît qu'en Bretagne.

Décidée à se faire apprécier par ce couple de serviteurs qui semblait faire la loi dans cette belle résidence, Léonore murmura d'un ton humble :

— Moi aussi, je pensais n'aimer que la Bretagne.

Elle sentit que sa réplique avait porté juste. Tiphaine, comprenant que son maître n'en dirait pas plus sur sa jeune protégée, voulait tout de même en savoir davantage.

— Ah ! fit-elle, en se plantant devant elle, les mains sur les hanches, vous venez de Bretagne.

— Je n'y suis pas née, mais j'y ai vécu jusqu'à mes quinze ans.

— Et où c'est donc que vous avez été après ? s'enquit-elle.

— À la cour de Berry.

Voilà un point que ne connaissait pas le maître de Coëtivy. Mais il ne fit aucune réflexion et se contenta de sourire devant l'interrogatoire de sa servante.

— Et qu'est-ce que vous y faisiez à la cour de Berry ? insista Tiphaine.

Léonore décida de tenter le tout pour le tout. Fermant les yeux, elle précisa :

— J'ai voulu y élever ma fille, bâtarde du duc de Berry. Hélas ! Charles, le frère du roi, s'y est opposé et elle doit y rester à présent jusqu'à ce qu'on la marie à un seigneur de France.

Elle rouvrit les yeux et inspecta prudemment les alentours. Tiphaine ne savait plus quoi dire. Germain hocha la tête d'un air de commisération et le petit Justin ouvrit la bouche comme un poisson qui vient de mordre à l'hameçon.

Quant à Pierre de Coëtivy, il l'observa avec un calme olympien, braquant sur elle ses yeux gris. Son visage ne montrait aucune forme de sentiment qui eût pu perturber la tranquille atmosphère. Mais en regardant ses mains posées sur le revers de son mantel de velours brun, Léonore vit que ses doigts se crispaient légèrement. Était-il donc mécontent qu'elle eût une fille du duc de Berry ?

Ce fut encore Tiphaine qui parla la première en poursuivant son interrogatoire :

— Vous êtes une damoiselle, alors ?

— Non ! Je ne suis plus damoiselle. Il y a trois mois à peine, le roi Louis XI m'a mariée.

— Ah ! Et il est où votre mari ?

Enfin, maître de Coëtivy s'interposa.

— Allons ! Cela suffit, Tiphaine. La jeune dame de La Baume a fui son vieux et odieux mari avec l'aide du roi de France pour aller à la recherche de son père dans le Nord.

— Mais, bredouilla la servante qui ne comprenait plus rien à cette affaire, pourquoi le roi la marie-t-il pour l'aider à fuir ensuite ?

Léonore courut vers Tiphaine et lui prit la main. Il n'en fallait pas plus à la brave servante. Ce geste lui alla droit au cœur.

— Parce que mon mari est un espion qui travaille pour le duc de Bourgogne contre le roi de France.

— Ah ! que toute cette affaire est compliquée, conclut Tiphaine en ne trouvant, cette fois, plus de question à poser.

Puis elle s'en fut dans la cuisine d'où s'échappaient des effluves de viande rôtie et de soupe aux légumes. Elle vint quelque temps plus tard leur apporter de la compote de rhubarbe et des petits pains tout chauds qui sortaient juste de l'âtre flamboyant.

Pierre s'était assis en face de Léonore. À présent, celle-ci n'osait ouvrir la bouche.

— Pourquoi ne m'avez-vous rien dit au sujet du duc de Berry ?

— Parce que, alors, je ne le jugeais pas utile. J'ai quitté Bourges presque après avoir mis au monde ma fille. Charles de Berry était parti dans le Nord afin d'y épouser Catherine de Bourgogne.

Il posa sur elle son regard dont les pupilles se firent tout à coup plus dures.

— L'aimiez-vous ?

Elle soupira.

— Est-il nécessaire de vous répondre ?

— Oui. Je veux savoir.

Elle détourna son regard des yeux gris acier qui l'observaient avec une lueur sauvage.

— Ce fut mon premier amour. Un amour total et sincère. Oui ! Un amour fou. Mais j'ai décidé de l'enterrer définitivement, même si Isabelle me fait penser à lui.

Elle but une gorgée de la chaude tisane parfumée au miel et à la cannelle, reposa son gobelet et chuchota, comme pour elle-même :

— J'aimerais partir le plus vite possible dans le Nord. J'ai besoin de retrouver un lien qui me rattache à ma famille. J'ai une fille que je ne puis élever, un époux que j'exècre, un père que je ne connais pas. Oui, vraiment, je me sens trop seule.

Une larme perla au bord de ses paupières. Une larme qui traversa le cœur de Pierre. Il lui prit la main et la serra dans la sienne. Léonore eut un frisson. Dieu ! que cette grande main lui semblait rassurante !

— Restez ici quelques jours, le temps que Germain répare l'essieu de ma grande voiture, et je vous y accompagnerai.

— Dans le Nord ?

— Oui. Jusqu'à Bruges, s'il le faut.

— Mais...

— Quoi, mais ! Il n'y a plus rien à dire. Le roi est un insensé de vous laisser ainsi partir, seule avec un attelage inconfortable qui doit prendre le vent, l'eau, le froid et la tempête quand elle souffle à en décrocher la bâche la plus solide. Un chariot dans lequel vous ne pouvez même pas passer une nuit confortable pour le cas où vous ne trouveriez pas d'asile. Avez-vous, par ailleurs, l'habitude de voyager ?

Elle ne répondit pas, tant la surprise avait coupé ses effets.

— Avez-vous coutume de voyager ainsi sur les grands chemins ? répéta-t-il d'un ton plus fort.

— Non ! Mais je m'y ferai.

— Avec deux jeunes serviteurs encore plus inexpérimentés que vous. Non ! Léonore, vous n'allez pas faire deux cents lieues sans qu'il vous arrive des ennuis.

— Des ennuis !

— Les routes sont ainsi faites, insista-t-il. On y trouve des bandits, des voleurs, des assassins. On y perd ses chevaux, son attelage, sa bourse. Au mieux, ce sont les conditions climatiques qui s'en mêlent et plus rien ne va.

Elle eut une longue réflexion et jeta tout à coup :

— Et dame Bertrande dans tout cela ! Que devient-elle ?

Ah ! il n'avait pas prévu cette question. Un instant, maître de Coëtivy sembla déstabilisé, mais ce ne fut que le temps d'une brève seconde. Il rétorqua presque aussitôt :

— Mon épouse est une brave femme habituée à veiller sur la maison de Bretagne qu'elle ne voudrait point quitter pour un empire, où que j'aille. Elle s'est fort bien accoutumée à mes longs et nombreux déplacements.

Il se tut, hésita.

— Qu'alliez-vous ajouter, maître de Coëtivy, fit Léonore, assez perspicace pour s'apercevoir qu'il n'avait pas tout dit.

— Qu'il est fort dommage qu'elle ne m'ait pas fait d'enfant et qu'elle ne puisse m'en faire. Cela agrémenterait parfois sa vie quotidienne.

Puis il sourit. Voilà bien l'élément qui manquait à Léonore. Maître de Coëtivy n'avait pas d'enfant.

XVIII

Dans la soirée, Guillemette et Jacquemin rejoignirent la maison de maître de Coëtivy. La brave Tiphaine, que Léonore avait définitivement conquise – elle lui avait même tiré des larmes en lui parlant de la petite Isabelle –, ne savait que faire pour la combler. Aussi déposa-t-elle sur la table de bois ciré, recouverte d'une nappe de damas blanc, un gros pâté d'alouette enrobé dans une croûte toute chaude sortie du four, un poulet farci aux herbes, une omelette fondante aux truffes et un gâteau croustillant aux pommes sur un lit de crème à la cannelle.

Satisfaite, elle contempla l'étalage des mets qu'elle venait d'apporter.

— Tout ce que vous aimez, maître Pierre. Et ça m'étonnerait que votre invitée ne fasse pas honneur à mon repas.

Puis, se frottant les mains sur son grand tablier blanc, elle ajouta, l'œil gai et la voix joyeuse :

— Je vais vous faire goûter le petit vin de votre treille. Germain dit qu'il est meilleur que celui de l'année passée. C'est vrai que le soleil a donné en septembre dernier.

Coëtivy goûta le pâté tout en regardant Léonore qui, elle aussi, attaquait la croûte d'une grosse tranche avec un appétit faisant plaisir à voir.

— Donne-nous aussi un peu de poiré, Tiphaine.

Il s'essuya la bouche et tendit la serviette à sa compagne.

— Je crois qu'avec le dessert vous apprécierez, Léonore. C'est une liqueur à la poire qui se laisse boire aisément.

Léonore s'essuyait de temps en temps les mains à la serviette et la retendait à son compagnon. Détendu, probablement heureux, celui-ci se tourna vers la servante et lui sourit.

— C'est bien, Tiphaine, après le poiré, tu pourras nous laisser.

Mais la servante ne se pensait pas pour autant libérée. Elle redressa sa petite taille et jeta, d'un air vaguement complice :

— J'ai préparé la belle chambre bleue pour votre jeune invitée. Elle est agréable, spacieuse, aérée. La petite dame Léonore se reposera mieux avant de repartir sur les routes.

« La petite dame Léonore ! » Tiphaine avait décidé de la nommer ainsi. Surpris, un peu anxieux, Coëtivy la regarda. Sa brave servante semblait très à l'aise, ravie d'avoir pu décider de la suite à donner aux événements. Certes ! Pierre pouvait s'étonner. C'est qu'à présent Tiphaine allait au-devant de ses espérances. Voilà qu'elle venait de préparer la grande chambre qui jouxtait la sienne. Sacrebleu ! Comment résisterait-il à ses envies bien compréhensibles en percevant toute la nuit le souffle de Léonore au travers de la mince cloison ?

Peu de temps plus tard, Tiphaine déposa sur la table une fiole de poiré. Elle y avait ajouté une large coupe en porcelaine emplie de confiture de coings.

— C'est excellent avec le poiré. Vous m'en direz

des nouvelles demain matin, fit-elle en se tournant vers Germain qui montait se coucher.

— Merci, Tiphaine. Tu peux te retirer à présent. Léonore t'est reconnaissante. Va t'occuper de ses deux jeunes serviteurs. Après leur dîner, tu les logeras dans les combles.

Quand la servante fut partie, Pierre emplit les deux gobelets du petit vin frais de sa treille et en tendit un à la jeune femme.

— Levons nos verres, Léonore. Levons nos verres en l'honneur de notre amitié. Nous retrouverons votre père. Je vous le promets. Je m'engage à vous aider.

— Comment pourrais-je vous remercier ? Vous savez bien que je n'attends aucune aide pécuniaire de mon époux. D'ailleurs, je ne veux plus le revoir.

Pierre de Coëtivy, dont le regard ne la quittait pas, saisit l'une de ses mains et la pressa dans la sienne. Seul un anneau d'argent serti d'une pierre bleue en ornait l'auriculaire.

— Qui vous parle de remerciements, Léonore ?

Puis il porta les doigts de sa compagne à ses lèvres. Elles lui parurent brûlantes, dévorantes, prêtes à d'autres effleurements. Elles se heurtèrent à l'anneau d'argent qu'il frôla quelques instants plus tard de ses doigts. Maître de Coëtivy avait les plus belles mains du monde. Léonore ne cessait de les regarder. Des mains d'artiste. Certes, Pierre était un maître lissier, mais il réalisait tant d'autres choses. Tant de merveilles surgissaient de son esprit créateur. Il dessinait les cartons de ses œuvres tapissières. Il esquissait même des dessins pour les vitraux des églises et des cathédrales. Son père dessinait-il lui aussi ?

— Oh ! maître de Coëtivy, puis-je...

— Ne m'appelez plus ainsi. Je vous en prie. Appelez-moi Pierre.

Elle hésita, lui sourit et jeta presque timidement :

— Pierre, puis-je vous demander quelque chose ?

— Tout ce que vous voudrez.

Il s'approcha d'elle, pencha sa tête vers la sienne et chuchota :

— Pourquoi vos yeux lancent-ils de si ardents éclats ? Pouvez-vous m'en expliquer la raison ?

— Leïla, qui m'a élevée, dit qu'ils sont dorés quand je suis heureuse et noirs quand je suis en colère.

— J'aimerais en capter la merveilleuse lueur dans l'une de mes esquisses. Le voulez-vous ? Ah ! Léonore, le voici, le remerciement que vous me devez.

— Accordé, dit-elle en riant.

— Et tout à l'heure, que vouliez-vous me demander ?

Plongeant ses yeux dans le regard gris de son compagnon, qu'il soutint avec une force extraordinaire, elle retira sa main des siennes, puis baissa les yeux sur la bague qui entourait son annulaire, la retira et la lui tendit.

— C'est un saphir. Vendez ce bijou, Pierre. Je n'en veux plus.

Il saisit le joyau et l'observa avec attention.

— La pierre est très belle. Je devrais en tirer un bon prix. Je vous remettrai l'argent dans quelque temps. Dans le Nord, il ne manque pas de joailliers qui la prendront sans difficulté. J'en surestimerai la valeur s'il le faut.

Elle parut soulagée, et ne fut pas surprise quand il lui posa la question à laquelle elle s'attendait.

— Est-ce un présent de Charles de Berry ?

Elle acquiesça. Il reprit sa main, mais cette fois elle sentit une pression plus forte, plus dominatrice.

— Léonore, répondez-moi. Le duc de Berry est jeune et beau. Il ne ressemble point au triste sire de

La Baume, vieux, laid et difforme. Le seigneur Charles a su vous séduire. L'aimez-vous encore ?

Elle murmura, sans trop s'en rendre compte, car l'effet du bon repas accompagné du petit vin frais l'y aidait :

— Vous aussi, Pierre, vous êtes en train de me séduire.

Un tic fit se comprimer les lèvres du maître lissier. Puis ses yeux plongèrent à nouveau dans ceux de la jeune femme, comme un fer de lance planté dans la chair.

— Vous ne m'avez pas répondu. Je sais que Charles de Berry est jeune, vigoureux, bien fait de sa personne...

— Pierre ! s'exclama-t-elle d'une voix enflammée, vous aussi vous êtes jeune, vigoureux, bien fait de votre personne. Et, ce que ne possède pas le duc de Berry, c'est votre esprit brillant et votre grand talent d'artiste.

Il hocha presque tristement la tête et répliqua :

— Pourquoi esquivez-vous la réponse que je vous réclame ?

— Pourquoi l'aimerais-je toujours ? rétorqua-t-elle aussitôt, puisque je veux me débarrasser du cadeau qu'il m'a fait à la naissance d'Isabelle. Je suis détachée de lui. Je veux l'oublier et je ne cherche point à le revoir, Pierre. C'est ma fille que j'aimerais reprendre avec moi.

Maître de Coëtivy soupira.

— C'est une étape à laquelle vous vous attaquerez plus tard. Retrouvez votre père tout d'abord. Ensuite, il vous aidera certainement dans votre démarche pour récupérer votre enfant. Isabelle est la petite-fille de maître Thomassaint et s'il est quelque peu renommé, cela jouera dans le plateau de la balance face à la maison de Berry.

Léonore terminait son dessert et prit une dernière gorgée de vin. La tête lui tournait un peu et un rose délicat commençait à envahir le velouté de ses joues.

Dans la grande cuisine où l'âtre flambait encore, le calme s'était fait. Tiphaine avait dû monter se coucher avec Germain. Quant à Guillemette et Jacquemin, eux aussi avaient dû grimper prestement aux combles afin d'y abriter leurs amours naissantes.

— Venez, Léonore. Je vais vous conduire à votre chambre.

Elle se laissa mener en comprenant déjà qu'elle ne s'opposerait pas au désir de Coëtivy. À quoi bon résister ? Il fallait oublier l'amour de celui qui l'avait trahie pour le bien de la cour de France. Celle-ci dictait ses lois, on ne pouvait rien y faire. Il fallait aussi oublier son vieil époux, méchant et détestable, ses mains odieuses traînant sur son corps, et ses soubresauts indécents quand il restait collé contre elle.

Oui, il fallait oublier ces horreurs dans les bras de Pierre. À la porte de la chambre, il la pressa contre lui. Sa bouche près de la sienne lui transmit sa tiédeur. Quand elle fut assez proche, leurs lèvres se joignirent et elle goûta avec un plaisir évident le long baiser qui scellait les prémices de leur nuit.

La chambre était vaste et luxueuse. Des chandelles éparpillées en éclairaient les angles et le centre où se tenait le grand lit au cadre de bois recouvert de courtines en satin bleu. Un tapis de fourrure était posé devant l'âtre qui jetait ses lueurs rougeoyantes tout en réchauffant agréablement la pièce. Un amoncellement de bûches sur le côté du devanteau de la cheminée attendait qu'on vînt activer de temps à autre la flambée dévorante et crépitante.

Pierre avait soulevé Léonore et la portait dans ses bras. La jeune femme posa instinctivement sa tête sur l'épaule rassurante et se laissa doucement aller. Que pouvait-elle faire d'autre que laisser battre son cœur comme il demandait à le faire ?

Avant de l'installer devant l'âtre, sur la fourrure moelleuse dont les poils soyeux répercutaient la chaleur du foyer, Pierre regarda longuement sa compagne et vit dans ses yeux passer une légère crainte.

— Pierre, murmura-t-elle, j'ai besoin d'aimer, mais j'ai surtout besoin d'être aimée.

— Ma douce colombe ! chuchota Coëtivy à son tour. Mon bel oiseau devenu libre ! Oui ! Mon bel oiseau fragile et craintif ! Où vas-tu brûler tes ailes quand je ne serai plus à ton côté ?

— Je t'en prie, reste avec moi.

Il l'allongea sur la fourrure. La lueur des flammes reportait sur elle des langues d'ombre et de lumière aussi mouvantes que les vagues tumultueuses d'un océan rougeâtre. Elle se colla à lui en passant les bras autour de son corps. Il sentit que sa bouche cherchait la sienne. Déjà ses jambes se détendaient, son corps s'apaisait, son esprit prenait du recul.

À l'aube prochaine, Léonore aurait oublié les caresses de Charles de Berry pour ne plus penser qu'à celles de Pierre, dont les baisers insistants commençaient à l'affoler tout entière. Son esprit tourna comme une toupie quand elle sentit qu'il ôtait ses vêtements, lentement, un par un, dénudant à petits coups ralentis, étudiés, maîtrisés, chaque partie de son corps.

Ses petits seins blancs apparurent aux yeux de Pierre comme deux minuscules colombes pourvues de leurs délicates aréoles rosâtres qu'il embrassa avec une dévotion teintée d'une fièvre amoureuse.

Puis il dévoila son ventre plat, doux et soyeux, et

resta étonné qu'une si merveilleuse créature succombât d'amour dans ses bras. Il descendit lentement ses lèvres jusqu'au triangle duveteux qui barrait son intimité profonde. Mais Léonore n'avait point décidé de résister. Pierre s'y connaissait trop bien pour qu'elle ne lui fît pas confiance. Déjà, il remontait sa bouche sur sa gorge, son cou, son visage et reprit à nouveau ses lèvres pour un baiser fougueux et passionné.

L'heure n'était pas à la phase finale. Léonore comprit que bien des prémices devaient encore la faire soupirer, chavirer, quémander. Pierre ne se pressait pas. Il activa même le feu en remettant une bûche dans l'âtre. On entendit crépiter les flammes qui montaient à l'assaut de la pierre noircie par la fumée accumulée. Puis il revint s'allonger près d'elle. Léonore avait une pose alanguie, détendue, bienheureuse, un bras replié sous sa tête, une jambe ramenée souplement, le pied encastré sous son mollet à la courbe parfaite. Le feu mordait déjà la bûche.

— As-tu froid ? chuchota-t-il à son oreille. Veux-tu que j'en remette une autre ?

— Je suis bien, murmura-t-elle à son tour. Je suis si bien que j'oublie tout.

— Veux-tu vraiment faire l'amour ?

Comment résister à cette demande implorante ? Comment ne pas succomber à ce grand regard gris qui la consumait ? Et surtout comment ne pas implorer la venue des frissons inoubliables, des mots incohérents, des gestes insensés qu'elle attendait depuis qu'il l'avait embrassée devant la porte de la chambre.

— Oh oui ! Pierre.

Alors, il la souleva et la transporta sur le lit. Puis il tira les courtines de satin bleu afin que tout ce qui devait suivre soit une affaire d'amour entre eux seuls sans même que les murs de la chambre ou l'âtre rougeoyant en soient témoins.

Tiphaine montrait beaucoup d'enthousiasme à servir sa jeune protégée, mais le lendemain matin, quand elle comprit ce qui s'était passé, elle soupira sans trop savoir si c'était de plaisir ou de contrariété. Elle connaissait si peu dame Bertrande, et voilà que cette petite au regard de braise entrait dans la vie, certes un peu agitée, de son maître.

Fallait-il s'en offusquer ? Elle prit le parti d'ignorer les conclusions un peu hâtives de leurs ébats amoureux et elle ne fit aucun commentaire, pas plus qu'elle n'adressa de coups d'œil courroucés à Pierre quand elle les vit remonter dans la chambre après avoir absorbé un copieux déjeuner.

Tiphaine haussa simplement le sourcil en se disant qu'ils finiraient bien par sortir de cette chambre qui les attirait tant. « Cette petite est tellement belle ! » murmura-t-elle en se dirigeant vers la cuisine où elle avait fort à faire.

Pour l'instant, son maître se préoccupait à nouveau de dévêtir la « petite », s'arrêtant à la chemise juste avant de jeter d'une voix grave et feutrée :

— Ma colombe ! Ne veux-tu pas attendre quelques jours avant de partir dans les Flandres ?

Sur la mine un peu déconfite de la jeune fille, il précisa, en modulant sa voix :

— Je dois surveiller l'achèvement d'une tenture destinée à l'évêché d'Angers.

Comme le sourire ne réapparaissait toujours pas sur les lèvres de Léonore, il poursuivit :

— N'as-tu pas envie de voir fonctionner un atelier de haute lisse ?

Enfin, elle se dérida et tourna vers lui un visage qu'elle s'était forcée à rendre contrarié.

— Me montreras-tu comment faire ?

Pierre parut surpris. Il ne s'attendait pas à cette réplique.

— Les gestes du brodeur sont très différents de ceux du lissier.

— Je sais, fit Léonore d'un petit ton sec.

Pierre s'approcha d'elle et posa ses lèvres sur sa bouche. Puis il souleva sa chemise et découvrit une nouvelle fois ses mollets ronds, ses jambes fuselées, ses cuisses blanches et douces.

— Ma colombe, loin de moi l'idée de te froisser.

— Je ne serai pas froissée, Pierre, si tu acceptes de m'enseigner le fonctionnement d'une petite lisse. Je sais qu'elles sont plus accessibles que les grandes qui mesurent parfois jusqu'à deux et trois mètres de haut.

Coëtivy ne répondit pas. Sans doute pensait-il ne pas avoir assez de temps pour enseigner à Léonore les bases du travail d'un lissier. Il retira lentement sa chemise pour profiter de sa nudité entière, eut un soupir ravi, pleinement satisfait, puis il caressa ses deux petits seins fermes et haut plantés et descendit ses mains impatientes sur son ventre. Il était doux et chaud, frémissant comme il fallait. Enfin, il voulut la prendre, mais Léonore, malgré sa forte envie de se laisser aller au désir violent qui montait en elle, ne désirait que sa réponse, et Pierre n'avait pas répondu.

— Me montreras-tu à travailler sur une basse lisse ?

— Peut-être, nous verrons, ma colombe.

Prise par un frisson de plaisir, elle s'abandonna au vertige qui la saisissait. Le membre dressé, une lueur sombre, ardente, presque impérieuse dans les yeux, son amant semblait ne plus vouloir attendre. Il s'allongea sur elle et sentit aussitôt l'ardeur de son désir monter.

Elle eut un petit gémissement, un cri d'oiseau plaintif, puis elle se mit à ondoyer sous son grand corps.

Leur folle union ne cessa que lorsque l'un et l'autre furent submergés de contentement, repus de gestes, de murmures et de souffles mêlés, pantelants d'amour et ruisselants de regards échangés.

Le parfum de leur chair se mêlait encore. Un peu plus tard, quand ils furent tous deux remis de leurs ébats, ils reprirent leurs esprits.

Pierre avait un sourire comblé sur les lèvres. Son visage carré exprimait une satisfaction intense et ses nerfs se détendaient. Heureuse, sa colombe roucoulait. Il la serrait contre lui comme s'il craignait qu'elle ne s'envolât dans les airs et ne disparût de sa vue. Léonore en profita pour réattaquer.

— Tu verras, Pierre ! J'apprends vite et bien. En quelques jours, je saurai tendre mes fils sur le cadran.

Enfin, soulagée de ne plus les sentir terrés dans la chambre, Tiphaine les vit partir pour le quartier Saint-Jacques.

La matinée était largement avancée et l'agitation dans les rues parisiennes était à son comble. Devantures, échoppes, auberges, commerces d'étoffes, de bois, de chandelles, charrois de foin, de barils d'eau, de légumes, tout grouillait aux alentours de l'église Notre-Dame. Le parvis était un lieu où chacun passait, parlementait, criait.

Dans le quartier où naguère la grande tenture de *L'Apocalypse* avait été réalisée par les plus grands maîtres de l'époque, l'atelier de maître Coëtivy figurait parmi les plus étendus. Accrochée sur l'un des encorbellements de la maison, une enseigne représentait la gravure d'un ciseau et d'un crochet entrecroisés.

À l'extérieur, des tables à tréteaux étaient dressées devant la grande porte à double battant. De petits ouvrages y étaient alignés pour offrir aux regards intéressés une plus ample vision de l'ensemble. Ils représentaient des scènes diverses sur fond de Millefleurs comme la tendance actuelle le réclamait. Petits et grands seigneurs, bourgeois, commerçants, prélats, tous étaient grands amateurs de cette mode des Millefleurs qui prenait le pas sur tous les autres styles de l'époque.

Quand Coëtivy fit entrer Léonore à l'intérieur de l'atelier, elle sut immédiatement qu'elle se plairait en un tel lieu. Elle retrouvait l'odeur de la soie, de la laine, du bois, des machines. En cela, Pierre se trompait, l'odeur d'un atelier de broderie était semblable à celle d'un atelier de tapisserie.

Séduite par les trois hautes lisses, elle leva les yeux et vit que, sur les grands cadres verticaux, étaient tendues de gigantesques tentures. Sur l'une d'elles, *L'Histoire de Saint Maurille*[1] offrait tout l'éclat de ses couleurs et de sa composition. La scène représentait un évêque en train de bêcher avec humilité un carré de fleurs. Le jardin où ce travail paisible s'effectuait était celui du roi et, à son côté, la reine tendait les mains pour recevoir une corbeille de fruits que lui présentait un moine.

Léonore eut longtemps l'attention attirée par l'éclat de cette tenture et, quand ses yeux en furent repus, elle les abaissa sur les ouvriers qui la regardèrent s'avancer sans rien dire. Après quelques secondes durant les-

1. Ce fragment de la tenture de *Saint Maurille*, relatant l'épisode du saint effectuant le travail d'un jardinier, est le seul conservé à ce jour. La tenture historiée fut commandée dans son ensemble en 1460 par la cathédrale d'Angers et livrée par le marchand parisien Guillaume Dupuys.

quelles ils l'examinèrent des pieds à la tête, ils reprirent leur travail.

Maître de Coëtivy les lui présenta. Ils s'appelaient Thibaud, Raoul et Grégoire. Elle étudia un instant leurs gestes précis, coordonnés, parfaitement maîtrisés. Et, là encore, elle se laissa persuader que tous les mouvements d'ouvriers, qu'ils soient brodeurs ou hauts lissiers, étaient identiques quand ils réclamaient ce sens de l'intelligence, de l'art et de la précision.

Puis elle se tourna vers les basses lisses et aperçut deux autres ouvriers. Ils se nommaient Étienne et Landry. On lui avait dit que les ateliers de Paris employaient souvent des femmes et elle n'en voyait pas une seule dans l'atelier de maître de Coëtivy. Elle en fut d'autant plus étonnée que le roi Louis lui avait affirmé que sa grand-mère Clarisse Cassex était une femme exceptionnellement douée et que celle-ci avait même obtenu son titre de maître lissier en faisant partie du compagnonnage des tapissiers du Nord.

Enfin, Léonore s'approcha de Pierre et s'enquit à mi-voix :

— Puis-je commencer à apprendre sur une petite lisse ?

Gêné par cette entrée en matière, Coëtivy prit la jeune femme par le bras et l'entraîna vers une basse lisse sur laquelle travaillait Landry.

— Celle-ci, jeta-t-il d'un ton doctoral, conjugue une chaîne et une trame plus épaisse, d'où un aspect plus rugueux qui accroche la lumière. La perception de la composition ne se fait qu'au moyen de l'outil en parfaite homogénéité avec celui qui s'en sert.

Puis il se lança de nouveau dans des explications trop savantes que Landry se permit de rectifier d'une manière plus compréhensible :

— Ce qui veut dire, dit-il en souriant à Léonore,

que vous avez là un panneau sur lequel on passe des fils de chaîne : laine, lin ou soie et que là, vous avez les fils de trame que l'on entrecroise avec les précédents. Le décor est donc réalisé en même temps que le support.

— J'ai tout compris, fit Léonore en rendant au jeune ouvrier son sourire. La broderie ne se fait que par-dessus le support, alors que la tapisserie conjugue support et décor.

Maître de Coëtivy ne put qu'acquiescer sur une conclusion aussi simple.

— Eh bien, fit-il d'un ton plus détendu en avisant la bonne volonté que son jeune ouvrier semblait mettre à la disposition de Léonore, montre-lui comment on travaille. Pendant ce temps, je vais me rendre chez le marchand Guillaume Dupuys pour savoir à quelle date nous devons lui livrer sa tenture.

Coëtivy parti, Léonore fut littéralement jetée dans l'arène comme un gladiateur face aux fauves qu'il doit affronter. Soit, Léonore avait parfaitement compris le système d'une lisse, mais il lui manquait l'expérience. Sans trop insister pour savoir comment on tendait les fils, ni comment on reportait les repères d'un dessin, elle piqua ses points de façon astucieuse et méthodique.

Quand Pierre revint en fin d'après-midi, il poussa bruyamment la porte, fit des yeux le tour de son atelier et fut agacé de voir le visage de Landry frôler celui de Léonore dans une même expression d'attention soutenue sur la tenture qu'ils étaient en train de tisser.

— C'est assez pour aujourd'hui, Léonore, fit-il d'un petit ton sec. Nous allons rentrer. D'ailleurs, je ne sais pas si tu reviendras demain, car il est possible que nous partions dès l'aube pour les Flandres. Le marchand Guillaume Dupuys, à qui je dois remettre la tenture de *Saint Maurille*, accepte d'être livré dans deux ou trois mois. Le travail d'achèvement n'est donc plus pressé.

— Oh ! fit Léonore, les yeux remplis de joie. Je pourrai donc continuer à apprendre chez mon père.

XIX

Ils partirent à l'aube de la journée suivante. Pierre avait retrouvé sa bonne humeur et serrait Léonore contre lui. Sa voiture était confortable. Elle y logeait facilement les deux couples que formait le petit convoi. Derrière César et Césarine, chevaux habitués aux voyages, on avait attelé les deux destriers de Coëtivy, chevaux de bataille dont il fallait maîtriser la fougue et les ardeurs en les laissant à l'arrière.

Ainsi pourvu, l'attelage allait bon train, pris en main par un Jacquemin fort compétent qui savait mener ses chevaux mieux que tout autre. L'amour le stimulait grandement, car si Jacquemin posait de façon ferme la main sur ses chevaux, Guillemette accrochait la sienne sur le destin de son amoureux, bien décidée à ne point le perdre.

Avant de quitter Paris, Pierre avait envoyé Raoul, son fidèle messager, à Nantes afin de rassurer dame Bertrande sur la longue absence de son époux. Il lui avait remis une lettre expliquant qu'il devait rester dans les Flandres pour proposer un travail d'une portée considérable aux peintres de Tournai.

Le trajet jusqu'à Amiens se fit aisément. La route ne présenta aucune difficulté et maître de Coëtivy put y rencontrer quelques confrères qu'il n'avait pas revus depuis longtemps.

Assurément, quand maître de Coëtivy était arrivé à Paris, il n'avait nulle idée de ce qu'il ferait par la suite. Les jours passant, et comme il ne désirait rentrer ni à Tours ni à Nantes, car trop d'amour encore le retenait prisonnier auprès de Léonore, l'idée lui était brusquement venue de rencontrer les peintres de Tournai qui se rassemblaient aux grandes foires d'Arras, lesquelles se tenaient à ce moment même. Ainsi, son voyage qui devait se poursuivre jusque dans les Flandres orientales – afin d'y accompagner Léonore – ne serait pas inutile.

Depuis longtemps, Coëtivy travaillait sur un projet qui lui tenait à cœur, une « Histoire de la guerre de Troie ». On connaissait les aventures d'Hercule, et celles de César, mais pas encore celles d'Achille. Déjà il en en avait esquissé les dessins à la plume et les avait rehaussés d'aquarelles. Peut-être les présenterait-il au peintre tournaisien Pasquier Grenier qui, sous la conduite du commanditaire Jean Le Viste et l'impulsion du tapissier Jean du Moulin, était susceptible de lui passer commande.

« La Mort d'Achille », l'une des pièces maîtresses de l'ensemble qu'il comptait appeler « Histoire de la guerre de Troie » telle que l'avait peinte de Coëtivy était un grand rassemblement de soldats, de lances en action, de chevaux hennissants, de drapeaux, d'étendards et, tout au centre du tableau, figurait Achille, debout sur les marches d'une cathédrale, attendant la lance qui devait transpercer son corps.

Il travaillait le soir dans les auberges et, ces jours-là, Léonore restait discrète et attentive. L'aube les réunissait toujours dans une folle aventure où leurs cœurs s'embrasaient aussi fort que le feu de l'âtre qui ne faiblissait pas. Guillemette veillait à ce qu'une bûche fût là pour en attiser la flambée.

— Tes dessins sont une pure merveille, Pierre. Je suis sûre qu'ils vont plaire à celui dont tu me parles depuis que nous avons quitté Amiens.

Étendue sur le lit, Léonore rêvait, distraite, alanguie, presque repue d'amour, bien qu'elle sache que les baisers de Pierre sauraient encore l'entraîner dans la plus fantastique des découvertes amoureuses. Mais Coëtivy semblait, lui aussi, pour l'instant, de nature assez rêveuse. Certes, sa « Mort d'Achille » lui trottait dans la tête, mais déjà il pensait au panneau suivant, celui qu'il intitulerait : « L'Armement de Pyrrhus », plus fouillé encore dans le détail et mieux fourni en éléments divers, avec des hommes en pleine action retenant leurs chevaux fougueux, des heaumes abaissés et des lances piquées vers le ciel ou dirigées vers les adversaires, des armures plus reluisantes et des coloris de fanions et de bannières plus éclatants.

Il lui arrivait même de penser au troisième volet dont le nom était déjà inscrit dans sa tête : « L'Arrivée de Penthésilée ». Assurément, l'amour que lui donnait Léonore, la passion qui le submergeait, les frissons, les secousses, les grandes tempêtes tumultueuses qui les jetaient souvent hors du lit, les vents de délire, les cris, les baisers violents lui réussissaient à merveille. Maître de Coëtivy était en train de créer ses plus belles œuvres qui, bientôt, verraient le jour sur les hautes lisses d'un autre grand maître.

Léonore redressa un peu le buste. Ses longs cheveux retombaient souplement sur sa poitrine, la recouvrant d'une épaisse nappe de boucles noires. Coëtivy repoussa une mèche afin de découvrir l'un des petits tétons roses qui sortait effrontément de la brèche qu'il venait d'ouvrir.

— Tu es un artiste, Pierre. Ce peintre ne peut qu'admirer ton travail.

— Oui, mais Pasquier Grenier n'est qu'un peintre, il ne peut rien décider. Je fais les esquisses, il réalise les peintures. Il faut un commanditaire pour financer une telle entreprise.

Léonore vint se blottir contre son épaule. Il lui caressa un instant la nuque et descendit la main sur sa gorge, écartant cette fois les boucles qui venaient en obstruer le passage. Au contact de cette grande main chaude sur sa peau, la jeune femme poussa un soupir d'apaisement. Si elle aimait les temps d'extase, les moments fiévreux et les emportements de la folie, elle appréciait aussi les longs instants où la sérénité s'installait. Alors, ils discutaient paisiblement main dans la main, les jambes encore entremêlées et les yeux rivés sur ceux de l'autre.

— Et qui verras-tu pour cette décision aussi importante ?

— Jean Le Viste. C'est un riche seigneur des Flandres occidentales. Je sais qu'il doit assister aux foires d'Arras. Pasquier Grenier le connaît pour avoir déjà travaillé avec lui. Quant à moi, je ne l'ai vu que deux ou trois fois. Mais, à l'époque, nous avions eu un excellent contact. Il devrait être intéressé par mon projet.

Pierre venait de saisir entre ses doigts les petits tétons de Léonore. Elle se mit aussitôt à vibrer. Dieu ! qu'il lui en fallait peu pour mettre son cœur en déroute. Elle entendait déjà les battements fous qui martelaient sa poitrine.

— C'est une grosse entreprise, souffla Pierre d'un ton assourdi tant les doux mamelons de sa compagne commençaient à le déconcentrer. Il faut financer les aunes de toile, les fils d'Arras, les soies d'Italie, les fils d'or de Chypre, les laines anglaises.

Léonore s'était repliée complètement sous son corps

afin qu'il l'absorbât davantage. Sous l'effet de son désir, sa respiration se faisait plus rauque. Il tenta d'en expliquer davantage sur la tenture d'Hercule, mais sa voix faiblit et se perdit avant d'arriver au terme de son propos.

— Il faut veiller au bon entretien des ateliers, au travail des ouvriers. Il faut...

— Chut ! répondit Léonore en remuant doucement sous le ventre de son compagnon.

Alors, Pierre se tut et entra doucement en elle, enfouit son visage dans son cou, écouta ses gémissements, explosa.

Le sire Pasquier Grenier n'était pas grand de taille, mais se posait en maître et une foule de gens l'entourait, discutant si bruyamment qu'aux alentours on demandait quel était ce personnage qui attirait tant de monde.

La salle était comble. Peintres, artistes, tisserands, commerçants, commanditaires, banquiers se groupaient pour discuter avec acharnement projets, réalisations, commandes, financements. On parlait qualité des produits, provenance, coût. On mettait en place de grandes structures financières.

La renommée de Pierre de Coëtivy était suffisamment grande pour qu'on le saluât assez bas quand il se présentait dans une assemblée. Aussi le sire Pasquier Grenier vint à lui dès qu'il le vit accompagné de cette jolie fille qui marchait à son côté.

C'est dans ce rassemblement des Flandres, à Tournai, où les foires réunissaient peintres, tapissiers et tisserands, que Léonore, avec une immense émotion, entendit pour la première fois parler de son père, le maître lissier Thomassaint.

Ces discussions entamées et les jalons posés, Pasquier Grenier flaira Léonore de son grand nez busqué. On aurait dit que les ailes de cet énorme nez allaient prendre leur envol. D'ailleurs tout remuait, tout s'agitait chez le maître Pasquier Grenier. Au moindre de ses gestes, ses cheveux volaient dans son dos. Son petit bonnet noir ne les retenait qu'à peine et ses yeux sombres semblaient ne jamais se poser ne fût-ce que pour prendre un temps de répit. Le repos, maître Pasquier Grenier ne devait guère le connaître ! Un petit cercle s'était formé autour d'eux, mais, soudain, il s'écarta, entraînant avec lui Pierre et la jeune femme.

Pasquier Grenier n'avait rien d'un séducteur. Il était de petite taille, chétif, et il portait une robe longue qui dissimulait sans doute les disproportions de son corps. Ses mains bougeaient beaucoup et ses pieds ne tenaient pas en place dans ses poulaines fourrées. On disait qu'il ne se détendait que devant ses toiles, ses pinceaux et ses couleurs, encore fallait-il que l'inspiration le tenaillât et qu'il se mît au travail pour une douzaine d'heures consécutives et même parfois plus.

— Ainsi, fit-il en jaugeant Léonore d'une façon fort courtoise, vous seriez la fille du maître Thomassaint Cassex !

— N'en doutez point, messire, rétorqua Léonore. Je suis bien la fille de Thomassaint Cassex. Hélas, je ne l'ai jamais vu depuis ma naissance. Je ne puis donc vous dire s'il est plus beau ou plus laid que vous.

L'aplomb de Léonore plut au peintre, car il répliqua d'une voix ironique, mais avec grâce :

— Je puis vous dire, demoiselle, que votre père – si c'est bien lui – est plus séduisant que moi. Je l'ai croisé maintes fois dans les foires de Bruxelles et de Bruges. C'est encore un bel homme !

Cette fois, Léonore en oublia son audace et se fit

même suffisamment humble pour ne point décourager son interlocuteur sur la bonne grâce qu'il mettait à la renseigner.

— Où vit-il ? murmura-t-elle en se rapprochant sensiblement.

— Mais à Bruges !

Pierre toussota afin de rappeler sa présence. Puis il passa la main dans le dos de sa compagne et la remonta sur ses épaules. Elle se resserra contre lui.

— Tu vois bien, ma colombe, que nous allons retrouver ton père. Ici, tous les peintres et tous les hauts lissiers doivent le connaître. C'était bien en Flandres qu'il fallait venir.

Pasquier Grenier eut un sourire amusé. Visiblement, son ami le maître de Coëtivy voulait prouver que Léonore n'était pas à prendre et qu'il s'en était chargé avant lui. Sans connaître dame Bertrande, il savait qu'il était marié et que son épouse vivait en Bretagne.

Bah ! Son manque de séduction ne lui permettait pas d'attirer dans son lit, juste par un seul regard, les jolies filles des Flandres, mais du moins s'offrait-il les plus beaux modèles pour représenter les déesses grecques sur ses toiles.

— Ainsi ! s'étonna-t-il, vous ne savez rien de votre père. Qu'a-t-il donc fait après votre naissance ?

Léonore eut un geste de recul et sous la colère ses yeux s'assombrirent.

— Non, messire, jeta-t-elle d'un ton bas et rauque. Ce n'est pas ce que vous croyez. À la mort de ma mère, mon père ne m'a pas lâchement abandonnée. Il était à Constantinople, juste après la chute de la ville. L'homme à qui il m'a confiée était chargé de me ramener en France et celui-ci m'a souvent dit qu'il avait dû être prisonnier des Turcs pour ne pas venir me chercher.

Pasquier Grenier se grattait le menton qu'il avait poilu et proéminent, ce qui n'arrangeait guère son visage ingrat.

— Il n'a pas été prisonnier des Turcs aussi longtemps que vous semblez le dire, puisqu'il a refait sa vie à Bruges.

— Ah ! fit Léonore d'un ton dépité.

Et comme une larme arrivait au bord de sa pupille, Coëtivy resserra son étreinte.

— Ne pleure pas, mon ange. Il y a sûrement une explication à cette histoire.

Mais Léonore se ressaisit. Elle refusait de montrer sa faiblesse que cet homme se plaisait à jauger.

— Ainsi, déclara-t-elle, vous savez que son atelier est à Bruges.

— Son atelier, certes. Mais aussi sa maison, sa famille, sa vie.

— Ah ! mais pourquoi Bruges ? murmura-t-elle en se tournant vers Pierre qui, de son bras, enserrait toujours ses épaules. Pourquoi Bruges puisque sa mère avait un atelier à Tours ? Il aurait dû rentrer en Val de Loire !

— Vos sources ne sont pas très exactes, demoiselle. Le sire Cassex avait beaucoup travaillé à Bruges. D'ailleurs, dans le milieu, tout le monde le connaissait. Il a hérité des ateliers de la lissière Katherine Hasselet qui l'avait en partie élevé. On dit que c'était le fils du maître Van der Hanck, un grand lissier de Bruges, mort il y a longtemps.

La jeune femme ouvrait de grands yeux. Enfin on parlait de son père et, plus invraisemblable encore, du passé de son père. C'était étrange, il lui semblait qu'elle seule, la petite Léonore élevée en Bretagne, avait un passé. Ces révélations la perturbaient. Elle sentit ses jambes faiblir et sa tête tourner. Comment ne pas réagir autrement quand elle savait qu'à présent elle n'avait plus qu'à se rendre à Bruges dans la maison du maître Thomassaint Cassex.

Par tous les saints du ciel, elle n'allait pas manquer cela et sans doute se trouverait-elle devant une femme qu'elle ne connaissait pas et qui se dirait l'épouse de son père et des enfants qui se diraient ses frères et sœurs.

Pierre dut la soutenir.

— Allons, Léonore, tu en sais suffisamment pour la journée. Attends-moi à l'auberge. Je t'y retrouverai dans la soirée. Nous devons voir, à présent, le commanditaire de notre affaire, Jean Le Viste.

Mais Léonore refusa de rentrer à l'auberge. Remise de ses émotions, elle resta aux côtés de Pierre jusqu'à l'arrivée de Jean Le Viste.

Le financier était un gros et grand homme qui en imposait par son allure quasi géante. Le monde de la banque lui était coutumier, aussi traînait-il dans son sillage plusieurs autres financiers attachés à des affaires plus simples et de moins grande envergure que celle qu'allaient traiter les maîtres Coëtivy et Pasquier Grenier.

En Italie, le vieux Cosme de Médicis avait rassemblé les plus grosses banques internationales auxquelles se rattachait une multitude de financiers flamands. Certes, la chute de Constantinople avait engendré de graves perturbations économiques sur les marchés méditerranéens. Alors que la situation financière des Français se relevait, celle des Anglais, dont les troubles politiques se poursuivaient, baissait considérablement. Mais les grands marchands internationaux tenaient le haut du pavé, les lettres de change, déjà en cours depuis plusieurs décennies, fonctionnaient sans difficulté et les échanges entre pays se passaient le mieux du monde.

Le seigneur Le Viste fut assez facile à convaincre. Le projet de Coëtivy paraissait séduisant et il savait le mettre en valeur. Pourtant la destination finale de l'œuvre proposée dans son intégralité posait quelques problèmes. Le Viste proposait de vendre le « produit fini » au seigneur Charles de Bourgogne dont l'autorité en Flandres était encore grande, malgré un manque de ferveur du côté des Flamands depuis la mort de son père Philippe, mais Coëtivy émit de violentes critiques à l'égard de la maison de Bourgogne, prétextant que la maison d'Anjou en serait un meilleur dépositaire.

On conclut qu'une première commande pouvait rester neutre et qu'on verrait par la suite. Ces considérations de base échangées et mises au point, Coëtivy entra plus au cœur du problème. Fallait-il encore que son collaborateur Jean du Moulin, s'il acceptait de faire affaire, travaillât en étroite collaboration avec lui ? Or, Pierre ne possédait pas encore d'atelier dans le Nord. Il est vrai que, des quatre hommes réunis en cet instant, maître de Coëtivy, avec ses trente ans à peine écoulés, était le plus jeune.

Ce fut l'arrivée de Jean du Moulin qui, quelque temps plus tard, trancha l'affaire du lieu de réalisation.

— C'est un gros investissement, affirma-t-il tout d'abord en hochant sa tête couverte par le haut chapeau enrubanné qu'affectionnaient tant les Flamands. Ils le portaient tous de la même façon, enroulé en larges bandes tout autour du front, laissant flotter sur une épaule un pan qui retombait parfois jusqu'à la taille.

— Le projet de Pierre est viable, fit Le Viste, en appelant pour la première fois le maître lissier par son prénom, ce qui prouvait son intention d'aller au-delà d'un simple contact professionnel.

Du Moulin hocha de nouveau la tête.

— Combien avez-vous prévu de tableaux ?

— Je ne sais pas encore, répondit Coëtivy. Trois sont en préparation, trois autres en gestation.

— Comprenez-moi, maître de Coëtivy, je dois estimer le coût, s'excusa le tapissier parisien.

— Alors, envisageons huit ou neuf tableaux de trois mètres de long sur deux de large.

Jean du Moulin, qui travaillait lui aussi dans un atelier parisien, s'était excentré du côté du faubourg Saint-Marcel, là où se regrouperaient, plus tard, tous les ateliers de tapisserie avant de devenir les grandes manufactures du quartier des Gobelins.

— Très bien. Qu'en penses-tu, Jean ?

Pasquier Grenier acquiesça sans rien dire. Le maître du Moulin avait de gros yeux et un petit nez ridicule qui fleurissait au-dessus d'une bouche tout aussi ridicule, c'est-à-dire que les lèvres étaient pratiquement inexistantes, et, quand il souriait, un pli rentré effleurait le bas de son visage.

Léonore l'observait depuis quelque temps, mais il ne lui prêtait aucune attention. En revanche, le sire Jean Le Viste, du haut de sa grande taille, ne cessait de la regarder. Bel homme, la quarantaine, il portait avec grâce un habit rouge et un chapeau jaune à pan, piqué d'une énorme émeraude. Sous l'éclat de ses yeux clairs, son visage laissait flotter un sourire quasi permanent et, quand il riait, il laissait voir deux rangées de dents éblouissantes.

Le seigneur Le Viste était un fauve dans le milieu de la finance. Un gros félin méfiant qui s'avançait avec prudence et souplesse, les griffes prêtes à sortir. En Picardie, en Artois, dans le Hainaut et de Lille jusqu'à

Audenarde, Le Viste bénéficiait d'une grande notoriété qui intéressait Charles le Téméraire, lequel détenait encore – on l'a dit – quelque puissance dans les Flandres.

Le tapissier du Moulin parlait beaucoup. Quand ses yeux se portèrent sur Léonore, sans doute pour la première fois puisqu'il l'avait ignorée jusqu'alors, il la dévisagea, l'œil suspicieux. Puis il se retourna vers Coëtivy.

— Si nous travaillons ensemble, où voulez-vous que nous tenions notre base de discussion ? Sûrement pas à Nantes.

— Allons, Jean, fit Pasquier Grenier en lui tapant sur l'épaule. Tu apprendras à connaître Coëtivy et tu comprendras vite que c'est un bon collaborateur, l'un des meilleurs que nous puissions avoir. Nous nous ferons bientôt assez confiance pour œuvrer chacun de notre côté en regroupant l'essentiel de nos efforts, hum !... disons, par exemple, tous les six mois à Paris ou à Tournai.

— C'est bon, admit du Moulin, ça me va.

Puis il se tourna brusquement vers Léonore.

— Votre visage me dit quelque chose. Où ai-je bien pu vous voir ?

Pierre rétorqua d'un ton vif :

— Mon cher Jean, n'est-ce pas son père que vous auriez plutôt rencontré ?

— Son père, et pourquoi son père ?

— Parce que c'est le maître Thomassaint Cassex dont les ateliers sont situés à Bruges. Il a réalisé beaucoup d'ouvrages sur fond de Millefleurs.

— Ah ! fit le maître du Moulin d'un ton sceptique. Thomassaint Cassex est un rêveur. Il dessine et s'entoure d'artistes qui prônent cet engouement pour les fonds sombres, bleu nuit ou noir, parsemés de fleurs multicolores, d'oiseaux, de petits chiens, de singes, de fontaines faisant couler une eau parfumée, de licornes même, le tout campant des scènes galantes qui, je l'avoue, sont très réussies et plaisent aux seigneurs provinciaux.

— Vous oubliez de mentionner les chasses, messire, rétorqua Léonore en gratifiant le sire du Moulin d'un grand sourire enjôleur. Vous oubliez aussi de dire que les œuvres dont vous parlez, et que l'on trouve beaucoup en Val de Loire, sont tissées d'une tout autre manière que les grands ensembles d'inspiration mythique grecque ou romaine. Moins volumineuses en espace, donc plus petites, plus serrées, elles sont tissées avec des fils d'or et de soie en provenance des pays orientaux. Mon père est allé les chercher jusqu'à Constantinople.

Ce fut le sire Pasquier Grenier qui, surpris du propos de la jeune femme, reprit d'un ton tranquille :

— Léonore Cassex a totalement raison. Ces œuvres aux dimensions plus réduites sont, parfois, de pures merveilles. D'ailleurs, toutes ces petites productions qui commencent à inonder le marché et qu'on appelle les Millefleurs risquent de bien nous étonner.

— C'est exact, reprit Léonore, confortée par ce renfort inattendu. *L'Offrande du cœur*, un petit chef-d'œuvre dont on ne connaît pas l'auteur et que mon père avait hérité d'un butin partagé sur un navire corsaire, était entièrement tissée de fils d'or et d'argent.

L'œil plissé, le sourire étiré, le peintre du Moulin se planta devant la jeune femme.

— Vous devez vous tromper. Où auriez-vous admiré cette œuvre ? On dit qu'elle s'est perdue.

Léonore poursuivit, sans se préoccuper de l'air suspicieux du tapissier, qui daigna écouter la suite de son propos :

— Je l'ai secrètement conservée durant seize ans. Puis, un jour, mon époux, le seigneur de La Baume, me l'a dérobée pour l'offrir à Charles le Téméraire, duc de Bourgogne.

— C'est la stricte vérité, assura Coëtivy. *L'Offrande du cœur* se trouve actuellement entre les mains du Téméraire.

Du Moulin et Le Viste ne comprenaient guère. Mais, qu'à cela ne tienne, le peintre parisien ne désarma pas.

— Ainsi, vous êtes la fille de Cassex, jeta-t-il.

— Oui, je suis sa fille.

— Comment va-t-il depuis la mort de sa femme ?

La mort de sa femme ! Une femme qui n'était pas sa propre mère ! Léonore paniqua. Ciel ! Depuis qu'elle était en Picardie et en Artois, l'étau se resserrait de jour en jour. Veuf ! Son père était veuf ! Mais qui avait-il épousé après sa mère ? Pierre vint encore à son secours et, lui prenant la main, décida cette fois de rester plus discret.

— Ne sois pas troublée, Léonore. Tout cela n'est que la poursuite d'une vie normale. Tu as la tienne et ton père a la sienne. Qu'importe ! Tu ne connaissais pas cette femme. L'essentiel n'est-il pas que ton père soit en vie et que tu le retrouves ?

XX

Thomassaint Cassex avait visité Dijon avec un extrême plaisir. Les mille flèches dressées au-dessus de la ville lui étaient apparues comme un enchantement. Elles pointaient leur grâce insolente, leur superbe allure de demoiselles fragiles et élancées dans un ciel d'azur, ce jour-là, un ciel qui diffusait les parfums du soleil et toutes les odeurs réunies d'une ville tellement opposée à celle que Thomassaint connaissait si bien, Bruges.

Il parcourait Dijon depuis l'aube, se perdant à plaisir dans le dédale des rues, flânant à travers les échoppes qui commençaient à s'ouvrir et dont les étals offraient de luxueux manuscrits enluminés. Dijon se flattait d'exercer une influence artistique. Philippe de Bourgogne n'avait pas été le prince d'Occident en Flandres orientales sans laisser dans sa ville ducale française les empreintes d'une puissante culture.

Thomassaint savait que la maison d'Anjou avait longtemps rivalisé avec celle de Bourgogne en matière de splendeurs artistiques, mais il restait cependant émerveillé par ce site qui méritait amplement d'être connu et il se surprenait à s'y trouver à l'aise.

Depuis que Blanche son épouse était morte, c'était la première fois que son cœur trouvait du repos. Même le son des cloches de l'église Saint-Jean, dont il avait entendu le concert matinal, avait apaisé ses esprits et, pourtant, des citadins courroucés se plaignaient, parfois, du tintamarre que les cloches faisaient trop tôt le matin.

Mais Blanche avait aimé les cloches. Celles de Bruges, quand elles sonnaient à toute volée, lui laissaient du baume au cœur. C'est ce qu'elle disait. Ah ! comme il aurait voulu qu'elle voie aussi cette grande église ogivale, ces belles façades dorées des maisons de Bourgogne, ces encorbellements, ces fenêtres en double accolade, et tout ce pan de mur d'église peuplé de gargouilles.

Mais Blanche n'était plus ! Blanche était partie rejoindre ses ancêtres, son père et sa mère qu'elle n'avait jamais connus. Blanche avait quitté cette terre, Thomassaint et ses deux fils, Gilles et Martin, deux garçons vigoureux qui apprendraient, eux aussi, le beau métier de haut lissier.

Blanche avait aussi laissé un fils nommé Jean, élevé sur sa propre volonté à l'abbaye Saint-Grégoire de Tours pour y devenir moine. Fils du sultan Mehmed II qui avait conquis Constantinople et de Blanche, sa prisonnière, Jean revenait de loin.

Sa trop grande sensibilité supportait mal les atrocités qu'avait commises son père et il lui semblait qu'à Saint-Grégoire de Tours, réfugié parmi les moines qui lui enseignaient la religion catholique, il rachetait les péchés de son géniteur. Jamais Jean, fils de sultan, n'aurait voulu se tourner vers la religion musulmane. Jean n'aspirait qu'à embrasser la foi chrétienne.

Tout cela perturbait encore Thomassaint. Certes, il ne pourrait jamais oublier Blanche, comme il ne pouvait effacer de sa mémoire Burgot, sa première épouse. Pourtant, depuis son second veuvage, ses réflexions le portaient au-devant de la petite Léonore, née sur un voilier qui n'avait pas supporté les violences de la tempête.

Devant le bel ensemble du palais ducal, ses yeux se portèrent tout naturellement vers le donjon de la tour dont la masse carrée s'érigeait en plein ciel. Les soldats de la garde le laissèrent passer quand il présenta son insigne des membres hauts lissiers du Nord.

L'entrée reliait la cour de la sainte chapelle et la grande cour intérieure du palais et c'était merveille que d'y voir toutes ces arcades en ogives jusqu'à l'étage supérieur. Les carreaux de couleur sertis de plomb lançaient mille feux et venaient éblouir l'œil du visiteur. On eût dit un embrasement du soleil quand il y jetait directement ses rayons. Même le lierre et les fleurs qui décoraient la façade s'éclairaient de leur lumière.

Thomassaint fut reçu sans attendre par Charles le Téméraire qui, les bras tendus, vint à lui en arborant un grand sourire sur son visage pâle dont les traits accusaient une certaine grâce. Il ne portait ni toque, ni chapeau, ni bonnet et ses cheveux souples et très noirs tombaient juste au-dessus des épaules.

— C'est un honneur pour moi, maître, que de vous recevoir en mon palais de Dijon. Vous y êtes mon invité le temps qu'il vous plaira.

Puis, comme Thomassaint se taisait, un peu courbé devant lui, il ajouta :

— Si, si. Je compte bien que vous restiez ici quelques jours avant de rentrer dans votre capitale brugeoise.

— C'est un honneur encore plus grand, seigneur de Bourgogne, que d'être reçu par vous. Aussi, je souhaite accomplir avec tout mon talent le projet que vous voulez bien me confier.

Il s'agissait d'une grande tenture historiée comprenant une suite de plusieurs immenses panneaux sur l'histoire d'Hercule. Thomassaint ignorait encore que la maison de Bourbon venait de commander le même ouvrage à un autre artiste, Charles de Bourbon, qui venait d'être sacré cardinal. Mais le Téméraire n'en parla pas, car les artistes n'aimaient guère qu'une œuvre identique, même si l'inspiration devait être complètement différente, soit créée dans un même temps.

Thomassaint portait l'habit des compagnons tisserands, l'insigne accroché sur son épaule. La quarantaine à peine, le maître lissier était un bel homme, plein de charme, à la silhouette encore mince et souple. Ses yeux couleur de châtaigne paraissaient doux et tranquilles. Aucune nervosité ne transparaissait dans son attitude... et pourtant !

Juste à ce moment où Charles le Téméraire lâchait ses mains pour l'inviter à prendre place en face de lui, les yeux de Thomassaint se posèrent sur *L'Offrande du cœur*. Le choc fut d'autant plus brutal qu'elle y resplendissait dans tout l'ensemble de ses fils d'or et d'argent. Une pure merveille !

Ses yeux cillaient, se fermaient, se rouvraient, incapables de la quitter. Son cœur se mit à battre et tout le passé lui revint en mémoire. Charles le Téméraire ne fut pas sans remarquer l'émotion qui étreignait l'artiste.

— Connaissiez-vous ce petit chef-d'œuvre ?

— Oui, seigneur de Bourgogne, répondit Thomassaint, la gorge sèche, j'avais autrefois embarqué sur un navire anglais qui dissimulait cette œuvre avec mille autres merveilles. Il fut attaqué par une galère génoise en pleine mutinerie, et le butin fut partagé.

Sur le visage du Téméraire s'alluma une étrange lueur et il reprit d'un ton sarcastique :

— Et qui a reçu celle-ci ?
— Moi, mon seigneur.
— Et pourquoi ne l'aviez-vous plus en votre possession ?
Thomassaint n'hésitait plus. Il devait tout révéler afin d'apprendre où était sa fille.
— Où était-elle ? s'enquit le Téméraire à nouveau en dardant sur son compagnon un regard aigu.
— Entre les mains d'un marin breton à qui je l'avais donnée pour qu'il ramenât ma fille en France.
Charles se leva de son fauteuil.
— À présent, elle m'appartient, et vous n'y pouvez rien, maître Thomassaint.
— Je ne conteste rien, mon seigneur. Cette œuvre est à vous. Mais j'aimerais juste connaître le nom de celui qui vous l'a offerte, afin que je remonte la filière qui me permettrait de retrouver ma fille.
— Votre fille !
— Oui, ma fille que je n'ai jamais revue depuis que ma première épouse est décédée en la mettant au monde. Cela se passait en mer Méditerranée, non loin des Dardanelles.
Le Téméraire fit quelques pas dans la pièce et se gratta délicatement le menton.
— Pourquoi vous cacherais-je le nom de celui qui m'a offert cette splendeur ? Il s'agit de mon ex-chambellan Guillaume de La Baume. Vous pouvez, d'ailleurs, aller le voir de ma part, peut-être vous donnera-t-il quelques autres renseignements.
Puis ils reparlèrent de la concrétisation de l'ensemble historié qui portait sur l'histoire du grand personnage grec Hercule.

Deux semaines plus tard, Thomassaint avait pris la précaution de s'informer plus amplement au sujet du seigneur de La Baume. Ce n'est pas sans mal que, après avoir délié plus d'une fois les cordons de sa bourse, il apprit que le personnage en question n'était pas d'une blancheur exemplaire. Il retournait facilement sa politique en faveur du plus louche, du plus dissimulateur. Le seigneur de La Baume se plaisait dans une atmosphère de complots et d'intrigues.

Le mois suivant, Thomassaint se trouvait en face du seigneur de La Baume sans trop savoir où cette démarche allait l'entraîner.

— Messire, fit Thomassaint, je suis heureux d'apprendre que vous avez réussi à traiter l'affaire de l'« Histoire d'Hercule » avec le duc de Bourgogne. Oui ! Vraiment, je m'en réjouis. Mais je suis venu vous voir pour tout autre chose.

— Et quel est ce propos dont vous voulez m'entretenir ?

Thomassaint regardait ce vieil homme sans éprouver d'attirance. Son faciès grimaçant lui déplaisait fortement, sa voix chevrotante et désagréable, ses yeux de singe observateur, rien en lui ne suscitait la sympathie. Son allure tordue et son regard plus torve encore n'avaient rien de bienveillant. Il jeta sans attendre :

— J'ai appris que vous aviez offert au duc une petite œuvre historiée, *L'Offrande du cœur*, que j'avais eu l'occasion d'admirer, il y a bien longtemps, en un lieu très lointain. Vous plairait-il de lui en offrir une autre que je vous céderais à bon prix !

— À bon prix ! Mais que diable ! Pourquoi à bon prix ? Et de quoi s'agit-il ? Et pourquoi voudriez-vous ainsi me plaire ? Et que devrais-je vous donner en contrepartie ?

— Voilà plusieurs questions auxquelles je vais répondre une par une, messire La Baume.

Il désigna l'un des fauteuils.

— Puis-je m'asseoir ?

Décidément ce vieil homme ne lui plaisait guère. Il respirait la fausseté à cent lieues.

— Je réponds à votre première question, messire La Baume. Une œuvre à bon prix, parce que les dessins des cartons seraient effectués par un artiste de renom vivant à Bruges qui me doit une grande reconnaissance, mais dont je tairai le nom pour l'instant.

Il prit place sur le siège que lui avait désigné son hôte, puis étendit ses jambes sur lesquelles retombaient les plis de sa longue robe.

Le vieil homme hocha la tête.

— Poursuivez.

— Cet ouvrage serait une composition autour du grand personnage romain qu'affectionne tant le duc de Bourgogne. Un personnage auquel il aime s'assimiler autant qu'Hercule sur lequel il vient de fixer son choix pour le travail qu'il me commande.

Étonné plus qu'il ne voulait le laisser paraître, le vieux seigneur Guillaume plissait le front et fermait à demi les paupières. Thomassaint poursuivit :

— Mais pour en revenir à ce héros romain qu'il affectionne particulièrement...

— Le grand César ! jeta La Baume.

Thomassaint s'écria :

— Je savais que vous connaissiez votre seigneur de Bourgogne suffisamment pour jeter ce nom-là. Il s'agit bien du grand César que je ferai entrer dans le cadre de mon inspiration avec ses guerriers cuirassés, ses hallebardes, ses fanions, ses chevaux, ses paysages campés dans le lointain et couverts par un ciel d'apocalypse.

La Baume leva une main décharnée et nerveuse.

— J'aimerais connaître votre réponse concernant la troisième question, s'enquit-il en esquissant un sourire pernicieux, comme s'il attendait une mauvaise chute qui fasse crouler ce bel édifice.

— Ah oui ! La troisième question, reprit Thomassaint d'un ton très assuré...

Mais, pour qui le connaissait bien, se mêlaient à sa voix rancœur et amertume, et ce n'était certes pas le seigneur de La Baume qui pouvait le déceler. Or, pour répondre, il fallait encore que Thomassaint repense au bel atelier de Tours qu'il aurait dû hériter de sa mère, mais qui avait été repris par le nouveau prévôt de Paris dès la disparition de Michel de Lallier sous le règne de Charles VII. À son retour de Constantinople, Thomassaint avait vu non seulement son héritage maternel dérobé par les membres de la cour royale, mais son héritage paternel de Bruges rayé par un cousinage éloigné qui refusait de reconnaître sa naissance.

Mais, pour l'instant, seul son héritage maternel était en jeu.

— La troisième question ! reprit-il en souriant tranquillement. Pourquoi vous plaire plus qu'à un autre ? Parce que je n'ai guère de sentiments pour la cour de France, à laquelle mes ancêtres étaient liés. Une cour à laquelle était attachée sentimentalement ma mère, mais aussi une cour qui m'a joué un vilain tour d'héritage. Par contre, j'aimerais dédommager la cour de Bourgogne à qui je dois la célébrité de mon nom.

— Tout cela se tient parfaitement, admit le vieux La Baume. Reste votre quatrième argument pour me convaincre : que devrai-je vous donner en contrepartie ?

— Rien de plus simple, messire. Seule une personne connaissant parfaitement le duc de Bourgogne peut me fournir gracieusement les éléments qui me permettraient de réaliser une œuvre parfaite. Pour cela il me faut connaître ses goûts, ses idées, ses espoirs et même ses tendances.

— Vous m'avez convaincu, maître Thomassaint. Cependant, il me manque un détail pour clore cet arrangement entre nous. Que gagnez-vous dans cette affaire ?

Thomassaint se redressa, un sourire aux lèvres.

— La renommée, messire La Baume. La renommée !

— Quand commencerons-nous cette œuvre ?

— Bientôt, très bientôt. Ah ! j'ai pour habitude d'offrir un petit ouvrage aux épouses de mes commanditaires, souvent un petit tapis de fauteuil ou de prie-Dieu, parfois même un ciel de lit si la commande est importante. Avez-vous une épouse, messire La Baume ?

— Mon épouse ! ricana le vieil homme. Mon épouse est partie dans sa famille.

— En Bourgogne ?

— Non, en Bretagne.

Un pressentiment lui disait que, par le biais de cette épouse, sans doute une femme d'âge mûr, si l'on en jugeait par les soixante ans passés du seigneur de La Baume, il pourrait peut-être en savoir davantage au sujet de *L'Offrande du cœur*. Thomassaint sentait qu'il ne pouvait questionner davantage le vieil homme sans risquer d'attirer sa méfiance et de voir son projet anéanti.

— Angers, Nantes ? s'enquit-il autant par politesse que par intérêt.

— Nantes. Sa résidence n'est pas éloignée du port, ricana de nouveau son compagnon. Elle regarde passer les bateaux du port et observe les dockers charger et décharger leurs marchandises.

Sacrebleu ! Y avait-il un lien avec ce port de Nantes

dont il semblait parler avec beaucoup d'acrimonie ? Il fallait endormir la méfiance de ce vieil homme et en apprendre davantage. Qui était cette épouse ?

— Je pourrais offrir à dame de La Baume une petite tapisserie armoriée si vous me révélez son nom. C'est un présent que je fais rarement, mais j'ai tant plaisir à démarrer cette affaire qu'il m'est agréable d'aller au-delà.

— Son nom ! Bah ! Il est insignifiant. Aussi me plairait-il davantage que vous réalisiez ce petit ouvrage à mes propres initiales. Ma famille est plus honorable que la sienne. Ma femme vient du grand large, elle... elle y est retournée.

Il se tut, l'œil mauvais, et grommela :

— Mais elle me reviendra de gré ou de force. Il le faudra bien, elle est sans un sou.

— N'était-elle donc pas noble ?

— Noble ! Quand un vieillard comme moi, maître Thomassaint, épouse une donzelle comme elle, il ne faut point demander une grosse dot, encore moins un titre de noblesse.

— Dieu que c'est dommage ! s'apitoya faussement Thomassaint.

Tout se recoupait à présent. Léonore était peut-être l'épouse de ce vieux seigneur vicieux et malsain. Qui pouvait-il interroger à présent pour en savoir davantage ? Tout en réfléchissant, il se dirigeait vers les écuries du château afin de reprendre son attelage.

Sa voiture était prête et ses chevaux semblaient bien reposés. Le palefrenier lui tendit les rênes. C'était un homme d'une cinquantaine d'années. Sans doute était-il au service de son maître depuis longtemps. Il prit la décision de le questionner.

— Connaissez-vous l'épouse du sire de La Baume ? s'enquit-il.

Méfiant, l'homme le regarda d'un œil louche. Thomassaint s'y était mal pris. De toute évidence, cet homme était à la solde du vieux de La Baume et ne voulait pas lui déplaire. Aussi, le tapissier changea sa manière de faire.

— Pardonnez ma curiosité, mais j'ai connu autrefois un marin de Nantes qui semblerait habiter du côté où s'est retirée cette femme. Je dois une grosse reconnaissance à cet homme et si je vais un jour en Bretagne, je ne manquerai pas d'aller voir de ce côté-là. Ah ! diable ! Je ne serais plus en vie si cet homme ne m'avait sauvé autrefois.

Payer une reconnaissance pour un service rendu. Voilà un langage qui plaisait toujours au personnel des maisons bourgeoises.

— Oui ! commença-t-il, la petite disait qu'elle venait de Nantes.

— La petite !

Thomassaint saisit sa bourse et en desserra les cordons. Le palefrenier jeta les yeux sur l'ampleur de l'escarcelle. Sa belle panse ronde semblait le railler. Quand il vit le sou briller dans la paume de sa main, il comprit qu'il pouvait en avoir d'autres. Un beau sou qui narguait son œil devenu soudain plus concupiscent qu'il n'aurait cru. Depuis combien de temps n'avait-il pas tenu entre ses doigts un pareil trésor ? Certes, la Berthe et lui mangeaient à leur faim, ils dormaient dans les combles et leurs deux enfants travaillaient, eux aussi, au service du vieux La Baume. Mais quelques sous bien placés pouvaient améliorer leur ordinaire.

— Ben ! C'est que l'épouse du vieux seigneur n'est point très vieille.

— Est-elle repartie à Nantes ?

— À mon sens, elle ne voulait point y retourner.

— Où voulait-elle aller ?

Le palefrenier loucha sur les cordons de la bourse que Thomassaint triturait entre ses doigts devenus nerveux. Puis il saisit une pièce et la tendit à l'homme dont les yeux s'allumèrent de plaisir.

— Oh ! à Tours ou à Paris. Ou peut-être même dans le Nord.

— Dans le Nord !

— Pour sûr. C'est du moins ce qu'elle avait dit à la Guillemette qu'est partie avec elle.

Un troisième sou vint s'ajouter aux deux autres.

— Que voulait-elle faire dans le Nord ?

— Chercher son père. C'est ce qu'elle disait encore à la Guillemette qui l'écoutait la bouche grande ouverte. Ah ! c'est qu'elle l'avait élevée au rang de chambrière, la Guillemette ! Alors, elle pouvait bien s'intéresser quand l'autre lui racontait ses histoires.

— Quelles histoires ?

— Des histoires qu'elle avait vécues à la cour de Berry, qu'elle avait quittée pour des raisons qu'elle ne voulait pas dire.

— Et que disait-elle encore ?

Le palefrenier n'était pas fou. Sa langue continuerait à se délier, mais il fallait aussi que l'autre paie ! Aussi, cette fois, désigna-t-il carrément du menton la bourse de Thomassaint. Elle était trop replète pour qu'il s'arrêtât là.

Dans sa main, le quatrième sou vint trébucher contre les autres avec un petit bruit métallique qui fit plaisir au palefrenier. Alors, il poursuivit :

— Que c'était le roi Louis XI qui l'avait mariée au

sire mon maître, et qu'il l'aiderait ensuite à s'enfuir. Ah ! une histoire à ne rien y comprendre. C'est pourtant bien arrivé. Un jour, elle est partie avec la Guillemette, mais c'est point pour Nantes. Je peux le dire.

Thomassaint en savait assez pour poursuivre son enquête. La cour de Berry, puis celle du roi Louis XI. Vraiment, sa fille n'avait pas manqué d'audace pour tenter de retrouver son père. Une fois de plus, il eut honte de ne pas avoir effectué ses recherches plus tôt. Blanche aurait pu comprendre s'il avait insisté. Car, bien que ses deux fils, Gilles et Martin, lui aient pris tout son temps, il en serait resté assez pour la petite Léonore.

XXI

À Lille, l'agitation était intense. La place du centre de la ville, celle du grand marché, le parvis de la cathédrale, les alentours, les ruelles débouchant sur les églises, tout était noir de monde. Tout remuait dans un fracas épouvantable.

Les marchands ambulants juchés sur des ânes, les seigneurs et leurs dames installés derrière un cocher qui conduisait les attelages, les nobles et les bourgeois en tenue de fête, les gros commerçants qui accrochaient à leur ceinture une bourse aussi pleine que leur ventre, les évêques pleins de morgue et d'arrogance grimpés sur leurs belles haquenées blanches et les chanoines, beaucoup plus simples, montés sur des mules rétives, sans compter les commères et les compères qui déambulaient à la recherche de l'occasion à saisir, les enfants criards qui chapardaient le moindre petit trésor à débusquer, une chandelle, une saucisse, un lacet de chaussure, un seau vide, et enfin les soldats qui faisaient refluer tout ce qui leur paraissait inutile comme les colporteurs, les mendiants, les étrangers qui se présentaient sans décliner leur identité.

Dans la chambre de l'auberge, Léonore se leva, réfléchit et fit quelques pas en contournant distraitement la table, le chevet, le coffre, les deux fauteuils et le tabouret.

— Oh ! Guillemette, que vais-je mettre demain soir, soupira-t-elle en regardant sa maigre garde-robe enfermée dans le petit coffre d'osier qu'elle emportait partout avec elle.

Il contenait tout ce qui lui appartenait, quelques bijoux, quelques parfums, quelques rubans.

— Ma pauvre Guillemette, te voilà chambrière d'une misérable maîtresse.

— Peu importe ! dame Léonore. C'est avec vous que je veux être. Et puis, c'est grâce à vous si j'ai connu mon brave Jacquemin.

Elle s'affaira, la tête penchée sur le coffre, et sortit une par une les quatre toilettes de sa maîtresse. Deux robes et deux surcots qu'elle interchangeait chaque jour et une simple jupe en coutil bleu qu'elle passait quand elle ne sortait pas. Puis elle tira la dernière toilette qui paraissait plus fraîche que les autres, mais Léonore la regarda d'un œil indifférent.

— Nous sommes invités par le bailli de la ville. Je ne puis me présenter en petite robe de province froissée, délavée, à peine fraîche !

— Cette robe rouge, dame Léonore, est très belle. Vous la mettez toujours pour les grandes occasions. Pourquoi ne voulez-vous pas la porter ?

— Tu as raison, Guillemette, oui, tu as mille fois raison, mais il y aura maître du Moulin, maître Pasquier Grenier et le seigneur Le Viste qui m'ont déjà vue deux fois avec cette toilette. Et si je porte l'une des deux autres, je vais faire figure d'affreuse petite mendiante.

Elle se précipita vers Guillemette et lui sauta au cou.

— Au diable l'avarice ! Je vais vider ma bourse. Va prévenir Jacquemin que nous partons tout de suite faire des emplettes dans la ville. Lille est un grand centre de lainages et d'étoffes. Nous trouverons une jolie robe qui me sacrera reine de la soirée. Et puis je t'achèterai une nouvelle jupe, un autre surcot et des rubans assortis. Et pour Jacquemin, nous lui prendrons des bottes neuves et un grand chapeau de cocher.

Aussitôt dit, aussitôt fait. L'attelage démarra peu de temps plus tard et elles se retrouvèrent dans le centre de la ville à pérorer avec les commerçants qui étalaient leurs marchandises.

— Ah ! demoiselle, fit un petit homme replet en approchant une douce étoffe de satin broché près de son visage. Cette toilette vous attendait. Regardez comme ce fil d'or convient au mauve de vos prunelles.

— Quel est son prix ?

— Cent cinquante sous, c'est pour dire, un cadeau. Je l'offrirais pour le double à une autre que vous.

— Hélas, c'est beaucoup trop cher pour ma bourse.

— Attendez, fit le petit homme d'un ton avenant. Pour le même prix, je vous cède ce corselet de satin noir et la résille à cheveux assortie. Vous serez une véritable princesse des Mille et Une Nuits.

— Pour la soirée du bailli, ce serait merveilleux.

Le marchand leva les yeux au ciel et s'écria :

— Elle va à la soirée du bailli et elle ne veut pas prendre cette robe ! C'est inouï.

Il reposa les yeux sur elle et avança la main.

— Regardez-moi ces cheveux-là ! Noirs comme du jais. Et ce teint ! Doré et mat comme celui des belles Orientales. Et vous ne voulez pas revêtir cette parure de rêve ? Pour cent cinquante sous !

Léonore chavirait. Jamais elle n'avait vu une aussi jolie toilette. C'était indéniable ! Parée de ces atours, elle devenait une vraie princesse. Que dirait son père s'il la voyait dans cette robe tissée de fils d'or ? Une parure d'allure orientale, bien que sa coupe, il est vrai, fût à la dernière mode. Ample, souple dans l'abondance de ses plis, balayant le sol de sa longue traîne, les manches largement évasées retombant le long du corps et le corsage serré pouvant supporter l'étroit corselet lacé de fils dorés qui enserrait finement la taille.

— Cent cinquante sous ! répéta Léonore. C'est une fortune. Ma bourse ne peut pas se le permettre.

— Attendez, dit encore le marchand. Voici des rubans de couleurs variées, vous pourrez les assortir à vos autres robes.

— Montrez-moi plutôt une jolie jupe de coutil pour ma suivante.

— Oh ! j'en ai bien une, mais elle ne fait pas très...

— Très servante, rétorqua Guillemette en riant. Je pourrai peut-être jouer à la noble dame.

Puis elle agita joyeusement sa petite escarcelle.

— J'ai quelques économies s'il le faut.

— Range ta bourse, Guillemette. J'ai dit que je t'offrirais une jupe et je te l'offrirai.

— Dans ce cas, fit le marchand en ployant le dos, je vais chercher ce que je possède.

Il rapporta une jupe de rêve. Bleue comme les myosotis, ample, souple. Elle se portait avec un corselet blanc qu'il osa poser par-dessus. Guillemette ouvrit de grands yeux.

— Le tout pour cent cinquante sous, décréta Léonore.

Le marchand hésita et, pour la forme, se gratta le menton. Voilà déjà quelques minutes que, dans sa tête, il avait fait son calcul. Il gagnait deux fois et demie la somme. Cela lui rapportait tout de même un joli bénéfice.

— C'est bon, le tout pour cent cinquante sous.

— Nous prenons, trancha Léonore.

Et elles s'en furent en se tenant par le bras, riant de

s'apercevoir qu'elles avaient oublié les bottes et le chapeau de cocher pour Jacquemin.

Au détour d'une ruelle, alors qu'elles se rendaient chez un savetier, elles débouchèrent juste à l'angle de la cathédrale. Un bruit intense les fit s'arrêter. Des trompettes se mirent à sonner, des fanions s'agitèrent, des hérauts clamèrent des mots qu'elles ne comprirent pas tant le tumulte était grand. Elles s'approchèrent de la foule pour entendre les propos qui s'y formulaient.

On disait que la journée du lendemain s'annonçait mouvementée, car la ville recevait un grand seigneur de France.

— Et qui est ce grand seigneur ? s'enquit Guillemette en s'approchant d'une commerçante qui vantait ses épinards frais.

— Ah ! ma petite damoiselle, on dit que c'est le seigneur de Berry et sa dame, Marie de Bourgogne, à qui appartient une partie du duché de l'Artois. Voyez mes beaux épinards frais. Voyez mes beaux coings, ils sont sucrés, moelleux.

— Oh ! s'écria Léonore.

Et elle tomba dans les bras de Guillemette.

— Eh, ma petite damoiselle, ça va pas ? jeta la marchande de légumes. Vous avez les sangs qui vous tournent. Voulez-vous une gorgée d'eau fraîche ?

— Non, merci, dit Guillemette en soutenant sa maîtresse. Notre auberge est à deux pas. Tout ira bien.

La nuit fut agitée. Pierre ne comprit pas sur le coup ce qui arrivait à Léonore. Sa nervosité si peu coutumière l'étonnait. Elle s'agitait, soupirait avant qu'il ne la touche, se tournait et se retournait. Il crut, un instant, qu'elle s'énervait à l'idée de porter la robe neuve qu'elle lui avait montrée le soir même et qu'il avait trouvée merveilleuse.

Un peu plus tard, remarquant que son anxiété ne s'atténuait pas, il crut qu'elle allait lui annoncer un état qui l'aurait bien embarrassé, mais qu'il aurait tout de même accepté avec philosophie. Pierre n'avait pas d'enfant et si Léonore lui en faisait un, il serait le bienvenu. Les conséquences seraient une affaire entre lui et dame Bertrande.

Puis, passé les quelques questions qui lui assurèrent que ce n'était ni la coquetterie mettant la robe en jeu, ni l'angoisse d'une prochaine maternité, il n'insista pas et la quitta au matin suivant quand les huit heures eurent sonné à la cathédrale.

Certes, Léonore n'avait pas dormi de la nuit, retournant la situation dans tous les sens. Qu'allait-elle faire pour ne pas se rendre à la soirée ? Non ! c'était impossible, elle avait là une occasion unique de voir Charles pour lui demander comment se portait la petite Isabelle.

Léonore se mit à pleurer. Elle avait assuré Pierre que jamais plus elle ne reverrait le duc de Berry. Mais pouvait-elle imaginer, ce jour-là, que c'était lui qui se posterait sur son passage ? Lui ! Beau et arrogant, sans doute campé dans sa fierté de mâle tout-puissant. Lui ! qui ne veillait même pas sur ses bâtards, mais les laissait entre les mains des nourrices, des suivantes et des précepteurs. Oh ! sa petite Isabelle qui n'avait plus de mère !

Elle écrasa rageusement les larmes qui coulaient sur son visage et se promit de garder, à présent, les yeux secs. Il ne fallait surtout pas qu'elle se laissât envahir par les regrets, les larmes et l'impuissance.

Et Léonore ne savait pas tout. Elle ignorait encore que Charles, ayant lu la liste des invités, avait réclamé que Léonore de La Baume soit placée à son côté durant tout le repas. Car il savait bien, le duc de Berry, que son ancienne maîtresse avait été mariée par son frère le roi Louis XI au vieux seigneur de La Baume.

Enfin, elle ignorait encore que Pierre de Coëtivy serait relégué en bout de table avec les autres peintres invités et que Marie de Bourgogne, ce soir-là, serait loin de son époux, coincée entre Louis d'Aquitaine son cousin et Charles de Beaujeu, son beau-frère.

Pierre arriva vers midi. Ils se heurtèrent à l'entrée du couloir qui donnait sur leur chambre. Léonore revenait avec Guillemette du sous-sol où les cuves d'eau chaude permettaient aux clients de prendre un bain. Guillemette parut surprise et quitta Léonore quand elle vit Coëtivy. Puis elle remonta vers les combles où elle avait sa propre chambre.

Pierre n'était pas dans son état normal. Son visage affichait un regard perdu qui ne savait où se poser. Son front découvert était d'une pâleur extrême, un pli en barrait toute la surface, de long en large. Léonore n'avait jamais remarqué cette profonde ride et Dieu sait pourtant si elle avait caressé de ses doigts fuselés le visage de son amant.

Pierre s'arrêta et l'observa en silence. Ses gestes nerveux partaient dans tous les sens. Ses pieds allaient, venaient. Ses poings s'ouvraient, se fermaient, se crispaient.

— Ainsi, tu le savais, hier soir, jeta-t-il enfin dans un souffle rauque.

Elle acquiesça tristement.

— Je le savais. Mais qu'importe, fit-elle en se jetant dans ses bras. Oh ! Pierre, c'est toi que j'aime à présent. Tu le sais bien.

Il la garda contre lui, humant l'odeur de jasmin qui recouvrait son corps. Guillemette avait dû soigneusement le masser, le parfumer.

— En es-tu sûre ?

Elle se serra contre lui et ses lèvres vinrent à sa rencontre. Puis, l'entraînant dans la chambre, il s'appuya contre la porte et la ferma à double tour.

— Viens, fit-il en la tirant vers le lit. Que ce soit un beau souvenir pour le cas où tu ne reviendrais pas.

— Pierre ! gémit-elle, je t'aime. Tu le sais.

Il écrasa sa bouche dans un violent baiser, la dévêtit et la prit avec plus de rudesse qu'à l'habitude. Plaintive, Léonore se laissa faire en lui criant des mots d'amour qu'il ne semblait pas entendre. Il s'abattit sur elle, pantelant, rassasié et, ce qui troubla fort Léonore, il paraissait malheureux.

Puis il la quitta sans un mot. Toute la journée, les trompettes sonnèrent et les avertissements affluèrent. Partout on annonçait l'arrivée de la cour de Berry et les festivités qui auraient lieu à partir de huit heures du soir, heure à laquelle toutes les cloches de la ville annonceraient les présentations.

Dans la chambre, Léonore s'impatientait. Elle savait que Pierre ne viendrait pas la chercher et qu'elle ne le verrait pas. En partant, il avait dit à Jacquemin qu'il laissait l'attelage à Léonore et qu'il se débrouillerait seul pour se rendre à la soirée du bailli.

— Oh ! Guillemette, ce ruban n'est-il pas de trop ?

— Non, non, il fait ressortir le noir de la résille et les lacets du corset. Vous êtes très séduisante, dame Léonore. Toute l'assistance va vous admirer.

Quand Léonore et Guillemette, qui ne voulait point rester seule à l'auberge mais accompagner son Jacquemin jusque chez le bailli, furent prêtes, elles descendirent dans la grande salle qui commençait à se remplir de clients. Chaque soir, maître Thibaut, l'aubergiste, faisait tables combles.

À peine Léonore eut-elle jeté un coup d'œil vers la porte d'entrée qu'elle vit l'hôtelier se précipiter vers elle.

— J'allais juste vous prévenir, dame de La Baume. Un attelage envoyé par le duc de Berry lui-même vient vous chercher.

Sur le coup, Léonore fut sans réaction. Sotte qu'elle était ! Comment pouvait-elle se rendre seule à cette soirée ? Une femme honorable devait être accompagnée. Son sang se glaça aussitôt en pensant que, déjà, elle se trouvait tributaire de Charles. Dieu ! Qu'elle avait envie de faire demi-tour. Oui ! Retourner dans sa chambre et y attendre Pierre pour se retrouver paisiblement entre ses bras tendres et protecteurs.

Mais il restait Isabelle dont elle n'avait aucune nouvelle. Elle ne pouvait lui faire cela. Elle devait savoir comment sa fille grandissait et qui s'en occupait. Ah oui ! Triple sotte qu'elle était ! Qui allait la rassurer et lui parler des rires d'Isabelle, de ce qu'elle aimait et de ce qu'elle n'aimait pas. Charles affirmerait : « C'est une belle enfant ! Certes, elle vous ressemble, Léonore ! »

Et pour entendre cette fadaise, elle risquait de perdre l'amour de Pierre. Oh ! que la vie lui semblait lourde et triste. Elle faillit fermer les yeux, ignorer la porte d'entrée et l'aubergiste qui se tenait dans l'encadrement. Elle faillit remonter sans rien dire.

— Dame de La Baume, le cocher du duc de Berry vous attend.

— Bien, maître Thibaut. Je suis prête. Dites à Jacquemin qu'il me suive tout de même avec mon attelage, car je ne sais à quelle heure je rentrerai.

Puis elle se tourna vers Guillemette.

— Viens avec moi, Guillemette, j'aurai peut-être besoin de toi. Tu es ravissante avec ta jupe bleue et ton surcot blanc. Oui, tu es vraiment séduisante. Tu ne terniras pas le personnel de la maison de Berry.

Quelque temps plus tard, la voiture armoriée au nom de la maison de Berry les laissa dans la grande cour pavée du bailli dont déjà quelques voitures occupaient le centre.

Le chambellan, un homme grand et sec, au nez long et aux yeux de braise, se courba légèrement devant la jeune femme.

— J'ai ordre de vous conduire au petit salon où la personne qui vous accompagnera lors des présentations de la soirée d'honneur vous rejoindra dans quelques minutes.

Un valet arriva. Il portait la livrée jaune et rouge des gens du bailli de Lille. Le chambellan se tourna vers lui.

— La suivante de notre invitée peut rejoindre le personnel de la soirée. Qu'elle y attende le départ de sa maîtresse.

Léonore fit signe à Guillemette de suivre le valet et prit place dans un fauteuil dont le dossier et les accoudoirs étaient généreusement recouverts d'un satin pourpre et luisant. Là, dans un mobilier luxueux en bois sculpté où porcelaines et cristaux se côtoyaient, elle eut tout loisir de réfléchir, car son accompagnateur se fit désirer et, quand elle entendit la grosse horloge sonner les huit coups du soir, elle crut que les présentations allaient commencer avant qu'il ne soit venu la trouver.

Au huitième coup, un jeune homme d'environ vingt ans se courba devant elle. Grand, mince, le visage émacié et les pommettes saillantes, il arborait un sourire sympathique. Ses gestes étaient élégants, presque maniérés et, d'une voix aiguë, il se présenta :

— Je suis Jehan de Courcelles, fils du prévôt de Lille. J'ai été désigné par le bailli, qui est un ami de mon père, pour être votre chevalier servant lors des présentations de cette soirée. Cela ne vous importune-t-il pas ?

— Pas du tout, sire de Courcelles. Je vous remercie de votre grâce et de votre amabilité.

Ainsi Pierre allait la voir avec ce jeune dégingandé, au visage osseux, qui sentait plus le jasmin et la rose que l'origan et le musc.

— Merci, répondit-elle en lui dédiant un sourire de pure politesse.

À la porte de la grande salle de réception, le défilé des présentations avait déjà commencé. Les invités tous regroupés, dirigés et menés par les chambellans et les maîtres d'hôtel, attendaient qu'on les conviât à passer. De loin, Léonore aperçut Pierre qui braquait ses yeux sur elle. Elle lui sourit. Il ne répondit pas à son signe de reconnaissance, ce qui la blessa cruellement.

On prit son bras et celui du jeune sire de Courcelles qui pérorait gentiment sans qu'elle se rendît vraiment compte de ce qu'il disait, car toute son attention se portait, à présent, vers le fond de la salle où se tenaient le bailli, le prévôt et leurs épouses, le duc de Berry, Marie de Bourgogne et les deux plus hautes personnalités de la soirée après eux, Louis d'Aquitaine et Charles de Beaujeu.

Bien qu'elle fût très en beauté, Léonore se sentait toute petite, perdue, presque effrayée sans la chaude et réconfortante présence de Pierre.

Elle avançait, la main posée légèrement sur le bras du sire de Courcelles qui marchait précautionneusement à tout petits pas, si bien qu'au milieu de l'allée elle dut ralentir le rythme du sien pour rester à son niveau. Elle portait sa robe à merveille. La longue traîne en satin broché rehaussé de fils d'or lui donnait, en effet, l'apparence d'une princesse orientale. Léonore se tenait droite, souriante. Tout à l'heure, elle serait sans doute débarrassée de son chevalier servant.

Léonore avait conscience que les yeux se tournaient vers elle. Quand elle fut devant le bailli et ses invités d'honneur, son regard ne put se détacher de celui de Charles. Il souriait et paraissait fort détendu. Par contre, Marie de Bourgogne l'observait avec un œil de chatte sauvage qui griffe dès qu'elle en a l'occasion.

— Il me plaît de vous revoir, dame de La Baume, fit le duc de Berry alors que Léonore se courbait devant lui.

Elle ne vit ni ne sut comment étaient le bailli, le prévôt et leurs épouses. Elle se releva lentement et plongea son regard dans celui de Charles.

Son chevalier servant s'était courbé lui aussi, souriant à demi vers Marie de Bourgogne, mais celle-ci ne quittait pas des yeux Léonore. Le chambellan s'avança vers eux et les poussa sur le bas-côté de l'allée pour faire place au couple suivant.

Elle attendit longtemps avant de voir Pierre passer. Les hommes pouvaient ne pas être accompagnés de leur épouse. D'ailleurs, Le Viste, Pasquier Grenier et Jean du Moulin étaient restés groupés, accompagnés par quelques autres peintres de renom. Charles de Berry les congratula comme il se devait. Mais chacun pouvait voir qu'il ne portait d'attention qu'à la silhouette de Léonore refoulée avec les autres sur le bas-côté de l'allée.

Quand Léonore vit qu'on la plaçait à la droite de Charles de Berry, son cœur ne fit qu'un bond, mais elle resta stoïque et ne broncha pas jusqu'à ce qu'il lui adressât la parole. Ce fut le prévôt qui entama la discussion.

— Mon fils a eu bien de la chance de vous accompagner, belle dame, prononça-t-il avec un peu d'emphase. Il est d'ailleurs persuadé que vous êtes la plus jolie femme du monde. Sur ce point, je lui donne entièrement raison.

Il poussa son regard un peu plus loin et le dirigea sur son fils placé entre deux jeunes gens bruyants et pleins d'entrain, sans doute des étudiants qui discutaient âprement des impôts de la ville ou du commerce des étoffes dans le Nord.

— Tenez, regardez-le, il n'a d'yeux que pour vous.

— Et moi ! Pendant tout ce repas, chuchota enfin Charles à son oreille, je veux vos yeux dans les miens.

— Vous ne les aurez point pour vous seul, mon seigneur, car je connais trop de gens qui me regardent et à qui je dois rendre des grâces.

On apporta les premiers mets. Léonore n'osait tendre le cou pour chercher Pierre parmi les tables voisines. Par contre, dès qu'elle tournait son visage, elle croisait le regard de Marie de Bourgogne. Blonde, la peau blanche, les yeux clairs, l'épouse de Charles avait une beauté classique, fade et insipide. Elle ne prenait guère part à la discussion de ses deux voisins qui se contentaient de converser entre eux.

— Que faites-vous dans notre région, dame de La Baume ? s'enquit poliment le bailli. Je vous ai aperçue avant-hier en compagnie de grands artistes.

— Elle cherche son père, le haut lissier Thomassaint Cassex, jeta le duc de Berry.

Puis, se penchant vers elle, il lui murmura à l'oreille :

— Vous voyez, mon cœur, que je n'ai pas oublié votre plus grand désir.

— À présent, ce n'est plus tout à fait l'essentiel de mes désirs.

Chanteurs et baladins, danseurs et acrobates, musiciens, poètes vinrent distraire les invités pendant que l'on servait des sorbets à la poire et au coing pour digérer les potages, les pâtés en croûte, les jambons, les salaisons diverses, les poissons en sauce, avant de passer aux viandes.

— Votre père, belle Léonore, reprit le bailli en tournant vers elle un visage dont les rougeurs commençaient à s'apparenter à celle d'un fruit mûr, est un homme de talent. Il vit à Bruges et jouit là-bas d'une belle notoriété. Depuis combien de temps ne l'avez-vous point vu ?

— Elle ne l'a jamais vu, répondit le duc de Berry.

— Oh ! mon seigneur, rétorqua Léonore en souriant, j'aimerais répondre moi-même à messire le bailli. Que savez-vous d'autre sur mon père ?

Mais le bailli rougeaud, qui buvait à grandes rasades de la cervoise fraîche et mousseuse qu'un valet lui servait dès que son hanap était vide, commençait à rire à gorge déployée.

— Ah ! diable, je n'ai guère vu son épouse dans ma vie. Mais je sais que ses deux grands gaillards de fils prendront sans doute un jour sa relève. C'est son plus cher désir.

Léonore eut un choc. Oui ! Encore un. Ainsi, Thomassaint avait deux fils. Mais apparemment le bailli ne savait pas que son épouse était morte. Ce décès n'était donc pas très ancien.

— Cela vous contrarie-t-il, mon cœur ? demanda Charles.

— Je serai bien plus contrariée si vous ne me parlez pas d'Isabelle.

— C'est une jolie fillette. Elle vous ressemble, Léonore.

— Épargnez-moi ce vocabulaire, mon seigneur. Je sais tout comme vous qu'Isabelle est une jolie fillette. Oubliez-vous donc que je l'ai vue naître ?

Au moment où il lui prit la main pour y poser ses lèvres, Charles entendit la voix de sa femme se plaindre d'un mal de tête. Marie de Bourgogne s'excusa et réclama qu'on la libérât de ce fastidieux repas sur-le-champ.

Quand elle passa devant Léonore, elle susurra :

— J'aimerais vous voir avant votre départ, dame de La Baume.

— C'est que je dois rentrer à mon auberge, répliqua Léonore en soutenant le regard malveillant de la duchesse.

— Comme vous voulez, ma chère. Je pensais que des nouvelles de votre bâtarde pouvaient vous intéresser.

— Où puis-je vous retrouver ? s'enquit simplement Léonore d'un ton froid et sec.

— Dans l'aile droite de cette résidence. Je vous y attendrai après le dîner.

Les rôtis, les gigots, les volailles arrivaient sur des plats grandioses. Le prévôt de Lille, qui mélangeait bière et vin, commençait, lui aussi, à raconter des histoires égrillardes.

Charles, qui ne sentait plus peser sur lui le regard de sa femme, s'était approché de Léonore jusqu'à lui frôler le buste.

— Mon cœur ! Si tu reviens à la cour, je ferai de toi une princesse.

— Je suis déjà une princesse et celui qui m'en a donné la couronne est l'homme que j'aime.

Il se mit à rire. Le duc de Berry avait changé. C'était peut-être le résultat d'un amaigrissement qu'il ne pouvait cacher. Son visage paraissait moins ferme et son buste moins droit.

— Parles-tu de ton vieil époux qui a déjà un pied dans la tombe ?

— Certes non. D'ailleurs, je ne rentrerai en France que lorsque ses deux pieds seront dans cette tombe.

— Dieu ! Que tu es belle, Léonore. Ah ! que j'ai envie de toi.

— Tout est fini entre nous, mon seigneur. Vous le savez bien. Il fallait me tenir un autre langage quand vous avez dû prendre femme.

— Serais-tu restée si je t'avais gardée ?

— Sans doute. Je vous aimais assez pour cela. Et puis j'avais ma fille, elle m'aurait retenue.

Les baladins revinrent. Les poètes et les acrobates aussi. Leurs tours amusaient fort les invités. Quand l'un des poètes s'approcha pour lui demander ce qu'elle voulait entendre, Léonore leva les yeux et vit Pierre. Il se tenait non loin, comme s'il voulait écouter de plus près l'aubade du troubadour. Puis, quand le poète eut terminé, il lui donna une pièce et retourna à sa place.

— Ne te rends pas auprès de ma femme, Léonore, recommanda soudain Charles. Elle hait toutes mes maîtresses et plus encore les bâtards que je leur ai faits.

Les desserts traînèrent en longueur. Léonore avait envie de partir. Elle ne voyait plus Pierre. Il avait dû rentrer. En revanche, alors que le repas s'achevait, elle fut surprise de voir Guillemette qui lui tendait un billet.

— Puis-je le lire ? demanda-t-elle à Charles.

Il ne répondit pas. Léonore sentit son cœur battre.

« Mon amour, tu n'es plus loin de Bruges où tu vas retrouver ton père. Dans quelques jours tu seras près de lui et tu n'auras plus besoin de moi. Je n'ai pas d'autre excuse que celle d'être jaloux. Peut-être que, sans le père de ta fille, j'aurais poussé mon chemin plus loin avec toi, qui sait ! Mais je dois penser à mon travail, il fait partie de ma vie. Je dois rentrer sur-le-champ à Paris pour commencer l'"Histoire de la guerre de Troie" qui me tient trop à cœur. On ne peut pas suivre en même temps deux grands amours, deux grandes idées, deux grands projets. Tu le sais bien. Adieu mon amour, je serai toujours là pour toi quoi qu'il arrive. »

Quand Léonore ouvrit les yeux, elle se trouvait dans les bras de son ancien amant. Un affreux vide se fit en elle. Elle se frotta les yeux. Sa tête était douloureuse. Puis, peu à peu, tout lui revint. Pierre était parti. Un sanglot lui secoua la gorge.

Pierre avait fui sans aucune explication, sans même connaître le déroulement de la soirée. Pourquoi ses amants rompaient-ils tous par l'intermédiaire d'un mot insignifiant ?

Elle ravala sa salive et eut un petit hoquet de douleur. Le duc de Berry l'observait, un air grave sur le visage.

— La jalousie de ton artiste n'est pas la seule raison, mon cœur, dit Charles en appuyant sa bouche contre son oreille. Il est parti avec une gigantesque commande. Il tient là de quoi faire fortune et pourra asseoir son nom parmi les plus grands de cette époque. Le père était un grand homme, le fils le sera plus encore. Il a préféré la difficulté de son métier aux multiples problèmes de l'amour, comme, autrefois, j'ai préféré mon rang de prince royal à tes caresses.

La voix sonnait creux à son oreille. Sa tête bourdonnait toujours. Comment comprendre ce que Charles tentait de lui expliquer ? Pierre l'aimait. Elle en était convaincue. Un sanglot la secoua encore. Et son épouse, dame Bertrande, il lui en avait si peu parlé depuis qu'ils avaient quitté Paris. Avait-il eu peur qu'elle ne manifeste une vengeance appropriée à ses espoirs de réussite ?

— Pierre ! murmura-t-elle.

— Il n'est plus là, mon cœur ! C'est moi, Charles, qui te console.

Elle s'aperçut qu'il l'avait dévêtue. Sa résille traînait au bas du lit, son corselet et sa belle robe à traîne jonchaient le sol recouvert d'un épais tapis des Flandres. Elle sentit à nouveau ses forces l'abandonner et elle tendit une main qu'il prit aussitôt dans la sienne.

— Mon cœur ! Je suis là.

— Je veux partir pour Bruges, tout de suite.

Il la retint. Elle retrouvait sa force douce et patiente, ses caresses, ses baisers. Elle retrouvait le souffle languissant qui l'avait saisie autrefois. Mais non ! Tout cela n'était qu'un mauvais rêve. Tout à l'heure, elle verrait les yeux de Pierre, le corps de Pierre, le ventre palpitant de Pierre. Pour l'instant, elle mêlait tout, sans plus rien discerner. Pierre prenait le visage de Charles et Charles le corps de Pierre.

— Je veux partir pour Bruges. Tout de suite, répéta-t-elle en réprimant un nouveau sanglot.

— Non, mon cœur ! Pas avant que nous ayons fait l'amour. Après tu partiras.

Pantelante, gisante, Léonore pleurait doucement et Charles buvait ses larmes. L'une de ses mains s'attarda sur sa peau et, de l'autre, il commença à se dévêtir.

— Je te laisserai une bourse garnie et tu partiras demain à l'aube avec tes deux serviteurs. Coëtivy t'a laissé son attelage et ses chevaux.

Comme si ce détail terre à terre l'éveillait d'un cauchemar, elle se redressa, ouvrit pour la première fois grand ses yeux en les portant sur son compagnon. Mais sa voix restait lente, éteinte.

— Charles ! Je t'en supplie, fais de moi ce que tu veux jusqu'à mon départ, mais parle-moi d'Isabelle. C'est la seule raison pour laquelle j'ai risqué de perdre l'amour qui m'était pourtant indispensable.

— Alors, reste avec moi cette nuit, puis encore un jour et une nuit complète. Après tu partiras pour Bruges, tout comme moi je rentrerai en Anjou.

Il la serra contre lui, mais elle ne semblait pas réagir. Pour lui insuffler quelque entrain, il décida soudainement de la rassurer sur ce qu'elle voulait entendre.

— Ne te fais aucun souci, mon cœur. Notre fille est sous bonne garde, ne manque de rien, est souriante et gracieuse, ce qui prouve qu'elle n'est nullement malheureuse. Les dames de Montpensier et de Méricourt veillent sur elle. L'une et l'autre sont braves et compétentes. Elles prennent toutes deux leur rôle au sérieux. Quant aux nourrices, elles s'occupent très étroitement d'elle ainsi que de la petite Marguerite de Mercœur.

— Marguerite de Mercœur ! fit Léonore, surprise. Qui est sa mère ?

— Elle est morte, mon cœur. Sa fille restera, comme la tienne, à la cour de Berry qui, à présent, est aussi celle de Bourgogne. Elles sont élevées comme deux sœurs. Nous leur donnerons, plus tard, de gentils seigneurs attachés à nos cours respectives.

— Me promets-tu de bien veiller sur elle ?

— C'est ma fille, Léonore ! L'oublierais-tu ? Ne

sais-tu pas que les princes royaux ne renient jamais leurs enfants illégitimes ?

— Isabelle n'est pas la seule. Des fils et des filles, tu en as tant d'autres !

— Je n'ai pas encore de fils et de filles légitimes, mon cœur.

— Marie te fera des enfants, j'en suis sûre.

— Elle tarde un peu, dit-il d'un ton rêveur.

Puis il l'embrassa dans le cou. Elle se raidit légèrement, se reprit et, enfin, décida de se laisser aller.

— À présent, dit-il à voix basse, tu me dois toute cette nuit d'amour suivie d'une seconde. La première me permettra de te retrouver, la deuxième de t'aimer comme il faut.

XXII

Le mariage d'Anne de France eut lieu au château de Montrichard, après de courtes fiançailles pour éviter qu'un incident, éventuellement mûri dans l'esprit retors du Téméraire, ne vînt casser ce beau projet.

Anne avait reçu de son père une dot confortable de cent mille écus d'or. Cependant, pour une cause mettant en jeu sa légendaire suspicion – son avarice devait aussi en être le second motif –, le roi ne désirait point tout donner à son gendre en une seule fois. La dot était donc payable en plusieurs versements étalés tout au long des premières années.

Pierre de Beaujeu observait en silence la jeune épouse à qui l'Église venait de l'unir. Depuis la veille où les membres proches de la famille les avaient présentés l'un à l'autre, Anne n'avait fait aucun commentaire qui pût montrer un quelconque sentiment. Grave, comme à son habitude, tranquille, sereine, le sourire effleurant à peine ses lèvres, les yeux cependant si mobiles qu'ils allaient et venaient sur Pierre sans que celui-ci le remarquât. Il conversait avec le roi, et étudiait avec attention les dignitaires de la cour qu'il ne connaissait pas encore.

Satisfait, Pierre de Beaujeu pouvait l'être. Anne était grande, élancée, assez jolie, bien faite de sa personne et si le sourire qui venait de temps à autre surprendre ses lèvres restait toujours discret, son regard noir, intense, devait rappeler à ceux qui l'avaient connue ou rencontrée autrefois celui de son arrière-grand-mère Yolande d'Aragon, duchesse d'Anjou, dont la fille Marie avait été reine de France en épousant Charles VII. Comme son aïeule, Anne de Beaujeu allait devenir une figure de proue en cette époque qui enterrait le Moyen Âge.

Les clairons se turent pour faire place aux plus délicates flûtes et, quand les hautbois et les cithares prirent la relève, le rythme de la danse se fit plus alerte.

— Ne dansez-vous pas, Pierre ? hasarda la jeune fille d'un ton paisible.

— Hélas, répondit le nouvel époux d'un air contrit, je ne m'entends guère à ce genre de plaisirs.

— Alors, nous nous accorderons bien, car moi non plus, je n'apprécie pas beaucoup ces divertissements-là.

— Voulez-vous que nous fassions quelques pas au-dehors ? La nuit est douce, presque chaude, vous ne risquerez pas de prendre froid.

— Volontiers.

Ils jetèrent tous deux les yeux en direction de Louis d'Orléans qui entraînait dans une folle farandole deux jeunes damoiselles qui, d'ailleurs, semblaient prendre grand plaisir à se faire conduire par ce jeune et élégant seigneur. Il riait, parlait fort, amusait sans cesse les convives, surtout dames et damoiselles, par ses joyeuses boutades et son entrain inépuisable.

Anne réprima un soupir. Dieu ! comme il avait vite accepté la rupture de leurs entretiens intimes. Il ne semblait même pas se soucier de sa nouvelle fiancée, la pauvre petite Jeanne, qui se morfondait seule, tapie dans un coin obscur de la pièce, à regarder les autres s'amuser. Il l'ignorait avec une insensibilité totale, presque cruelle, tant elle paraissait évidente aux yeux de tous. Était-ce donc là l'unique vengeance qu'il pouvait s'accorder ?

Et pourtant Jeanne n'avait d'yeux que pour lui ! Elle suivait tous ses gestes, ses pas, ses mots, ses rires et même le souffle de ses soupirs dont elle semblait, de loin, se rassasier. Sa bosse, tournée vers le mur, ne se remarquait pas, mais chacun savait qu'elle était là et sa pauvre silhouette, pesamment tassée derrière les tables garnies qui, peu à peu, se vidaient, apparaissait comme une grosse et lourde pierre posée là pour ne plus en bouger.

Avant de suivre Pierre, Anne s'approcha d'elle, mais ce fut Jeanne qui lui parla la première :

— T'amuses-tu bien, Anne ?

— Oh ! répondit celle-ci en lui souriant, tu sais bien que je ne suis guère friande de ce genre de plaisirs qui amusent tant les autres. Je vais donc prendre un peu l'air et discuter avec Pierre.

Elles ne purent s'empêcher, chacune à leur manière, de jeter encore un regard sur le jeune duc d'Orléans qui tenait entre ses mains lestes et habiles la taille de la jeune Catherine de Nérac. Elles virent les mains de Louis descendre sur ses hanches prometteuses sans que celle-ci y trouvât à redire. Jeanne détourna son regard et vit une pointe de dépit dans les yeux de sa sœur.

— Oh ! l'aimes-tu encore ? souffla-t-elle.

Anne haussa les épaules.

— C'est Pierre mon époux. C'est à lui désormais que je dois consacrer mes jours et... mes nuits.

Puis elle posa un baiser sur le front de sa sœur.

— Ne t'inquiète pas pour moi. Depuis que le roi, notre père, en a décidé ainsi, je me suis fait une raison. Et, à présent, je suis convaincue que les folies de l'amour ne sont pas pour moi.

— Pour moi non plus, je le crains, murmura Jeanne.

Puis elle se redressa, ce qui rehaussa un peu sa courte taille.

— Crois-tu qu'il viendra au moins me parler ?

À quoi bon le lui dire ? Et que lui faire comprendre, d'ailleurs ? Anne savait qu'il ne prendrait même pas la peine de venir lui présenter quelques mots. Trop convaincu qu'il devait la délaisser, l'ignorer, lui prouver qu'il ne voulait pas d'elle. Et Jeanne, jusqu'à quel point le désirait-elle ? Allait-elle effacer son bel amour dans la prière comme Anne l'effacerait dans les affaires de l'État aux côtés d'un sage époux ?

Comme Pierre s'approchait d'elles, Jeanne jeta d'une voix plus forte :

— Tu n'aimes pas danser, Anne. Pierre non plus, il me semble. C'est un point qui vous rapproche.

Elle se blottit contre la pierre du mur, comme si elle désirait qu'elle l'absorbât tout entière. Non loin d'elle, une lampe accrochée sur la paroi éclaira faiblement son visage. Pierre baissa les yeux sur elle.

— Êtes-vous bien, Jeanne ? Voulez-vous que je vous apporte une boisson ?

— Non, Pierre. Ne vous dérangez pas pour moi. Anne m'a dit que vous désiriez faire une promenade. Profitez de ce que la lune éclaire encore le ciel de ses faibles lueurs.

À force de réflexion, Anne avait donc consenti à ce mariage de raison fondé sur une estime réciproque. Pierre de Beaujeu était un homme intelligent, sensé, prudent, et l'harmonie, du moins, si elle manquait d'amour, glissait infailliblement vers une affection mutuelle qui rendait tous rapports acceptables et sereins. D'autres traits de caractère les faisaient se compléter.

Modeste, Pierre aimait s'effacer. Ambitieuse, Anne aimait diriger.

Un couple qui ne devait montrer ni tumulte ni tapage, pas plus qu'il ne devait engendrer de perturbations dans la conduite du royaume car, la santé du roi s'avérant de plus en plus déficiente, l'autorité gouvernementale reposait de plus en plus sur Anne, dont l'assurance se développait chaque jour davantage.

Si Louis XI avait uni Anne au seigneur de Beaujeu et s'il s'apprêtait à donner la seconde de ses filles, Jeanne, à Louis d'Orléans, c'était bien pour assurer au royaume français l'héritage de deux puissantes maisons de France dont la puissance, si elles demeuraient indépendantes, risquait d'être dangereuse pour l'unité de la nation.

Pierre pouvait espérer être un jour l'un des plus importants personnages du royaume. Fort estimé par le roi qui comptait s'assurer la fidélité d'un allié, gendre de surcroît, le roi n'hésita pas à démunir sa proche parenté. Il est vrai que détenir tout le Beaujolais, le plus bel apanage des Bourbons, et si proche de la Bourgogne, permettrait au rusé roi de France d'affaiblir considérablement – avec le temps – les puissants domaines de son cousin le Téméraire.

Le couple résida quelque temps au Plessis, près du roi qui apprenait à connaître son gendre. Pierre estimait son épouse. Il la laissa immédiatement aller à sa guise, mais Anne restait sage, comme elle l'avait toujours été. Elle profitait de son indépendance pour bien agir, s'appuyant sur les théories que lui avait inculquées le roi, levée tôt, couchée tard, œuvrant toujours dans le sens des idées de son père. Le travail ne manquait pas. Même si la guerre de Cent Ans était terminée, les conflits se multipliaient aux frontières. Louis XI était menacé par la coalition d'Édouard, roi d'Angleterre, puis par celle du duc de Bretagne et enfin par celle de Charles le Téméraire, le duc de Bourgogne. Chacun essayait de resserrer les frontières qui lui étaient attribuées.

De Plessis-lès-Tours où ils passèrent leurs premiers mois de mariage, ils s'en furent à Amboise pour prendre en main l'éducation du dauphin Charles. Quelle confiance le roi mettait-il en sa fille pour que, aussi jeune, il la laissât ainsi veiller, toutes responsabilités acquises, sur son jeune frère, futur roi de France ?

Le roi avait été passionné par la chasse. Mais il vieillissait et sa santé périclitait. Il ne se hasardait donc plus dans les forêts profondes de ses nombreux domaines du Val de Loire pour courir l'ours ou le sanglier, se contentant de rester dans les petits bois attenants à ses résidences pour y poursuivre le lièvre ou le perdreau.

Avec l'âge, le roi devenait de plus en plus dévot. Les messes, les pèlerinages, les processions aux alentours des églises, bref ! tous les offices religieux dont, bientôt, il ne put se passer, remplissaient la plupart de son emploi du temps. Le roi s'en remettait de plus en plus souvent à sa fille et à son gendre pour les questions d'ordre politique.

Anne commandait avec un art inné. Elle tirait brillamment parti des leçons de son père. « Qui sait dissimuler, sait régner ! » lui avait-il appris avec ce sourire narquois au bord des lèvres et ce plissement de l'œil qui faisaient croire à un détachement complet alors qu'il n'était que soif d'ambition. Ah ! Louis XI pratiquait comme nul autre la dissimulation. En cela il était le maître incontesté. Homme trop retors pour croire à la droiture des autres, il ne savait que ruser.

Anne, depuis son tout jeune âge, avait accepté son père tel qu'il était. Si elle l'avait vu punir, condamner, poursuivre de sa vengeance, déposséder de leurs titres et domaines, exiler, mettre à mort ceux qui l'avaient trompé, trahi, volé, elle avait assisté maintes fois à des scènes de charité qu'elle ne pouvait oublier. Son père était capable d'indemniser une brave bergère dont un mouton avait été tué par ses chasseurs ou de donner un écu à une pauvre femme dont une volaille avait été dévorée par l'un de ses chiens. Il lui arrivait même de réclamer un bol de soupe ou un morceau de pain pour un mendiant qui se trouvait sur sa route.

Louis XI avait donné à sa fille la notion du travail. Anne avait le grand mérite de tenir compte de l'exemple paternel tout en gardant son indépendance de jugement et ses vues personnelles. Ambitieuse comme lui, elle mesurait cependant les choses avec plus de retenue et d'adresse et contrôlait plus efficacement ses pensées. Elle naviguait parmi les écueils sans jamais se noyer et savait où arrêter ses audaces.

Anne effectuait de nombreux déplacements entre Le Plessis, Amboise ou Les Montils. Comme son père, elle aimait les chiens, les lévriers et les dogues de Lombardie. Elle affectionnait tant la chasse qu'il était impossible d'en voir une sans qu'elle y assistât, chevauchant à bride abattue derrière sa meute démontée et rugissante.

Le jeune Charles, futur roi de France, grandissait en montrant un tempérament relativement souple et docile.

— Charles est jeune, Anne, soupira Pierre de Beaujeu en glissant un œil compréhensif vers l'enfant qui observait le jardinier en train de tracer une allée de bégonias, laissons-lui le temps de comprendre ce qu'est un roi de France.

— Non, Pierre, s'il ne comprend pas maintenant, il ne l'assimilera jamais !

Mais le précepteur du dauphin arriva pour le rappeler au sentiment de ses devoirs. Pierre passa un bras sur les épaules de sa femme. Puis, relevant doucement la guimpe qui recouvrait la nuque d'Anne, il écarta la dentelle et posa un baiser sur la peau délicate et blanche, juste à la racine des cheveux.

— Laissez ce travail ardu, ma mie ! Et venez plutôt vous reposer. Voilà deux mois que vous vous préoccupez sans relâche de cette affaire qui concerne les ambassadeurs flamands. Ils viendront à Paris et nous débattrons à ce moment-là.

— Mais, Pierre, la jeune Marguerite d'Autriche sera présente ! Vous semblez oublier que nous voulons la marier au dauphin. Cela demande mûre réflexion.

— Nous aviserons après, ma mie.

— Après ! Après quoi ?

Pierre se mit à rire et Anne murmura :

— Je suis à vous, Pierre.

Comme chaque fois que son époux l'entraînait vers la couche conjugale, c'était un déferlement de chuchotements, de bruits froissés, de petits soupirs retenus et de pas feutrés. Quelque temps plus tard, les lampes vacillantes accrochées aux murs et les chandelles non moins tremblotantes posées sur leurs bougeoirs étaient éteintes. Anne se laissait faire. Pierre n'était peut-être pas un amant extraordinaire, mais il savait du moins prendre les choses en main et, dans ces cas-là – c'étaient d'ailleurs les seuls –, Anne se soumettait sans rien dire.

Regrettait-elle encore les bras de Louis et ses baisers plus convaincants, plus ardents ? Pensait-elle aux propos audacieux qu'il savait autrefois lui tenir ?

Mais Pierre était tendre, et si la passion manquait à ses élans, du moins l'affection et la gentillesse y suppléaient.

Puis vint le mariage de Louis d'Orléans et de Jeanne de France. Pauvre Jeanne qui, bien avant les noces, avait tant de fois rêvé à son beau fiancé. Certaines nuits, elle croyait même sentir ses lèvres chaudes sur sa peau et ses mains caresser son visage. Le matin, elle s'éveillait en sueur et les larmes affluaient à ses paupières.

Le jour tant espéré était enfin arrivé. Un mariage sinistre qu'avait décidé le roi. Le lendemain, dès les premières lueurs de l'aube, à peine les oiseaux des volières étaient-ils endormis et les chiens des chenils fatigués d'aboyer, que les quelques invités s'en furent, ne voulant sans doute point être témoins de la suite que s'apprêtait à donner le duc d'Orléans à cette morne fête.

Jeanne attendit désespérément son mari, mais Louis ne vint pas et la malheureuse épousée ne réussit qu'à s'endormir au soir de la journée suivante.

Pourquoi Dieu qu'elle priait pourtant avec tant de ferveur, l'avait-Il faite si laide ? Pourquoi tant de jeunes filles de son âge étaient-elles pourvues d'un gracieux minois et d'un corps doux et souple, agréable à toucher, à contempler, un corps désirable ? Oh ! par tous les saints et saintes qu'elle connaissait et dont les noms étaient inscrits sur son livre d'heures, pourquoi – si le Ciel existait – n'avait-elle ni jolis petits seins menus et fermes ni cuisses longues et fines ? Et que venait faire dans son dos cette bosse agressive qui la coupait cruellement du monde ?

Depuis huit jours, Jeanne pleurait en silence. Tout ce temps où elle devait attendre, plongée dans les larmes, un mari qui ne viendrait pas. Elle n'avait même plus la force de prier, pas plus qu'elle n'avait le courage d'appeler pour qu'on vînt la secourir. Où était Louis et que faisait-il ? Après de longues réflexions Jeanne avait compris que son manque de grâce le tiendrait à l'écart de la couche conjugale et qu'elle ne le verrait sans doute que par épisodes. Son père, le roi, n'avait-il pas agi de la sorte envers sa mère, que la nature n'avait pourtant pas démunie de charme ?

Même Marie de Clèves, avant que les noces soient passées, lui montrait son dégoût chaque fois qu'elle la croisait dans une allée des jardins d'Amboise ou dans la grande salle du château où elle venait converser avec la reine Charlotte. « Une silhouette sans forme et sans couleur pour mon fils ! » l'avait-elle entendue murmurer. Mots terribles auxquels avait aussitôt rétorqué sa mère par un autre murmure : « Oui ! Mais une âme pure, intelligente et généreuse. »

Jeanne se désespérait, car ne point voir son mari la condamnait à l'impuissance totale. Le destin ne lui laissait même pas l'occasion de prouver sa bonté, sa générosité envers celui qui la repoussait avec tant de pugnacité. Jeanne n'était pas avare de sourires et de mots pleins d'indulgence. Elle aurait su trouver le moyen de capter son intérêt au moins quelques minutes.

Jeanne s'ouvrait sur la cruauté d'un monde dont elle allait mesurer chaque jour l'intensité. Louis XI n'était pas venu à la cérémonie, pas plus qu'il ne demandait de ses nouvelles. Sans doute redoutait-il d'éprouver de la honte à voir sa triste fille unie à un bellâtre tel que Louis d'Orléans. Et, pourtant, il réfléchissait lui aussi à la manière dont il pouvait réunir ce couple si mal accordé.

Durant huit jours, le duc d'Orléans ignora son épouse. Au début de la deuxième semaine, le roi fut mis au courant du manquement total aux devoirs conjugaux de son gendre envers sa fille. Il s'en fut à Blois où Louis tenait sa petite cour dans le château qui dépendait de ses domaines.

— Je vous demande d'accomplir votre devoir conjugal, mon gendre.

C'est à peine s'il avait pris le temps de le saluer. Le roi se tenait devant lui, sec et cinglant, le regard dur dont la noire pupille n'avait aucune envie de s'assouplir.

— Sire ! N'ai-je point le temps de...

— Ta ! ta ! ta ! Mon gendre. Ma fille saura bien vous donner des enfants. À moins que vous ne sachiez comment faire !

Louis rougit à tel point que le roi reprit, d'un ton sarcastique :

— Votre résidence de Blois est désormais celle de votre épouse. Elle va donc venir s'y installer. Ma garde personnelle qui l'accompagnera restera pour vous surveiller tant que vous n'aurez pas passé une nuit complète avec elle.

Comme le jeune duc d'Orléans ouvrait la bouche sans pouvoir toutefois en sortir un mot tant il était sidéré, le roi ne lui laissa pas le temps de réagir et reprit :

— Oui, mon gendre, je vous séquestre ici même. Vous n'en sortirez que lorsque Jeanne sera déflorée.

— C'est impossible, jeta sourdement Louis, que la colère commençait à mordre sauvagement.

— Que vous le vouliez ou non, vous consommerez ce mariage.

Le jeune homme arpenta à quelques grands pas hâtifs et nerveux la salle d'armes où ils se trouvaient. Stupéfait, certes, il l'était. Mais peu à peu sa hargne et sa rage se dissipèrent et la raison l'emporta. Louis savait qu'il n'aurait pas le dernier mot avec le roi et que, par son obstination et son refus, il aggraverait son cas. Le roi pouvait aller jusqu'à lui confisquer ses biens et ses domaines pour refus d'obéissance.

Louis d'Orléans s'arrêta à l'autre bout de la salle, fit demi-tour en virevoltant comme un grand oiseau dans un ciel découvert. Il se planta devant le roi et prit le parti de lancer un grand éclat de rire. Sa dernière phrase sonnait encore à son oreille : « Que vous le vouliez ou non, vous consommerez ce mariage. » Le roi venait de se dévoiler. Ce n'était pas un enfant qu'il voulait de cet infâme accouplement, c'était bien la consommation du mariage, conscient que, si Louis ne touchait pas sa fille, le pape pouvait le libérer des liens de cette union.

Le rire de Louis n'en finissait pas, à tel point que le roi se demanda si son gendre n'était pas devenu fou. Enfin, celui-ci se calma dans un petit hoquet presque désespéré.

— Sire ! jeta-t-il enfin en se courbant ironiquement devant le roi, je vais donner les instructions pour préparer la chambre de votre fille et j'y passerai une nuit complète avec elle. Après, je serai libre.

Alors que l'éducation du dauphin Charles avait été remise entre les mains du couple Beaujeu, naissait à Nantes l'héritière de François II de Bretagne, la duchesse Anne.

Et, ce matin-là, les cloches de la vieille cité sonnaient à toute volée, du plus grave bourdon, dont le rythme lent et puissant résonnait dans toutes les demeures, aux carillons pointus et plus joyeux dont la sonorité se répercutait jusque dans les villages des alentours.

De belle constitution, de visage agréable, les yeux noirs, pétillants, vifs et la voix sonore, l'enfant qui venait de voir le jour était la future duchesse de Bretagne.

François II qui, à plus de quarante ans, n'avait pas encore d'héritier aurait certes préféré un fils, mais, trop heureux de ne point mourir sans laisser son vaste domaine breton entre les mains d'une parenté éloignée, il était, ce jour-là, le plus comblé des hommes.

Il eût sûrement été plus heureux si la mère de la petite Anne avait survécu à la naissance de l'enfant. Prématurément usé par d'incessantes luttes contre ceux qui convoitaient son grand domaine, François II n'y croyait plus. Sa première épouse, Marguerite de Bretagne, n'avait pas laissé d'enfant et la seconde, Marguerite de Foix, venait de rendre l'âme en accouchant.

François II, comme tout monarque qui se respecte, avait accumulé les maîtresses dont certaines lui avaient donné quelques petits bâtards et bâtardes, telles la belle Antoinette de Maignelais, ex-maîtresse du roi Charles VII, et la dame de Villequier, qui avait dû s'effacer devant Marguerite de Foix. Puis la naissance d'Anne l'avait un peu assagi.

Une fille ! Peu importe. La loi salique n'existait pas dans cette Bretagne à la fois si proche et si éloignée de la France. Anne serait donc l'héritière à part entière du duché de Bretagne dont l'indépendance était totale. La Bretagne possédait sa propre justice, ses systèmes d'impôts, son clergé, ses finances. Elle échappait à tout contrôle de la France, gouvernait comme elle l'entendait, tenait ses conseils avec ses administrateurs, menait sa politique extérieure avec ses propres ambassadeurs qui ne relevaient que de leur duc.

Dans son domaine, l'un des plus vastes de l'Europe occidentale, convoité de tous les grands du royaume, le duc de Bretagne était le maître et, depuis des générations, prétendait détenir son pouvoir et son autonomie du seul Dieu tout-puissant.

Et, suivant la coutume des grands héritiers des royaumes, voilà qu'on se mit à marier la fillette au berceau. On lui donna tout d'abord le prince de Galles, héritier de la couronne d'Angleterre, puis Maximilien d'Autriche dont les possessions puissantes pouvaient s'allier à la Bretagne.

François II exultait, la couronne d'Angleterre ou celle d'Autriche pour sa fille était inespérée. Ces projets de mariage dont on essayait de structurer les contours étaient ébauchés sans l'avis du roi de France. Or, en montant sur le trône, Louis XI avait bien entendu cherché à imposer sa volonté à François II, mais, n'ayant pas réussi, le roi de France ne pouvait que veiller farouchement, un œil toujours tourné vers la Bretagne.

Bien que de plus en plus affaibli et miné par la maladie qui, à présent, le tenait dans sa chambre, Louis XI n'en démordait pas. Savait-il seulement que sa fille Anne de Beaujeu allait reprendre son travail en suivant ses idées ?

Mais, pour l'instant, le roi de France portait encore un regard de loup affamé sur le domaine de Bretagne, ce qui avait obligé François II, bien que la démarche ne lui plût guère, à s'allier avec Charles le Téméraire afin de se protéger des perpétuelles attaques de son ennemi.

À la naissance de la petite Anne, les tensions étaient montées et les conflits auxquels, d'ailleurs, prenait part Anne de Beaujeu, se propageaient de jour en jour. La Bretagne vivait des heures chaudes dont les effluves inattendus risquaient de retomber sur l'Europe.

XXIII

À Bruges, Léonore s'interrogeait. Tout lui paraissait à la fois étendu et condensé. À l'issue de ses recherches dont l'aboutissement semblait enfin se concrétiser, la jeune femme se rassura. Même si elle ne retrouvait pas son père tout de suite, elle pourrait l'attendre confortablement installée à l'hôtel. Il ne manquait pas d'auberges dans la ville et sa bourse était bien remplie.

Léonore restait sûre et maîtresse d'elle-même. Après qu'elle se fut présentée comme étant l'épouse du seigneur de La Baume, venant de Bourgogne où se trouvait le domaine de son mari, le prévôt de la ville la fit entrer dans la grande cour carrée de son immense maison et lui parla du prestige des villes flamandes, grands centres commerciaux du textile. Il lui apprit ainsi qu'il n'y avait pas que des ateliers de haute lisse, mais aussi des centres de filage, de tissage, de teinture et, bien entendu, des ateliers où les plus grands artistes peintres se tenaient.

Puis, l'entraînant dans l'une des annexes de la vaste demeure, il déplia un vieux plan de la ville afin qu'elle se repérât assez vite.

— Je vais inscrire sur le registre votre séjour dans la ville, dame de La Baume, ainsi il ne pourra rien vous arriver sans que je sois tenu au courant. C'est plus prudent pour les visiteurs et les passagers.

Il se frotta le menton et ajouta :

— Voyagez-vous seule ? Avez-vous du personnel ?

— Pris par ses affaires, mon mari est resté en France, répondit Léonore en souriant, et je n'ai emmené que ma servante, mon cocher, ma voiture et mes deux chevaux. Je suis descendue à l'auberge du Petit Pont.

— C'est une petite hostellerie excentrée, simple mais honnête. Le gîte et le couvert y sont honorables et vous y trouverez l'avantage d'être au calme. Le centre de la ville est beaucoup plus bruyant, surtout la nuit.

Puis, la saluant et lui souhaitant un bon séjour à Bruges, il lui indiqua le quartier des ateliers de tapisserie. En fait, ils étaient si nombreux qu'ils se trouvaient disséminés dans la ville. Celui de maître Thomassaint était situé dans le centre de Bruges, accolé aux vastes demeures des banquiers et des personnalités de la ville dont celle du prévôt, d'ailleurs, n'était guère éloignée.

Guillemette et Jacquemin – tout comme Léonore et tout comme l'avait été Burgot, sa mère, quand elle était arrivée dans cette belle capitale du Nord où elle avait fait la connaissance de Thomassaint – semblaient émerveillés devant la magie que dégageait la ville.

À chaque détour, à chaque coin de bâtiment, à chaque église, les ponts offraient leurs vieilles pierres, leurs balustrades de bois, leurs sculptures au-dessus d'une eau qui prenait les couleurs de la ville. Les barques par centaines flottaient paisiblement dans un clapotis qui, au petit matin, était encore reposant. Quand les premiers rayons du soleil se levaient, l'agitation de Bruges devenait de plus en plus intense.

La grande tour du beffroi, dont les énormes cloches sonnaient toutes les heures, annonçant à la population brugeoise chaque besogne quotidienne, les quais fleuris, les parvis des églises aux pierres vieillies et rendues luisantes par les milliers et milliers de pas qui s'y étaient frottés, les auberges accueillantes servant de la cervoise fraîche, piquante et mousseuse, méritaient toute l'attention qu'y portait Léonore.

Tandis qu'elle s'acheminait vers la résidence de son père et que César et Césarine, les deux alezans, se reposaient dans l'écurie d'une auberge proche, Guillemette et Jacquemin se promenaient main dans la main sur le grand marché des Augustins qui côtoyait le couvent Saint-Jacques.

La résidence de Thomassaint qui, précédemment, avait été celle de la lissière Katherine Hasselet et dont il avait hérité avec l'atelier attenant, était une grande bâtisse bourgeoise en brique rouge aux fenêtres en ogives sous un pignon aux sculptures ouvragées et au fronton crénelé.

Quand elle fut devant l'imposante porte cochère, Léonore ne sut tout d'abord si elle devait frapper le lourd anneau de bronze contre la paroi de bois ou contourner la résidence par la venelle qui se trouvait sur le côté et dont l'issue devait déboucher sur l'atelier.

Elle réfléchit quelques instants et, le temps qu'un passant se retourne avec curiosité, elle avait pris sa décision. Elle entrerait chez son père par la grande porte.

Un vieil homme vint lui ouvrir, suivi d'une femme non moins âgée, mais qui, cependant, se tenait plus droite que lui.

— Que voulez-vous ? fit la femme qui, d'un coup d'épaule, se dégagea du vieil homme qui la précédait.

— Voir Thomassaint Cassex.

— Maître Thomassaint est parti en France.

— Oh ! fit la jeune femme, désemparée.

— Vous désirez le voir à quel sujet ?

Léonore dut s'appuyer contre l'un des battants de la porte. Son cœur battait si fort qu'elle n'entendait plus que lui. C'était comme un martèlement obsédant qui l'empêchait de se concentrer. Fallait-il donc qu'elle ait réussi à faire tout ce trajet de Nantes jusqu'à Bruges et qu'elle sache désormais où vivait Thomassaint pour qu'elle le manquât de si près ?

Le vieux couple qui se tenait devant elle vit son désarroi et lui montra bon visage. S'attardant sur sa toilette élégante, sa prestance, son escarcelle rebondie accrochée à sa taille, ils crurent tous deux qu'il s'agissait d'une riche cliente.

— Vouliez-vous passer une commande à maître Thomassaint ? s'enquit l'homme.

Léonore secoua doucement la tête de gauche à droite.

— Quel dommage, dit-elle en soupirant, que je n'aie plus avec moi *L'Offrande du cœur*.

Le vieil homme se redressa légèrement. Son regard tranquille et doux se posa sur la jeune femme.

— Parlez-vous de la célèbre tapisserie tissée en début de ce siècle et tombée entre les mains d'on ne sait qui ?

— Elle était entre les miennes, jeta Léonore à voix basse.

Cette fois le vieil homme, que Léonore prenait pour un serviteur, s'approcha d'elle et lui saisit le bras.

— Entrez et racontez-moi tout ça.

La grande demeure dans laquelle Léonore pénétra était l'une de ces maisons brugeoises cossues où régnait ce confort tant apprécié des Flamands. Chaque pièce avait sa grande cheminée où flambaient sans discontinuer des grosses bûches aussi volumineuses que des troncs d'arbres.

Aux murs étaient accrochées des tentures aux Millefleurs, dessinées et tissées dans des couleurs éclatantes. Les herbages offraient des verts de flambe, des verts de Hongrie, des sombres verts minéraux de malachite broyée. Les fleurettes qui s'étendaient en un tapis velouté offraient des vermillons, des jaunes massicot, des rouges carminés et les fonds azurés tranchaient dans des couleurs d'azurite dont les effets revenaient à la mémoire de Léonore.

Une tenture accrochée au-dessus d'un grand coffre de bois sculpté serti de clous de bronze attira son attention. Elle soutira de sa manche un document épais et cartonné et le déroula devant les yeux du vieil homme.

— Regardez, c'est la même licorne. Si mon époux, le seigneur Guillaume de La Baume, m'a volé *L'Offrande du cœur*, il n'a jamais trouvé la licorne de ma mère.

— La licorne de votre mère !

Léonore hocha la tête.

— Elle s'appelait Burgot. Elle était enlumineuse comme sa mère, qui s'appelait Anastaise.

— Anastaise, s'écria la vieille femme, qui se précipita cette fois vers Léonore pour lui prendre la main. Je n'ai connu qu'une seule Anastaise et celle-ci était bien enlumineuse. Sa fille s'est mariée avec...

— Avec Thomassaint, mon père.

— Mais Burgot est morte à Constantinople, tout comme Clarisse, la mère de Thomassaint, dont j'étais la servante fidèle.

— C'est sans doute vrai pour ma grand-mère Clarisse, précisa Léonore en passant la main sur son front pour en essuyer la légère sueur qui apparaissait, mais c'est inexact pour ma propre mère. Elle est morte en me mettant au monde sur le bateau qui nous emmenait à Constantinople.

Sidéré, le vieil homme laissa retomber ses bras mollement le long de son corps.

— Jamais Thomassaint ne nous en a parlé. Il refusait d'évoquer son voyage. Il en rapportait trop de malheurs. Certes, sa mère, son épouse, son enfant, ça fait beaucoup, tout ça !

Encore ahuri, il branlait de la tête.

— Venez vous asseoir, petite, fit la vieille femme en la menant vers un fauteuil capitonné d'une belle tapisserie représentant une scène champêtre. Moi, je suis la vieille Mariette. Dame Clarisse m'avait laissé Thomassaint quand nous sommes venus à Bruges. Nouvellement mariée, elle devait repartir à Paris, et le jeune garçon ne pensait qu'à travailler avec son père, le maître Van der Hanck, dont il n'a pu hériter, n'étant qu'un fils naturel.

Elle mit les mains autour de son front et se tint la tête quelques instants.

— Mais, bah ! Je vous raconte tout ça alors que c'est à vous de nous relater votre vie.

Elle désigna du doigt le vieil homme.

— Lui, c'est Benoît. Il a bien connu votre grand-mère Clarisse. Elle travaillait avec lui à l'atelier de maître Van der Hanck à une époque où ils étaient tous les deux très jeunes.

— Ainsi, fit Léonore, ma grand-mère Clarisse n'a jamais épousé maître Van der Hanck.

— Hélas non ! Il était déjà marié à une vieille harpie aussi riche qu'une épouse de banquier. C'est pourquoi Thomassaint et moi avons atterri chez la veuve Katherine Hasselet qui n'avait pas d'enfant et qui était une amie de dame Clarisse. Elle a fait de Thomassaint son héritier.

Tout se mettait en place, à présent, dans l'esprit de la jeune femme. Elle frémit cependant à l'idée qu'elle prenait le même chemin que cette grand-mère Clarisse dont elle découvrait soudain la surprenante vie. Maître Van der Hanck avait été un amant pour elle comme Pierre de Coëtivy pour Léonore. La différence était l'enfant né de leurs amours. Sa petite Isabelle n'était pas issue du peintre tapissier qu'elle avait aimé, mais d'un prince du royaume dont elle s'était aussi éprise. Pourtant, les choses se recoupaient en un point semblable, ni Clarisse, ni elle n'avaient pu élever leur enfant en toute liberté.

— Benoît, fit Mariette d'un ton péremptoire. Je prends la responsabilité de tout raconter aux garçons. C'est impossible de leur cacher. Va donc les chercher. Des frères et sœurs, ça doit se connaître, même s'ils n'ont pas la même mère.

Quand les deux adolescents furent devant elle, Léonore ne sut soudain que dire ni que faire. L'un ressemblait à son père, mais elle ne pouvait s'en douter puisqu'elle n'avait jamais vu Thomassaint. L'autre devait se rapprocher physiquement de Blanche, sa mère. Il était blond et ses yeux étaient deux grands lacs bleus dans lesquels on pouvait se noyer, tant le regard était vaste et lumineux.

— Voici Gilles, l'aîné, et Martin, le cadet.

Ils avaient tous les deux l'air ébahi devant cette jolie jeune femme que Mariette leur présentait d'une façon assez pompeuse.

Ce fut Léonore qui leur tendit les mains.

— Je m'appelle Léonore, je suis la fille de Burgot, la première épouse de votre père.

Gilles avait refusé de prendre la main qu'elle tendait, mais Martin la saisit avec précipitation.

— Alors, tu es notre sœur !

— Demi-sœur, idiot ! rectifia Gilles d'un petit ton sec.

— Tu n'as pas de chance, fit Martin en souriant, notre père est parti pour la France.

— C'est une déveine pour moi. Je venais à Bruges pour faire sa connaissance.

— Eh bien, il faudra revenir, fit l'aîné en plantant son regard durci par le doute et l'effet de surprise.

Il avait des yeux en amande bordés de longs cils noirs et des pupilles couleur noisette si tendres et veloutées quand il voulait s'en donner la peine. Mais l'on voyait bien que cette sœur inconnue qu'on lui imposait d'une manière aussi brutale ne lui convenait guère.

— Non ! Elle peut rester, trancha le cadet en gardant la main de la jeune femme dans la sienne.

— Bien sûr qu'elle va rester avec nous, rétorqua Mariette en balançant sa vieille tête de haut en bas.

Benoît, qui n'avait presque rien dit depuis que cette effusion de mots et de gestes envahissait la résidence de maître Thomassaint, s'approcha de Léonore.

— Et si vous me disiez ce que vient faire *L'Offrande du cœur* dans tout ceci ?

Gilles tendit l'oreille. Le nom de cette célèbre tenture qu'il connaissait bien pour en avoir effectué lui-même des copies à l'atelier de son père attira son attention. Benoît sourit, fier de son astuce et curieux, lui aussi, d'en savoir davantage sur cette petite œuvre lissière.

— Mon père..., commença Léonore, qui ne fut pas sans remarquer que Gilles sursautait à cette appellation, a obtenu cette petite tenture dans le partage d'un butin sur un bateau corsaire anglais, le *Old King*. J'étais à peine née quand il a dû s'en séparer. Il voulait poursuivre son voyage pour retrouver sa mère, Clarisse, disparue dans la tourmente de la chute de Constantinople.

— Oh ! s'écria Martin, les yeux écarquillés d'étonnement.

— Ma mère était morte en me mettant au monde sur une petite frégate fracassée par la tempête.

— Oh ! s'exclama de nouveau Martin, ahuri par cette histoire digne de ses plus beaux récits d'aventures.

— Hélas ! précisa Léonore, mon père et ma mère enceinte fuyaient le palais du pacha d'Oran, qui les retenait prisonniers.

— Oh !

— Vas-tu cesser avec tes « Oh ! » cria Gilles à Martin dont les yeux étaient de véritables petites lucioles allumées.

Puis il se retourna vers la jeune femme.

— Comment savez-vous tout cela puisque vous n'avez jamais vu mon père ? Qui vous a raconté ces histoires ?

— Ce ne sont pas des histoires, reprit Léonore avec fermeté. C'est « mon » histoire et sûrement pas la vôtre. Et que vous le vouliez ou non, je suis votre sœur par le sang de notre père Thomassaint Cassex.

— Bien dit ! s'écria Martin, qui couvait d'un œil extasié cette grande sœur aussi audacieuse et hardie que son frère et qui, soudain, faisait irruption dans sa vie.

— Et si nous en venions à *L'Offrande du cœur*, intervint Benoît, qui voyait le tour de la conversation s'envenimer alors qu'il voulait au contraire en arrondir les angles.

— La suite de *mon* histoire est donc la suivante. Mon père veuf voulait toujours retrouver sa mère, mais ne pouvait s'embarrasser d'un bébé. Loïc, son ami le marin breton qui, depuis l'embarquement de Gênes, voyageait avec eux, préféra retourner en Bretagne. Mon père m'a donc confiée à lui avec *L'Offrande du cœur* afin que je puisse, plus tard, la présenter en signe de reconnaissance.

— Où est-elle à présent ?

C'était Gilles qui venait de poser la question. Preuve qu'à présent il la croyait. Léonore lui sourit.

— Je l'ai gardée jusqu'à mon mariage.

— Ton mariage ! fit Martin. Qui as-tu épousé ?

— Hélas, mon époux, un vilain sire, m'a volé cette œuvre pour l'offrir au duc de Bourgogne.

— Mais pourquoi t'es-tu mariée à cet odieux voleur ?

— C'est le roi Louis XI qui m'a unie au seigneur de La Baume contre mon gré.

— Mais pourquoi ?

— Oh ! Martin ! Ceci est une autre histoire. Mais c'est encore la mienne et je ne veux pas la déformer par une précipitation trop grande. C'est un long récit et je te le raconterai une autre fois, quand nous nous connaîtrons mieux.

Se tournant vers Gilles, elle jeta d'un ton tranquille :

— Si vous aviez vu *L'Offrande du cœur*, vous seriez tombé en extase tant elle est belle. L'avez-vous tissée avec des fils d'or et d'argent ? Vos copies, même si vous êtes un maître d'art, ne peuvent rivaliser avec l'authentique ouvrage. Le seigneur dans ses habits d'apparat est réel, vivant, et la dame qui est son amante soupire après le cœur qu'il lui tend au bout de sa main.

Elle vit que son interlocuteur, pour la première fois, l'écoutait avec un visage moins sec et moins méfiant.

— Me montrerez-vous les belles tentures que vous tissez sur les hautes lisses ?

Enfin, le visage de Gilles s'illumina.

— Je viens de terminer mon apprentissage, dit-il en redressant le buste. Je vais bientôt passer ouvrier lissier et, dans deux ou trois ans, je présenterai mon œuvre à la Guilde des lissiers du Nord pour devenir à mon tour grand maître lissier.

Léonore lui sourit. Enfin la glace était rompue.

Guillemette, Jacquemin et les deux fougueux alezans César et Césarine s'installèrent sans plus de façon au domicile du maître Thomassaint dont la venue se faisait attendre.

Léonore se laissait dorloter par la vieille Mariette qui ne manquait pas de lui cuisiner des petits plats et par Benoît dont la sollicitude la touchait profondément. Chaque jour, Léonore se disait que les Flamands étaient des gens charmants, accueillants, gais, et, s'il n'y avait eu ses désespoirs amoureux et l'absence de sa petite Isabelle à laquelle elle pensait chaque jour, mais dont elle n'avait jamais parlé, elle eût été pleinement heureuse. Ses frères l'avaient parfaitement acceptée, n'hésitant pas à la promener dans la ville pour lui faire découvrir un Bruges méconnu de ceux qui ne faisaient qu'y passer.

Mais les fils de Thomassaint avaient été élevés avec le sens du travail. Ainsi, le temps du repos et des loisirs était une chose, la besogne à l'atelier en était une autre et il ne fallait pas y déroger.

Pour ne pas rester désœuvrée en attendant la venue de son père, Léonore avait décidé d'apprendre les rudiments du métier avec Gilles, qui n'osa pas refuser la requête de sa sœur. Puis, voyant les dispositions de celle-ci – Léonore n'avait pas une mère enlumineuse et un père lissier pour se trouver dépourvue de ces dons-là –, il prit son enseignement à cœur, fier de lui transmettre son savoir. D'ailleurs, la broderie dont elle connaissait les secrets l'y aidait favorablement.

Aux côtés d'un Martin ravi d'avoir une apprentie avec lui pour partager son travail, Léonore, attentive et intéressée, tendit tout d'abord maladroitement ses fils de trame, mais parvint au bout de quelques semaines à saisir tous les rouages du métier.

Pourtant, ce qu'elle préférait, c'était dessiner les cartons. Elle avait tant vu Pierre de Coëtivy crayonner, du bout de sa plume ou de ses fusains. Stimulée par un talent naturel, elle ne tremblait pas de la main dans le tracé de ses traits.

Sans cesse, elle parlait à Gilles des grands ouvrages en cours d'exécution dans les ateliers de Paris et des grands maîtres qu'elle connaissait. Aussi discutait-elle hardiment des projets grandioses de Coëtivy – sans rien préciser d'autre sur lui –, de Jean du Moulin, du seigneur Jean de La Viste et de Pasquier Grenier.

— Si tu voyais les dessins de *L'Histoire de la guerre de Troie*, exultait-elle face à Gilles qui ne pouvait que l'écouter avec intérêt, si tu voyais les rassemblements de seigneurs, de soldats, de lances en pleine action, de chevaux ruant, crinières rebroussées et flancs transpirants, d'étendards flottant dans le vent au bruit des trompettes et de villes lointaines sous des cieux déchaînés ! Oh ! si tu voyais *La Mort d'Achille*, comme elle est sublime, et *L'Armement de Pyrrhus*, plus riche encore en détails, plus fourni en couleurs, si tu voyais ces grandes idées au service de la peinture et de la production lissière ! Mais que je suis sotte. J'oublie que dans les Flandres les artistes sont les meilleurs du monde.

À côté d'elle, tandis que l'atelier s'agitait de mille bruits occasionnés par les apprentis, les ouvriers et les lissiers travaillant chacun sur leur ouvrage, Martin lança un jour :

— Et si père s'arrête à l'abbaye de Saint-Grégoire-de-Tours, il n'arrivera que plus tard encore.

— Que peut-il faire dans une abbaye ? interrogea Léonore d'un ton surpris. Et pourquoi y resterait-il longtemps ?

Martin la regarda, étonné lui aussi.

— Mais pour voir Jean.

— Qui est Jean ?

— Mais c'est notre frère ! s'exclama Martin.

Du coup, Léonore cassa un fil de trame, ce qui, à présent, ne lui arrivait pratiquement plus.

Sans même tourner la tête, Gilles avait entendu le propos de son frère. Il releva le sourcil, s'approcha de Léonore et la tira par le bras.

— Viens ! fit-il, je vais t'expliquer.

Martin sur leurs talons, car il n'était pas question qu'il fût tenu à l'écart, ils prirent la direction du jardin qui bordait l'arrière de la maison et, bien que l'hiver se terminât à peine et que les frimas gelassent les pousses encore enterrées, Gilles jeta brusquement :

— À mon tour de te parler de notre mère. Elle accompagnait Clarisse sur le bateau en partance pour Constantinople. Clarisse y est morte, mais pas notre mère.

Léonore était suspendue aux lèvres de Gilles.

— Ton récit, Léonore, s'arrête avec un marin breton qui t'a ramenée à Nantes, mais elle se poursuit avec notre histoire. Si Thomassaint nous a caché sa vie antérieure, celle qui te concerne, il nous a souvent parlé de son retour avec force détails. Clarisse était morte en arrivant à Constantinople et Blanche notre mère avait été capturée par le sultan turc Mehmed II et enfermée dans son harem comme une concubine.

— Une concubine ! murmura Léonore d'une voix altérée.

— Oui ! Une concubine et, même s'il la préférait aux autres, elle était sa prisonnière. Jean est le fils qu'elle a conçu avec le sultan.

— Un Arabe ! jeta Léonore d'une voix étouffée. Ce Jean est un Arabe !

— Un Arabe converti à la religion chrétienne. Aujourd'hui, il a vingt ans.

La jeune femme tournait entre ses doigts nerveux le fil d'un écheveau de soie qui attendait qu'on l'encastrât dans les trames du métier à tisser.

— Mais comment s'est-elle enfuie ?

— Notre père s'était arrangé pour s'infiltrer au palais et il a fait sa connaissance. Quand ils eurent décidé de fuir ensemble, Blanche n'a pas voulu laisser son fils qu'elle avait en secret baptisé Jean.

— Jean ! murmura Léonore, bouleversée à l'idée que Blanche n'avait pas hésité à emmener son fils, alors qu'elle-même avait laissé sa fille à la cour de Berry.

Comment s'y retrouver dans la complexité de ces événements ? Pendant qu'elle naissait sur la fragile frégate en butte à la violente tempête et que sa mère rendait l'âme, Jean devait naître lui aussi dans les voiles et les parfums du palais de Constantinople.

— Mehmed était un Turc cruel et sanguinaire, reprit Gilles en soupirant, et notre mère ne l'aimait pas. Nous avons peu connu Jean, mais nous savons que c'est un être exceptionnel, bon et généreux. Très vite, il a voulu s'enfermer dans un couvent de France afin d'expier les crimes de son père, rejetant en bloc la religion musulmane pour adopter les principes de la chrétienté et les lois du saint-père le pape.

— Pourquoi à Saint-Grégoire-de-Tours ? C'est en Val de Loire, il me semble.

— Blanche, notre mère, était originaire du Val de Loire. Notre père y a vécu aussi toute sa jeunesse.

XXIV

— Plus vite, plus vite, cria Guillaume de La Baume à son cocher. Je veux être à Bruges avant la tombée de la nuit.

Puis il murmura entre ses dents : « Cette petite garce ne m'échappera plus. Je ne quitterai Bruges qu'après l'avoir retrouvée, quitte à la traîner par les cheveux. »

Il se gratta le menton où poussaient quelques poils raides, se racla la gorge et murmura encore : « Dommage que ce lissier de Bruges qui m'a promis une tenture pour le duc de Bourgogne soit toujours en France. Il m'aurait indiqué où se trouvaient les tapissiers renommés de la ville et j'aurais pu la retrouver dix fois plus facilement. »

— Plus vite, cria-t-il à nouveau. Plus vite, Adrien. Ma parole ! Tu es une véritable tortue.

— C'est qu'avant de partir, messire de La Baume, répliqua le cocher, l'apothicaire m'a interdit de faire galoper les chevaux. Il dit que cela va vous déclencher des toux interminables dont vous ne pourrez plus vous débarrasser. Qu'est-ce que je vais faire, moi, si vous tombez malade ?

— Mordieu ! jura le vieux seigneur, je ne suis pas encore mourant, il me semble. Cet apothicaire est un imbécile. Dès que j'aurai rencontré le prévôt de la ville et contacté mes deux hommes d'affaires, Gantois et Le

Hutin, j'irai voir le médecin le plus compétent de Bruges et je rentrerai en France frais comme un gardon avec une douce épouse à mon côté qui léchera mes bottes.

Adrien n'avait pas la conscience tranquille. C'est lui qui avait averti messire de La Baume que sa femme devait être à Bruges. Cependant, il ne s'était pas vanté d'avoir entendu maître Thomassaint Cassex discuter avec le palefrenier alors qu'il venait à l'écurie chercher son attelage. Cette confidence rapportée à son maître lui aurait causé plus d'ennuis que d'avantages. Or, pour l'instant, il n'attendait que les faveurs du sire de La Baume pour lui avoir révélé les discussions que tenait sa femme avec Guillemette et lui affirmer qu'elle s'apprêtait à partir pour Bruges. Rien que cette petite trahison lui valait une belle promotion.

Ils arrivèrent sur la grand-place du marché juste avant que la nuit ne tombe. Un aubergiste lui indiqua la maison du prévôt tout en lui assurant qu'il pouvait lui procurer le gîte et le couvert pour un prix fort honorable. Se passant la main sur son visage rougi par le foyer de l'âtre qu'il venait sans doute d'activer, il ajouta :

— Si vous restez plus d'une semaine, je vous céderai la plus grande et la plus confortable de mes chambres qui se trouve juste disponible en ce moment. Mais, demain, elle ne le sera sans doute plus.

Guillaume de La Baume leva les yeux sur l'enseigne de l'auberge qui représentait une plume rouge près d'une écuelle fumante.

Puis il détailla la façade de l'immeuble et, la trouvant à son goût, il signifia d'un ton nasillard :

— C'est bon, garde-nous cette chambre, mon brave. Nous allons de ce pas chez le prévôt et revenons tout de suite. Un bon repas et une longue nuit sous une couette confortable me remettront de cette journée fatigante.

Quelques minutes plus tard, Guillaume frappait chez le prévôt qui s'apprêtait à fermer ses portes. Celui-ci parut étonné quand le nouveau venu cita son nom. Il se frotta le menton et murmura : « La Baume ! La Baume ! mais ce nom me dit quelque chose. »

Aussitôt, le vieux seigneur fut sur ses gardes et le bruit de son claudiquement nerveux sur le pavé de la cour se répercuta jusque dans les appentis qui jouxtaient la grande façade de l'immeuble.

— La Baume ! La Baume ! Mais oui ! Une jeune femme s'est annoncée sous ce nom-là, voilà quelques mois à peine.

— C'est mon épouse ! jeta le vieux Guillaume en plissant ses petits yeux porcins.

L'autre, plutôt brave homme, qui portait haut et fier son habit de prévôt de Bruges, esquissa un léger sourire. Sacrebleu ! Un bien vieux et vilain sire pour une aussi jolie donzelle. Celle-ci serait venue se réfugier auprès d'un amant que ça ne l'aurait guère étonné !

— Que voulait-elle ? insista Guillaume de La Baume. Vous a-t-elle dit qu'elle resterait à Bruges ?

— C'est que..., hésita le prévôt.

— Qui cherchait-elle ? Allons, parlez.

Cet homme commençait à l'agacer fortement. Son visage ne lui plaisait pas et son allure de vieux renard malade et négligé encore moins.

— Elle cherchait le quartier des hauts lissiers. Je ne peux vous en dire davantage.

— Je m'en doutais. Vous a-t-elle donné un nom précis ?

— Non.

— Je dois retrouver à Bruges deux de mes compères de Bourgogne, les sires Gantois et Le Hutin. Sont-ils inscrits sur vos registres ?

— Ils sont arrivés hier dans la soirée, répondit le prévôt d'un ton sec. Vous les trouverez sans difficulté dans le centre de la ville.

— Parfait. Bien le bonsoir, messire le prévôt.

La fumée de la taverne occultait presque les visages. On entendait les chopes de bière s'entrechoquer et les rires traverser le fumet des plats qui passaient sous le nez des clients venus pour boire une cervoise bien fraîche.

La grande salle oblongue qui tenait tout le fond de l'auberge était emplie de monde et de brouhahas divers. Deux hommes, vêtus d'un surcot rouge et d'un grand tablier blanc ne laissant apparaître que les manches et les jambes enveloppées de bas-de-chausses assortis, tenaient comme un brancard une énorme planche sur laquelle étaient disposés des viandes, civets de lièvre, pâtés divers, cochonnailles, cailles rôties et autres gibiers farcis sur des lits de salade. Les entremets ne manquaient pas, crèmes, sorbets, coulis de fruits rouges.

— Si notre père te voyait là, dit Gilles en louchant sur son cadet qui buvait copieusement de la bière, il serait mécontent.

— Il ne le saura pas.

— Tout de même, Gilles a raison, coupa Léonore en posant elle aussi ses lèvres sur le rebord de la chope emplie de boisson âcre et mousseuse. Tu es trop jeune pour fréquenter une auberge.

— Oh ! rétorqua Martin, il n'y a peut-être pas beaucoup d'adolescents ici, mais des femmes encore moins !

Léonore se mit à rire.

— Ah ! que je suis bien avec vous, se détendit-elle. Qu'il est agréable d'avoir une famille.

Puis elle se retourna vers Martin et lui prit la main.

— C'est promis, nous ne dirons rien à maître Thomassaint.

— J'espère qu'il sera rentré avant les Pâques. Pourras-tu attendre jusque-là ?

— Bien sûr. Rien ne me presse. Et je ne suis guère impatiente de revoir mon époux.

Elle pensa soudain à sa fille retenue à Bourges.

Pourquoi n'avait-elle rien dit à ces deux garçons qui, à présent, plaçaient une totale confiance en elle ? Léonore avait décidé qu'elle parlerait de Charles de Berry et d'Isabelle en tout premier lieu à son père.

— Martin, ne bois pas autant. Cette bière est forte et tu vas être malade. Si tu rentres en titubant, nous ne te ressortirons plus car Mariette nous l'interdira.

Un claquement de porte leur fit tourner la tête. Trois hommes apparurent et saluèrent l'aubergiste, qui se précipita vers eux. L'un d'entre eux portait une livrée de cocher. L'atmosphère enfumée empêchait de distinguer leur visage, ce qui était fort regrettable, car Léonore n'eut pas la possibilité de reconnaître le visage du cocher.

L'homme parlait fort et s'en prit à un client qui le heurta en passant. Les deux autres lui intimèrent l'ordre de se taire et de s'asseoir. Ils prirent place sur l'un des bancs face à Léonore et à ses frères. Mais le cocher qui avait dû faire d'autres auberges avant d'entrer dans celle-ci ne baissa pas la voix. Il poursuivit de ses hurlements le client maladroit.

— Les Flamands, brailla-t-il sont des gens accueillants et je vous prierai de ne point me heurter de cette manière.

— Je vous cognerai si j'ai envie, hurla l'autre à son tour qui avait déjà dû absorber quatre ou cinq chopes de bière remplies à ras bord.

Puis, d'un coup de poing dans le visage, il envoya le cocher sur le plancher.

— Payons et partons, fit Gilles en prenant d'une main le bras de Léonore et de l'autre celui de son frère. Il est tard, il y a trop de soûlards à présent.

Dès qu'elle fut à l'extérieur, Léonore se retourna et vit l'homme se précipiter sur Gilles et l'assommer d'un coup de poing sur le crâne. Puis l'autre en fit autant avec Martin. Elle hurla, mais les deux hommes l'assommèrent à son tour et tous trois restèrent étendus là, sans connaissance.

— Traînons-les loin de cette auberge, chuchota Le Hutin, quelqu'un peut sortir et appeler à l'aide.

— Là, juste à gauche, dans la venelle, répliqua Gantois. Morbleu, cet idiot de cocher est soûl. Que va-t-on faire maintenant ? Il devait conduire l'attelage.

— Nous pouvons au moins y enfermer la femme. C'est plus de la moitié du travail. Le vieux La Baume nous doit déjà une belle somme.

— C'est peut-être risqué.

— Bah ! fit Le Hutin, les deux garçons ne reprendront connaissance que dans quelques heures, ce qui nous laisse le temps d'aller chercher l'un de mes hommes. Il conduira l'attelage à l'auberge où La Baume est descendu.

— Et si la femme se réveille ?

— Morbleu ! fit l'autre en extirpant une petite fiole de la bourse accrochée à sa ceinture, j'ai de quoi l'endormir pour huit jours. Le sire de La Baume a bien précisé de ne point défigurer sa femme.

Il étouffa un ricanement.

— Il veut la chevaucher dans toute sa splendeur. Après, c'est son affaire, a-t-il ajouté.

Le gémissement que poussa Martin en s'éveillant n'attira fort heureusement pas l'attention des deux hommes. L'adolescent passa la main sur son visage. À cet âge, les souvenirs reviennent vite. Tout afflua à sa mémoire. Il vit son frère gisant à son côté et les deux hommes bâillonner Léonore et la tirer dans la venelle à gauche de l'auberge.

Discrètement, pour ne pas attirer l'attention de leurs agresseurs, il secoua son frère, mais celui-ci ne bougeait pas. Quand il entendit les roues de la voiture grincer sur le pavé, il courut dans la venelle et vit l'attelage qui démarrait. « Tant pis, murmura-t-il entre ses dents, Gilles s'éveillera tout seul. Il faut savoir où ils conduisent ma sœur. » Puis, au risque de se briser le cou, il s'accrocha à l'arrière de la voiture, ses mains agrippant la rambarde qui maintenait les bagages et ses pieds raclant le sol.

Quand la voiture pénétra dans la cour de l'auberge, Martin lâcha prise et se dissimula sur le côté.

— Va chercher le vieux et qu'il se débrouille à présent, jeta l'un des hommes, c'est trop imprudent de lui amener sa femme bâillonnée et ligotée dans la chambre.

— Bah ! Il a le temps de descendre. Son cocher ne prendra sûrement pas la route avant deux ou trois jours ! As-tu vu son état ?

Bon ! Martin en savait assez. Le lieu où était enfermée Léonore s'appelait À la Plume rouge. À présent, il était temps de retourner près de son frère. De toute façon, il ne pouvait plus rien faire seul. Il lui fallait de l'aide. Et, s'il n'en trouvait pas, il parlerait à l'aubergiste qui n'avait guère apprécié l'algarade du cocher et ils iraient chercher le prévôt de la ville.

Afin de ne pas attirer l'attention du tavernier, bien qu'il s'agît de sa femme et qu'un mari pût tout faire avec son épouse, même la séquestrer si elle se montrait rebelle, Guillaume de La Baume ne descendit l'escalier menant à la grande salle du rez-de-chaussée que le lendemain matin.

Il avait payé Gantois et Le Hutin. Certes, ils avaient fait du bon travail. Qu'ils lui ramènent sa femme, de gré ou de force, telle était son obsession depuis que celle-ci avait fui son domaine avec Guillemette.

Le claudiquement de son pas se répercuta légèrement sur le plancher de bois ciré, et, quand il pénétra dans la salle de l'auberge, les lampes allumées diffusaient déjà leur clarté dorée le long des murs blanchis à la chaux.

Déjà devant ses fourneaux, affairé, concentré, l'hôtelier l'accueillit d'un grand salut affable. Le foyer de l'âtre crépitait bien avant que les portes de l'auberge ne soient ouvertes.

— Prendrez-vous quelque chose ? interrogea-t-il en brandissant une cuillère en bois qu'il plongea aussitôt dans une marmite ronde en fonte noire. Une petite omelette au lard, du pain grillé et de la saucisse, ça vous irait ?

— Non, mon brave. Ne vous préoccupez pas de moi. J'adore faire quelques pas le matin. En ville ou dans la campagne, peu importe. L'essentiel, c'est que je prenne l'air après un bon sommeil. Et Dieu sait, mon brave, si j'ai bien dormi. Avec cette clarté naissante, les reflets sous les ponts ne doivent pas manquer de charme. Je reviendrai dans la matinée et alors là, je dégusterai votre omelette. Foi de tout bon seigneur qui se respecte !

L'aubergiste s'en retourna à ses fourneaux tandis

que La Baume se dirigeait de son pas lourd et traînant vers son attelage dont les chevaux avaient été détachés.

Quand il vit Léonore étendue sur le sol, inanimée, bâillonnée, pieds et poings liés, un rictus déforma son visage, l'enlaidissant encore davantage. Son menton pointa farouchement vers la vision qui s'offrait à lui et qui faisait battre violemment son cœur, à tel point qu'il dut s'accrocher au chambranle de la porte.

Les épaules voûtées, le buste courbé, avant d'avancer il réfléchit quelques secondes. Léonore semblait ne pas respirer. D'un coup d'œil, il s'assura que ses hommes n'en avaient point profité. Sa tenue était impeccable, sa cotte, ni froissée ni retroussée, la recouvrait jusqu'au bas des jambes. On ne voyait que ses mollets enfermés dans des bas de soie et ses pieds liés par un cordon. Son corsage était resté fermé et ses mains attachées dans son dos ne lui laissaient aucune possibilité d'œuvrer au cas où elle se réveillerait.

Au prix d'un effort considérable, car ses douleurs avaient rouillé ses vieilles articulations depuis longtemps, La Baume s'agenouilla près d'elle et entreprit la besogne dont il rêvait depuis des mois. Il ne pensait plus qu'à cette tâche-là. Un travail qui obsédait ses jours et ses nuits, qui alimentait ses insomnies depuis qu'elle avait fui son château, qui le hantait. La dévêtir, la fouetter, la chevaucher, la prendre sauvagement et l'entendre crier, hurler à la mort. Seulement, le destin n'accéderait pas à ce dernier vœu, car elle resterait bâillonnée afin que personne, surtout pas l'aubergiste, ne l'entendît.

La Baume, qui ne voulait pas se priver du plaisir de contempler le visage de sa femme quand il la dénuderait, la gifla violemment pour qu'elle revienne à elle. Il dut s'y prendre à quatre fois avant qu'elle n'ouvrît des yeux effrayés en voyant la face hideuse de son époux devant elle.

Elle voulut crier, mais le bâillon fortement serré l'en empêcha et, quand elle essaya de bouger, elle s'aperçut que ses mains et ses pieds étaient liés.

Son mari lut la panique dans son regard et s'en réjouit. Trop, sans doute, car une toux violente le secoua. Il se releva en grimaçant, ouvrit la fenêtre de la voiture et respira quelques bouffées d'air. Sa toux s'atténua et il retourna à sa vile besogne.

Léonore se tordit d'impuissance sous les mains dures, sèches, intransigeantes qui la déshabillaient. La Baume écarta prestement les pans du corsage et souleva la fine chemise de batiste. Les seins dénudés de la jeune femme tremblaient de peur, tout comme ses yeux. Il la gifla encore une fois. Ses cheveux tirés en arrière ne résistèrent pas à un tel assaut et croulèrent tout autour d'elle.

— Garce, je vais te montrer qui est le maître chez moi.

Puis il tira sa cotte bleue et souleva sa jupe. Comme il ne pouvait pas la passer par-dessus sa tête qui restait immobile, il saisit un couteau accroché à sa ceinture – il avait même prévu ce geste qu'il s'était juré de peaufiner – et se mit méthodiquement au travail. Corsage, chemise, cotte et jupe furent bientôt jetés en lambeaux sur le plancher aux lattes disjointes de la voiture.

Dans son esprit troublé, violent, malade, l'idée de sa femme dénudée traduisait une impossibilité complète de fuir.

Il ne restait plus que les bas de fine soie qui recouvraient ses jambes. La Baume reprit son travail et les lacéra en quelques secondes. Puis il entreprit enfin d'observer le spectacle dont il était l'unique maître d'œuvre.

L'objet de son désir pervers se trouvait là, devant lui. Le ventre blanc et soyeux de sa femme n'offrait de résistance que par le tortillement de son corps qui refusait de se donner. Il passa la main sur le triangle brun et duveteux qui se lovait entre le haut de ses cuisses et, la tirant par les cheveux, il la retourna brutalement et se plaqua contre elle.

— Attends ! Salope ! Tu vas me payer ce que tu m'as fait. Tu n'auras plus l'occasion de fuir, à présent. Et quand nous serons rentrés chez moi, je t'enfermerai dans le petit donjon du château et tu n'y verras personne. C'est moi qui t'apporterai à manger jusqu'au jour où je déciderai de te laisser mourir de faim.

Tout en détachant sa ceinture et en observant la vision que la jeune femme, retournée sur le ventre, offrait à ses yeux fous, La Baume sentit monter en lui un désir qu'il lui fallait assouvir. Il saisit sa ceinture à pleines mains et commença à cravacher les reins et les fesses de Léonore. Hélas, ses hurlements étouffés par le bâillon ne parvenaient pas à l'extérieur de la voiture.

Les coups se multipliaient et les zébrures devinrent bientôt affreusement violacées, puis noires. Ce qui sauva sans doute Léonore, car il la fouettait à mort, ce fut la nouvelle quinte de toux qui empoigna fortement son mari et l'obligea à reprendre son souffle.

Léonore était inconsciente quand, ses forces revenues, le vieil homme s'enfonça sauvagement en elle.

Quelques heures plus tard, calmé, reposé, il remonta dans sa chambre à l'auberge afin de réfléchir sur ce qu'il devait faire.

Profondément évanouie, le corps meurtri, ensanglanté, c'est ainsi que Gilles et Martin trouvèrent Léonore dans la voiture. Certes, il n'était plus question de la lâcher et Gilles prit les choses en main car, perturbé par ce triste spectacle, Martin restait paralysé, les yeux écarquillés de frayeur.

— Allons, petit frère, dit-il affectueusement en lui passant la main sur l'épaule, reste dehors et guette l'attelage de Jacquemin. Il ne faut pas perdre de temps. Aussitôt qu'il sera là, nous changerons Léonore de voiture.

Guillemette et Jacquemin, dont la stupeur fut égale à celle qu'avaient éprouvée Gilles et Martin, arrivèrent peu après avec l'attelage. Atterrés par l'affreuse vision qu'offrait Léonore, Guillemette se mit à pleurer à chaudes larmes et Jacquemin à trembler de tous ses membres. Gilles lui tapa dans le dos.

— Allons, aide-moi plutôt, fit-il d'un ton un peu agacé. Il faut que notre sœur soit au plus vite dans sa voiture et que nous déguerpissions de là en quelques secondes. Nous n'avons guère de temps. Il faut faire vite.

Remise de ses lamentations, Guillemette posa une couverture sur le corps inanimé de la jeune femme, et, Gilles tenant Léonore par les épaules tandis que Jacquemin la tenait par les pieds, le transfert d'une voiture à l'autre fut effectué promptement.

C'est à peine si le tout avait dépassé trente secondes. Martin referma d'un coup sec la porte de la voiture, Jacquemin prit les rênes en mains et l'attelage se mit en route.

Il était impossible de filer à la résidence de Thomassaint, car les hommes de La Baume savaient à présent qui était le père de Léonore. Il fallait conduire l'attelage aux portes de la ville. Guillemette veillait sur sa maîtresse. Elle avait ôté le bâillon et les liens qui lui enserraient les pieds et les poings et nettoyait doucement son visage avec un peu d'eau fraîche. Elle avait complètement retrouvé ses esprits. Bientôt Léonore, sentant le contact froid sur son visage, poussa un léger gémissement.

— Elle se réveille, chuchota Martin, elle n'est pas morte.

Et il se mit à pleurer, trop jeune encore pour maîtriser ses nerfs malmenés. Guillemette lui prit la main et la serra dans la sienne.

— Reprends-toi, Martin, elle nous regarde.

Les grands yeux encore affolés de Léonore se posaient sur ceux qui l'entouraient. Oui, elle voyait Gilles, Guillemette et Martin et elle se rendit compte qu'elle était dans sa propre voiture et que l'attelage filait à vive allure. Voilà une chose que savait faire Jacquemin. À présent, c'est peut-être ce qui allait la sauver. César et Césarine ne demanderaient pas mieux que de galoper jusqu'à complet épuisement.

— À la porte de Bruges, nous descendrons, fit Gilles.

— Mais..., murmura Léonore, vous... vous n'avez pas de... voiture.

— Ne t'inquiète pas, nous trouverons bien un cheval ou un âne. Et si nous revenons à pied, ce n'est guère un problème. Autrefois, avec notre mère, nous avons fait des marches bien plus longues encore.

— Merci ! chuchota-t-elle.

Ses yeux se fermaient à demi tant elle était lasse. Un gros effort de volonté les lui garda ouverts.

— Écoute, fit Gilles en s'approchant d'elle. Benoît et Mariette sont de mon avis. Filez sans vous arrêter. Le cocher de ton mari ne pourra pas repartir avant deux ou trois jours. Le coup que lui a porté le client de l'auberge l'a sérieusement endommagé. Il paraît que ses yeux sont si gonflés qu'il ne voit rien. Vous aurez une bonne longueur d'avance. Vous serez sans doute à Tournai ou à Lille avant qu'il ne quitte Bruges.

Léonore hocha tristement la tête.

— Mais après, où vais-je aller ? Il va me retrouver partout ! Je ne peux même pas me réfugier en Bretagne.

— Alors retourne en Val de Loire, demande l'abbaye de Saint-Grégoire-de-Tours, et va trouver l'abbé Jean, notre frère. Il trouvera une solution à ton problème. Ne crois pas que ce soit un sauvage, un reclus, un solitaire. Il est courageux et vaillant. Il a hérité de la sagesse de sa mère et du sang bouillant de son père.

XXV

Ce fut aux abords d'Orléans que Léonore apprit que le duc de Berry était mort. Qui allait veiller sur Isabelle à présent ? Les rois, les ducs, les princes ne se souciaient peut-être plus de leurs amantes et de leurs favorites lorsqu'ils se lassaient d'elles, mais ils se préoccupaient du sort des enfants qu'elles leur donnaient. Louis XI n'avait-il pas été généreux avec les enfants que ses maîtresses lui avaient donnés ? Ne les avait-il pas royalement casés ? Même les filles d'Agnès Sorel s'étaient vu princièrement dotées.

La Loire apparut aux yeux de Léonore et de ses compagnons. Sinueuse, nonchalante, grise avec des reflets bleutés semblables à ceux des myosotis sous un ciel serein. Les bosquets de chèvrefeuille, les genêts et les pruniers sauvages commençaient à se colorer. Le printemps surgissait, l'air s'embaumait de tous les parfums d'un terroir que Léonore avait presque oublié. Les gazons s'émaillaient de multiples fleurs qui redonnaient de l'espoir à la jeune femme.

Les chevaux n'en pouvaient plus et Jacquemin, épuisé, tenait encore les rênes par on ne sait quel miracle. De Bruges à Orléans, l'attelage s'était à peine arrêté, juste quelques heures dès que l'on arrivait à proximité d'une ville.

À Tournai, Guillemette avait acheté des remèdes et

des vêtements pour sa maîtresse. Une ample jupe et un corsage trop vaste, beaucoup trop vaste, afin que les blessures de son corps ne frôlent pas la raideur du tissu.

Puis à Gand, Tournai, Lille, Arras, Amiens, les arrêts n'avaient été que très brefs. Guillemette prenait juste le temps de faire des emplettes et, pendant ce temps, Jacquemin somnolait quelques heures.

Cependant, à Paris, Léonore s'était accordé deux nuits entières à l'auberge où les chevaux, eux aussi, goûtèrent un repos complet. Jacquemin dormit quarante-huit heures d'affilée et l'on repartit pour Orléans.

À cette cadence effrénée, le sire de La Baume ne pouvait pas les rattraper. Sans doute était-il toujours à Bruges et, pour peu qu'Adrien, le cocher, eût encore quelques petits problèmes aux yeux, il ne devait pas conduire ses chevaux à une folle allure. Peut-être même ne pourrait-il pas mener un attelage avant une semaine ou deux.

Ils passèrent devant Meung-sur-Yèvre, Blois, Chaumont, Amboise, et, à Plessis-lès-Tours, Léonore frissonna. La crainte de tomber comme autrefois sur un convoi de Louis XI, qui l'aurait inévitablement renvoyée chez son époux, la saisit et Plessis-lès-Tours fut dépassé sans qu'elle y jetât un coup d'œil. Même si le roi l'avait invitée à s'y cacher, elle ne le croyait plus capable de tenir sa promesse. Trop de désappointements l'avaient rendue méfiante.

Le château passé, elle eut un rire nerveux. Qui, dans cette région, se souvenait d'elle ? Qui se souciait d'une ancienne courtisane de Charles de Berry, devenue une vagabonde puisqu'elle n'arrivait pas à se fixer ?

La jeune femme grimaçait de douleur chaque fois qu'elle esquissait un mouvement trop vif. Que pouvait-elle faire d'autre que réfléchir des heures entières ? Quel était donc son destin ? Voilà une question à laquelle Léonore aurait aimé trouvé la réponse.

Elle grimaçait sans cesse. Ses blessures avaient peine à guérir malgré les pommades que passait Guillemette sur son corps. Ce voyage trop hâtif l'avait hélas privée des soins et des attentions d'un bon médecin. Mais la jeune femme souffrait aussi d'une autre manière. Toutes ces amours inachevées, mutilées, ces amours qu'elle ne pouvait mener à terme. Elle réclamait le regard et le sourire de sa fille, elle réclamait les caresses de Coëtivy et la chaleur de ses baisers, elle réclamait l'affection de ses frères dont elle n'avait pas assez profité. Triste et mutilée ! Même l'amour maternel lui avait été ôté.

Un peu plus loin, Tours offrait une vue splendide. Ils arrivèrent sous une belle luminosité dans une éclosion de fleurettes roses sur un tapis vert tendre, uni, soyeux.

Aux portes de la ville, marchands et colporteurs s'animaient. Des ânes passaient, chargés de bois, de tonneaux, de foin. Au quartier Saint-Julien, près de l'église, la grande bâtisse du compagnonnage paraissait aussi remuante qu'une place de marché. Des moines en sortaient, y rentraient, s'affairaient, documents, outils, matériel en main. L'abbaye de Saint-Julien et son monastère n'étaient pas loin.

Mais ce n'était point dans ce quartier que vivait Jean. Il fallait donc poursuivre jusqu'à la cathédrale où, autrefois, le seigneur Grégoire de Tours avait été sacré évêque de la ville et où l'on conservait sa fabuleuse *Histoire des Francs*. Défenseur intransigeant des droits de l'Église, soucieux de réconcilier les rois qui se partageaient la Gaule, Grégoire de Tours incarnait l'évêque intègre du haut Moyen Âge.

Place de la Foire-du-Roi, l'attelage s'arrêta, mais

l'agitation du grand marché les obligea à se retirer plus loin, vers la rue de la Sellerie, où une maison qui portait l'enseigne À la Pucelle armée attirait le regard. C'était là, disait-on, que Jeanne d'Arc avait fait réaliser son armure. Léonore leva les yeux. Le ciel était toujours serein.

Enfin, ils atteignirent tant bien que mal la place Grégoire-de-Tours. Bousculé par les charrois, l'attelage passait avec difficulté. La cathédrale n'était alors qu'une grande église qui subirait au fil des ans de multiples transformations.

Mais, pour l'instant, le grand cloître qui s'appuyait sur le mur nord de l'église comprenait trois ailes. Léonore hésitait. Comment allait-on prendre son invraisemblable histoire ?

— Attends-moi là, signifia-t-elle à Guillemette, et dis à Jacquemin qu'il se prépare à repartir pour le cas où l'on ne pourrait rester ici. Je vais aller faire un tour à l'intérieur de l'église. Le Ciel m'éclairera peut-être à l'ombre de ces splendides vitraux.

Elle pénétra par une porte latérale, épaisse et lourde, qui grinça lorsqu'elle dut la repousser avec force afin de la refermer. Le chœur était nimbé de clarté. Une lumière colorée baignait tout l'intérieur de l'église. Léonore eut le souffle coupé tant cet éclairage renvoyait de couleurs. Des vitraux de toute splendeur ! Ceux du chœur la subjuguaient encore plus. La rose sud en losange, celle du transept et la rose nord, coupée d'une épine de soutènement, étaient certes les plus belles. Elles avaient été posées un siècle plus tôt. Les vitraux des chapelles latérales paraissaient plus récents. Mais, Dieu, que c'était beau !

Léonore prit place sur un banc et ferma les yeux. Arriverait-elle à oublier les violences de son mari ? S'il réussissait à la reprendre, parviendrait-elle à lui échapper de nouveau ? C'était peu probable, car elle revoyait le fouet mortel s'abattre sur son corps.

— Non ! cria-t-elle, affolée. Non.

Puis elle ouvrit les yeux. Un visage anxieux se penchait sur elle. Celui d'un homme, beau comme un dieu ténébreux. Le regard soyeux et velouté, la voix plus douce encore.

— Avez-vous besoin d'aide ? Puis-je faire quelque chose ?

Elle le fixa sans comprendre, haletante. Elle vit ses cheveux noirs et ondulés courir tout autour de son front et tomber comme des ailes d'hirondelle au ras de l'arc parfait de ses sourcils.

— Ces vitraux sont trop beaux, murmura-t-elle, et moi, je suis trop triste.

Puis elle tira sa petite licorne de sa manche et la lui tendit.

— Y a-t-il une licorne quelque part sur ces vitraux ?

Il lui sourit. Tout son visage s'éclairait. Il prenait les couleurs transparentes de cette église, l'image d'un ange protecteur tant il était chaleureux, sincère, tendre.

— Non, dit-il d'une voix douce. À part les fleurs des fresques et les formes géométriques qui les entourent, il n'y a que des motifs religieux.

— C'est dommage, répondit Léonore d'un ton las. C'est ma grand-mère qui a peint cette licorne pour sa fille Burgot, ma mère. Elles étaient enlumineuses.

— C'est un beau travail, admit-il en hochant la tête, souriant toujours à la jeune femme. Êtes-vous enlumineuse vous aussi ?

— Il n'y a plus d'enlumineurs à présent, mais des peintres et des artistes qui dessinent sur des toiles en utilisant des couleurs différentes.

Gravement, il l'observa sans rien dire et vit une larme surgir sous ses paupières.

— Et vous ? répéta-t-il de sa voix douce.

— Moi ! murmura-t-elle, je cherche l'abbé Jean.

Il n'esquissa aucun mouvement et dit simplement :

— C'est moi.

Elle tourna lentement la tête vers lui et, malgré sa tristesse, lui sourit à son tour.

— Je m'en doutais.

— Pourquoi me cherchiez-vous ?

Elle haussa les épaules. Il fallait tout recommencer. Raconter son histoire à nouveau et elle était si lasse. Il lui semblait encore brûler, souffrir, crier sous les coups du vieux La Baume. Elle sentait encore les violences de ses pénétrations qu'elle ne pourrait jamais effacer. Léonore avait pourtant réussi à enterrer son premier rapport avec lui. Elle n'oublierait jamais le second.

— Cette licorne, dit-elle, ne me quitte jamais. Je dis que c'est ma mère qui l'a peinte, car je n'ai pas connu ma grand-mère. Pour moi, c'est pareil.

Il l'observait avec attention et n'osait bouger de crainte qu'elle ne se sauve. Redoutait-il à ce point de ne plus la revoir ? Il se tut et l'écouta.

— Cette petite licorne a traversé la Méditerranée. Ma mère devait se rendre à Constantinople. Mais sa main qui la tenait s'est refermée sur elle, dans une mort inexorable, avant qu'elle ne voie la chute de Byzance.

Devant elle, le moine ne broncha pas. Alors, un peu rassurée, elle poursuivit :

— L'homme qui accompagnait cette femme, morte en train d'accoucher, était son époux. Il voulut poursuivre son voyage pour en découvrir plus et se retrouva enfermé au palais du sultan turc Mehmed II.

Le moine eut une longue inspiration et poursuivit d'une voix atone :

— Puis il s'échappa avec Blanche et son fils pendant que vous étiez sans doute installée en Bretagne.

— Comment le savez-vous ?

— Thomassaint me l'a dit un jour.

— Pourquoi n'en avait-il jamais parlé à Gilles et à Martin ?

— Je ne l'ai jamais su.

Il lui prit la main et la porta à ses lèvres.

— Venez.

Brisée, meurtrie, Léonore se laissa faire. Le moine Jean l'entraîna dans la cure de Saint-Grégoire et là, tout à coup, il se demanda ce qu'il devait faire. Sa spontanéité et sa fougue que ses supérieurs essayaient de freiner ressortaient parfois comme un trop-plein de vapeur bouillonnante.

Il n'arrivait plus à détacher son regard de Léonore. Même l'image du Christ qu'il s'était tant efforcé de respecter et d'aimer plus que celle de Mahomet ne lui faisait pas cet effet.

Cette femme le brûlait, l'envoûtait, l'accaparait corps et âme depuis qu'elle avait plongé ses yeux affolés dans les siens. Jamais encore une femme ne l'avait intéressé, attiré, subjugué et moins encore au point de lui faire oublier le vœu qu'il avait prononcé le jour de son ordination. L'irréprochable moine Jean de Villiers était en train de tomber irrémédiablement amoureux.

— Personne ne viendra vous chercher ici et moins encore vous déranger. Je suis le seul à posséder la clé. Dormez tranquillement. Je reviendrai demain matin. Avez-vous un endroit où aller ?

— Je n'ai plus de domicile.

— Alors, je réfléchirai et vous trouverai un autre abri. Soyez sans inquiétude.

Il se dirigea vers un coffre immense calé contre le

mur, l'ouvrit et le vida à grands coups nerveux et précipités. En quelques instants, le sol fut jonché de chasubles, de nappes et de tapis d'autel, de linges d'église qui sentaient la lavande et la fleur d'oranger.

— Étendez-vous et reposez-vous sur ce tas de linge. Vous y serez à l'aise. Ne craignez rien. Nous rangerons tout demain.

Tout en parlant, il observait une tache mauve qui s'étendait sur son front. Elle rougit et y porta la main comme pour la lui dissimuler.

— Serez-vous loin ? murmura-t-elle.

— Non.

Il se tut, réfléchit, puis lança un peu précipitamment :

— Je dois assister au dernier office religieux. Mon absence troublerait mes supérieurs. Puis, comme chaque soir, j'irai souper avec les autres moines. Ce n'est qu'ensuite que je serai libéré de mes activités quotidiennes.

— Vous avez dit que vous ne reviendriez que demain matin.

Elle s'élança vers lui et, d'un geste aussi spontané que désespéré, prit sa main qu'elle serra de toutes ses forces dans la sienne.

— Ne me laissez pas seule, je vous en prie. J'ai trop peur.

— Alors, je passerai ce soir pour vous apporter quelque chose à manger.

— Et après ?

Il hésita et Léonore le vit sourire. Son visage s'éclaira. Ses yeux s'illuminèrent, et tout comme dans l'église, il porta sa main à ses lèvres. Elles étaient douces et chaudes.

— Après, articula-t-il doucement, je resterai juste à côté. Il y a un couloir suffisamment grand qui jouxte cette cure pour que je m'y étende et y trouve le sommeil.

— Merci, Jean.

— Tirez le verrou quand je serai parti, conseilla-t-il.

Puis il la quitta en lui lançant un long regard. Elle soutint l'éclat de ses yeux noirs et frémit un peu à l'idée de se retrouver seule pendant les quelques heures où il serait absent.

— Revenez vite, chuchota-t-elle.

Après son départ, elle s'allongea, mais ne trouva pas le sommeil. Que ferait-elle désormais ? Où irait-elle ? Et Isabelle ! Quand la verrait-elle enfin ? Les larmes affluèrent à ses paupières et elle sentit qu'elles glissaient une à une le long de ses joues blêmes.

Sa couche était douce, moelleuse. Le linge d'église avait une senteur agréable qui lui chatouilla les narines et elle se sentit à l'aise. Léonore ferma les yeux et attendit que Jean revienne.

Elle somnolait quand elle entendit frapper. En deux mouvements, elle fut à la porte et tira le verrou. Jean portait un pichet d'eau, une tranche de pain, un petit jambon fumé et des galettes de froment qu'il déposa joyeusement sur l'unique table qui, avec le grand coffre et un tabouret, composait le mobilier de la cure.

— Avez-vous dîné ? fit-elle d'un ton presque réjoui.

— Non, mais je n'ai pas faim.

Pour la première fois, elle lui adressa un sourire rassuré. Il vit dans son regard une quiétude qui manquait tout à l'heure. Elle accentua son sourire.

— Regardez, fit-elle, plus joyeuse encore. Ce jambon est trop gros pour moi et cette tranche de pain peut nourrir deux personnes. Partageons-les.

Détendus, ils s'assirent sur le sol, sans souci des miettes abondantes qui recouvraient peu à peu le beau linge d'église. Mais, comme il sentait que sa compagne n'était pas prête à tout lui révéler, il parla peu, se contentant de darder sur elle la braise de son regard.

Puis il porta une troisième fois sa main à ses lèvres et les y pressa plus longtemps. Il sentit Léonore trembler. Leurs yeux se croisèrent tandis que tintaient les derniers coups de cloche du prieuré.

— Je reste à côté, murmura-t-il. Dormez tranquillement.

Comme elle le regardait quitter la pièce avec l'air de nouveau inquiet, il ajouta :

— Il faudrait me marcher sur le corps pour passer.

Cette fois, bien que la porte fermée les séparât, Léonore s'endormit. Seul Jean resta éveillé toute la nuit.

Deux jours plus tard, alors qu'elle était toujours installée à la cure de Saint-Grégoire, Jean annonça qu'il avait fait entrer Jacquemin comme jardinier pour bêcher le potager laissé depuis quelque temps à l'abandon et qu'il pouvait placer Guillemette chez une vieille lingère qui, depuis la nuit des temps, reprisait le linge des moines du prieuré.

— Et mes supérieurs ont accepté que vous occupiez la petite maison qui jouxte le potager. C'était celle où logeait le dernier jardinier qui n'était pas un moine. Jacquemin disposera d'une cellule au monastère.

Puis il déposa sur la table un paquet de couleur brune, enroulé à la hâte.

Stupéfaite, Léonore suivit des yeux son geste, observa le baluchon posé sur la table et son regard revint à lui.

— Mais qu'avez-vous donc dit à vos supérieurs pour bénéficier d'une telle faveur ?

— J'ai affirmé que vous étiez un ami d'enfance

brugeois que je venais de retrouver après l'avoir perdu de vue voilà plus de dix ans. Personne ne peut aller à Bruges vérifier si c'est exact.

— Un ami d'enfance ! répéta-t-elle, ahurie.

— Cela vous ennuie-t-il ?

— Mais vous avez menti.

Il se mit à rire, offrant la blancheur de ses dents qui contrastait avec le teint basané de son visage.

— Oui ! C'est la première fois que je les trompe. Mais bah ! Dieu me pardonnera.

— En êtes-vous sûr ?

— Oui, puisque ce faux témoignage vous sauve.

Elle s'approcha de lui, une vive lueur dans l'œil.

— Jean, vous ne connaissez rien de moi, à l'exception de ma triste naissance.

— C'est vrai, mais ne voulez-vous rien me dire ?

— Si ! J'ai une fille que je n'ai pas élevée et que je voudrais voir. C'est mon vœu le plus cher.

— Où est-elle ?

— Sans doute auprès de la veuve du duc de Berry.

Il haussa le sourcil.

— Mais...

— En effet, ma fille est celle du duc de Berry, coupa-t-elle d'un triste sourire.

Il ne répliqua rien et sembla s'absorber dans une longue méditation. Leurs bustes se touchaient presque. Alors, plantant ses yeux dans les siens, Léonore soutint son regard aigu et le pauvre sourire esquissé tout à l'heure sur son pâle visage se crispa.

— Je suis l'épouse du sire Guillaume de La Baume. Il est vieux, laid et cruel.

Il leva la main et, du doigt, lui caressa le front. Puis, tout en l'observant, il passa doucement son index sur l'hématome qui bleuissait la peau de la tempe.

— Est-ce lui ? murmura-t-il.

— Oui ! Mais il a fait pire.

— Et je suppose que cet homme vous poursuit !

— Il me hait jusqu'à vouloir me tuer. Il me retrouvera, j'en suis sûre !

Il s'écarta d'elle. Puis il fit quelques pas vers la porte en se tenant le menton entre ses doigts et revint se poster devant la table. Tout à l'heure, il hésitait encore, mais, à présent, sa décision était prise. Il fallait avouer qu'aucun autre stratagème n'était aussi sûr que celui-ci.

Il saisit le paquet qu'il y avait déposé quelques instants plus tôt.

— Dans ce prieuré, ce monstre ne vous trouvera pas. Il se peut qu'il cherche du côté des religieuses, mais pas ici. À Saint-Grégoire, comme à Saint-Martin, il n'y a que des hommes.

Enfin, il déroula le paquet et Léonore aperçut une bure de moine.

— Passez-la.

— Mais il faut que j'ôte ma robe !

— Évidemment.

Il se retourna, nez contre la porte, pour ne pas la gêner et la jeune femme enleva lentement ses vêtements et enfila la longue robe de toile brune réservée aux moines du prieuré.

— Vous pouvez vous retourner, Jean.

Il l'observa longtemps et jeta les yeux sur ses vêtements qui jonchaient le sol. Alors, il se baissa, les ramassa et les plia avec des gestes pieux. Puis, portant à son visage le paquet qu'il venait de faire, il en respira lentement le parfum.

— Cette bure, fit-il en souriant, n'a pas votre odeur.

— Je l'en imprégnerai.

— Dissimulez cette robe dans la maison. Ne vous en séparez pas, il se peut qu'elle vous serve encore.

Fouillant dans sa poche, il en retira un lourd cordon au bout duquel pendait une croix de bronze piquée au centre d'une pierre vert foncé.

— J'ai rapporté cette croix de Bruges quand je suis arrivé ici. Elle me plaisait et je l'ai toujours conservée. Ma mère l'aimait aussi. Elle disait qu'elle me porterait chance.

Léonore avait peine à croire que cette échappatoire la sortirait des griffes de son époux. Et, pourtant, elle mettait en ce moine une confiance sans limites.

— Cette croix appartient à un religieux qui officiait au béguinage de Bruges. Nous dirons que vous faites partie de cet ordre que je connais fort bien. Ce sont des moines assez libéraux. Ils vont, viennent, aident et protègent ceux qui en ont besoin. D'ailleurs, ils ne prononcent pas tous leurs vœux. Cette confirmation vous mettra à l'abri de toutes les questions indiscrètes que mes supérieurs pourraient vous poser.

— Mais, s'enquit Léonore d'une voix soucieuse, que vais-je faire dans cette maison tandis que Jacquemin bêchera le potager et que Guillemette reprisera le linge ?

— Savez-vous travailler sur une lisse ?

— Je viens de Nantes où j'ai fait mon apprentissage de brodeuse. Mais...

Elle se tut en pensant à l'atelier de Coëtivy. Il sentit une gêne en elle, mais n'insista pas.

— Cela ne fait rien, vous apprendrez.

— Non ! Non, Jean, s'écria-t-elle. J'ai tout appris sur les lisses de mon père.

— Le prieuré dispose d'un bel atelier de haute lisse. Mais il n'est pas situé à Saint-Grégoire, il se trouve à Saint-Martin. C'est à quelques lieues d'ici. Vous pourrez y travailler.

Il fit un geste imprécis de la main, puis il reprit d'un ton assuré, presque joyeux :

— Ce sera une excellente occasion de m'y remettre aussi, puisque Thomassaint m'avait appris les rudiments du métier.

Léonore semblait revivre. En quelques instants, son visage avait repris ses couleurs et, dans ses yeux, brillait cette petite flamme qu'elle avait perdue depuis si longtemps.

Jean regardait sa robe enroulée posée sur la table. Léonore le vit soudain hésiter, puis mettre la main dans la grande poche intérieure de sa bure. Il en sortit des ciseaux.

— Léonore, prononça-t-il à mi-voix, il reste une chose à faire. Et c'est un point de la plus grande importance.

Elle hocha la tête.

— Mes cheveux ! dit-elle.

— C'est indispensable.

— Bah ! Ils repousseront.

Elle lui prit le bras et l'entraîna vers le petit tabouret de la cure où il prit place.

— Coupez-les, Jean. Je veux que ce soit vous.

Un grand silence régnait dans la pièce. Jean n'avait d'yeux que pour elle et Léonore frissonna quand elle sentit la main du moine caresser ses cheveux. Il les faisait filer entre ses doigts souples et nerveux. Elle entendait le bruit métallique des ciseaux qui se refermaient sur les mèches.

Les boucles tombaient à terre, une à une. Elles jonchaient le sol et Léonore ne paraissait pas en être consternée. Elle souriait même béatement en sentant la douce caresse des mains de Jean sur sa tête. Il se prit même à poser les doigts sur sa nuque qu'elle ployait en avant pour mieux la dégager.

En soupirant d'aise, ce qu'elle n'avait pas fait depuis des mois, elle se dit qu'elle ne pensait presque plus à Pierre de Coëtivy ni à Charles de Berry. Encore moins au vil Guillaume.

— Vos cheveux sentent si bon, Léonore.

Jean baissa son visage et respira les boucles courtes qui, désormais, coiffaient sa tête.

— Suis-je laide ? murmura-t-elle.

— Vous êtes plus belle encore. Vous ressemblez à un ange.

Puis, se courbant sur sa nuque, il y posa ses lèvres.

XXVI

Jean avait réussi à faire entrer Léonore parmi les moines de Saint-Grégoire et ceux de Saint-Martin. Ils s'étaient montrés compréhensifs, peu bavards, juste un peu intrigués par ce doux visage qu'ils apparentaient à celui d'un adolescent encore imberbe. Il lui arrivait même de prendre quelques repas au réfectoire en compagnie de Jean.

Mais, quand l'affaire fut portée devant l'évêque de Tours qui supervisait les deux prieurés, celui-ci se montra méfiant et le récit de Jean lui parut trouble.

— M'avez-vous tout dit, Jean ?

Un silence répondit à cette question. L'évêque hocha la tête et perça de ses yeux froids le regard de son interlocuteur.

— Jean, vous m'avez toujours fait confiance. J'ai suivi tous vos pas dans ce prieuré. J'ai écouté vos doutes, approuvé vos espoirs, confessé vos fautes, soutenu votre foi grandissante. Il me déplairait que vous me trompiez. Qui est ce jeune moine dont le visage, affirme-t-on, paraît très efféminé ?

Jean ne répondit toujours pas.

— Comment dois-je interpréter votre mutisme ?

Têtu, rebelle, Jean ne desserrait pas les lèvres.

— Jean ! Qui est-ce ? réitéra l'évêque d'une voix plus douce.

Il ne lui fallait guère de temps ni d'expérience pour se convaincre que le visage du jeune moine avait pâli et que ses mâchoires se crispaient anormalement. Enfin, ses lèvres se desserrèrent.

— Je jure sur la foi que je mets dans le Christ qu'il s'agit d'une personne de ma famille.

— Et d'où vient cette personne ?

— De Bruges, comme je l'ai dit.

— Est-ce une femme ?

Ses yeux d'un bleu aux lueurs grises scrutaient la gêne intense qui envahissait Jean.

— Oui, monseigneur.

— Je veux en savoir davantage. Je vous promets que si rien n'est offensant pour l'Église je ne m'opposerai pas à votre désir.

— Léonore est la fille de mon père adoptif, Thomassaint, lissier à Bruges. Elle fuit un mari violent qui menace de la tuer et elle recherche sa fille prisonnière à la cour de Berry. Ce sont mes demi-frères qui l'ont aidée à venir en Val de Loire.

— C'est bon, Jean. N'en dites pas plus. À présent, je vous fais confiance. Mais ne me décevez pas. Je pardonnerai un faux pas mais je ne saurai tolérer la fuite d'un défroqué.

Jean sentit la sueur couler dans son dos. Il ne broncha pas, et l'évêque reprit :

— M'avez-vous compris ?

— Parfaitement, monseigneur.

— Alors, gardez dans l'idée que votre temps de réclusion monastique se termine. Vos origines sont nobles et je veux vous hisser dans les hautes sphères de la hiérarchie cléricale.

Mais, ces derniers mots jetés, l'évêque s'aperçut que Jean restait impassible, une lueur farouche dans l'œil.

Alors, il s'assouplit davantage, mesura plus largement son propos et prononça distinctement :

— Avec vous, Jean, je suis d'une grande tolérance. Soit, prenez du recul un certain temps. Je fermerai les yeux pendant six à huit mois. Pas plus. Dans un an, vous serez chanoine à l'évêché de Tours. N'oubliez pas que Tours bénéficie de la faveur du roi de France. Il désire en faire un grand centre artistique que vous pourriez sans doute prendre en main.

Le cœur battant, Jean quitta l'évêque et ses possibilités d'avenir. Tours était loin de son esprit à cet instant où il ne pensait qu'à retrouver Léonore.

Oui, Jean le savait, Tours s'agrandissait et devenait une ville florissante. Les ateliers y prospéraient avec la culture des mûriers pour l'élevage des vers à soie. Les Lyonnais excentraient peu à peu leurs ateliers de soierie qui, avec le temps, se voyaient repoussés vers Nevers et Bourges, puis Tours.

Les Tourangeaux se montraient très enthousiastes à l'égard de cette nouvelle forme d'art et l'on voyait depuis quelque temps se décupler les métiers à tisser le fil de soie et le drap d'or.

Le logis que Léonore occupait était une petite maison en brique anciennement habitée par le vieux jardinier du monastère, mort et non remplacé. Jacquemin, qu'elle voyait de temps à autre, bêchait le jardin et lui donnait des nouvelles de Guillemette qu'il retrouvait le soir avant de réintégrer sa cellule.

Chaque jour, Léonore se rendait à l'atelier du prieuré qui se tenait dans un très bel espace. Elle s'y plaisait et ne rechignait pas devant la besogne. Et, s'il n'y avait eu cette longue bure qui gênait ses mouvements, Léonore se serait sentie aussi libre que l'air.

Elle se faisait appeler frère Thomas, parlait peu, écoutait les conseils des moines qui dirigeaient leurs lisses de main de maître. Elle s'efforçait de remonter le plus souvent possible la capuche de sa bure. Quand elle y enfouissait sa tête, on apercevait moins la délicatesse de ses traits et la finesse de sa peau.

Sur l'une des basses lisses une très belle tenture était exposée. C'était une Résurrection aux petites dimensions horizontales à peu près semblable à celle qui avait été tissée au début de ce même siècle et dont la renommée avait été grande. Tout en fil de métal et de soie, elle était destinée au parement du grand autel de la cathédrale de Tours. Un christ en majesté sortait du tombeau, la main levée tenant une croix et un fanion. Il était encadré par deux anges aux ailes déployées qui lui tendaient des linges et des coussins. Sur les côtés, des soldats en armure somnolaient et le tapis sur lequel l'ensemble de la scène reposait était constitué de ces Millefleurs dont l'époque était si friande.

Sur une grande lisse verticale, trois moines travaillaient à une Adoration des Mages en plusieurs panneaux, les scènes évoluant toujours sur fond de Millefleurs.

Trois fois par semaine, Jean la retrouvait à l'atelier. Ils travaillaient sans mot dire, côte à côte. L'un des moines lissiers tournait parfois la tête vers eux en se posant des questions. Mais, s'il n'avait aucun conseil à donner, il reprenait son travail.

Aucune échappatoire n'était possible. Il n'y avait pas d'annexe pour ranger les stocks. Tout se regroupait dans l'atelier : les cartons, les fils, les laines, les outils, les aunes de tissu.

Jean et Léonore évitaient de se regarder et de se frôler, attendant le jour unique de la semaine où ils pouvaient s'évader. C'était entre les deux abbayes, celle de Saint-Grégoire et celle de Saint-Martin, qu'ils prirent l'habitude de se rencontrer en tête à tête.

Un matin de printemps où le soleil encore timide tombait doucement sur l'herbe fleurie des champs, leur coup de foudre éclata. Léonore était partie la première. Enfourchant César avec une impatience qu'elle n'arrivait plus à contrôler, elle galopa jusqu'au lieu où ils avaient décidé de se retrouver. C'était un bosquet touffu enfoncé derrière un grand pré caché par une rangée d'arbres.

Elle entendait son cœur battre la chamade. Instant magique où elle oubliait enfin ses infortunes. Le charme de Jean agissait sur elle comme un baume cicatrisant.

Jean, un moine, peu importe ! C'était avant tout un homme ! Un être déraciné comme elle, en quête d'équilibre. Elle n'osait réfléchir en chevauchant vers le bosquet. Si son esprit bouillonnait, elle était consciente de la forte angoisse qui devait envahir Jean, tombé sous la séduction de l'amour, la douceur des mots, la chaleur des gestes. Cet assaut imprévisible le déroutait, l'exaltait et le dévorait.

Des yeux, elle chercha le bosquet. Contournant un petit bois, elle tomba sur le champ fraîchement retourné derrière lequel un ensemble d'arbustes en broussailles se cachait. Au centre, un tapis de mousse rassurait le regard. Elle sauta de son cheval, attacha la longe à une branche basse, s'assit et attendit.

Jean arriva quelques instants plus tard. Il chevauchait un pur-sang arabe de couleur fauve nommé Terre-de-Sienne qui appartenait à l'écurie de l'évêché de Tours. Peu de moines avaient ce privilège, mais peu de moines aussi avaient son talent inné de cavalier.

Jean montait à cru, comme son père, le sultan turc Mehmed. Il talonnait nerveusement les flancs du cheval et tenait à peine les rênes, le buste penché. Quand il aperçut Léonore, il arrêta net son cheval dans une ruade savamment maîtrisée.

— Allons ! Mon tout beau, allons ! Terre-de-Sienne, fit-il en le flattant de la main, tu vas faire la connaissance de César et je suis sûr que vous allez bien vous entendre.

Il l'attacha aux côtés du cheval de Léonore et vint s'asseoir près d'elle.

— M'attendez-vous depuis longtemps ? s'enquit-il en prenant sa main qu'il garda dans la sienne.

— Non, Jean. Quand j'ai aperçu le bosquet, j'ai compris que cet endroit m'apaiserait.

Elle leva les yeux.

— Regardez le ciel. Il est fait d'azur et de sérénité.

Elle se glissa contre lui et posa la tête sur ses genoux. Il lâcha sa main, la releva et lui caressa le visage, sentant que chaque parcelle de sa peau frémissait.

— Jean, murmura-t-elle, quand je suis avec vous, je n'ai plus envie de penser à ma famille.

— Et Isabelle ?

— Avec vous, je l'oublie un peu.

— Et moi, Léonore, je perds tous mes principes, mes règles de conduite, mes idéaux.

La jeune femme ferma les yeux. Les parfums du bosquet l'enivraient. Elle releva les paupières et vit le visage de Jean penché sur elle.

— Jean, parlez-moi de vous.

Le dos calé contre le tronc d'un vieil arbre, sa main caressait amoureusement le visage de Léonore. Il la glissa lentement sur son buste. L'étoffe de sa bure était si épaissse qu'il dut exercer une pression de la main pour sentir la douce chaleur qui émanait de son corps.

— Parler de moi n'est peut-être pas important.

— Je veux tout connaître de vous.

Jean hocha la tête et saisit Léonore contre lui, la serrant avec une force incroyable. L'étreinte se prolongea de longues secondes où le souffle de Léonore restait suspendu à celui de son compagnon.

— Que dire de moi ? murmura-t-il. Jean de Villiers ne sait plus ce qu'il est.

— Ne dites pas cela, Jean. Je vous l'interdis.

— Je suis troublé, Léonore. Je ne suis plus moi-même. L'air me manque à présent et mon souffle s'est brisé. Une sorte de hantise bloque mes poumons.

Il desserra son étreinte et poursuivit d'une voix rauque :

— Pourtant, la paix a guidé mes gestes depuis le jour où je me suis retrouvé dans ce monastère, seul avec moi-même, des prières entassées au fond du cœur et des mots vertueux au bord des lèvres.

— Oubliez le passé, Jean, et vivons le moment présent, lui chuchota-t-elle.

— Oublier ! Le pouvez-vous donc aussi facilement ? Aujourd'hui, toutes mes valeurs ont disparu et rien n'est plus conforme à ce que je souhaitais. J'ai envie de vous, Léonore, mais je ne sais comment m'y prendre.

— Moi, je sais, murmura Léonore.

Elle approcha son visage et posa sa bouche sur la sienne. Il la saisit avec une grande inexpérience qu'elle rectifia aussitôt. Jean était un bon élève, il sut vite trouver la force et la chaleur d'un vrai baiser.

Elle glissa plus près de lui, se pressa, se colla pour écouter battre son cœur. La main de Jean descendit sur son cou. Les boucles courtes et noires donnaient un charme étrange à la jeune femme. Ils auréolaient son mince visage en lui conférant un air angélique. Il leva la main et la passa au travers des petites mèches soyeuses. Léonore était sous le charme. Il lui semblait que son souffle s'accordait à celui de Jean et que son cœur s'était soudé au sien. Un silence scella leur accord. Puis, dans un murmure, ils échangèrent un nouveau baiser.

— Comme j'aurais aimé voir tes longs cheveux flotter sur ton dos, tes épaules, ta gorge.

Elle fut séduite par le tutoiement et elle eut envie de lui dire : « Je t'aime. » Mais un nouveau geste inattendu l'arrêta.

Jean venait de glisser la main dans l'échancrure de la bure, mais, sous cette carcasse de toile grossière, ce n'était guère facile de trouver le chemin de son corps. En laissant courir son doigt sur l'une de ses épaules, il sentit une cicatrice.

— Tu ne m'as pas tout dit, je le sens.

— Si, Jean.

— Je veux voir.

Il l'allongea délicatement sur la mousse tandis qu'elle se laissait faire. Puis, d'un geste précautionneux, religieux, il souleva la bure. Elle dut l'aider, car l'étoffe ne se prêtait guère à ce genre d'exercice. En quelques secondes, la robe de moine vint chuter à ses pieds.

La chemise qu'elle gardait sous la bure révéla quelques meurtrissures encore visibles, difficiles à effacer. Il faudrait sans doute des semaines, des mois peut-être, pour que tout disparaisse.

— Si je le rencontre, je le tuerai. Oui ! Foi de fils de sultan turc, je le tuerai.

— Je t'en prie, n'en fais rien. Tu le regretterais amèrement. Un tel acte est indigne de toi.

— Je le ferai, mon amour, je le ferai.

Elle s'accrocha à lui et prit de nouveau sa bouche. Puis elle fit courir ses lèvres sur tout son visage.

— Je t'en supplie. Ne commets pas cette erreur. Tu m'en voudrais par la suite et je veux que rien ne ternisse notre amour.

Jean respirait avec difficulté. Ses mains remontèrent sur le corps de sa compagne, mais n'osèrent dépasser le barrage des deux petits seins cachés sous la chemise. Léonore sentit ses doigts souples et caressants effleurer ses épaules, venir doucement sur sa nuque et frôler la cicatrice qu'il avait sentie tout à l'heure.

Léonore eut un frisson. La ceinture meurtrière de La Baume avait plusieurs fois dérapé, remontant bien au-dessus des reins. Elle prit appui quelque temps contre lui et décida d'ôter elle-même sa chemise, lui offrant cette fois sa nudité complète. Elle leva les yeux en direction de son visage. Il braquait sur elle un regard de feu.

— Viens ! chuchota-t-elle en s'allongeant sous lui. Viens !

— Je ne peux pas, murmura Jean.

— Si, tu le peux ! Viens.

Jean sentit soudain une peur effroyable le saisir.

— C'est impossible.

— Je t'en prie, essaie.

— Non, Léonore ! J'ai trop présumé de mes désirs.

Elle perçut un sanglot étouffé dans sa voix et comprit que chez lui la quiétude et la sérénité n'étaient qu'une carapace. Freinait-il à ce point ses impulsions, alors qu'il n'était que fougue, ardeur et impatience ?

Elle se jeta contre lui et reprit brusquement sa bouche, la fouillant désespérément, cherchant sa langue et la mouillant de son baiser pour faire monter en lui ce désir impunément étranglé par ses craintes, sa détresse, son Dieu qui lui refusait de communiquer charnellement avec elle.

Elle devait l'aider à surmonter sa détresse. Ce fut elle qui enleva sa bure en la passant rapidement par-dessus sa tête. Le lourd vêtement retomba sur le sien, le recouvrant tout entier au milieu de la mousse et des brindilles.

Son corps nu devant elle l'impressionna et la fit chavirer. Jean était musclé, bien charpenté, beau comme un dieu. Sa peau mate, son buste puissant, ses cuisses fermes, tout en lui plaisait à Léonore.

Il y eut une sorte d'extase mutuelle. Les lèvres de Jean tremblaient, ses doigts se crispèrent sur elle, mais ses yeux étaient devenus de velours et son sexe se dressait, triomphant. Elle le saisit sans aucune retenue et ils basculèrent sur le sol. La souche d'un arbre les retint. Un oiseau siffla. L'herbe se fit douce pour les accueillir et l'air, empli des effluves de la Loire, leur souffla un parfum de bonheur.

XXVII

Louis d'Orléans ne venait jamais voir Jeanne et personne, même dans son propre entourage, ne savait s'il avait consommé son mariage. Une union grotesque qu'il refusait d'admettre !

Mais, au fil des jours, Louis s'était remis de ses fureurs et de ses découragements entre les bras des plus jolies filles, pas toujours des plus recommandables. Après tout, la vie valait bien son pesant d'or. Si le dauphin venait à mourir, la première place lui revenait toujours. Charles, qui devait être sacré le huitième du nom dès sa majorité, n'avait aucun frère.

Après des années de soumission et d'insignifiance, sans doute à la suite du manque d'intérêt que lui avait toujours porté le roi, la reine Charlotte s'enfermait de plus en plus en son château d'Amboise qu'elle ne quittait pratiquement plus. Comment aurait-elle pu, dans ces conditions, s'attrister de la santé de son époux qui se dégradait de jour en jour et qu'elle ne voyait plus ? On la tenait cependant informée du déclin de son époux et elle savait qu'il couvrait d'or ses médecins dans l'espoir qu'ils prolongent son existence tant il voulait vivre. Le roi refusait même de dormir par crainte de ne plus se réveiller et, enfermée dans sa chapelle, devant la statue de la Vierge qui lui était devenue si chère, Charlotte ne pouvait que prier pour son âme.

Loin de se laisser surprendre par les événements, Anne les maîtrisait parfaitement. Elle se préparait à exercer le pouvoir absolu. Tout en elle confirmait son don pour le commandement. Le maître de Moulins, peintre à la cour, a laissé des portraits où l'on devine sa force de caractère, son ambition et son désir de réussite.

La question de la Bretagne était la première de ses préoccupations et elle était consciente que son cousin Louis d'Orléans, à qui elle ne pardonnait pas de ne point avoir insisté pour l'épouser, œuvrait dans son dos en cherchant à s'allier au duc de Bretagne. On ne parlait plus du mariage de la petite duchesse Anne de Bretagne avec le prince de Galles. À présent, il était fortement question de l'unir à Maximilien d'Autriche. Mais l'archiduc Maximilien était impatient d'envahir la Picardie qu'il réclamait avec la Bourgogne et, poussé par le Téméraire, François II ne savait plus très bien que faire. Aussi surgissaient des noms susceptibles d'unir la Bretagne à de grandes puissances françaises, ce qui renforcerait le pouvoir du roi de France.

Ceux du duc d'Albret, du duc de Lorraine, du comte d'Angoulême furent cités, et celui du duc d'Orléans, sans son mariage inutile, eût été retenu.

Voilà pourquoi Louis d'Orléans se montait la tête avec l'idée de proposer son nom à la Bretagne et, si cette hypothèse tenait le coup, de demander au pape l'annulation de son mariage avec Jeanne en prétextant la non-consommation de celui-ci.

Pour la politique d'Anne de Beaujeu, Louis devenait, désormais, le plus dangereux et le plus fanatique de ses opposants. Après s'être aimés, ils se haïssaient. Louis ne pardonnerait jamais au roi de l'avoir marié à une infirme. Il exécrait les Beaujeu et il leur tiendrait tête jusqu'à ce que victoire s'ensuive.

Frivole, sans expérience, aimant trop les femmes pour se concentrer sur un sujet sérieux, il n'aurait jamais été très loin s'il n'avait eu comme conseiller le fils du célèbre bâtard d'Orléans, François, comte de Dunois, à qui se joignaient d'autres noms dont la velléité rejoignait la sienne, comme le comte d'Angoulême, le premier de la liste après lui.

L'atmosphère n'était donc pas à la détente. Anne souhaitait en finir avec une France étriquée, désuète, pour élever une France ouverte, moderne, tournée vers l'extérieur. Alors que Louis XI n'avait réussi qu'à rendre un peuple méfiant, ballotté entre l'espoir et l'incertitude, Anne s'efforçait d'éclaircir la situation et, pour ce tour de force, elle devrait plus tard en même temps diminuer les impôts et atténuer les dépenses du royaume. Pour cette nouvelle structure, le ciment posé par Louis XI était encore tout frais, mais sa fille saurait le faire sécher comme il fallait afin qu'il durcisse et devienne solide.

François de Dunois et Louis d'Orléans pénétrèrent dans la cour du château, lâchant les rênes de leurs chevaux entre les mains des palefreniers dès qu'ils eurent sauté à terre. Louis releva le visage en direction des arcades.

Voilà longtemps que Louis n'était pas rentré sur ses domaines. Prévenus de son arrivée, ses gens et sa petite cour étaient au garde-à-vous, prêts à discourir, obéir, renseigner, espionner, le cas échéant, car les rumeurs allaient toujours bon train dans une cour princière.

Louis respira goulûment une bonne bouffée de cet air blésois qui, parfois, lui manquait quand il chevauchait sans arrêt sur les routes de France à la recherche d'un allié – plus que d'un ami – qui le soutînt dans ses conflits. Ah ! comme il aimait sa bonne ville de Blois et son château à la façade rose que semblait avoir adopté sa femme.

Mais, depuis qu'il était marié et surtout depuis que Jeanne s'y plaisait, il avait décidé de le déserter aussi fréquemment qu'il le pouvait.

Il avait déjà toute une histoire, ce vieux château. Forteresse féodale du comte Thibaut le Tricheur au XIIe siècle, il s'était étoffé de briques et de pierres grises à l'époque du comte de Châtillon qui, pour plaire à sa volage épouse, l'avait pris aux comtes de Blois. Mais, ruiné, il avait dû le céder aux ducs d'Orléans.

En levant les yeux vers les fenêtres, juste au-dessus des ogives du corridor qui longeait la façade, Louis aperçut une silhouette derrière la tenture qui venait brusquement de s'écarter. La dame de compagnie de Jeanne n'était guère discrète.

Suivi de Dunois, il monta quatre à quatre les marches qui l'emmenaient à l'étage. Eh oui ! Il s'y attendait. De crainte que son époux ne parte aussi brusquement qu'il était arrivé, la suivante de Jeanne se courbait devant lui.

— Dame Jeanne désire un entretien, seigneur d'Orléans.

— Dites-lui que c'est impossible, je n'ai pas le temps.

— Elle m'a dit d'insister, seigneur d'Orléans.

Marie de Breteuil, la suivante, avec ses yeux hardis et son allure effrontée, ne faiblissait pas. C'est que Louis d'Orléans, qui n'aimait guère sa femme, était un homme très séduisant. Grand, bien tourné, le muscle apparent, le visage viril, avec ce rien d'attendrissant quand il regardait une femme qu'il désirait. Marie de Breteuil se trouvait soudain prise entre la désinvolture et le respect.

— Dites-lui que je dois repartir.

Marie minauda.

— Oh ! pas ce soir, seigneur d'Orléans, vous venez d'arriver.

— Eh bien, demain à l'aube je repars.

— Justement, dame Jeanne a bien insisté. C'est ce soir qu'elle veut un entretien avec vous.

Louis observa quelque temps le visage de la jeune Marie. Elle souriait hardiment, attendant sa réponse.

— Que veut-elle ? Le savez-vous ?

La jeune femme ne répondit pas, se contentant de pincer ses petites lèvres roses et fraîches.

— Allons, dites-le-moi et je verrai ce que je peux faire.

Marie hésita.

— Je crois, bredouilla-t-elle – mais Louis eut l'impression qu'elle jouait un jeu dont les règles lui plaisaient –, qu'elle veut vous demander quelque chose.

— À quel propos ?

Marie de Breteuil redressa le buste, faisant pointer les bouts de ses seins tendus sous l'étoffe de sa robe dont les plis tombaient souplement le long de ses hanches fines. Quel dommage ! pensa Louis en humant le parfum de Marie, que Jeanne ne fût pas aussi belle que cette fille, il aurait couru la rejoindre dans sa chambre pour la satisfaire.

— Eh bien, reprit-il en modulant le son de sa voix charmeuse, savez-vous à quel propos dame Jeanne veut me voir ou ne le savez-vous pas ?

— Je le sais, seigneur.

Il s'approcha d'elle et lui prit le menton.

— Alors, dites-le-moi.

— À propos de votre héritage, seigneur.

Ses yeux dans les siens, il lui caressa les joues et

lui sourit. Puis, la lâchant, il affirma d'un ton plus péremptoire :

— Je serai dans ses appartements en début de soirée.

Louis sentait son cœur battre. Mordieu ! Que cette femme laide l'indisposait ! Sa bosse, même de loin, lui répugnait, sa silhouette disgracieuse le contraignait à fermer les yeux pour ne plus les ouvrir. Ses hanches épaisses, ses jambes courtes, sa claudication lui faisaient horreur.

Et pourtant, quand le carillon de la cour d'entrée sonna les huit heures du soir, il se présenta à la porte de ses appartements. Une soubrette vint lui ouvrir.

— Dame Jeanne vous attend, seigneur d'Orléans.

Elle le fit entrer dans un petit salon. Il connaissait toutes ces pièces tristes et froides avant que son épouse n'en prît possession. Jeanne les avait fait revivre. Des tentures aux couleurs chaudes calfeutraient les fenêtres. Des tapisseries luxueuses recouvraient les murs. Elles représentaient non pas des scènes religieuses, comme il l'eût cru – car il avait entendu dire maintes fois que sa femme était pieuse –, mais des scènes champêtres fort gaies et fort romantiques où seigneurs et dames en grand apparat se promenaient dans des lieux emplis de Millefleurs multicolores.

Surpris, il jeta un coup d'œil discret sur les meubles. Ils provenaient tous du château d'Amboise où elle avait vécu. De riches coffres en bois sculpté, des vaisselles de porcelaine, des cristaux, des tapis venant d'Orient d'une valeur inestimable, sans doute rapportés au temps où le banquier Jacques Cœur, attaché à la cour de son grand-père le roi Charles VII, se rendait à Constantinople pour les y monnayer.

Quand on le fit entrer dans sa chambre, il eut la surprise de voir une pièce splendide, d'une richesse exceptionnelle. Mordieu ! Où était passée la solitude, presque la misère, des pièces du château de Blois que sa mère, Marie de Clèves et son vieux père, le duc d'Orléans, revenu à soixante ans de captivité anglaise et tout aussi peu fortuné que sa jeune femme à qui le royaume l'avait uni, n'avaient pu entretenir comme il le fallait ?

Il s'arrêta, blanc de peur. Son cœur battait non d'amour, mais d'angoisse. Sa femme était devant lui, assise et droite, presque fière, dans un grand fauteuil au dossier et aux bras rembourrés de satin broché.

— Je suis heureuse de vous voir, mon époux. Vous portez-vous bien ?

— Le mieux du monde, ma dame.

— Moi aussi.

Elle planta son regard mordoré dans celui de Louis et ajouta :

— Oui ! Je vous apprends que moi aussi je me porte bien pour le cas où vous oublieriez de me le demander.

Il rougit. Sacrebleu ! Comme il aurait voulu se trouver loin d'ici ! Et comme il s'en fichait, tout à coup, de son héritage.

— Soit, rétorqua-t-il, votre santé est bonne. Alors, à présent, que vouliez-vous me dire ?

Jeanne se tourna et fit signe à Marie qui se trouvait près de la porte de s'en aller. Puis, quand ils furent seuls, elle jeta d'un ton atone :

— Louis, je sais que vous ne m'aimez pas et que vous ne m'aimerez sans doute jamais. Mais le destin a voulu que nous soyons unis pour la vie devant Dieu. Et vous n'y pouvez rien. Moi non plus.

— Où voulez-vous en venir ?

— À ceci ! jeta-t-elle d'un ton toujours aussi neutre. Voici trois ans que nous sommes mariés. La seule nuit que vous avez passée avec moi au neuvième jour de nos noces, nuit imposée par mon père, s'est révélée désastreuse. Comme le roi avait ordonné que l'on retirât de la chambre fauteuils, bancs, chaises et sièges divers, afin que vous vous étendiez à mon côté, vous avez passé cette nuit allongé sur le plancher enroulé dans une couverture. Vous ne m'avez pas regardée, vous ne m'avez pas adressé la parole. Ce n'est qu'au petit matin que vous êtes venu me rejoindre. Dieu ! Quelle catastrophe ! Où est votre cœur, Louis ? N'en avez-vous donc que lorsque les filles sont belles et bien faites ?

Louis rougit à nouveau. Le regard calme de Jeanne le déstabilisait.

— Vous vous trompez, Jeanne.

— Non, Louis. Car si vous aviez un peu d'esprit, vous comprendriez fort bien que je ne veux point rivaliser – et le voudrais-je que je ne le pourrais point – avec les superbes filles que vous êtes capable de mettre dans votre couche. Je ne cherche qu'une bonne harmonie entre nous. C'est tout.

— Est-ce là ce que vous désiriez me dire ?

— Non, je voulais vous informer qu'Anne, ma sœur, a décidé que, si nous n'avions pas d'enfant, les biens qui me reviennent de la couronne royale risquaient d'y retourner. Dans ce cas, le royaume de France s'enrichirait et votre bourse s'aplatirait.

Louis eut un sourire. Bah ! Comment aurait-il fait si le roi Louis XI ne lui avait pas imposé sa fille laide et difforme ? Il aurait pu se marier avec n'importe quelle beauté sans fortune.

— Eh bien, tant pis, fit-il. Nous nous passerons d'enfant et je garderai ma bourse plate.

Il s'inclina poliment devant Jeanne, lui souhaita le bonsoir et s'en fut. Jeanne avait de nouveau subi un cruel échec. La nuit fut pour elle une horreur sans fin.

XXVIII

À présent que le duc de Berry était mort, rien ne pouvait s'opposer à ce que Léonore reprenne sa fille. Certes, elle n'avait pas encore réfléchi aux conséquences que cette démarche allait provoquer. Avec quel argent allait-elle financer l'éducation d'Isabelle ? Profondément inquiète, elle pressentait des événements de mauvais augure si La Baume la séquestrait de nouveau.

Face aux angoisses qui envahissaient le cœur de la jeune femme, Jean n'était pas resté inactif. Sollicitant à nouveau l'aide de ses supérieurs, il était allé directement trouver l'évêque de Tours afin de lui expliquer ce dilemme.

— Vous me semblez brûler d'impatience de sauver votre protégée, avait rétorqué le prélat. La dernière fois que vous êtes venu me voir, j'ai compris le sens de vos agissements et même de vos émois, car cette jeune femme touche de près vos origines, bien que ce ne soit pas votre sœur.

Il se caressa le menton de son index orné d'une grosse améthyste. La pierre renvoyait, dans le rayon de soleil qui leur faisait face, des lueurs chaudes et magiques. L'évêque lui jeta un sourire équivoque comme s'il n'était pas dupe du sens de sa requête. Puis il reprit, d'une voix étrangement douce :

— Mais j'avoue que je ne saisis plus très bien ce qui vous porte, à présent, à vous lancer corps et âme dans les problèmes personnels de cette jeune personne. Il ne s'agit pas de votre fille. Cette petite Isabelle est la bâtarde du duc de Berry. Elle ne sera nullement jetée dehors.

— Je ne crains pas pour Isabelle, monseigneur, mais pour sa mère. Elle ne peut voyager sans protection.

— Mais elle a un époux et cet époux est bien le sire de La Baume, ex-chambellan du duc de Bourgogne ?

Jean soupira, la mort dans l'âme.

— Monseigneur ! Il la bat, la martyrise, la séquestre.

— Allons ! Allons ! N'en rajoutez-vous pas un peu ? Seriez-vous jaloux de ce vieil homme ?

Jean rougit. Depuis le jour où il était entré au monastère, avec ses yeux de braise, ses gestes nerveux et sa grâce de jeune prince oriental, avec sa foi chrétienne plus fervente que celle de ses compagnons, car il venait de rejeter en bloc la religion musulmane, l'évêque lui accordait beaucoup d'intérêt.

— Jean ! Vous vous êtes consacré à Dieu et à la sainte Église. Ne l'oubliez pas.

Comme Jean ne répondait rien, il ajouta :

— Je vous l'ai dit, je tolérerai que vous vous égariez le temps d'un instant, mais à une seule condition.

— Laquelle ? jeta le jeune moine d'une voix atone.

— Que vous retrouviez vite la route à laquelle vous êtes destiné. D'autres que vous, jeunes et bouillants, moulés à votre image et désirant connaître ce qu'ils avaient rejeté depuis leur adolescence, sont partis. Mais, depuis l'aube des siècles, neuf sur dix reviennent.

L'évêque planta ses yeux gris dans ceux de Jean. Ils étaient durs, autoritaires, intransigeants. Le prélat lui accordait une faveur, pas deux.

— Le dixième restant est voué au feu de l'enfer. Ne soyez pas celui-là, Jean. Vous avez un grand avenir au sein du clergé. Sans lui, vous ne serez rien.

La mâchoire crispée, les mains nerveuses, Jean soutint son regard.

— Quand voulez-vous partir ?

— Immédiatement.

L'évêque se caressa de nouveau le menton. Il avait repris son attitude débonnaire. Les manches de sa robe longue aux riches broderies retombaient sur le bureau où il avait posé les coudes. Devant lui, une plume et un parchemin encore vierge attendaient la signature indispensable pour son étrange mission.

Le cœur battant, les mains nerveuses, Jean maîtrisait son impatience. Enfin, l'évêque saisit la plume et écrivit.

— Je vous fais entièrement confiance. Faites ce que vous jugerez utile afin de bien accomplir votre mission. Et revenez-moi empli de cette foi qui, j'espère, ne vous abandonnera pas une seule seconde durant votre absence... quoi que vous fassiez.

Jean ne broncha pas. Puis, comme l'évêque semblait en avoir terminé, il vint à lui et saisit la main qu'il lui tendait pour en baiser le bout de ses doigts longs et blancs.

— Ne me décevez pas, Jean. Car j'ai prévu de vous hisser plus haut que vous ne le pensez.

— Je sais, monseigneur. Vous me l'avez promis.

— Il ne tient qu'à vous, Jean, que ma parole vous soit acquise.

Il retira sa main.

— Maintenant, allez. Préparez votre départ pour demain, dès l'aube.

Jean se courba, remercia et se dirigea vers la porte.

— Jean ! lança l'évêque avant qu'il ne disparaisse. Jean ! Quand vous serez de retour, vous serez nommé chanoine. Cette vie de reclus n'est plus pour vous. Elle vous a enseigné, forgé, durci.

— Mais...

— Oui, je sais. J'avance mon projet, mais à présent il faut passer à autre chose. Dès votre retour, vous aurez besoin de vivre, de bouger, de discuter avec l'extérieur. Je vous l'ai dit, Tours va ouvrir de nombreux ateliers de tissage sur soie et nous agrandirons la manufacture de l'abbaye. En tant que premier chanoine, vous en prendrez la direction.

Jean prit Léonore dans ses bras et, posant sa bouche sur la sienne, murmura :

— Je veux être là quand ton mari te retrouvera.

La jeune femme frémit, mais ne protesta pas. D'ailleurs, Isabelle passait bien avant la vie ou la mort de cet homme qu'elle exécrait. Oui, à présent, elle aussi se sentait capable de tuer ce monstre pour préserver Isabelle.

Jean ne lui avait rien dit de sa conversation avec l'évêque de Tours. Rien qui eût supposé son retour à l'évêché. D'ailleurs, pour la première fois de sa vie, il allait au-devant d'une aventure qui n'était plus celle de l'Église.

Quant à la jeune femme, ignorante des conseils que venait de prodiguer l'évêque au jeune moine, elle se permettait de penser que tout pouvait encore être sauvé.

Ils partirent un matin avec César et Césarine. Les deux alezans, satisfaits après ce long repos de reprendre un peu du voyage, remuaient le panache de leur queue et secouaient énergiquement leur crinière. La voiture était prête, Jacquemin l'avait briquée et Guillemette avait repassé la robe que Léonore avait remise.

La petite maison du prieuré ! Léonore la reverrait-elle ? Quels événements allaient contrecarrer ou favoriser ses projets ? Il fallait bien que la chance lui sourît un jour. Bourges n'était pas très éloigné de Tours. Vers midi, ils seraient sans doute aux alentours de Montrichard ou de Saint-Aignan et ils arriveraient dans le Berry avant la tombée de la nuit.

Les craintes de Léonore se justifièrent rapidement car, dès le lendemain, à peine avait-elle demandé à voir les gouvernantes d'Isabelle qu'on lui apprit que la petite était partie pour la cour de Bourgogne. Une sueur froide couvrit le front de la jeune femme. Elle frémit à l'idée que sa fille était entre les mains de cette femme entrevue dans les Flandres qui l'avait dévisagée avec un air de triomphe.

— Jean ! s'écria-t-elle, il faut partir à Dijon. Isabelle y est peut-être séquestrée par Marie de Bourgogne, la veuve de Charles. C'est une femme froide, insensible qui ne supportait pas les enfants de son époux.

Brusquement, elle se jeta dans ses bras. Pressée contre son buste qui sursautait à chaque chaos de la voiture – Guillemette était assise à l'avant aux côtés de Jacquemin qui lui laissait de temps à autre les rênes de Césarine –, elle sentit contre elle la dureté d'une lame.

— Jean ! Toi, un homme de Dieu !

Jean sourit et la serra plus fort contre lui.

— Mon tendre amour ! Comment ferai-je pour te défendre sans arme si l'on t'attaque ?

Léonore soupira. Son amant avait raison. Elle

n'imaginait plus sa vie sans Isabelle, pas plus d'ailleurs qu'elle ne pensait au jour où Jean reprendrait le chemin du monastère.

Il parlait parfois, quand elle était blottie dans ses bras, sereine et heureuse, souriante devant l'espoir que pouvait encore lui apporter la vie, de se défroquer et de partir avec Léonore et Isabelle vivre à Constantinople. « Pourquoi pas simplement Bruges ? répliquait alors Léonore. Nous pourrions travailler chez mon père. » Mais la rage la saisissait à l'idée qu'elle n'était pas libre et que le sire de La Baume pouvait la retrouver où qu'elle aille.

Ah ! comme elle aimait Jean et ses étreintes chaudes et caressantes, ses baisers brûlants comme des braises qu'un souffle ardent rallumait sans cesse. Qu'allaient-ils devenir tous deux, perdus dans un monde pour lequel ils n'étaient peut-être pas faits ? Tous deux déracinés, sans but précis, avec un seul idéal, celui de s'aimer sans restriction.

Ils prirent la route de Dijon sans plus attendre. Dès qu'ils furent aux portes du palais ducal, Léonore sollicita une audience auprès de Marie de Bourgogne. Jean veillait farouchement, les yeux accrochés partout, l'oreille en alerte, le geste prêt à fuser là où il surprendrait le danger. Il savait pertinemment que le seigneur de La Baume avait été mis au courant de la présence de sa femme à Dijon. Il s'attendait donc à voir l'un de ses hommes rôder dans le sillage de la jeune femme, d'autant plus que son domaine était en Bourgogne, non loin du palais ducal.

Soucieuse de la tournure que pouvaient prendre les événements, Léonore lui avait demandé de ne pas se faire voir. On devait ignorer sa présence. L'idée ne plaisait guère à Jean, mais il dut reconnaître que c'était une démarche plus prudente. Aussi se glissait-il furtivement, dissimulé par son habit de moine, partout où Léonore se rendait.

Quand elle fut devant Marie de Bourgogne, celle-ci lui montra un visage impassible.

— Je me suis débarrassée de tous les bâtards et bâtardes du duc de Berry, lui annonça-t-elle avec un mauvais sourire.

— Où est ma fille ? s'écria Léonore, hors d'elle. Qu'en avez-vous fait ?

— Que voulez-vous que j'en fasse, de votre fille ?

— Où est-elle ?

Les yeux de Léonore luisaient d'une colère qu'elle ne contenait même plus. Elle s'avança, farouche et déterminée, devant son ennemie.

— Ma chère ! fit Marie de Bourgogne en jouant avec ses doigts lourdement bagués de pierres précieuses, je me remarie dans quelques mois avec un jeune frère des Beaujeu. Anne, la régente, qui jette un œil intéressé sur la cour de Bretagne, a envoyé toutes les bâtardes de Charles au château de Nantes. Elles y seront les compagnes de la petite duchesse. Ne vous plaignez point, elle n'y sera pas malheureuse.

Léonore était atterrée. Sa fille enfermée à présent à la cour de Bretagne ! Comment allait-elle pouvoir la récupérer ? La tête vide, les jambes sans force, elle s'inclina légèrement devant Marie de Bourgogne pour lui signifier qu'elle n'avait plus rien à voir avec elle.

— Vous aviez plus fière allure chez le prévôt de Lille, quand mon époux n'avait d'yeux que pour vous, persifla-t-elle avant qu'elle ne s'en aille.

Léonore haussa les épaules et ne répliqua pas. Que lui importaient sa mise simple, sa jupe grise et sa cotte bleue sans distinction et sans grâce ? Elle ne pensait plus qu'aux bras de Jean qui, tout à l'heure, allaient la serrer contre lui.

Mais les événements se mettaient en marche. À peine sortie du palais ducal, elle n'eut pas le temps de repérer sa voiture dans laquelle Jean était dissimulé. Happée et frappée par deux hommes de taille conséquente, puis jetée sur l'épaule d'un des deux colosses, elle disparut dans la première venelle qui tournait sur la gauche.

— Détache César, cria Jean à Jacquemin. À cheval, je vais les suivre plus rapidement.

Quelques secondes plus tard, sous les yeux sidérés de Jacquemin, car Jean ne portait plus la bure brune du moine, mais un justaucorps aussi pourpre que le soleil couchant, une chemise blanche, un surcot bleu plissé à la taille et un mantel à manches bouffantes, il enfourcha l'alezan. Sur sa tête, il avait enfoncé un bonnet de feutre jaune. À croire qu'il voulait se faire remarquer par les couleurs diverses de son costume !

Jean ne se contenait plus. Enfouies profondément en lui, toutes ses origines turques lui revinrent. Un flot de rage le saisit, un bouillonnement intense traversa son esprit. Une ardeur contenue depuis plus de vingt ans surgissait de lui. Une fièvre, une forte turbulence, rien de ce qu'il avait connu jusqu'à présent.

Il saisit son couteau et le brandit en criant des mots que personne ne comprit. Des mots dispersés dans le vent, aussi véloces et imprévisibles que lui. Il sentit que Mehmed, son père, lui soufflait une nouvelle rage de vivre, une autre façon de s'y prendre et il lui rendit grâce.

Il chevaucha derrière le charroi de fagots qui emportait Léonore, sans doute évanouie. César suivait sans broncher sa poigne ferme, donnant le maximum de lui-même. Jean dut cependant ralentir son effort pour ne pas dépasser les agresseurs de la jeune femme.

Quelques heures plus tard, le charroi pénétrait dans le domaine du seigneur de La Baume. Jean ne se maîtrisait plus. Il dut respirer, se concentrer, s'obliger à réfléchir. Sa main se crispait sur le couteau vengeur. C'était une arme longue, effilée, à gros manche de bois qu'il tenait d'un égorgeur de porcs rencontré au hasard d'une de ses prospections à Saint-Martin.

Quant aux habits, ils étaient dans son baluchon depuis fort longtemps. Dès qu'il avait pris la décision de tuer le seigneur de La Baume, il se les était procurés à Tours, sur le marché de Saint-Julien. Ils appartenaient sans doute à une sorte d'excentrique, mais cela lui convenait à merveille. Jamais on n'eût soupçonné un moine dans un tel accoutrement.

Les roues du charroi crissèrent sur le pavé de la cour. Avisant un bosquet qui pouvait camoufler César, il l'attacha prestement à un arbre, avec un lien assez lâche pour qu'il puisse se libérer au cas où les choses tourneraient mal.

— Attends-moi là, mon brave César, je reviendrai avec ta maîtresse dès que je le pourrai. Et si tu vois des hommes s'approcher de toi, fuis, galope et attends-moi plus loin. Je saurai toujours te retrouver.

Puis il se glissa à l'intérieur du domaine et attendit patiemment que les événements se mettent en marche. Camouflé derrière la tenture d'une salle au rez-de-chaussée, il vit les deux colosses porter Léonore et monter les étages qui menaient aux chambres du château.

Il les suivit, et par chance il ne rencontra aucun serviteur. Il entendit une porte claquer, puis une voix dure, sèche, cassante et enfin un claudiquement accompagné de quelques toussotements – l'escalier à vis, trop ardu pour lui, avait épuisé La Baume.

— Montez-la dans le petit donjon.

Jean gravit les marches de l'étroit escalier qui tournait sans relâche. Il tenait serré dans sa paume le couteau à manche de bois. Ses doigts ne tremblaient pas, son cœur battait normalement. Il était maître de lui-même.

Tout en haut, La Baume sortit une clé de sa ceinture et ouvrit la lourde porte du donjon.

— Posez-la sur le sol.

Puis il tendit une bourse à chacun des deux hommes qui esquissèrent un sourire de connivence. Jean eut soudain peur. Qu'allait-il faire quand les deux colosses allaient redescendre et le heurter dans l'exiguïté de l'escalier ?

Il leva les yeux à la recherche d'un secours et les baissa. La pierre grise des marches lui rendait une image terriblement compromettante. Il se tassa contre l'arrondi de la paroi et repéra une solive qui retenait le plafond. Jean était souple, mince, adroit, mais comment s'y accrocher ? Nul anneau, nul crochet, nulle fissure ne lui permettait de s'y maintenir. La seule issue était de passer derrière la rambarde de l'escalier et de s'y laisser pendre en s'assurant que le vide n'allait pas lui briser le cou s'il se laissait tomber.

Hélas, c'était le seul moyen et, s'il lâchait prise, il s'écraserait sur le dallage du rez-de-chaussée comme un vulgaire ballot inutile. « Allah ! murmura-t-il entre ses dents. Allah ! Le père de mon père, protège-moi, car je ne peux demander de l'aide à Dieu pour ce que je m'apprête à faire. »

Trop préoccupés par la bourse qu'ils soupesaient en ricanant, et la demi-obscurité du lieu aidant fortement les choses, les deux hommes redescendirent les marches tournantes de l'escalier sans remarquer Jean, qui se balançait dans le vide.

Dès qu'ils furent passés, Jean sauta vivement sur le sol ferme. À présent, tout n'était qu'un jeu si la chance tournait en sa faveur. Hélas, La Baume avait refermé sans bruit la porte du donjon. Avait-il poussé le loquet à l'intérieur ? Jean s'approcha, mais comprit qu'il ne pouvait pas entrer.

Il fallait éviter que le vieux seigneur ne s'acharnât tout de suite sur le corps inanimé de sa prisonnière pour la tuer et la laisser pourrir dans ce donjon où nul ne devait monter. Il devait intervenir avant que ce fou ne décidât l'irréparable.

— Ouvrez, cria-t-il quand il fut certain que les deux agresseurs avaient prestement décampé. Ouvrez, seigneur de La Baume. Je vous amène une personne qui désire voir votre femme.

— Quoi ? Quoi ?

Jean sentit que, derrière la porte, le vieil homme prenait peur.

— C'est la fille de votre épouse. Isabelle.

— Quoi ?

Et la porte s'ouvrit. Jean n'hésita pas et lui plongea la lame d'acier en plein cœur. Le vieil homme suffoqua et s'écroula sur le sol. Jean retira la lame afin qu'elle ne restât pas plantée dans le corps de sa victime et n'amenât les soupçons sur lui. Puis il se précipita sur le corps inerte de Léonore. Un filet de sang coulait sur son front. Il la saisit dans ses bras et, comme s'il portait un ballot de plumes, dévala à toute volée l'escalier.

Dans la salle du rez-de-chaussée, il heurta un valet qui, surpris, ne tenta rien pour l'arrêter. Un autre, sans doute le portier, qu'il avait vu en pénétrant dans le domaine, voulut donner l'alerte. Fort heureusement, le bosquet n'était pas loin. César se mit à hennir de joie quand il entendit Jean arriver.

Il déposa le corps inanimé de Léonore en travers du cheval et fila à bride abattue jusqu'à Dijon pour récupérer la voiture où attendaient Guillemette et Jacquemin.

Aucune enquête ne remonta jusqu'à l'abbaye de Saint-Grégoire-de-Tours. Jean, qui s'était aussitôt débarrassé de ses vêtements excentriques, ne fut pas soupçonné. L'homme qui avait tué La Baume n'était-il pas vêtu d'un justaucorps rouge, d'une cotte bleue et d'un chapeau de velours jaune ? Les deux valets du vieux seigneur le confirmèrent et, cherchant cette piste, on ne retrouva jamais le tueur.

Léonore héritait de son époux et pouvait, à présent, aller chercher sa fille et l'élever décemment avec la fortune du seigneur de La Baume.

Mais Jean dut réintégrer son couvent pour ne pas être suspecté. Il ne parla plus de se défroquer ni de fuir à Constantinople. Il lui fallait à présent expier le crime qu'il venait d'accomplir pour l'amour de Léonore.

Il ne parla pas non plus de l'accompagner en Bretagne. Il se terra, pria et réclama qu'on le laissât isolé dans sa cellule, le temps qu'on oublie cette affaire. Il savait à présent qu'il accepterait de devenir le premier chanoine de Tours et qu'au cours de ses pérégrinations il reverrait un jour Léonore.

Celle-ci ne put que s'incliner devant ce choix. Sans doute eût-elle préféré qu'il ne tranchât pas ce dilemme de cette façon et qu'il repartît en Bretagne avec elle. Mais Jean devait encore la surprendre. Pour l'instant, il enfouissait en lui la passion qui dévorait son corps, comme autrefois il avait su enfouir ses origines musulmanes.

Par la force des choses, Léonore ne pensa plus qu'à retrouver sa petite Isabelle.

Du même auteur :

LE PAYS D'ALICE EST À QUELQUES DÉRIVES D'ICI, Poèmes, préface de Denise Miège, Éditions Millas-Martin

RETENDRE LA PEAU DES PAVÉS, poèmes, préface d'Andrée Appercelle, illustrations de l'auteur, Éditions La Bruyère

LÉONOR FINI OU LES MÉTAMORPHOSES D'UNE ŒUVRE, biographie, étude de l'œuvre, Éditions Le Sémaphore (traduit en italien aux Éditions L'Altra metà dell Arte)

DHUODA LA CAROLINGIENNE, Roman historique, Éditions Le Sémaphore.

LES THÉBAINES
La Couronne insolente (tome 1) (traduit en italien aux Éditions Gremese)
De roche et d'argile (tome 2),
Vents et parfums (tome 3),
L'Ombre du prince (tome 4),
La Seconde Épouse (tome 5),
Les Dieux indélicats (tome 6),
Le Chant de la terre (tome 7),
La Vallée des artisans (tome 8),
À l'Est, le port (tome 9),
L'Impossible Soleil (tome 10),
Éditions Le Sémaphore

LES AMOURS DES FEMMES CÉLÈBRES
Les Amours de George Sand,
Les Amours d'Isabeau de Bavière,
Les Amours de Sarah Bernhardt,

Les Amours d'Aliénor d'Aquitaine,
Les Amours de Colette,
Les Amours de la Reine Margot,
Les Amours de Ninon de Lenclos,
Les Amours de Lucrèce Borgia,
Éditions Le Sémaphore

LYS EN VAL DE LOIRE
L'Apocalypse
La Nuit des démons (tome 1),
La Trahison des anges (tome 2),
La Revanche des dieux (tome 3),
Les Millefleurs
L'Offrande du cœur (tome 1),
La Baillée des roses (tome 2),
Une flambée d'or (tome 3),
Éditions Stock

Composition réalisée par P.C.A

Achevé d'imprimer en mai 2007 en France sur Presse Offset par

CPI

Brodard & Taupin

La Flèche (Sarthe).
N° d'imprimeur : 41621 – N° d'éditeur : 86046
Dépôt légal 1re publication : mai 2007
LIBRAIRIE GÉNÉRALE FRANÇAISE – 31, rue de Fleurus – 75278 Paris cedex 06.

31/1126/7